Carolin A. Steinert
Ardantica Teil 2

CAROLIN A. STEINERT

ARDANTICA

DAS ARTEFAKT

Die Deutsche Nationalbibliothek verzeichnet diese Publikation in der Deutschen Nationalbibliografie; detaillierte bibliografische Daten sind im Internet über http://dnb.dnb.de abrufbar.

c/o Werftstr. 14, 15537 Erkner,
caa.steinert@gmail.com
Lektorat: Anke Höhl-Kayser,
www.textehexe.com
Korrektorat: Ellen Rennen,
www.texpertin.de
Satz: Anika Ackermann,
www.anikaackermann.com
Covergestaltung: Casandra Krammer,
www.casandrakrammer.de
Covermotiv: © Subbotina, lifeonwhite | depositphotos.com,
© Bokeh Blur Background, mxbfilms | shutterstock.com
Druck: epubli,
ein Service der neopubli GmbH, Berlin

Inhalt

Prolog

Ein Zischeln.

Schmerz pulsierte von den Handgelenken aus durch seinen ganzen Körper. Er konnte regelrecht spüren, wie der Tod schleichend in ihn hinein tropfte und durch seine magischen und nicht magischen Adern floss.

Das Gift lähmte ihn. Allerdings nur körperlich, geistig war er inzwischen wieder hellwach – unglücklicherweise. Er konnte sich kaum etwas Schlimmeres vorstellen. Nicht einmal seine Augen konnte er öffnen.

Sein Herzschlag war langsam und unregelmäßig, ebenso sein Atem. Zwischendurch glaubte er, ersticken zu müssen. Doch der rationale Teil in ihm wusste, dass es noch nicht so weit war. Es sollte langsam gehen.

Ein stechender Schmerz fuhr zum wiederholten Mal durch seinen Körper, benebelte seine Gedanken und ließ Übelkeit in ihm aufsteigen. Er wollte schreien, doch er konnte seine Lippen nicht öffnen.

Inzwischen war ihm jegliches Zeitgefühl abhandengekommen. Es konnte sein, dass er schon seit Tagen hier war, vielleicht waren es aber auch nur Minuten oder Stunden.

Er zwang sich dazu, seinen Geist zu leeren, nichts zu denken, nichts zu fühlen. Als ihm das nicht gelang, versuchte er, sich auf das einzig Wesentliche zu fokussieren: das Überleben. Es musste irgendeine Möglichkeit geben, dieser Situation zu entkommen. Er würde nicht aufgeben.

Seine Gedanken richteten sich auf den Ring an seinem Finger. Wenn er es nur schaffen würde, seine magische Kraft noch einmal dort hindurch zu leiten.

Kurz dachte er zurück an alles, was geschehen war und wie sie zusammen hierhergekommen waren. Er erinnerte sich daran, wie er in den ersten kleinen, leeren Raum geblickt hatte. Wortlos und mit diesem Gefühl der süßen Genugtuung, die der verborgenen Bitternis keinen Platz lassen wollte.

»Oh nein«, hatte die Stimme einer Frau neben ihm enttäuscht geflüstert.

Sein Plan war aufgegangen und sie begann zu diesem Zeitpunkt, langsam zu begreifen. Innerlich lächelte er selbst jetzt noch bei diesem Gedanken.

Dann plötzlich war es erklungen: dieses widerliche Geräusch, das jedem normalen Menschen das Blut in den Adern gefrieren ließ und mit dem er zu diesem Zeitpunkt zugegebenermaßen noch nicht gerechnet hatte.

»Interessant«, hatte eine furchtbare Stimme hinter ihm gesagt. Kalt, desinteressiert und ohne den geringsten Hauch von Überraschung. »Es gefällt mir hier. Schauen wir uns den Rest an.«

Bei den Worten war ihm ein Schauer über den Rücken gekrochen. Doch äußerlich war er weiterhin ruhig geblieben. Es hatte von Anfang an außer Frage gestanden, was es bedeuten würde, dies zu tun. Was danach geschehen war, hatte er mit stoischer Miene versucht, hinzunehmen.

Jetzt bereute er ein wenig, sich seiner Sache so sicher gewesen zu sein. Er konnte zu viel nachdenken.

Darüber, was es für alle anderen bedeuten würde, wenn er hier starb.

Doch er war überzeugt davon, das Richtige getan zu haben. Der Plan war riskant gewesen, aber einen anderen Weg hatte es seiner Meinung nach nicht gegeben, und noch hoffte er. Bisher fehlte das letzte und wichtigste Puzzleteil in seinem Plan, und mit diesem konnte einfach niemand rechnen. Wenn er nur noch einmal seine Magie mobilisieren und durch den Ring leiten könnte. Er suchte nach der Kraft – nie zuvor war ihm das so absurd schwergefallen. Doch so leicht ließ er sich nicht verunsichern, sich nicht kleinkriegen. Er war schließlich …

Irgendwo knackte etwas und riss ihn aus der so mühsam aufrecht gehaltenen Konzentration. Ein Schaben von Schuppen auf Stein und ein leises Zischeln zerschnitten die Stille der Dunkelheit.

Kapitel 1

Ohne Erinnerung

Leyla rieb sich über die Augen und betrachtete abschätzig ihr Spiegelbild. Sie sah müde aus. Und das war sie auch. Nicht etwa, weil sie zu wenig geschlafen hatte. Nein, es waren die Ereignisse der vergangenen Wochen, die ihr zu schaffen machten – oder besser, die möglichen Ereignisse, denn: Sie konnte sich an absolut nichts erinnern.

Sie seufzte leise und griff nach ihrer Haarbürste, um wenigstens etwas ansehnlicher auszusehen. Ihr zerzaustes rotes Haar war deutlich länger, als sie es sonst zu tragen pflegte, aber es gefiel ihr eigentlich ganz gut und sie würde es wohl erst einmal so lassen. Außerdem war die Haarlänge das geringste Problem, das sie aktuell hatte. Sie starrte auf die Bürste und ihre Gedanken drifteten wieder ab. Was war nur geschehen?

Es war jetzt vier Tage her, dass sie in ihrer kleinen Wohnung in Berlin aufgewacht war – ohne Erinnerung an die vergangenen dreieinhalb Monate. Dreieinhalb Monate! Fassungslos schüttelte sie den Kopf. Sie konnte sich an den gesamten Sommer nicht erinnern. Nicht einmal an ihren Geburtstag. Am 13. August war sie morgens in ihrem Zimmer erwacht und hatte gedacht, es wäre Anfang Mai. Bis ein Blick auf ihren digitalen Kalender sie eines Besseren belehrt hatte.

Nachdem sie den Gedächtnisverlust registriert hatte, war augenblicklich Panik über sie hereingebrochen. Wie immer war sie sogleich alle Möglichkeiten durchgegangen, die dafür verantwortlich sein konnten. Aber es gab keine rationale Erklärung für ihren Zustand.

Sicher hatte sie keinen schweren Unfall gehabt, sonst hätte sie im Krankenhaus aufwachen müssen. Das hatte Majik jedenfalls gemeint.

Dass ihr bester Freund sich ebenfalls an nichts erinnern konnte, ließ vermuten, dass sie beide zusammen unterwegs gewesen sein mussten und dasselbe erlebt hatten. Doch auch ein gemeinsames Nachdenken hatte nicht dabei geholfen, die Ereignisse der letzten Wochen zu rekonstruieren. Majik hatte sein Bestes getan, um sie aufzumuntern und ihr Mut zuzusprechen.

»Hey«, hatte er geflüstert, als sie vor Verzweiflung in Tränen ausgebrochen war. »Das wird schon wieder. Bestimmt sind wir einfach nur mit den Köpfen zusammengestoßen und haben deshalb eine temporäre Gedächtnislücke. Das ändert sich in ein paar Stunden wieder. Und wenn nicht, können wir ja einen Termin beim, äh …«

»Neurologen.«

»Genau, bei dem - machen.«

Sie hatte wenig beruhigt genickt. Tatsächlich hatten sowohl Majik als auch sie eine kleine Beule am Kopf gehabt – und wahnsinnige Kopfschmerzen. Doch sie hatte stark bezweifelt, dass so ein kleines Ding die Ursache für eine solch große Gedächtnislücke sein konnte.

So sehr sie sich um Ruhe bemüht hatte, die Tränen waren ihr weiter unkontrolliert über das Gesicht gelaufen und Majik hatte daraufhin kurzerhand Leylas Sachen zusammengepackt und beschlossen, dass sie die restlichen Semesterferien in ihrer Heimat Ilmenau, bei ihren Familien, verbringen würden. Grübeln, so hatte er gemeint, konnten sie dort genauso gut wie hier und der Abstand würde ihr sicherlich guttun.

Und da war sie also und konnte nun eines sagen: Weder der zeitliche noch der räumliche Abstand bewirkten irgendetwas. Ebenso wenig lenkte die Familie sie von den trüben Gedanken ab.

Einen Termin beim Neurologen hatte Leyla auch nicht bekommen. Die gestresste Arzthelferin hatte wohl nur verstanden, dass Leyla Angst wegen irgendwelcher Erinnerungen verspürte und hatte sie deshalb recht unfreundlich an einen Psychiater verweisen wollen. Aus Furcht, für verrückt erklärt zu werden, hatte Leyla daraufhin beschlossen, niemanden mehr von alledem zu erzählen.

Seufzend legte sie die Bürste wieder weg. Immerhin musste sie sich keine Sorgen machen, dass sie, dank der spontanen Ferien in der Heimat, Ärger mit der Arbeit bekommen würde, denn sie war entlassen worden. Sie konnte es nicht begreifen.

Nachdem sie Kanyo – ihren ehemaligen Chef im Café – nach dem Ausbleiben der Gehaltszahlung angerufen hatte, hatte dieser ihr ziemlich übellaunig erklärt, dass Zuverlässigkeit und Anwesenheit Grundvoraussetzungen für einen Job und Bezahlung bei ihm wären.

Nur, wenn jemand zuverlässig und arbeitsam war, dann Leyla.

Also was hatte sie daran gehindert, zur Arbeit zu gehen? Zumindest zu der im Café, denn ihren Studentenjob hatte sie noch und – was sie noch mehr verwirrte – beste Noten im Studium des zweiten Semesters. Sie musste also da gewesen sein …

Sie zuckte mit den Achseln und warf noch einmal einen Blick in den kleinen Spiegel. Sie war blasser als sonst – was an und für sich schon eine Kunst war – und die Sommersprossen, die jeden Zentimeter ihrer Haut bedeckten, waren dadurch noch deutlicher zu sehen. Ihre Mutter meinte, Leyla arbeite zu viel. Doch das war es nicht. Es war dieses schwarze Loch in ihren Gedanken. Und diese merkwürdigen Träume, die sie nachts schweißgebadet aus dem Schlaf rissen und an die sie sich am nächsten Morgen doch kaum noch erinnern konnte.

Und dann kam noch diese Stimme hinzu. Wenn Leyla an die dachte, lief es ihr kalt über den Rücken, ihr Herz begann zu rasen und sie hatte das Gefühl, eine eisige Hand presste ihren Brustkorb zusammen.

Das erste Mal hatte sie die Stimme direkt nach dem Aufwachen in ihrer Berliner Wohnung vernommen. Ein sanfter Lufthauch war ihr durch die Haare gefahren und jemand hatte ihren Namen in ihr Ohr gewispert. Bald darauf hatte sie weitere Worte vernommen, die irgendetwas in ihr auslösten und ihre tiefe Unruhe verstärkten.

»Leyla. Karinaki. Leyla? Obsidian! Hilfe. Erinnere dich.«

Eines stand damit fest: Jemand wusste, dass sie etwas Wichtiges vergessen hatte. Am Anfang hatte sie sogar gedacht, es wäre ihr Unterbewusstsein gewesen, das ihr Hinweise zuflüsterte. Doch das war absurd, die Stimme war männlich und außerdem war Leyla sich ganz und gar sicher, dass sie die Stimme nicht nur in ihrem Kopf hörte, denn tatsächlich war sie verstummt, sobald Leyla sich die Ohren zugehalten hatte.

Die Stimme war immer schwächer geworden, leiser. Schon als Leyla noch in Berlin gewesen war. Seit ihrer Ankunft in Ilmenau hatte sie sie nicht ein einziges Mal gehört, den Lufthauch nicht ein einziges Mal gespürt. Tief in ihrem Inneren ahnte sie, dass sich das auch nicht mehr ändern würde. Selbst dann nicht, wenn sie zurück nach Berlin fuhr. Die unheimliche Luftstimme war verstummt. Und aus irgendeinem Grund machte ihr das furchtbare Angst. Mehr noch als die Existenz der Stimme selbst.

Die Türklingel riss sie aus ihren Gedanken. Sie hörte Stimmen unten im Flur. Kurz darauf erklangen Schritte auf der Treppe und jemand riss die Tür zu ihrem Zimmer auf. Obwohl sie damit gerechnet hatte, zuckte sie zusammen. Dann drehte sie sich um. Majik stand dort, lehnte sich lässig an den Türrahmen und strahlte sie an. Doch sein Lächeln verblasste, als er ihren Gesichtsausdruck sah.

»Hey«, begrüßte er sie und trat nun vollends ein. »Was ist los? Du wirkst so, als hättest du gerade ein Gespenst gesehen. So schlimm schaue ich doch nicht aus.« Er lachte erneut, doch als sie keine Miene verzog, seufzte er. Er wusste schließlich genau, was los war.

»Majik«, meinte sie tadelnd und versuchte, das schwarze Loch in ihren Gedanken zu verdrängen. »Du hast nicht einmal angeklopft.« Sie gab sich Mühe, ihrer Stimme einen selbstsicheren Klang zu verleihen und zu ihrer Überraschung gelang ihr das. Er grinste.

»Ich bin davon ausgegangen, dass man kurz vor Mittag nicht mehr anklopfen muss«, meinte er zwinkernd, dann wurde sein Blick ernst und er musterte sie durchdringend mit seinen braunen Augen. Sie sah ihn bedeutungsvoll an, doch er sagte nichts, zuckte nur mit den Schultern. Er gab vor, den Erinnerungsverlust ziemlich leicht zu nehmen. Doch sie wusste, dass er in Wahrheit ebenfalls Angst hatte. Er wollte es nur nicht zugeben. Verdrängen war schließlich einfach und der einfachste Weg war Majik bekanntlich am liebsten.

»Sprich mit mir«, forderte er nach einer Weile des Schweigens.

»Das ist doch sonderbar, Majik! Unsere Erinnerungen, diese verrückten Träume, diese Stimme, die ich gehört habe.«

Sie betonte den letzten Teil, wohl wissend, dass er die Stimme nicht vernommen hatte, dass er nicht davon träumte und wohl wissend, dass er annahm, ihre

Psyche würde ihr aufgrund der seelischen Belastung einen Streich spielen.

»Kleines«, sagte er fast liebevoll und setzte sich auf ihr Bett. »Ich habe gar nicht gewusst, dass du den Studiengang wechseln möchtest.«

»Was?«, fragte sie, vollkommen aus dem Konzept aufgrund des abrupten Themenwechsels – zumal sie garantiert nicht vorhatte, das Fach zu wechseln.

»Na, offensichtlich von Mathe zu Kunst. Du scheinst darauf hinzuarbeiten.«

Perplex starrte sie ihn an und er erläuterte seine Gedanken.

»Bisher warst du doch immer die Rationale. Die mit den wissenschaftlichen Antworten und den logischen Lösungswegen. Und ich, ich war das kreative Genie, der Fantast.« Er grinste breit. »Und plötzlich willst du mir meinen Ruf streitig machen? Gib es zu, du willst ein verrückter Künstler werden, im frenetischen Jubel baden und deiner Fantasie freien Lauf lassen. Aber das akzeptiere ich nicht.«

Er wollte sie aufmuntern, das wusste sie. Und obwohl es nicht klappte, tat sie so, als ob, machte einen Satz nach vorn, griff sich ein Kissen und warf es nach ihm. Er duckte sich, packte sie, zog sie auf das Bett und begann, sie zu kitzeln.

»Nicht! Nein, aufhören!«, rief sie und prustete vor Lachen.

»Gib die Kreativität wieder her, ich will meine Ideen zurück«, forderte er grinsend und machte keine

Anstalten, mit dem Kitzeln aufzuhören. »Ich habe ein cooles Irgendwas notiert und muss es mit majikschem Input füllen.«

»Majikscher Input? Cooles Irgendwas?«, sagte sie lachend.

Er hörte auf mit dem Kitzeln und sie holte tief Luft. Irgendwie fühlte sie sich jetzt besser. Sie sah ihn an, er schien mit einem Mal nachdenklich.

»Ja. Ich muss eine gute Idee gehabt haben. Aber ich habe bisher nur einen Titel aufgeschrieben. Sonst nichts. Ich weiß nicht einmal, ob es ein Comic oder ein Musikstück werden soll – oder etwas ganz anderes.«

»Und wie lautet dieser wahnsinnig tolle Titel?«

»Ein Riss in der Wirklichkeit.«

Ihr Herz verkrampfte sich. Sie starrte ihn an. Irgendetwas klingelte weit hinten in ihrem Kopf. Sie hatte jedoch keine Gelegenheit, etwas zu sagen, denn von unten ertönte die Stimme ihrer Mutter, die zum Essen rief.

Ruckartig setzte Leyla sich auf und stieß mit ihrem Kopf gegen Majiks.

»Verzeih«, sagte sie erschrocken, doch er lachte.

»Vermutlich machen wir das öfter.« Er zog sie vom Bett, fuhr sich mit der Hand durch die lockigen Haare und räusperte sich: »Nach Ihnen, Madam.«

Er deutete eine leichte Verbeugung an, während er auf Leylas Zimmertür zeigte. Er wollte der Essensaufforderung anscheinend umgehend Folge leisten, was Leyla ihm nicht verübeln konnte, denn es roch schon im ganzen Haus nach dem herrlichen und allseits bekannten Nudelauflauf ihrer Mutter. Rasch liefen sie die Treppe hinunter.

»Ich will den Rand!«, krähte Shara, Leylas kleine Schwester, die bereits am Tisch saß, und fuchtelte dabei wild mit ihrem Besteck in der Luft herum. Majik lachte, schob sich an Leyla vorbei, um geschwind ins Esszimmer zu gelangen, und begann, der Sechsjährigen aufzufüllen.

»Sie sollte warten, bis wir alle sitzen«, tadelte Leyla, die ihm folgte. Doch Majik hörte nicht darauf und begann nun auch, alle anderen Teller zu füllen.

»Das duftet«, schwärmte Leylas Vater, der soeben eintrat, ließ sich auf seinen Platz fallen und nahm dankend den Teller entgegen, den Majik ihm reichte.

»Es stinkt«, rief Leylas Mutter Amanda und kam mit einer großen Schüssel selbstgemachter Roter Grütze aus der Küche, die für den Nachtisch vorgesehen war. »René, wenn du nicht bald aufhörst, unseren Flur mit dem Geruch dieses furchtbaren Lacks zu verpesten …« Sie ließ den Rest der ohnehin leeren Drohung unausgesprochen und setzte sich ebenfalls.

Die Familie Sealak und Majik begannen zu essen und sich ausgelassen zu unterhalten. Nur Leyla sagte nichts. Ihr Kopf tat weh – an der Stelle, an der sie eben mit Majik zusammengestoßen war. Und das führte dazu, dass ihre Gedanken sich natürlich sofort wieder um die Erinnerungslücken drehten. Was hatte Majik eben gesagt? Ein Riss in der Wirklichkeit. Ein Kribbeln in ihrem Magen verriet ihr, dass dieser Satz wichtig war.

Plötzlich lachte Leylas Vater laut auf und schlug Majik anerkennend auf die Schulter. Leyla zuckte zusammen und blickte auf. Ihr war entgangen, wovon das Gespräch handelte. Doch beide Männer grinsten breit.

Sie schüttelte den Kopf und ein kleines Lächeln erschien auf ihren Lippen. Majik gehörte einfach schon so lange zur Familie. Ihre Mutter nannte ihn sogar ihr Zieh-Kind. Er passte auch perfekt zu den Sealaks – mehr als sie selbst, fand Leyla manchmal.

»Und dein Vater?«, fragte René plötzlich. Majiks Mundwinkel zogen sich augenblicklich nach unten.

»Ist gerade in Barcelona.«

»Ich will auch in den Urlaub«, krähte Shara dazwischen. »Wir waren dieses Jahr noch gar nicht am Meer.«

»Ich glaube nicht, dass Herr Dryska im Urlaub ist, Schätzchen«, meinte Amanda und wuschelte der Kleinen durch die roten Locken.

»Aber wann fahren wir ans Meer?«, quengelte Shara weiter.

»Nun«, seufzte Leylas Mutter, »dieses Jahr wohl nicht mehr.« Sie tauschte einen Blick mit Leylas Vater. »Weißt du, Schätzchen ...« Sie warf einen vorsichtigen Blick in Leylas Richtung. »Mamis Forschungsauftrag an der Uni ist abgeschlossen. Und jetzt muss Mami sich erst etwas Neues suchen und wieder ein bisschen Geld für einen Urlaub verdienen.«

Leyla nahm aus den Augenwinkeln wahr, wie Majik plötzlich unangenehm berührt auf seinem Stuhl hin und her rutschte. Über Geld zu reden, war ihm stets unangenehm. Seine Eltern verdienten beide sehr gut und auch wenn das Verhältnis der Dryskas zu ihrem Sohn nicht das beste war, so bezahlten sie ihm doch alles. Vermutlich, um sich selbst ein reines Gewissen zu erkaufen, weil sie nie wirklich Zeit für Majik hatten.

Ihr Blick glitt zu Shara. Leylas kleine Schwester verstand das Argument nicht wirklich, begriff aber, dass es dieses Jahr keinen Strand und kein Meer geben würde. Sie war entsprechend enttäuscht. Leyla tat es leid. Sie selbst hatte zwar weder die Zeit noch den Kopf frei, um in den Urlaub zu fahren, und davon einmal abgesehen war ihr schon länger klar, dass die Arbeit ihrer Mutter hier irgendwann beendet sein würde, aber Shara hatte sich offensichtlich schon darauf gefreut. Die Kleine zog einen Schmollmund.

Leyla wollte gerade ansetzen, etwas Tröstendes zu sagen, als … Sie zuckte zusammen. Es war kein direkter Schmerz, aber irgendetwas war mit – oder besser in – ihrem Kopf geschehen. Es hatte sich wie ein kleiner Blitzschlag angefühlt.

»Leyla, ist alles in Ordnung?«, fragte ihre Mutter und musterte sie eingehend.

Leyla nickte und versuchte, die aufkommende Nervosität zu verbergen. Was war das gewesen? Nur nicht drüber nachdenken. Ablenken. Auf etwas anderes konzentrieren, dachte sie. Wo waren ihre Gedanken noch gleich gewesen? Bei Shara und ihrem Schmollmund. Sie sah genauso aus wie ihr Vater, wenn er enttäuscht war. Irgendetwas pochte unangenehm und verhängnisvoll in Leylas Kopf. Sie kniff die Augen zusammen, ohne weiter auf die Worte ihrer Mutter zu achten.

»Amanda arbeitet als Forscherin im meeresbiologischen Institut der Universität.« Das hatte Majik kürzlich jemandem erzählt. Aber wem? Und warum? Ihr Blick glitt zu Majik und dann zurück zu ihren Eltern und Shara. Die kleine süße Shara mit ihren roten Korkenzieherlöckchen – ganz wie die Mutter.

»Kommt sie eher nach ihrer Mutter oder nach ihrem Vater?« Hitze breitete sich in Leyla aus. Ihr Herz begann, wie wild zu wummern, als ihr das durch den Kopf schoss. Eine Frage, gestellt von der unheimlichen Flüsterstimme und doch so weit weg. Ihre Hände wurden feucht vor Angst. Was hatte das zu bedeuten? Was …

»Leyla? Hörst du überhaupt zu?«, fragte Amanda.

Leyla fuhr zusammen und starrte ihre Mutter an, sah in diese grünen Augen, die die meisten in ihrer Familie hatten. Einige Verwandte ihres Vaters hatten braune Augen. Nur sie hatte weder braune noch grüne Augen. Ihre waren blau mit merkwürdigen goldenen Sprenkeln. Das war doch sonderbar. Warum war ihr das noch nie aufgefallen? Warum war es überhaupt wichtig?

Sie spürte Majiks Präsenz neben sich. Sie waren lange nicht mehr gemeinsam zum Essen hier gewesen. Aber sie hatten vor Kurzem über ihre Familie und Ähnlichkeiten gesprochen, oder? Etwas bahnte sich den Weg aus dem Untergrund ihres Bewusstseins. Keine direkte Erinnerung, eher eine Ahnung, eine Angst.

»Leyla?«, fragte ihre Mutter erneut und klang nun ernsthaft besorgt. Als sie den Kopf drehte, wippten ihre roten Locken.

Jetzt, da Leyla genauer hinsah, fiel ihr auf, dass es ein anderes Rot war als bei ihren eigenen Haaren. Es war, als schärfte sich ihr Blick für all die kleinen Details. Sie sah ihre Eltern an, die Personen, die sie in- und auswendig kannte, und doch wirkten sie plötzlich fremd. Leyla schloss kurz die Augen und schüttelte den Kopf. Was war los mit ihr?

»Alles okay«, murmelte sie, nahm noch einen Bissen und würgte ihn hinunter.

Ihre Mutter kochte gut. Leyla selbst war da weniger talentiert. Dafür hatte sie ein Faible für Zahlen – wie niemand sonst in der Familie. Das war doch merkwürdig, oder? Irgendeine Stimme flüsterte in ihrem Kopf. Wurde sie wahnsinnig?

»Meeehr«, krähte Shara, hielt ihren Teller hoch und patschte mit ihren Händchen auf den Tisch. »Aber nicht so viel Paprika.« Sie sortierte die Paprika immer aus. Genau wie Leylas Oma und …

»Leyla?«, fragte ihre Mutter erneut, ohne auf Shara zu achten. »Geht es dir nicht gut?«

Leyla ließ die Gabel auf den Teller fallen.

»Schmeckt wieder ausgezeichnet, aber ich kann nicht mehr«, sagte sie und zwang sich zu einem Lächeln.

»Du gefällst mir nicht, Kind. Nicht, dass du krank wirst. Bei diesem Lackgestank wäre es kein Wunder!«

»Oh, Liebling«, rief René lachend.

Den Rest der Worte hörte Leyla nicht mehr. In ihren Ohren rauschte es.

»Leyla ist halt etwas Besonderes.« Das hatte Majik gesagt. Besonders. Sie dachte über dieses Wort nach. Besonders oder doch vielleicht eher …

»Anders.« Unbewusst hatte sie das letzte Wort laut ausgesprochen.

»Bitte?«, fragte ihr Vater.

»Bin ich …«, stotterte sie, schüttelte den Kopf, um wieder klarer denken zu können, und musterte dann alle am Tisch Sitzenden noch einmal eingehend. Das war doch aberwitzig. Wie kam sie auf so etwas? Sie war halt ein bisschen anders als der Rest der Familie. Besonders eben. So etwas gab es in jeder Familie.

Aber es war zu spät. Der Gedanke hatte sich bereits eingenistet. Die fremde Stimme säuselte in ihrem Kopf und füllte einen winzigen Flecken in dem schwarzen Loch in ihren Erinnerungen. Die Worte brannten ihr auf der Zunge.

»Bist du was?«, fragte ihre Mutter und Leyla konnte die Frage, diese absurde Frage, nicht mehr zurückhalten.

»Eure Tochter?«, platzte es aus ihr heraus.

Perplex starrten Amanda, René und Majik sie an. Nur Shara klopfte fordernd mit ihrem Besteck auf dem Holztisch herum.

»Meeehr«, forderte sie erneut. Doch niemand reagierte.

Die unangenehme Stille zog sich.

»Leyla!«, rief ihre Mutter schließlich fassungslos und ein wenig verwirrt. »Natürlich bist du unsere Tochter! Was ist das für eine Frage?« Sie füllte der drängelnden Shara endlich noch mehr Nudelauflauf auf. Zitterten ihre Hände dabei? Leyla war sich nicht sicher.

»Ich weiß, dass ich eure Tochter bin«, sagte sie leise mit bebender Stimme und senkte den Blick. »Ich meinte, ob ich eure ...« Sie zögerte noch einmal, doch jetzt brauchte sie den Gedanken auch nicht mehr zurückzuhalten. »... leibliche Tochter bin.« Sie spürte den bohrenden Blick von Majik, der anscheinend nicht verstand, was hier gerade passierte.

»Leyla«, sagte er leise und fragend.

Sie überging ihn, hob erneut den Blick und sah ihrer Mutter fest in die Augen.

»Bin ich adoptiert?«, fragte sie und ihre Stimme brach bei dem Wort.

»Wie kommst du denn plötzlich auf so etwas?«, fragte ihre Mutter und rutschte unruhig auf ihrem Stuhl hin und her.

»Was ist adoptiert?«, fragte Shara, während sie sich weiter Nudeln in den Mund schaufelte.

Keiner reagierte. Leyla begann zu zittern. Sie wusste ja selber nicht, wie sie auf diesen Gedanken gekommen war. Er war plötzlich da gewesen. Eingepflanzt und hatte sein Gift versprüht.

»So etwas fragt man doch nicht auf einmal am Tisch«, meinte ihr Vater.

Sie schluckte, ihr wurde schlecht.

»Ihr hättet auch einfach *Nein* sagen können, wenn …« Sie brach ab. Wieder trat Stille ein.

»Shara, gehst du mal bitte in die Küche und holst ein Paar Schälchen für den Nachtisch?«, fragte Amanda mit belegter Stimme. »Majik hilft dir sicher dabei.«

Aber Majik konnte nicht aufstehen. Leylas Hand hatte sein Bein erwischt und ihre Finger krallten sich mit aller Macht in seinen Oberschenkel.

›Sagt einfach *Nein* und lacht‹, dachte ihr Gehirn panisch. Doch niemand lachte. Und niemand sagte *Nein*. Die Stimmung war drückend.

»Wann hattet ihr vor, mir das zu sagen?«, schrie Leyla in die Stille hinein, sprang auf, und bevor jemand reagieren konnte, stürzte sie aus dem Zimmer.

»Leyla!« Sie hörte das Schaben von Stuhlbeinen, Schritte, dann schlug die Haustür hinter ihr zu und sie rannte.

Sie achtete kaum darauf, wohin sie lief. Ihre Füße trugen sie einfach durch die vertrauten Straßen, vorbei an bekannten Häusern, und tappten irgendwann durch Gras, als sie den kleinen Teich erreichte. Vollkommen am Ende ihrer Kräfte ließ sie sich im Schatten der Bäume auf eine Bank fallen.

Sie hatte keine Ahnung, wie lange sie schon mit tränenüberströmtem Gesicht und angezogenen Beinen dagesessen hatte, als sie die Schuhe bemerkte, die offensichtlich schon eine ganze Weile vor ihr standen. Langsam hob sie den Blick, um die dazugehörige Person zu betrachten.

Majik sah ein wenig verlegen auf sie hinunter und hielt ihr ein Paar Sandalen hin. Jetzt erst nahm sie bewusst wahr, dass sie keine Schuhe anhatte, sondern barfuß losgestürmt war. Sie nahm die Sandalen entgegen und zog sie an, während Majik sich zögernd neben ihr auf die Bank fallen ließ. Vorsichtig nahm er sie in den Arm. Sie schluchzte erneut. Er schwieg. Sie mussten eine Ewigkeit so gesessen haben, als er plötzlich das Wort ergriff.

»Es tut mir leid«, flüsterte er. »Aber … du darfst nicht … Ich meine, sie sind trotzdem …« Offensichtlich wusste er nicht, wie er es sagen sollte. Also fragte er einfach, schon wieder etwas neugierig: »Wie kommst du nur auf so etwas?«

»Ich, ich weiß nicht«, stammelte sie. »Es war irgendeine Erinnerung.« Sie schwieg und lauschte angespannt in sich hinein, vielleicht waren da noch mehr Erinnerungen? Doch nichts.

»Was für eine Erinnerung?«, fragte er irritiert. Sie zuckte die Schultern.

»Ich weiß es nicht genau. Irgendetwas mit dir. Mit meiner Familie und mit …« Sie brach ab. Ja, mit wem? »Es war, als hätte mir jemand vor Kurzem gesagt, dass es so wäre«, versuchte sie, sich erneut zu erklären. »Vielleicht in den letzten drei Monaten?« Sie sah ihn hilflos an.

»Warum sollte dir jemand so etwas sagen? Ich war es sicher nicht, denn woher sollte ich es wissen? Deine Familie war es offensichtlich auch nicht. Und ein Unbekannter? Woher sollte ein Fremder diese Information haben?«, fragte Majik, der zu bemerken schien, dass ihre Gedanken schon wieder mehr in Richtung Gedächtnisverlust als zu ihrer Familie gingen. Sie hatte sich aufgesetzt und starrte in die Ferne.

»Ich weiß es nicht«, murmelte sie und kniff die Augen zusammen.

»Aber …«, setzte er an, kam jedoch nicht weit.

»Ich weiß es nicht. Verdammt noch mal, ich weiß es nicht!« Sie schrie fast und er zuckte zusammen. Vermutlich, weil er sie so unbeherrscht überhaupt nicht kannte.

Sie fing sich augenblicklich wieder.

»Tut mir leid«, flüsterte sie und lehnte sich an ihn. »Ich bin … Ich weiß gerade nicht … Was soll ich nur tun?«

Er zögerte kurz.

»Ich weiß, dir wird nicht gefallen, was ich dir jetzt rate, aber du solltest nach Hause gehen und mit deinen Eltern reden. Um mehr zu erfahren«, sagte er und strich ihr halb beruhigend, halb hilflos über den Rücken.

»Aber sie sind doch nicht meine Eltern«, gab Leyla verzweifelt zurück.

»Doch, das sind sie.«

Sie schwieg. Sie wusste, dass er recht hatte. Doch da war noch irgendetwas anderes und ihr wurde bewusst, dass das ihr eigentliches Problem war. Zwar war sie enttäuscht über die jahrelange Heimlichkeit, aber sie liebte ihre Eltern, ob sie nun die leiblichen waren oder nicht, es war nur so, dass …

»Ich weiß nicht, wer ich bin, Majik.«

»Du bist immer noch du selbst. Es ändert sich nichts.«

»Es ändert sich alles!«, meinte sie trotzig und zog die Beine an. »Wo komme ich her?« Ihr Inneres begann, bei dieser Frage unangenehm zu brennen. Kannte sie die Antwort? Sie zögerte.

»Frag sie.«

»Ich kann nicht zurück. Nicht jetzt gleich. Ich muss erst einmal einen klaren Kopf bekommen«, fügte sie dann hinzu, nahm das Taschentuch, das Majik ihr hinhielt und schnäuzte sich geräuschvoll.

»Willst du mit zu mir?«

»Ist das dein Ernst? Katja würde ausflippen, wenn sie davon erfährt.« Majiks Freundin Katja war in Leylas Augen ein echter Albtraum. Ein sehr eifersüchtiger Albtraum. Sie schüttelte heftig den Kopf. »Nein, aber danke. Ich denke, ich fahre zu Andy. Könntest du …«

»Ja, ich sage ihnen Bescheid.«

»Hast du wenigstens ein bisschen schlafen können?«, fragte Andrea am nächsten Morgen und reichte Leyla eine Tasse Tee.

Sie schälte sich stöhnend aus der mit bunten Animefiguren versehenen Bettwäsche und gähnte. Dann griff sie nach dem Tee und nippte daran. Er roch besser, als er schmeckte.

»Wenig«, meinte sie, verzog das Gesicht und stellte die Tasse auf das kleine Nachttischchen, das voller kleiner Sammelfiguren war. »Ich habe unendlich viel Mist geträumt.«

»Kannst du dich an irgendetwas davon genauer erinnern?«, fragte Andrea und ihre Augen begannen zu leuchten.

In Leyla machte sich prompt die Sorge breit, dass die Freundin ihr Traumdeutungsbuch hervorkramen würde, in dem ungefähr jedes zweite Symbol mit Tod, Verlust und Trauer zu tun hatte. Dennoch antwortete sie.

»Ich weiß nicht mehr viel. Aber es hatte mit merkwürdigen Wesen und ziemlich vielen Steinen zu tun. Schwarzen Steinen.«

»Du und deine Steine«, lachte Andrea. »Vielleicht solltest du noch einmal über deine Studienfachwahl nachdenken.«

»Du bist schon die Zweite, die das vorschlägt«, grummelte Leyla. »Wieso sagst du so etwas?« Plötzlich hellwach richtete sie sich gerade auf.

»Na, wenn du dich so für Steine interessierst, wäre vielleicht Mineralogie für dich die ideale Studienfachwahl. Oder du könntest erst einmal Geoökologie studieren und hängst Mineralogie dann als Master hinten dran. Oder du belegst da Zusatzkurse. Du könntest hierbleiben. Gibt es in Berlin oder Potsdam Kurse zum Thema Mineralogie? Bestimmt nicht.« Andrea geriet richtig in Fahrt. »Oh Leyly, das wäre doch zu cool, wenn wir beide an derselben Uni studieren würden.«

»Stopp«, hielt Leyla sie von weiteren Ausführungen ab. »Ich meinte nicht so ein Wieso. Ich meinte eher wieso im Sinne von wie.«

»Wie, was?« Jetzt war Andrea sichtlich aus dem Konzept gebracht.

»Wie kommst du darauf, dass ich mich für Steine interessieren würde?«, fragte Leyla, ohne auf die Uni-Kurs-Debatte einzugehen.

»Na, der Obsidian«, meinte Andrea, als wäre es selbstverständlich.

»Der Obsidian?«, hakte Leyla vorsichtig nach.

»Muss ich mir Sorgen um dich machen?« Nun war Andrea wirklich irritiert. »Was ist los mit dir? Ich meine den schwarzen Stein, den du mir geschickt hast und den du erst gar nicht herausrücken wolltest. Mein Dozent hat ihn untersucht und herausgefunden, dass es ein Obsidian ist. Und er wollte ihn bei Gelegenheit noch einmal für weitere Untersuchungen haben, weil er der Meinung war, dass ein merkwürdiges organisches Material darin eingeschlossen ist. Du hast doch meinen Brief bekommen?«

»Ja, klar«, lachte Leyla gekünstelt und rieb sich die Stirn. »Der Obsidian. Klar.« Irgendetwas regte sich in ihren Erinnerungen.

Andrea musterte sie eingehend und zog an ihren stark toupierten pinken Haaren.

»Wo hast du den Stein denn nun hergehabt und was war so wichtig daran?«

»Ach, nichts. Ich habe ihn gefunden.«

»Gefunden? Ein vulkanisches Gestein hast du gefunden? In Berlin? Oder doch in Potsdam?«

»In einem Laden.«

»Ach so.« Augenblicklich wich der Spott aus Andreas Stimme. »Und die konnten dir dort nicht sagen, was es für ein Stein ist?«

»Nein. Ich meinte, Majik hat ihn in einem Laden gefunden. Er hat ihn mir geschenkt und wusste nicht mehr, was es ist.«

»Er hat so einen unschön geformten Stein für dich gekauft? Warum hat er keinen genommen, der in Herzform geschliffen war? Oder wenigstens einen Anhänger, damit du immer …«

»Andy!«, unterbrach Leyla sie warnend und begann dann, nachdenklich auf ihrer Lippe zu kauen. Nach einer Weile wurde ihr bewusst, dass Andrea sie anstarrte.

»Was?«, fragte sie deshalb.

»Irgendwie bist du seltsam. Und das jetzt schon seit Mai«, meinte Andrea und runzelte die Stirn.

»Seltsam?«, lachte Leyla und versuchte, es nicht allzu hysterisch klingen zu lassen.

»Na, erst der Stein und die Dringlichkeit der Untersuchung seiner Herkunft. Dann bist du verschwunden und partout nicht erreichbar. Dir wird gekündigt, weil du nicht zur Arbeit erscheinst – ausgerechnet du? Und jetzt fragst du deine Eltern einfach so spontan am Esstisch, ob du adoptiert bist. Irgendetwas läuft bei dir doch gerade nicht ganz rund. Wo warst du in den letzten Wochen und … Oh, Leyly, das tut mir leid. Ich wollte nicht …«

Sie unterbrach sich. Leyla waren erneut die Tränen in die Augen gestiegen.

»Schon gut, Andy. Es ist derzeit halt alles ein bisschen viel.« Sie wischte die Tränen weg und rang sich ein Lächeln ab.

»Das verstehe ich.«

»Vielleicht hatte Majik gestern recht und ich sollte nach Hause gehen, um mit meinen Eltern zu reden. Danke, dass du dir Zeit für mich genommen hast und ich hier schlafen durfte.«

Sie versuchte, Andreas mitleidsvollem Blick auszuweichen. Sie wollte plötzlich ganz dringend nach Hause. Aber das lag nicht an dem Gespräch mit ihren Eltern, wie sie behauptete und vor dem sie sich fürchtete …

Obsidian, das Wort hallte in ihrem Kopf nach. Das hatte die Stimme doch auch gesagt. Und war da nicht ein schwarzer Stein gewesen, in ihrem Rucksack? Ja! Ein merkwürdig geformter Stein. Sie hatte sich zwar gewundert, doch es war so viel, worüber sie sich Gedanken machte, dass der komische Stein ihr als das unwichtigste aller Puzzleteile erschienen war. Aber vielleicht hatte sie sich geirrt. Vielleicht war er der Schlüssel. Sie musste sich den Stein unbedingt genauer ansehen!

Sie hatte sich wirklich bemüht, das Haus leise zu betreten, doch ihre Mutter hatte Ohren wie ein Luchs. Gerade, als Leyla auf der obersten Stufe des ersten Stockwerks angekommen war und die Hand auf die Türklinke ihres Zimmers legte, rief von unten eine Stimme:

»Leyla, bist du da?«

Leyla unterdrückte ein Fluchen und versuchte trotzdem, leise in ihr Zimmer zu huschen und die Tür zu schließen. Sie war noch nicht bereit für das Gespräch. Vielleicht würde ihre Mutter ja nicht hinaufkommen.

Raschen Schrittes ging sie zum Schreibtisch, an dem ihr Rucksack lehnte. Sie packte ihn, setzte sich auf ihr Bett und begann hektisch, darin zu kramen.

Ein zögerliches Klopfen ließ sie innehalten. Sie sah auf und beobachtete, wie sich die Tür öffnete. Ihre Mutter steckte den Kopf durch den Spalt. Sie wirkte ziemlich mitgenommen, als hätte sie die ganze Nacht geweint. Augenblicklich ging es Leyla wieder schlechter.

»Hast du kurz Zeit?«, fragte Amanda vorsichtig und trat ein.

»Ist gerade etwas ungünstig«, antwortete Leyla halbherzig. Sie griff nach ihrem Notizbuch, das in ihrem Rucksack steckte und öffnete es alibihalber. Sorgsam darauf bedacht, irgendwohin zu starren.

»Wieso habt ihr es mir nie gesagt?«, brach es plötzlich aus ihr heraus. Sie warf das Notizbuch auf das Bett und hob den Blick.

»Es macht doch keinen Unterschied. Du bist unsere Tochter.«

»Ja«, meinte Leyla nach einigem Zögern. »Aber ich weiß nicht, wer ich bin. Wo ich herkomme.«

»Du bist nicht von dort«, echote plötzlich wieder diese Stimme in ihrem Kopf. Sie schauderte. Ihr Blick fiel erneut auf ihr Notizbuch. Die Seiten hatten sich beim Aufprall auf das Bett umgeblättert. Auf der jetzt aufgeschlagenen Seite standen einige Wörter. Leyla hatte sie in den letzten Tagen immer wieder gelesen und versucht, sie zu verstehen. »Du bist nicht von dort.« Ihr Blick blieb an dem Namen hängen. Van Raiken. »Du bist nicht von dort.« Sie keuchte.

»Leyla, Liebes?«, fragte ihre Mutter und kam näher.

»Bitte lass mich einen Moment allein«, stammelte sie. Ihre Mutter nickte resigniert und ging zur Tür. »Ich habe furchtbare Kopfschmerzen«, meinte Leyla, deren Gewissen sich meldete. Sie ertrug es einfach nicht, ihre Mutter so niedergeschlagen zu sehen. »Schlecht geschlafen. Ich komme nachher runter.«

Ihre Mutter nickte erleichtert und Leyla zwang sich zu einem gequälten Lächeln, bevor die Tür hinter Amanda zufiel.

»Du bist nicht von dort.« Van Raiken. Die Stimme und der Name gehörten irgendwie zusammen. Nur wie? Sie kannte keinen van Raiken. Also musste sie herausfinden, wer er war. Hektisch begann Leyla erneut, ihren Rucksack zu durchwühlen. Wo war dieser Stein, von dem Andrea gesprochen hatte? Irgendwo musste er doch sein. Vielleicht hatte sie ihn in Berlin gelassen. Oder weggeworfen? Nein, das garantiert nicht. Hauptsache, sie hatte ihn nicht verloren. Sie war immer mehr davon überzeugt, dass er wichtig war. Da!

Endlich hielt sie den schwarzen Stein in den Händen. Sie begutachtete ihn von allen Seiten. Er sah eigentlich ganz gewöhnlich aus. Dennoch machte sich ein merkwürdiges Kribbeln in ihr breit. Sie nahm den Stein fest in ihre Hand und schloss die Augen, um ihn besser wahrnehmen zu können. Er war ganz glatt – ohne die kleinste Unebenheit. Unheimliche Bilder jagten plötzlich an ihrem inneren Auge vorbei. Schwarzer Stein. Gelbe Augen. Majik. Ein blonder junger Mann, den sie nicht kannte. Oder? Erschrocken riss sie die Augen auf.

»Theodor«, murmelte sie.

Es war Theodors Stimme, die ihr immer wieder etwas ins Ohr geflüstert hatte. Nur war sie sich nicht sicher, wer Theodor war. Sie spürte Hände auf den ihrigen. Eine sonderbare Kraft. Sie begann zu zittern, ihr Herz raste. In ihrem Inneren herrschte das reinste Gefühlschaos.

Sie öffnete die Hand und starrte auf den Stein, als sich mit einem Mal etwas von ihr löste. Sie spürte einen Ruck, der sie zurückschleuderte. Eine unsichtbare Kraft fegte den Stein von ihrer Hand. Er krachte gegen die Wand und zerbarst. Splitter fielen zu Boden. Einen Moment lang war Leyla wie erstarrt.

»Naurénya!«, hauchte sie dann.

Kapitel 2

Schemen in der Dunkelheit

Die Erinnerungen waren nur bruchstückhaft und geradezu unglaublich. Trotzdem war sie sich sicher: Sie waren real. Erleichterung paarte sich mit Aufregung und Sorge. Vor ihrem inneren Auge sah sie die schwarze, versteinerte Universität Naurényas. Sie sah den großen Mann mit dunkler Hautfarbe – Pan - und den blonden, unausstehlichen Theodor. Alles andere war noch ziemlich verschwommen.

Sie wusste, dass sie gemeinsam auf der Suche nach etwas gewesen waren, nach jemandem. Demjenigen, der die Universität versteinert hatte! Hatten sie ihn gefunden? Sie war sich nicht sicher, aber dafür wusste sie eines ganz genau: Pan und Theodor waren in Gefahr.

Diese Gewissheit ließ sie nicht los. Unstet wanderte sie in ihrem Zimmer auf und ab. Was sollte sie nun tun? Sie starrte kurz auf ihre Hände, dann griff sie nach ihrem Handy und wählte fast schon automatisch Majiks Nummer. Es klingelte. Einmal, zweimal, dreimal. Er ging nicht ran. Frustriert legte sie wieder auf und überlegte. Dann ging sie raschen Schrittes zur Tür, die Treppe hinunter und hinaus auf die Terrasse, die zu einem kleinen, ziemlich verwilderten Garten gehörte.

Leylas Eltern blickten erstaunt auf, als sie plötzlich an ihren Tisch trat. Verlegen sahen sie sich alle an.

»Wo genau komme ich her?«, fragte Leyla ohne Umschweife. Sie musste es wissen. Der Gedanke an Naurénya gab ihr eine sonderbare Kraft.

»Willst du dich nicht zu uns setzen?«, fragte ihr Vater und deutete auf den Tisch und den frischgebackenen Obstkuchen darauf. Leyla zögerte, folgte der Aufforderung dann jedoch. Unruhig rutschte sie auf ihrem Stuhl herum und beobachtete, wie ihr Vater den Kuchen gleichmäßig zerschnitt.

»Wir wissen nicht, wo du herkommst«, sagte ihre Mutter währenddessen leise. »Du lagst in einem Korb in einem Park am Rheinufer. Wir waren dort damals im Urlaub spazieren und haben dich gefunden. Du hast uns angesehen mit deinen unglaublichen Augen und so breit gelacht, wir haben uns sofort in dich verliebt. Aber wir mussten natürlich erst einmal die Polizei informieren. Die haben nach deinen richtigen Eltern gesucht. Als die nicht ausfindig gemacht werden konnten, wurde das Jugendamt eingeschaltet. Darauf haben wir, ehrlich gesagt, gewartet und gehofft. Ständig haben wir beim Jugendamt angerufen, um Neuigkeiten zu erfahren, denn du gingst uns einfach nicht mehr aus dem Kopf. Dann gab es eine Menge Papierkram zu erledigen, aber schließlich hat das Familiengericht entschieden, dass wir dich zu uns nach Hause holen können und du wurdest eine echte Sealak.« Sie stockte und Leyla schluckte. »Wir haben nie herausgefunden, wo du hergekommen bist. Du lagst einfach in diesem sonderbaren Korb mit nichts als einem kleinen Zettel.

Darauf stand lediglich: ›03.05.1991, L.‹. Daher haben wir uns auch für deinen Namen entscheiden, Leyla. Aber mehr wissen wir nicht«, murmelte sie dann.

Leyla atmete tief durch.

»Ein sonderbarer Korb?«, fragte sie.

»Ja, ein sehr schöner. Die Herstellung muss aufwendig gewesen sein. Wir haben versucht, herauszufinden, wer ihn gefertigt hat, aber ohne Erfolg. Wir haben ihn aufgehoben, wenn du …« Sie brach ab.

Leyla nickte bedächtig.

»Später vielleicht.« Sie war also wirklich nicht von hier. Das durfte sie auf keinen Fall Theodor erzählen. Diese Genugtuung darüber, recht gehabt zu haben, die sie in seinen Augen sehen würde, gönnte sie ihm nicht. Erstaunt stellte sie fest, dass sie zu einhundert Prozent sicher war: Dieser Gedanke der Adoption war von Theodor in ihren Kopf gepflanzt worden und er würde wohl wirklich überheblich grinsen, wenn er die Wahrheit erfuhr. Er hatte es ihr in der Nähe eines Flusses gesagt.

Ihre Gedanken wurden jäh unterbrochen, als ihre kleine Schwester auf die Terrasse gestürmt kam.

»Mami, Papi, kommt schnell!«, krähte sie. »Der Mann von gegenüber hat einen neuen Hund. Er ist riesengroß und grau und sieht aus wie ein Wolf.«

»Ein Wolf?«, fragte Leyla erstaunt.

Da war ein Wolf gewesen. Im versteinerten Palast. Der Wolf hatte eine wichtige Information gehabt. Er sagte, Theodor sei der Verräter. Halt. Hatte er das wirklich gesagt? Nein, da war irgendetwas falsch. Der Obsidian war der Verursacher. Aber … Sie dachte angestrengt nach und ließ dann entmutigt die Schultern hängen. Sie hatte keine Ahnung. Da waren so viele verrückte Bilder, aber sie ergaben keinen Zusammenhang.

Sie folgte ihren Eltern, die von Shara zur Haustür gezerrt wurden, um den Hund zu betrachten. Mr. Mecoy hob grüßend die Hand, als sie in der Tür erschienen. Er war ein älterer Herr, der vor rund zwanzig Jahren der Liebe wegen aus London hierher gezogen war. Mittlerweile war er Witwer, doch es hielt ihn immer noch in dem kleinen Ort, mit dem er so viele Erinnerungen verband.

»Das ist aber ein schöner Hund«, rief Leylas Vater.

»Ein Tamaskan«, rief Mr. Mecoy zurück.

Der Hund sah wirklich wie ein Wolf aus, fand Leyla. Allerdings war er sehr gepflegt. So ganz anders als der Wolf im Palast. Leyla legte den Kopf schief und überlegte. Aber mehr als die Erinnerung an zottiges Fell war da nicht. Ein kalter Schauer lief ihr über den Rücken, als ihr eines klar wurde: Es gab nur eine einzige Möglichkeit, ihrem Gedächtnis wieder auf die Sprünge zu helfen. Sie musste nach Naurénya.

Der Gedanke verfestigte sich unglaublich schnell. Am liebsten wäre sie sofort in ihr Zimmer gestürmt und in die fremde Welt eingetaucht. Doch sie zwang sich zur Ruhe und ging wieder zurück in den Garten.

Als auch der Rest ihrer Familie wieder am Tisch saß, aß sie ihren Kuchen weiter und ließ ihre Gedanken kreisen.

Sie brauchte einen Plan – oder zumindest ein paar Antworten auf ganz grundsätzliche Fragen, beginnend mit: Wie würde sie nach Naurénya kommen? Irgendetwas in ihr sagte ihr, dass sie hierfür zurück nach Berlin, beziehungsweise zur Uni nach Potsdam musste. Aber was sollte sie tun, wenn sie dort war? Würde sie sich sofort an alles erinnern? Sie zuckte unbewusst mit den Schultern. Diese Frage konnte sie vorab nicht beantworten.

»Leyla?«, fragte ihr Vater.

Sie sah überrascht auf und eine weitere Frage blitzte augenblicklich in ihren Gedanken auf. Wie sollte sie ihrer Familie erklären, dass sie schon wieder abreisen würde? Sicher, in knapp zwei Monaten begann das neue Semester und sie würde ohnehin zurück zur Uni müssen. Aber dann musste sie studieren und vor allem arbeiten und hätte keine Zeit und … Sie stutzte.

»Wenn du jetzt quasi arbeitslos bist«, meinte sie und sah ihre Mutter nachdenklich an, »und wir weniger Geld bekommen, bedeutet das, dass ich Bafög erhalte, oder? Dann muss ich gar nicht weiter in dieser furchtbaren Firma bleiben.«

»Ja, kann sein. Du arbeitest ohnehin zu viel. Wir können dich doch bei der Miete unterstützen.«

Leyla wusste nur zu gut, dass sie das nicht konnten. Sie lächelte dankbar und schüttelte ablehnend den Kopf. Ihre Gedanken wanderten weiter. Wenn sie nicht arbeiten musste, hatte sie immerhin nicht den finanziellen Druck, der ihre Reise nach Naurénya kürzen würde. Die ganze Familiensituation war plötzlich wie aus ihrem Kopf gefegt. Es gab Wichtigeres, an das sie nun denken musste.

In diesem Augenblick klingelte ihr Handy.

»Majik«, rief sie erleichtert und drückte auf den Annahmeknopf. Sie lief zurück ins Haus, in ihr Zimmer, schloss die Tür und berichtete dem Freund dann, was ihr wieder eingefallen war.

»Ley«, meinte Majik, nachdem er eine ganze Weile geschwiegen hatte. »Ich weiß nicht, wie ich es sagen soll …« Es klang merkwürdig zögernd und Leyla wurde bewusst, dass die Geschichte laut ausgesprochen noch viel merkwürdiger und fantastischer klang, als sie es ohnehin schon war, und dass Majik sich nun ernsthaft Sorgen um ihren Geisteszustand machte.

»Das war etwas viel für dich in den letzten Tagen«, fügte er langsam hinzu und ließ den Rest seines Satzes in der Luft hängen.

»Die Situation hatten wir schon mal«, murmelte sie. Sie blickte auf. Es schien, als würde der sonderbare Gedankennebel sich immer mehr lichten.

»Was?«

»Du hast mir das schon einmal nicht geglaubt, bis du es gesehen hast.«

»Was habe ich gesehen?«

»Naurénya.« Sie zögerte. Wie genau hatte sie ihn beim letzten Mal überzeugen können? Hatte sie ihn einfach mitgenommen?

»Das ist doch absurd«, rief Majik am anderen Ende der Leitung.

»Uns fehlt auf mysteriöse Art und Weise das Gedächtnis – für denselben Zeitraum. Ich höre Stimmen. Ich weiß plötzlich, dass meine Eltern nicht meine biologischen Eltern sind. Gib mir eine andere Erklärung dafür«, versuchte sie zu argumentieren. »Ich weiß, dass es so ist.«

»Du bist vollkommen …«

»Majik!«, unterbrach sie ihn warnend. Wenn er weiter so zweifelnd redete, würde sie selbst anfangen zu glauben, sie sei verrückt.

»Eine Parallelwelt? Die versteinert ist? Sorry, Kleines. Das ist unmöglich.«

Sie schwieg.

»Schön, gehen wir davon aus, dass es so etwas gibt und es nicht deiner Fantasie entsprungen ist«, lenkte er ein. »Wie sind wir dahin gekommen, und warum ausgerechnet wir? Und: Wieso können wir uns an nichts erinnern und wieso haben wir niemandem etwas davon erzählt?«, fragte er und ihr wurde bewusst, dass er versuchte, ihr ihre Denkfehler aufzuzeigen. Aber nicht mit ihr. Sie öffnete den Mund, um zu antworten und stutzte, denn sie kannte die Antworten nicht.

»Ich weiß es nicht«, murmelte sie. »Aber unsere Uni ist der Schlüssel. Wirklich. Da waren die Übergänge. Der Riss in der Wirklichkeit. Wir müssen zur Uni!«

»Kleines! Ich bin froh, dass ich da mal nicht hin muss«, lachte er.

Sie runzelte die Stirn.

»Majik, bin ich verrückt?«, flüsterte sie leise.

»Nein, nur komplett mit den Nerven am Ende. Du brauchst ganz dringend richtigen Urlaub. Was hältst du davon?«

Sie hielt inne.

»Majik.«

»Komm schon. Zwei Wochen Sonne täten dir sicherlich gut. Ich lade dich ein.«

»Denk nicht mal daran!«

»Aber …«

»Du weißt genau, dass das nicht geht und dass ich das nicht will. Von Katjas Meinung hierzu einmal ganz abgesehen.«

»Das ist mein Problem und nicht deins. Ganz ehrlich, Ley, wann hast du das letzte Mal wirklich den Kopf ausgeschaltet und einfach die Zeit richtig genossen?«

Sie zögerte. Er hatte recht. Sie war nur noch mit Lernen und Arbeiten beschäftigt. Oder damit, sich Gedanken zu machen. Vielleicht war die Idee gar nicht so blöd. Sie gab sich einen Ruck.

»Eine Woche«, sagte sie. »Und ich zahle selber.«

»Okay.«

Sie konnte sein Grinsen fast hören und lächelte nun ebenfalls. Die Idee gefiel ihr immer besser. Sie würde ihr Handy auslassen, ein bisschen Digital Detox konnte schließlich nicht schaden. Und so würden vielleicht auch diese Hirngespinste mit den Namen Naurénya und van Raiken verschwinden. Sie atmete tief ein und aus. Majik hatte sich den Titel Ein *Riss in der Wirklichkeit* notiert. Vermutlich hatten sie sich dazu einfach eine verrückte Geschichte ausgedacht. Dieses Naurénya existierte nicht wirklich. Punkt!

Ihr Blick glitt durch das Zimmer und fiel auf die Splitter des Steines, den sie vorhin aus Versehen zerschmettert hatte. Zweifel überkamen sie. Sie hatte den Stein bewegt, durch die Luft.

»Majik«, flüsterte sie. »Warte.«

Sie war das gewesen. Und wenn sie noch einmal einen Gegenstand so wie den Stein durch die Luft bewegen würde und Majik es sah, musste er ihr glauben.

Sie ging zum Schreibtisch, nahm einen Bleistift und legte ihn sich auf die ausgestreckte Hand. Dann machte sie vorsichtige Bewegungen. Doch nichts geschah. Der Bleistift blieb liegen, wo er war. Sie seufzte. Dann erst fiel ihr auf, dass Majik und sie sich jetzt seit geraumer Zeit anschwiegen und er offensichtlich darauf wartete, dass sie noch etwas sagte.

»Es geht nicht, Majik. Ich kann nicht in den Urlaub, ich muss dahin.«

»Wohin?«

»Zur Uni.«

Obwohl sie ihn nicht sah, spürte sie, dass er hin- und hergerissen war und sich fragte, ob sie ihm einen Streich spielte. Er ging vermutlich sämtliche Möglichkeiten im Kopf durch, sie von dem Vorhaben abzubringen. Gleich würde er damit beginnen, den Urlaub richtig zu planen, und sie wusste, dass sie sich früher oder später endgültig von ihm überzeugen lassen würde. Doch dann seufzte er resigniert.

»Ich kann mich an nichts von dem erinnern, was du sagst. Es klingt verrückt. Gespenstisch. Und ich würde einen echten Urlaub wirklich super finden. Aber wenn du unbedingt zur Uni möchtest, werde ich dich hinfahren. Ich fahre dich, wohin du willst.«

Sie lächelte erleichtert und überhörte den letzten Satz geflissentlich.

»Danke«, flüsterte sie.

René und Amanda verabschiedeten sich mit leicht bekümmerten Blicken. Leyla war klar, dass ihre Eltern dachten, es läge an der jetzigen Situation, dass sie schon wieder nach Berlin wollte. Noch einmal wiederholte sie ihre Beteuerung, dass sie etwas Wichtiges in der Hauptstadt vergessen hätte und dann nur bleiben wollte, um zu arbeiten. Es tat ihr leid, ihre Eltern so traurig zu sehen, aber den wahren Grund für ihre Abreise konnte sie ja schlecht sagen.

Also winkte sie noch einmal und stieg dann zu Majik ins Auto. Er startete den Motor. Leyla spürte ein leichtes Kribbeln im Bauch. In ein paar Stunden würde sie in Naurénya sein – vorausgesetzt, sie fand den Weg dorthin.

Am vergangenen Abend hatte sie noch einmal die Bruchstücke ihrer Erinnerungen zusammengetragen, sich alles notiert und versucht, noch mehr Antworten zu finden. Sie hatte sogar im Internet nach den Namen van Raiken, Naurénya und Karinaki gesucht. Doch nichts. Weder das Internet noch ihr Gedächtnis waren bereit, weitere Antworten auszuspucken. Also musste

Leyla sich wohl überraschen lassen und mit etwas Glück würde sie später erfahren, was sie in Naurénya erwartete. Etwas mulmig war ihr schon bei dem Gedanken, eine Reise ins Unbekannte anzutreten. Sie hoffte nur, dass sie mit dem Inhalt ihres Rucksacks bestmöglich auf alles vorbereitet war.

Sie spürte Majiks Blick von der Seite.

»Was?«, fragte sie und drehte an ihrem Ohrring.

»Nichts«, meinte er, doch es klang zu beiläufig.

»Du denkst immer noch, ich wäre durchgeknallt«, stellte sie fest.

»Kannst du es mir verübeln?«, grinste er, schüttelte zu ihrer Überraschung dann jedoch den Kopf. »Ich habe heute Nacht lange nachgedacht, über das, was du erzählt hast. Ich kann mich an absolut nichts erinnern, es kommen auch keine Bilder oder irgendwas. Aber in gewisser Weise klingt es …«, er zögerte, »… vertraut, was du erzählst.«

Sie merkte, wie schwer es ihm fiel, dies zuzugeben. Erleichtert lächelte sie ihn an.

Die Fahrt verging schnell. Je näher sie ihrem Ziel jedoch kamen, desto nervöser wurde Leyla. Majik, dem das nicht zu entgehen schien, lächelte und legte eine CD mit 90er-Hits ein, die sie stets in gute Laune versetzte. Sie war so dankbar, ihn an ihrer Seite zu haben. Doch sie kannte ihn ebenso gut wie er sie, und so bemerkte sie, dass ihn etwas bedrückte, als sie nach knapp drei Stunden auf dem Parkplatz des Universitätsgeländes hielten.

»Was ist los?«, erkundigte sie sich.

»Nun, du weißt, ich würde für dich durchs Feuer gehen …«

»Was ja keiner verlangt hat«, grinste sie und fragte dann doch nach: »Aber?«

»Ich muss spätestens morgen früh zurück nach Ilmenau. Es ist nicht nur ein Feuer, das mich verbrennen will, sondern es sind zwei. Mein Vater kommt von der Dienstreise zurück und Katja …«

Leyla nickte und kramte in ihrem Rucksack.

»Ich denke, ich werde länger brauchen«, sagte sie.

»Wie meinst du …?« Er brach ab, als sie ihm mit leicht zitternden Fingern ihren Wohnungsschlüssel reichte.

»Danke, dass du mich hergebracht hast. Könntest du meine anderen Sachen noch in die Wohnung bringen? Und Andy Bescheid geben. Und meinen Eltern, dass es mir gut geht und …« Ihre Stimme versagte, sie hatte Angst vor dem, was sie erwarten würde. Majik sah sie sehr sonderbar an.

»Melde dich, wenn du irgendetwas findest oder sonst etwas ist«, flüsterte er und sie nickte, öffnete die Autotür und stieg aus.

Tief durchatmend stand sie vor dem beeindruckenden Universitätskomplex. Was nun? Sie spürte Majiks Blick in ihrem Rücken. Er schien noch zu warten, vielleicht in der Hoffnung, sie würde sich besinnen und wieder ins Auto steigen.

Langsam machte sie ein, zwei Schritte auf den Rasen zu. Wohin? Sie war sich sicher, dass die Universität der Schlüssel war, aber …

Irgendetwas flimmerte schwarz in ihrem Sichtfeld. Sie blinzelte ein paarmal, doch das Flimmern blieb. Unruhe machte sich in ihr breit. Was war das? Sie versuchte, sich selbst zu beruhigen: vermutlich nur ihr Kreislauf. Die Augustsonne brannte unbarmherzig auf sie nieder.

Sie tat ein paar weitere Schritte und ließ ihren Blick suchend über den Campus gleiten, der aufgrund der Semesterferien erwartungsgemäß leer war. Das Flackern wurde stärker. Es störte sie. Sie versuchte, es zu ignorieren, und lief einfach weiter, durch das Flackern hindurch, als wäre es gar nicht da und … Knall.

Stöhnend rieb sie sich die Stirn. Dann zuckte sie zusammen und starrte ihre Umgebung fassungslos an. Der Rasen unter ihren Füßen, der knirschte, als sie ihr Gewicht verlagerte, und der Baum, zu dem der dicke Ast gehörte, gegen den sie eben gelaufen war: Alles war rabenschwarz. Versteinert. Vorsichtig strich sie mit ihren Fingern über die Rinde, die seltsam glatt und sehr warm war. Sie blickte ganz langsam auf und eines war klar: Sie befand sich nicht mehr in Potsdam.

›Himmel!‹, dachte Leyla und trotz der Hitze fröstelte sie. Doch dann begann sie zu begreifen. Die Übergänge an der Uni waren wirklich Risse! Die Grenzen bröckelten. Sie rieb sich die Stirn, die an der Stelle, wo sie mit dem Baum kollidiert war, schmerzte. Ihr armer Kopf musste in den letzten Tagen ganz schön etwas aushalten. Dabei hätte sie es wissen müssen. Was hatte Pan ihr immer wieder versucht einzubläuen: Nutze keine Übergänge, die du nicht kennst. Jetzt war ihr klar, warum. Nicht auszudenken, wenn sie direkt den Baum getroffen hätte und in ihm gelandet wäre. Ob sie dann zwischen den Welten gefangen gewesen wäre? Sie hätte Pan fragen sollen, was sie in einem solchen Fall tun musste.

Sie zuckte erneut zusammen. Pan! Natürlich! Ihre Erinnerungen wurden klarer. Sie sah seine Eckzähne, sah die Feuerkugel vor dem inneren Auge, wusste, dass er ein Gestaltwandler war.

»Manchmal braucht es wohl einen kleinen Schlag auf den Kopf«, murmelte sie.

Da war sie also. Trotz der Tatsache, dass sie sich noch immer nicht an alles erinnern konnte und der unheimlichen Schwärze, breitete sich ein warmes Gefühl in ihr aus. Soweit sie das aktuell beurteilen konnte, schien sich nichts verändert zu haben. Das Gelände lag schwarz und verlassen vor ihr.

Leyla richtete den Blick auf die Gebäude geradezu. Zwei Bauwerke waren durch ein weiteres bogenförmiges, auf Säulen getragenes miteinander verbunden. Die Institute für Feuer und für Wasser und die Forschungseinrichtung.

Ob Pan wohl da drin war? Sie musste ihn finden. Also setzte sie sich in Bewegung. Mehrfach musste sie dem merkwürdigen Flackern ausweichen, das den Übergang von einer Welt in die andere markierte. Sie ging langsam, blickte sich aufmerksam um. Doch mehr Erinnerungen wollten sich einfach nicht einstellen.

Leyla erreichte die Treppe, die zur Portaltür des Feuerinstituts führte. An ihrer Uni war es das mathematische Institut und der Ort, an dem sie das erste Mal in diese andere Welt hinübergetreten war. Fast ehrfürchtig ging sie fünf glatte schwarze Stufen hinauf. Sie streckte die Hand nach dem Türknauf aus und hielt dann mitten in der Bewegung inne. Wenn es doch keine gute Idee war, hier zu sein? Vielleicht hatte sie das alles nicht grundlos vergessen.

Sie schüttelte den Kopf. Sie musste es einfach wissen. Entschlossen griff sie nach dem Knauf.

Es passierte nichts. Der Knauf ließ sich nicht einen Millimeter bewegen. Sie seufzte resigniert. Natürlich ging das nicht, er war schließlich versteinert. Sie ärgerte sich kurz über sich selbst, starrte die Tür an und überlegte, wie sie ins Innere der Uni kommen sollte. Da ihr so schnell keine Lösung einfiel, fasste sie den Entschluss, sich erst einmal draußen umzusehen. Sie wollte sich gerade umdrehen, als eine schwere Hand sich auf ihre Schulter legte. Ihr Herz machte einen Satz.

Einen Moment verharrte sie, dann drehte sie ganz langsam den Kopf. Die Hand auf ihrer Schulter war behandschuht. Dicke Eisenplatten bedeckten den Handrücken. Ihr Herz schlug schneller, ihr schwante nichts Gutes. Ruckartig wurde sie herumgedreht, die Hand stieß sie nach hinten und presste sie grob an die versteinerte Portaltür. Nun endlich konnte Leyla denjenigen sehen, der sie festhielt – oder das Etwas. Entsetzt riss sie die Augen auf.

Die Kreatur war Furcht einflößend. Die Augen waren ganz dunkel, ohne das bei Menschen typische Weiß um die Iriden, und standen unnatürlich schräg. Die Ohren lugten viel zu spitz unter zottigem, dunklem Haar hervor und die Haut war fast genauso grau wie die schwere Rüstung, die das Wesen trug.

Leyla keuchte und presste sich nun ihrerseits an die Tür, in der verzweifelten Hoffnung, diese würde sich doch öffnen. Ihr Rucksack drückte sich unangenehm in ihren Rücken. Das Wesen musterte sie. Sie starrte stumm zurück, vor Angst nicht mehr Herr über ihren Körper und ihre Stimme. Irgendwo, ganz weit entfernt in ihrem Kopf, fragte sie sich, wie es möglich war, dass sie dieses Wesen nicht hatte näherkommen hören und …

»Was haben wir denn hier?«, fragte es mit tiefer, knurriger Stimme. Die dunklen Augen funkelten bösartig.

Leyla öffnete den Mund, doch da ruckte die Hand des Wesens höher und umfasste ihren Hals. Sie würgte, schnappte nach Luft und versuchte, sich zu wehren. Sie griff nach der Eisenhand und zerrte daran, um sich zu befreien.

Das Wesen bewegte sich nicht und schien von ihrem Zappeln gänzlich unbeeindruckt.

»Bisschen herumgeschnüffelt, was?«, fragte es weiter.

Sie krächzte etwas Unverständliches.

»Hast du gefunden, was du gesucht hast?«

Endlich ließ der Druck an ihrem Hals nach. Sie japste, zog die Luft ein.

»Antworte«, zischte das Wesen drohend.

»Nein«, stammelte Leyla und rieb sich mit zitternden Fingern den Hals. Ihr Blick huschte zur Seite. Wenn sie jetzt nach links springen würde …

»Antworte!«

Die Stimme wurde lauter. Das unheimliche Gesicht näherte sich ihrem. Irgendwo hatte sie schon einmal solch grausige Gestalten gesehen, aber die waren versteinert gewesen …

»Ich suche einen Freund«, flüsterte sie voller Angst.

Das Wesen schnaubte und machte einen Schritt zurück. Dunkelalben. Das Wort war aus dem Nichts in ihren Gedanken aufgeploppt. Dies musste ein Dunkelalb sein.

»Wir werden die Wahrheit schon noch aus dir herausbekommen«, sagte der Alb.

»Aber das ist die Wahrheit.«

»Lügnerin.«

Mit diesem Wort hob er die Hand und traf sie hart im Gesicht. Ihr Kopf flog zur Seite und knallte gegen den Stein. Sie stöhnte. Vor ihren Augen blitzte es.

»Mitkommen«, knurrte der Alb und packte sie erneut. Benommen vom Schmerz, taumelte sie die Stufen hinunter. Sein fester Griff ließ ihr auch gar keine andere Möglichkeit.

Sie gingen am Feuerinstitut vorbei und liefen durch den Säulengang, der die Forschungseinrichtung trug. Langsam ließ der Schmerz in Leylas Kopf nach und ihre Gedanken begannen wieder damit, ihre Arbeit aufzunehmen. Sie hatte absolut keine Ahnung, was gerade passierte, aber sie musste hier weg. Ohne noch groß zu überlegen, warf sie sich nach vorne, um sich aus dem Griff zu befreien. Doch die Hand hielt sie erbarmungslos fest. Die Finger bohrten sich noch etwas stärker in ihre Schulter, sodass sie stöhnte. Der Alb hinter ihr lachte höhnisch und schubste sie weiter vorwärts. Als wäre sie ein Blatt und er der Wind, der mit ihr spielte, gab er die Richtung vor.

Ihr Körper verkrampfte sich. Er schob sie nach links, wo ein weiteres versteinertes Gebäude wartete.

Sie erkannte die Bibliothek. Hier war sie schon mehrmals gewesen. Das große Loch im bodentiefen Fenster führte direkt in den Lesesaal. Dort hatte sie sich mit Pan und dem arroganten Theodor van Raiken unterhalten. Jetzt aber stand jemand anderes davor.

Sie schauderte, als sie den zweiten Dunkelalben musterte. Was hatten diese Wesen hier zu suchen? Und was in aller Welt wollten sie von Leyla?

Von irgendwoher erklang ein Geräusch. Leyla spitzte die Ohren. Sie wollte verharren, doch sie wurde unsanft weitergestoßen. Sie bohrte ihre Fersen in den Boden und sträubte sich mit aller Macht gegen das Weiterlaufen. Das bereute sie prompt. Der Griff des Alben wurde noch fester. Sie unterdrückte einen Schrei und stolperte vor ihm her.

Der zweite Alb hatte sie längst entdeckt, doch er bewegte sich nicht von der Stelle. Kalt und ausdruckslos sah er ihnen entgegen. Leyla begann zu schwitzen, das Blut rauschte in ihren Ohren. Wie sollte sie hier nur entkommen? Oh, warum hatte sie nicht auf Majik gehört. Sie könnte jetzt auf dem Weg nach Italien oder Spanien sein. Aber sie hatte ja hierher gewollt. Warum? Wenn sich doch nur ein Übergang plötzlich und unmittelbar vor ihr bilden würde. Aber dann würde sie den Alben vielleicht mit in ihre Welt reißen. Das wäre furchtbar!

Sie erreichten den zweiten Alben, der immer noch regungslos vor dem Loch stand.

»Was soll das? Wer ist das?«, fragte er nur. Seine Stimme klang irgendwie heller als die des ersten. Er wirkte zudem ein wenig kleiner, fand Leyla. Auch wenn er sich sonst kaum von dem ersten Dunkelalben unterschied, mutmaßte sie deshalb, dass er jünger war – und damit vielleicht unerfahrener.

»Geht dich nichts an. Wo ist er? Drinnen?«

›Er? Wer zur Hölle ist *er*?‹, dachte Leyla angespannt und schielte zu dem Loch im Fenster. Ihr Puls beschleunigte sich.

»Nein«, sagte der jüngere Alb. »In der Arena.«

Der Alb, der Leyla hielt, knurrte. Dann schubste er Leyla ohne Vorwarnung. Der Druck der Hand verschwand. Überrascht taumelte sie nach vorne. Sie machte sofort einen Satz zur Seite und setzte zum Spurt an, duckte sich, als sie aus den Augenwinkeln einen Schatten sah, machte einen weiteren Satz nach vorne und … wurde wieder zurückgerissen.

Der jüngere Alb hatte nur einen Schritt machen müssen, um sie aufzuhalten.

»Was soll das?«, fragte er verärgert.

»Pass auf das Balg auf. Ich gehe ihn suchen.«

Der Jüngere schien von der Aufgabe nicht begeistert. Er warf einen Blick auf das Loch im Fenster, das, wie Leyla nun feststellte, viel größer war als bei ihrem letzten Besuch in Naurénya. Doch dann nickte er.

Der, der sie am Feuerinstitut aufgegabelt hatte, drehte sich wortlos um und marschierte davon. Kaum war er außer Sicht- und Hörweite, begann Leyla wieder zu zappeln.

»Lass mich los!«, fauchte sie.

Doch der Wunsch blieb unerfüllt. Sie trat und schlug um sich, doch der Alb blieb davon gänzlich unbeeindruckt. Als es ihm zu bunt wurde, packte er Leyla einfach grob am Haar und wirbelte sie herum, sodass sie mit dem Rücken zu ihm stand. Sie schrie auf.

»Jetzt reicht es«, knurrte er hinter ihr. »Du kleine Kratzbürste entkommst mir nicht. Das würdest du nicht einmal dann, wenn du schon deine Fähigkeiten entwickelt hättest.« Er lachte abfällig und sie schauderte. Dann wurde sie ruhig. Fähigkeiten. Konnte sie damit vielleicht etwas ausrichten? Offensichtlich glaubte er, sie hätte keine. Nur – sicher, dass sie welche hatte, war sie sich auch nicht.

Dieser Luftstoß, der den Stein gegen die Wand geschmettert hatte, das hätte auch ein normaler Windstoß sein können, oder? Sie hatte keine besonderen

Fähigkeiten. Sie stammte aus der falschen Welt. Aber sie war adoptiert! Und Wind in einem geschlossenen Raum war auch höchst selten. In ihrem Inneren wusste sie einfach, dass der Stein durch ihre Kraft von ihrer Hand geschleudert worden war. Wenn sie den Luftstoß also wiederholen könnte … Vielleicht konnte sie das Überraschungsmoment nutzen. Aber wie funktionierte diese verdammte Elementmagie?

Mit dem merkwürdigen Netz, das sich wie ein Adersystem durch ihren Körper zog. Sie stutzte. Woher wusste sie das? Egal.

Sie presste die Augen zusammen und suchte nach der Kraft. Doch sie fand nichts. Sie war viel zu aufgeregt, als dass sie sich wirklich auf etwas hätte konzentrieren können.

Der Schweiß lief ihr über die Stirn und ihr wurde bewusst, wie ungewöhnlich schwül es plötzlich war. Sie öffnete die Augen wieder. Dunkle Wolken ballten sich am Horizont zusammen. Auch das noch. Sie zog die Nase kraus, blickte in die Ferne und hielt besorgt Ausschau nach dem verschwundenen Dunkelalben und dem *er*, der gesucht wurde.

Die ersten Regentropfen landeten auf ihrem Gesicht. Warum standen sie eigentlich hier draußen? Hielt der Dunkelalb Wache? War dort drinnen womöglich etwas Wichtiges?

»Was macht ihr hier überhaupt?«, fragte sie vorsichtig, während sie überlegte, wie sie ihn dazu bringen konnte, dass er ihre Haare losließ.

Der Alb antwortete nicht. Sie hatte auch nichts anderes erwartet. Weitere Regentropfen landeten auf ihrem Gesicht. Plötzlich passierte etwas. Sie konnte ihren Kopf nicht drehen, um sein Gesicht zu sehen, doch sie spürte, dass er mit einem Mal wieder Haltung annahm und sie wusste sofort, wieso. Der andere Alb näherte sich ihnen erneut. Er ging rasch, mit großen Schritten und er war nicht mehr allein. Im Schlepptau hatte er einen weiteren Dunkelalben.

Fast hätte Leyla vor Erleichterung gelacht. Sie war sich nicht sicher, was oder wen sie erwartet hatte, spürte aber, dass sich ihr Puls ein wenig beruhigte.

Das änderte sich augenblicklich wieder, als der Neuankömmling hinter sich griff und mit einer fließenden Bewegung ein langes, breites Schwert zog, das er auf den Rücken geschnallt hatte. Eine furchtbare Vorahnung machte sich in Leyla breit und erneut stieg Panik in ihr auf.

»Das ist sie?«, fragte der neue Alb, kaum dass er sie erreicht hatte.

Die Hand löste sich endlich aus Leylas Haaren, aber die beiden Alben vor ihr versperrten jeglichen Fluchtweg. Den Blick immer noch starr auf das glänzende Schwert gerichtet, wich sie zurück, bis sie mit dem Rücken gegen den jüngeren Alben stieß.

Der Neuankömmling musterte sie eingehend, dann sagte er mit lauter, dröhnender Stimme: »Ist das ein schlechter Witz?«

»Ich verstehe nicht«, sagte der, der sie aufgegabelt hatte.

»Sie sieht ja wahnsinnig gefährlich aus«, schnaubte der Neue.

»Sie könnte ein Spion sein.«

Wieder schnaubte der Neue. Er schien erbost darüber, sich um so eine Nichtigkeit kümmern zu müssen.

»Hat sie überhaupt schon ihre Kräfte?«, fragte er abschätzig.

»Es scheint nicht so«, erwiderte der andere. »Aber sie hat versucht, in das Feuerinstitut zu gelangen. Das finde ich schon etwas merkwürdig, wenn man bedenkt, dass jeder weiß, dass durch die versteinerten Türen kein Durchkommen ist.« Er machte eine kurze Pause und sagte dann eindringlich: »Jedenfalls, soweit wir informiert sind.« Das *wir* betonte er recht auffällig, doch der Alb mit dem Schwert wirkte kaum interessiert.

»Traurig, dass du das nicht selbst in die Hand nehmen kannst, Yaric«, sagte er. »Also«, wandte er sich an Leyla. »Was willst du hier?«

»Ich …«, stammelte sie. »Nichts. Ich …«

Ungeduldig klopfte der Alb mit dem Schwert auf seinen Unterarm. Als das Metall die Rüstung berührte, klirrte es unheilvoll. Leylas Atem beschleunigte sich.

»Wer schickt dich?«

»Niemand«, beteuerte sie angespannt.

»Sollst du Pagnon holen?«, fragte der Alb ungerührt weiter. Zu Leylas Überraschung vernahm sie daraufhin ein Lachen, das sich schnell in ein Husten wandelte. Es kam von dem jungen Alben hinter ihr. Sie drehte den Kopf ein wenig, um ihn zu sehen.

»Glaubt Ihr das ernsthaft? Dass so etwas wie sie …« Wieder lachte der jüngere Alb. »Wie soll sie denn aus einer versteinerten Uni einen unauffindbaren Gegenstand holen, wenn nicht einmal w…?« Er verstummte schlagartig, als er die Blicke bemerkte, die ihm zuteilwurden.

»Nein«, knirschte der mit dem Schwert. »Das glaube ich nicht. Allerdings kann ich mich auch nicht daran erinnern, dir das Wort erteilt zu haben.«

»Ich meinte, also … Verzeiht«, stammelte der Jüngere verlegen.

»Die Regeln!«, forderte der mit dem Schwert.

»Im Schatten geschmiedet, der Treue …« Weiter kam er nicht.

Das glänzende Schwert zuckte blitzschnell vor, direkt an Leylas Arm vorbei. Sie spürte den kalten Lufthauch. Ein Röcheln erklang. Die Härchen in Leylas Nacken stellten sich auf.

Sie hatte es für unmöglich gehalten, dass etwas diese Rüstung durchdringen konnte, doch der Stich hatte sein Ziel offensichtlich nicht verfehlt. Mit einem widerlichen Geräusch zog der Alb sein Schwert zurück. Es glänzte nass – und das nicht vom Regen.

Leyla stieß ein entsetztes Keuchen aus. Der Alb hinter ihr sackte in sich zusammen. Berührte sie. Sie sprang zur Seite. Etwas streifte ihren Arm, seine Rüstung schepperte, als er auf dem Boden aufschlug.

»Jetzt zu dir«, sagte der Alb.

Sie wich zurück. Ihr Fuß stieß gegen den am Boden liegenden Körper. Sie warf einen Blick darauf und Übelkeit stieg in ihr auf. Sie taumelte.

»Also«, sagte der Alb ruhig, als wäre nichts geschehen.

Leyla wich abermals zurück, blieb erneut mit dem Fuß hängen und dieses Mal strauchelte sie richtig. Sie fiel rücklings über den toten Alben. Die Fassade der Universitätsbibliothek fing sie auf.

»Ich habe nichts«, rief sie voller Entsetzen und versuchte, den grauen Berg, der nun am Boden vor ihr lag, nicht allzu oft anzusehen. Sie musste weg!

»Was hast du in deinem Beutel?« Der namens Yaric streckte seine Hand fordernd aus. Leyla, die mit den Nerven endgültig am Ende war, presste sich an die Wand. Sie versuchte, ihre Hände in die glatte Steinfassade zu krallen, rutschte ab und ertastete das scharfkantige Fensterloch.

Ein Blitz zuckte in der Ferne am Himmel und der Regen wurde stärker. Als sie nicht reagierte, schoss die Hand des Alben vor. Er wollte sie packen. Abwehrend riss Leyla die Hände hoch. Eine gewaltige Druckwelle löste sich von ihren Handinnenflächen. Die Kraft drückte sie nach hinten und gegen die versteinerte Fassade der Bibliothek. Die beiden Dunkelalben wurden zurückgeschleudert. Sie wankten, machten ein paar Schritte, um ihr Gleichgewicht wiederzufinden, fielen jedoch nicht.

Leyla keuchte, blickte auf ihre Hände. Das war doch … Sie sah zu den Alben. Die beiden wirkten ein wenig irritiert, aber nur für einen winzigen Moment. Und diese kostbaren Sekunden verschenkte Leyla fast, als sie sich auf die Angst vor der ungebändigten und gefährlichen Kraft in ihr konzentrierte. Aber nur fast. Dann erwachte sie aus ihrer Erstarrung.

Als die Dunkelalben wieder einen Schritt auf sie zu machten, wirbelte Leyla herum. Vorbei an ihnen konnte sie nicht. Auf dem freien Gelände würden sie sie zu schnell einholen, also blieb ihr nur ein Weg. Sie sprang mit einem großen Satz durch das zerborstene Fenster und gelangte so ins Innere der Bibliothek.

Der Lesesaal war schwach erleuchtet. Jemand hatte in die leeren Halterungen an den Wänden Fackeln gesteckt. Die Tische waren teilweise demoliert, Steinsplitter lagen auf dem Boden. Etwas klirrte. Ein Dolch flog dicht an Leylas Ohr vorbei. Sie sah sich hektisch um und ihr wurde klar, dass die Flucht in das Innere der Bibliothek nicht die beste Entscheidung gewesen war. Am anderen Ende des Raumes stand ein weiterer Alb, der sie etwas verdutzt musterte.

Nur kurz registrierte sie noch, dass irgendetwas Starkes ein kleines Loch in eine der steinernen Türen geschlagen oder gesprengt hatte. Dann sauste sie auch schon an den Tischchen und Sesseln vorbei auf die große Treppe zu. Die beiden anderen Alben sprangen durch das Fenster. Sie hörte kurze Rufe und bemerkte, wie sich ihre Verfolgerzahl erhöhte.

»Und was, denkst du, soll dir das bringen?«, hörte sie die höhnischen Worte hinter sich.

Sie stolperte, als sie sich umsah, fing sich aber am Geländer ab und rannte weiter in Richtung der Galerie. Nur wenige Stufen trennten sie und die Alben. Sie legte einen Zahn zu, warf sich förmlich die Treppen hoch und stolperte erneut. Innerlich fluchte sie. Sie konnte kaum etwas sehen. Durch den hereinbrechenden Sturm hatte sich der Himmel dramatisch verfinstert. Das wenige Licht, das sonst durch die nahezu geschwärzten Fenster ins Bibliotheksinnere fiel, fehlte. Vielleicht war aber gerade das ihre Chance, sich vor den Alben zu retten. Sie musste mit der Dunkelheit verschmelzen.

Etwas berührte sie am Rücken. Sie warf sich zur Seite und entging dem Griff nur knapp. Endlich hatte sie den oberen Treppenabsatz erreicht und sprintete nach links, um zwischen den gigantischen Bücherregalen zu verschwinden.

Die polternden Schritte folgten ihr. Sie bog erneut nach links ab, in einen weiteren Gang, dann wieder nach rechts, noch einmal links, immer darauf bedacht, sich so weit wie möglich von dem Eingang zu entfernen.

Keuchend hielt sie inne. Ihr ganzer Körper zitterte. Sie spitzte die Ohren, hörte aber nichts. Was nichts zu sagen hatte. Vorhin hatte sich dieser Yaric schließlich auch an sie heranschleichen können. Sie lief weiter, hielt dann wieder an und wandte sich um. Immerhin war hinter ihr niemand. Sie kniff die Augen zusammen, um in der Dunkelheit etwas besser zu sehen, und drehte sich im Kreis. Regale, Bücher und weitere Regale. Aus welcher Richtung war sie jetzt eigentlich gekommen? Sie hörte ein Geräusch und spitzte die Ohren. Da war es wieder: ein Knirschen, wie es schwere Stiefel verursachen. Gänsehaut lief ihr über den Rücken. Sie bog um das Regal herum und landete im nächsten Gang.

Ihr Herz hämmerte wie wild und sie rang nach Atem. Es war schwer, sich zum Weiterlaufen durchzuringen. Das Gewicht ihres Rucksacks schien plötzlich erdrückend, sie hatte Seitenstiche und ihre Beine zitterten. Doch sie zwang sich, den Schmerz zu ignorieren. Sie spannte sich an und packte die Träger des Rucksacks fester, damit er beim Laufen nicht zu sehr auf ihrem Rücken hüpfte. Sie musste hier raus – und zwar schnellstmöglich.

Hastig bewegte sie sich durch den nächsten dunklen, langen Gang. Draußen blitzte es und da sie nah an den Fenstern sein musste, wurde ihre Umgebung für einen Sekundenbruchteil erleuchtet. Und für eben jenen Sekundenbruchteil konnte sie ihn sehen, den gewaltigen Schatten eines Alben, der sich dort am Ende des Ganges aufbaute. Lautlos. Bedrohlich. Sie keuchte entsetzt, machte augenblicklich kehrt und lief den Gang zurück. Wenn dort am anderen Ende noch ein Dunkelalb auftauchte, saß sie in der Falle. Da! Waren da Schritte? Was sollte sie tun?

Sie hatte Glück, keine böse Überraschung erwartete sie an diesem Ende des Ganges. Sie sauste in den nächsten Gang, ohne aufgehalten zu werden. Doch sie wusste, dass zumindest der eine Alb ihr dicht auf den Fersen war. Als sie um das nächste Regal fegte, schoss eine Hand aus der Dunkelheit auf sie zu. Sie keuchte, warf sich zu Boden und rollte sich auf die Seite. Jemand packte sie am Fuß. Sie trat heftig zu. Irgendetwas traf sie. Ihr Fuß war frei. Sie zog sich über den Boden vorwärts und richtete sich auf. Ihre Beine knickten unter ihr weg, sie strauchelte. Dann warf sie sich zur Seite, damit ihr Angreifer sie nicht doch erwischte. Sie rannte. Ihre Lunge brannte, sie schmeckte Blut. Ihre Schritte wurden langsamer und dann hielt sie inne.

Hastig glitt ihr Blick umher. Sie schien allein zu sein. Oder? War da etwas? Ein Schemen, der in der Dunkelheit umher huschte? Ihr Puls raste. Wo musste sie entlang? Sie hatte die Orientierung vollkommen verloren. Warum war diese verdammte Bibliothek auch so groß? Wo waren die Ausgänge? Es musste doch mehrere Türen geben. Nein, halt! Sie war durch ein Fenster rein, die Türen ließen sich nicht bewegen. Sie überlegte fieberhaft. Sie konnte ja schlecht die Fenster einschlagen, das würde jeder hören und …

Vor ihrem inneren Auge blitzte ein Bild auf. Es gab einen alternativen Ausgang. Theodor hatte sie hier lang geführt. Aber wo genau war das gewesen? Er war von der Galerie aus gesehen nach rechts und dann? Sie stutzte plötzlich. Wenn er als erstes rechts abgebogen war, war sie jetzt vollkommen falsch. Also musste sie zurück zum Ausgangspunkt. Sie drehte sich um die eigene Achse. Draußen blitzte es wieder.

Der riesige Schatten stand am Ende des Ganges. Sie unterdrückte einen Schrei und fegte, noch einmal alle Kräfte mobilisierend, davon. Sie musste diesen anderen Ausgang finden. Wo zur Hölle war Pan, wenn man ihn dringend brauchte, fragte sie sich.

Abrupt hielt sie an. Pan war tot. Versteinert. Schlagartig wurde ihr das bewusst und sie sah das entsprechende Bild vor ihrem inneren Auge. Sie taumelte. So lückenhaft ihre Erinnerungen auch waren, so sicher war sie sich. Und die Erkenntnis schmerzte. Ihre Augen wurden feucht. Von neuen Bildern, Erkenntnissen und Gefühlen derart abgelenkt, sah sie den Schemen nicht, der aus dem Gang heraus auf sie zuschoss.

Kapitel 3

Neue und alte Gesichter

Eine Hand packte sie, eine andere presste sich auf ihren Mund. Sie gab einen erstickten Laut von sich und begann zu strampeln, um sich zu befreien. Es war überraschend leicht. Sie trat nach hinten. Ihr Fuß erwischte jemanden, der keine Rüstung trug und ein unterdrücktes Stöhnen von sich gab. Überrascht hielt sie inne, dann zappelte sie erneut, um sich zu befreien. Sie hatte es fast geschafft, als eine Stimme in ihr Ohr zischte.

»Pst! Wir müssen hier weg.«

Erneut verharrte sie in der Bewegung. Das war kein Alb. Derjenige hinter ihr ließ sie endlich los. Sie wollte sich umdrehen, doch da trat die Person schon neben sie. Leyla sah die ausgestreckte Hand und spürte kurz darauf ein vorsichtiges Zupfen am Arm. Perplex ließ sie sich mitziehen. Ein paar Meter weiter sank der Unbekannte zu Boden und gab ihr mit wilden Gestiken zu verstehen, dass sie es ihm gleichtun sollte. Zögernd folgte sie seinem Beispiel.

Aus den Augenwinkeln nahm sie eine Bewegung wahr. Sie drehte den Kopf. Ihre Augen, die sich immer besser an das Dunkel gewöhnten, machten eine weitere Gestalt am Ende des Ganges aus. Definitiv ein Dunkelalb. Sie presste sich fest gegen den Boden. Wie konnten diese schweren Gestalten sich nur so lautlos bewegen?

»Pst!«

Ein Zischen an ihrer Seite verlangte wieder ihre Aufmerksamkeit. Sie drehte den Kopf vorsichtig zurück und sah, wie der Unbekannte neben ihr durch die leere untere Regalreihe in den nächsten Gang robbte. Sie nahm so leise wie möglich ihren Rucksack ab und folgte ihm. Kaum streckte sie den Kopf in dem neuen Gang aus dem Regal, sah sie, dass sich der Unbekannte bereits erhoben hatte und im Begriff war, den Gang entlang zu hechten.

Schnell kroch sie hervor und zerrte ihren Rucksack durch das Regal. Der Unbekannte drehte sich zu ihr um. Es schien, als wäre er ein wenig ungeduldig. Sie zögerte kurz. Konnte sie ihm trauen? Aber was hatte sie schon für eine Wahl? Alleine würde sie nie aus diesem Labyrinth aus Büchern herausfinden. Also folgte sie ihm.

Ihr Blick war starr auf seinen Rücken geheftet und schon bald begann sie wieder zu keuchen, denn er legte ein zügiges Tempo vor. Flink wie ein Wiesel bewegte er sich, verharrte hin und wieder kurz und änderte dann abrupt die Richtung.

Plötzlich knallte etwas in der Bibliothek. Erschrocken fuhr Leyla zusammen und wandte den Kopf. Als sie wieder nach vorne sah, war der Unbekannte verschwunden. Ohne sie.

Sie machte ein paar Schritte in die Richtung, in die er gelaufen war, gelangte in die nächste Regalreihe und stieß fast mit ihm zusammen.

»Da bist du ja«, wisperte er. »Los.«

Mit absoluter Zielstrebigkeit bewegte er sich weiter. Immer wieder wechselten sie die Richtung, wichen Dunkelalben aus und krochen durch leere Regalreihen, die Leyla so nie entdeckt hätte. Ein Knirschen verriet, dass sie wieder nicht alleine waren. Sie verharrten, lauschten.

Leyla spähte zwischen den Büchern hindurch in den nächsten Gang. Dort bewegte sich etwas. Sie kniff die Augen zusammen, um besser sehen zu können. Der Alb bewegte sich langsam. Er schritt durch den Gang und am Ende der Regalreihe schien er zu zögern. Dann wandte er sich nach rechts und entfernte sich somit von ihr. Kurz darauf verschwand er aus ihrem Sichtfeld. Das leise Knirschen seiner Stiefel verklang. Leyla stieß die Luft aus, die sie unbewusst angehalten hatte. Sie tippte dem Unbekannten auf die Schulter, um ihm zu bedeuten, dass sie weiterkonnten. Sofort setzte er sich in Bewegung.

Bald erreichten sie eine geschwungene Treppe. Geduckt schlichen sie darauf zu. Bei dem Gedanken, sie hinunter zu gehen, musste Leyla schlucken. Hier gab es keinen Sichtschutz. Ein Alb würde ihre Bewegungen auch in dieser Dunkelheit wahrnehmen können. Die harmlosen Stufen erschienen ihr plötzlich wie eine riesige Herausforderung und sie konnte es kaum fassen, dass sie es tatsächlich ungesehen bis zur letzten Stufe schafften. Sie seufzte erleichtert und sah sich um. Mehr und mehr Erinnerungen kehrten inzwischen zurück. Sie war schon einmal in diesem Teil der Bibliothek gewesen, war schon einmal hieraus geflohen – mit Theodors Hilfe.

Doch das zerbrochene Fenster war verschwunden. Das dachte Leyla zumindest für einen kurzen Augenblick. Dann bewegte der Unbekannte ein dunkles, mit schwarz glänzendem Lack bestrichenes Holzpaneel zur Seite, hinter dem sich das Fenster offenbarte. Sie krabbelten hinaus und befanden sich auf der Rückseite der Universitätsbibliothek.

Leyla atmete auf. Regen trommelte auf sie ein und durchnässte sie sofort. In der Ferne ertönte ein Donnern und sie zuckte zusammen.

»Es ist kaum zu sehen«, murmelte sie erstaunt und betrachtete das Fenster von außen. Sie wandte sich zu dem Unbekannten, der sie jedoch kaum beachtete, sondern stattdessen die Umgebung unter die Lupe nahm. Dann deutete er in Richtung der Bäume. Ihr Nicken sah er schon nicht mehr, als er sich auf den Weg machte. Sie folgte.

Sie huschten in die Deckung der schwarzen Bäume und sahen sich dort erneut um. Die Rückseite der Bibliothek war verlassen.

»Danke«, sagte Leyla leise und vollkommen erschöpft.

Der Unbekannte zuckte mit den Schultern. Endlich hatte Leyla Zeit, ihn eingehender zu mustern.

Es war ein Junge, vielleicht 15 Jahre alt. Sein Haar, das ebenso rot war wie Leylas, klebte ihm nass im schmalen Gesicht. Auf seiner Stupsnase tummelten sich ein paar Sommersprossen. Er war kaum größer als sie, sehr schlank, wirkte beinahe ein wenig zerbrechlich.

»Keine Ursache«, meinte er und seine Stimme quiekte merkwürdig. Er betrachtete Leyla nun ebenfalls aufmerksam. »Wer bist du? Und was hast du hier überhaupt zu suchen?«, fragte er und Leyla war überrascht über seinen tadelnden Tonfall.

Sie hob die Augenbrauen, doch sie war zu erschöpft und zu dankbar, um irgendetwas Freches zu erwidern.

»Ich, äh, ich bin Leyla«, sagte sie nur. »Und du?«

»Ethan«, erwiderte er und sah sie mit seinen braunen Augen durchdringend an. »Was wolltest du hier?«, fragte er erneut. Darauf konnte sie schlecht antworten.

»Was machst *du* hier?«, versuchte sie stattdessen nervös, den Spieß umzudrehen. »Die Uni ist ein gefährlicher Ort geworden und du bist noch recht jung. Zu jung, um Kräfte zu haben, mit denen du dich verteidigen kannst, oder?« Im selben Moment hätte sie sich auf die Zunge beißen können.

Ethan schnaubte und sah sie ungläubig an.

»Mir scheint, ich komme weitaus besser zurecht als du. Davon einmal abgesehen, hast du deine Fähigkeiten wohl auch noch nicht entwickelt.«

»Wie kommst du darauf?«, entgegnete sie im Bemühen, die Situation zu retten. Nun wurde sein Blick wirklich ungläubig.

»Na, sonst hättest du sie ja wohl hoffentlich benutzt.«

»Stimmt«, murmelte sie resigniert und kramte in ihrem Rucksack nach ihrer Wasserflasche. Sie hatte unglaublichen Durst. »Warum kennst du dich in der Bibliothek so gut aus?«, fragte sie.

»Ich war im letzten Jahr oft mit meinen Schwestern dort. Was ist das für ein komischer Deckel?« Mit großen Augen trat Ethan näher, um den Schraubverschluss der Flasche in Augenschein zu nehmen.

»Äh.« Leyla zögerte und schraubte die Flasche wieder zu. »Wir sollten hier vielleicht verschwinden, oder?« Obwohl sie sicher war, dass hier niemand war, sah sie sich aufmerksam nach allen Seiten um. Währenddessen ließ sie die Flasche rasch wieder in den Rucksack gleiten. »Nicht, dass sie uns doch noch entdecken.« Zu ihrer großen Erleichterung stimmte Ethan umgehend zu.

Im großen Bogen umrundeten sie die Bibliothek und die Unterkünfte, bis sie in den angrenzenden Park gelangten. Hinter den Hecken schlichen sie weiter. In der Ferne hörte Leyla merkwürdige Geräusche und sie vermutete, dass sie aus der Arena kamen, von der der Alb gesprochen hatte.

»Trainieren die Alben?«, fragte sie und drehte den Kopf in die Richtung, in der sie diese Arena vermutete.

»Hast nicht viel sehen können, was?«, fragte Ethan und grinste breit. Offensichtlich fühlte er sich ihr deutlich überlegen. »Ja«, fügte er dann hinzu. »Also wolltest du auch spionieren? Für wen?« Er ließ nicht locker.

»Nein. Ich spioniere nicht. Eigentlich bin ich … durch einen unglücklichen Zufall hier gelandet.« Sie gab sich Mühe, sich möglichst vage auszudrücken. »Ich wollte eigentlich zu den van Raikens.«

Ethan blieb augenblicklich stehen und richtete sich ruckartig auf. Besorgt sah Leyla zur Universität zurück, doch sie schienen weit genug entfernt und gut verdeckt zu sein. Also folgte sie seinem Beispiel und gab ihre gebückte Haltung auf. Er musterte sie ärgerlich.

»Och nö«, jammerte er dann und setzte seinen Weg fort. »Ich habe eine van Raiken gerettet?« Er schlug sich mit der flachen Hand gegen die Stirn. »Das hättest du auch früher sagen können.«

»Ich bin keine van Raiken«, beteuerte Leyla. Es war ihr wichtig, das klarzustellen. »Aber ich muss mit ihnen sprechen. Und zwar dringend.«

Ethan bedachte sie mit einem misstrauischen Blick.

»Was ist das Problem?«, fragte sie. Ihr war wieder bewusst, dass die van Raikens nicht bei allen beliebt waren, aber Ethans Reaktion irritierte sie doch ein wenig. Er straffte sich, reckte die Brust vor und tippte sich mit dem Finger darauf.

»Na, weil ich von der anderen Seite bin«, erwiderte er stolz.

»Welcher anderen Seite?«, fragte Leyla.

»FRK1.2. Und du?« Jetzt klang er wieder ärgerlich. »Wo bist du? Bei FRK2.1? Oder bist du nicht mal von einer FRK? Was dann? FS? Oder gar …«

Leyla musste sein Geplapper unterbrechen.

»FRK? Du meinst die …« Sie dehnte die Worte in der Hoffnung, dass Ethan antworten würde und unbewusst ihre Wissenslücke füllte.

»Fraktion zur Rettung des Königreichs, ja. Gibt es neuerdings noch andere Gruppen, die diese Abkürzung verwenden?« Er runzelte die Stirn.

Leyla schwirrte der Kopf. ›Na toll‹, dachte sie. ›Ich bin noch nicht einmal einen Tag hier und schon restlos überfordert.‹ Sie war sich aus irgendeinem Grund sicher, dass es bei ihrem letzten Aufenthalt noch keine Fraktionen gegeben hatte. Innerlich seufzte sie. Es war schon schwer genug, sich an alles zu erinnern. Diese neuen Puzzleteile machten die Verwirrung noch größer.

»Ich bin bei keiner Fraktion«, meinte sie, denn Ethan schien immer noch auf eine Antwort zu warten. »Ich bin bei den … BvS. Befreiung von Stein, das ist unser oberstes Ziel.«

Er nickte. »Von den meisten, oder? Wobei ich die Abkürzung noch nie gehört hab. Sie klingt ein wenig lächerlich.«

Sie hob abwehrend die Hände.

»Und ich bin keine van Raiken. Auch wenn ich nicht glaube, dass sie etwas mit dem Stein zu tun haben.« Bei diesen Worten war sie sich selbst nicht sicher. Sie lauschte in sich hinein. Irgendwas ließ sie zumindest glauben, es wäre so.

»Ziemlich naiv«, schnaubte Ethan und leise fügte er hinzu: »Typisch Mädchen.«

Leyla verdrehte die Augen. Von allen Menschen oder Wesen, die ihr hätten helfen können, musste sie einen pubertierenden Teenager mit zu großem Selbstbewusstsein erwischen.

»Also FRK1.2 – was hattest du hier für einen Auftrag?« Sie sah ihm augenblicklich an, dass er nicht sicher war, ob er darauf wirklich antworten sollte.

»Mich ein bisschen umsehen«, druckste er schließlich herum. »Sie beobachten. Schauen, wie viele es sind, was sie so treiben. Ob es was mit Pagnon zu tun hat.«

Da war er schon wieder, dieser Name, den der Dunkelalb eben erwähnt hatte.

»Pagnon?«

»Sag mal, bist du auf den Kopf gefallen?«

»Schon gut«, lenkte sie ein. »Warum schicken sie dich, wo du noch gar keine Kräfte hast?«

Er wirkte ertappt.

»Möglicherweise war es nicht direkt ein Auftrag«, gab er zu und trat verlegen gegen ein versteinertes Grasbüschel – eines der wenigen, die noch nicht zertreten waren.

Leyla grinste. ›Aha‹, dachte sie. Er war also kein Freund von Regeln. Vielleicht konnte sie das zu ihrem Vorteil nutzen.

»Was hältst du davon, wenn du mir erzählst, was du weißt, und ich erzähle dir, was ich weiß?«, schlug sie vor, doch er schüttelte unwirsch den Kopf. Offensichtlich fiel er nicht auf die Finte herein. Er traute ihr nicht.

»Ich bringe dich bis zum Hof der van Raikens«, sagte er plötzlich. »Alleine scheinst du mir nicht überlebensfähig zu sein.«

Sie zog die Augenbrauen bedeutungsvoll nach oben, war aber dennoch dankbar für die Begleitung. Auch wenn sie nicht daran glaubte, dass ein 15-Jähriger ihr wirklich Schutz bieten konnte. Aber vielleicht ließ sich ja doch noch die eine oder andere Information aus ihm herauskitzeln.

Sie hob den Kopf und schaute gen Himmel. Immer noch prasselte der Regen auf sie hinab, aber es war zumindest angenehm warm.

Etwas später stellte sie frustriert fest, dass aus Ethan wirklich nichts mehr herauszubekommen war. Er bedachte Leyla nur mit merkwürdigen Blicken. Sie ignorierte diese und konzentrierte sich auf die Umgebung. Als sie den versteinerten Universitätsbereich und den Park hinter sich gelassen hatten und sich einem prunkvollen Anwesen näherten, erinnerte sich Leyla immer besser an Theodor und seinen Vater. Und an ihren ersten, nicht sehr angenehmen Besuch auf diesem Hof. Endlich erreichten sie das Anwesen der van Raikens und blieben vor der langen, von Blumenkübeln und Statuen gesäumten Treppe stehen.

»Also, wenn du wirklich keine van Raiken bist, dann viel Erfolg. Und falls du in die Stadt kommst, können wir uns ja mal treffen«, sagte Ethan. »Dann erzähle ich dir vielleicht auch etwas über FRK1.2.« Er grinste, offensichtlich hielt er die Kombination für ein unschlagbares Angebot.

»Äh ja«, meinte Leyla etwas verblüfft und unternahm einen letzten Versuch. »Und die Zahl stand gleich noch für was?«

Er antwortete nicht, sondern zwinkerte nur vielsagend. Doch dann änderte sich sein Gesichtsausdruck schlagartig. »Wenn du allerdings doch eine van Raiken bist …«

Leyla seufzte und richtete ihre Aufmerksamkeit auf die geschwungene Portaltreppe und das weiße Anwesen, das selbst bei diesem trüben Wetter geradezu zu leuchten schien. Trotzdem hatte Leyla das unbestimmte Gefühl, dass irgendetwas anders war als beim letzten Mal. Sie kniff die Augen zusammen, konnte aber nicht sagen, was es war.

»Kommst du nicht mit?«, fragte sie Ethan aus reiner Höflichkeit. Er schüttelte entsetzt den Kopf.

»Nur weil es regnet, werde ich noch lange nicht bei den van Raikens Zuflucht suchen.«

Sie wollte etwas erwidern, stockte aber mitten im Satz. Die Wahrscheinlichkeit, dass Aston van Raiken sie einließ, war schon gering genug. Dieser Bengel würde es vermutlich nicht mal bis zur Türschwelle schaffen. Sie dankte ihm noch einmal für seine Unterstützung und ging dann die Treppe hinauf zu dem hölzernen Hoftor. Ihre Beine zitterten vor Aufregung und Erschöpfung.

Sie läutete, vernahm jedoch keinen Ton. Dunkel erinnerte sie sich daran, dass sie sich darüber schon einmal gewundert hatte. Sie wartete lange und mit gespitzten Ohren. Doch hinter dem Tor schien sich nichts zu bewegen. Jetzt wurde ihr auch bewusst, was ihr so ungewöhnlich vorgekommen war. Die glänzenden Kübel, die die Treppe zierten, wirkten matt und wiesen an einigen Stellen Schmutz auf. Aber daran war sicherlich der Regen schuld. Leyla schüttelte den Kopf. Sie war erst einmal hier gewesen, wie konnte sie sich die Freiheit herausnehmen, zu sagen, was stimmte und was nicht.

Sie läutete erneut, doch nichts geschah. Leyla hatte die Hoffnung, dass man ihr öffnen würde, schon fast aufgegeben, als eine feine Stimme sagte: »Ihr schon wieder!«

Erschrocken sah sie sich um. Es dauerte eine Weile, bis sie entdeckte, woher die Stimme kam. In dem Holztor, ziemlich weit am Boden, hatte sich eine winzige Luke aufgetan. Zwei Äugelein schauten zu ihr hinauf. Sie erkannte den Glauppel sofort wieder und ein Lächeln breitete sich unwillkürlich auf ihren Lippen aus.

»Neue Sicherheitsvorkehrung?«, fragte sie und deutete auf den Spalt. Beim letzten Mal hatte der Glauppel schließlich einfach das große Tor geöffnet. Der kleine Gnom nickte. »Darf ich rein?«, fragte sie. Er schüttelte den Kopf. Leyla seufzte. Das war ja zu erwarten gewesen. »Bitte«, sagte sie flehend. »Ich muss dringend mit Theodor sprechen.«

Der Glauppel sah sie ziemlich skeptisch an und Leyla konnte sich sehr gut vorstellen, was in dem kleinen Köpfchen vor sich ging. Warum wollte sie ihn sprechen? Beim letzten Mal, als sie hier gewesen war, waren sie alles andere als Freunde gewesen – was, so wurde Leyla gerade klar, sich auch nicht geändert hatte.

Warum also suchte sie ausgerechnet ihn auf, fragte sie sich nun selbst. Sie zuckte mit den Schultern. Das war ganz einfach, weil sie keine andere Wahl hatte. Theodor war abgesehen von Pan der einzige, an den sie sich richtig erinnerte.

»Es ist wirklich wichtig. Bitte«, rief sie und starrte den Glauppel durchdringend an, was ziemlich schwer war, da er zum einen so klein und so weit unten und zum anderen fast in der Dunkelheit verborgen war.

»Der junge Herr ist zurzeit nicht zugegen«, ließ sich der Glauppel zu einer Erläuterung herab und schloss dann einfach das Guckloch. Leyla hämmerte gegen die Tür.

»Was soll das heißen? Wo ist er?«, rief sie, wischte sich eine nasse Strähne aus dem Gesicht und klopfte weiter. Das Guckloch wurde erneut geöffnet.

»Er ist seit mehreren Tagen unterwegs«, sagte der Glauppel.

»Dann muss ich mit seinem Vater sprechen. Wo ist Aston van Raiken?« Sie begann zu betteln und der Glauppel schien Mitleid zu haben.

»Ist auch nicht im Hause.«

»Wo ist er hin?«

»Kann ich nicht sagen.«

»Bitte, Herr … Glauppel.« Da er sie dieses Mal so förmlich angesprochen hatte, wählte auch sie die höfliche Anrede.

»Gladix.«

»Bitte?«

»Gladix. Mein Name ist Gladix. Glauppel ist die Art, von der ich stamme. Ich sage ja auch nicht Frau Mensch, sondern Frau Leyla.«

Erstaunt darüber, dass er ihren Namen noch kannte, hielt sie inne.

»Bitte lasst mich ein, Herr Gladix. Ich bin doch eine Freundin der Familie.«

Der kleine Gnom schnaubte. »Das sah beim letzten Mal ein klein wenig anders aus.«

Leyla seufzte und entschied sich dazu, alle Vorsicht fahren zu lassen.

»Bitte. Ich glaube, Theodor ist in großer Gefahr. Als ich ihn das letzte Mal sah, da …« Ja, was war da eigentlich gewesen? »Da war es jedenfalls so«, vollendete sie den Satz. »Ich brauche jemanden, der ihn und die Gegend kennt. Ich brauche einen Unterschlupf. Ich weiß nicht, wo ich hin soll bei diesem Wetter.« Sie warf einen Blick auf ihre Armbanduhr. »Und ich weiß nicht einmal, wo ich die Nacht verbringen soll.«

Sie musste wirklich herzerweichend aussehen, wie sie da verzweifelt stand, vollkommen durchnässt und mit hängendem Kopf. Der Glauppel blinzelte, was unglaublich niedlich aussah, und seufzte dann leise. Die Luke schloss sich erneut, aber kurz darauf öffnete sich das Tor.

»Das wird mich meinen Kopf kosten«, grummelte der kleine Gnom leise.

Leyla quetschte sich durch den schmalen Spalt, der sich aufgetan hatte, und trat in den Innenhof. Er war sonderbar leer. Es mochte am Wetter liegen, aber sie war sich da nicht so sicher. Der Glauppel, der ihren Blick bemerkte, setzte zu einer Erläuterung an.

»Ja, viele sind mit dem Herrn van Raiken verschwunden. Einige haben ihn wohl begleitet, andere sind nach Hause zurückgekehrt. Es sind nur noch wenige hier, die sich um Haus und Hof kümmern, alles überwachen und hier ihr Zuhause gefunden haben.« Er hüpfte auf das Dienstbotenquartier zu, doch Leyla schritt auf das Haupthaus zu.

»Was macht Ihr denn da?«, jammerte Gladix.

»Herr van Raiken?«, rief Leyla, als sie vor der Tür stand und klopfte. Sie erhielt keine Antwort.

»Was soll das? Glaubt Ihr mir nicht?«

»Doch«, murmelte sie, verharrte jedoch und streckte die Hand nach dem Türknauf aus. Sie zögerte, erinnerte sich an den Wind, der ihr beim letzten Mal entgegengeschlagen war. Ob Aston van Raiken solche Sicherheitszauber installiert hatte? Konnte er das überhaupt? Über einen so langen Zeitraum, wenn er gar nicht da war? Sie starrte auf die geschlossene Tür. Es reizte sie, hineinzugehen, doch sie zog die ausgestreckte Hand wieder zurück.

»Gehen wir zu den Dienstbotenquartieren«, nuschelte sie und der Glauppel seufzte erleichtert.

Kaum dass sie das Gebäude erreicht hatten, riss eine Dienstbotin die Tür auf und sah sie mit großen Augen an. Leyla war erschrocken zusammengefahren und brauchte einen Moment, um sich wieder zu beruhigen.

»Hallo«, murmelte sie verlegen und überlegte, ob sie sich an der jungen Frau, die ihr irgendwie bekannt vorkam, einfach vorbeiquetschen sollte. Doch als Leyla sich wieder in Bewegung setzte, wich diese augenblicklich von allein von der Tür zurück.

»Ich habe Euch vom Fenster aus ankommen sehen.« Die Frau warf Leyla einen skeptischen Blick zu und langsam dämmerte es ihr, dass es dieselbe Dienstbotin war, die ihr schon beim letzten Mal begegnet war. Sie schien nicht zu wissen, was sie von Leylas erneuter Anwesenheit halten sollte. Doch dann fasste sie offenbar einen Entschluss und lächelte.

»Ich werde umgehend ein paar frische Kleider besorgen und Euch etwas zu essen zubereiten lassen. Und oh, Ihr braucht gewiss ein Zimmer für die Nacht. Ich werde eines für Euch herrichten.« Mit diesen Worten verschwand die Dienstmagd, um zu halten, was sie angekündigt hatte. Sie brachte Leyla ein etwas zu großes marineblaues Kleid, das sie dankend annahm.

Immer mehr Erinnerungen an ihren ersten Besuch bei den van Raikens kamen zurück, während sie auf den leeren Hof starrte und sich ihre Haare mit einem Handtuch trocken rubbelte. Als sie fertig war, trat sie auf den Flur, wo die Magd bereits wartete, um sie in einen Nebenraum der Küche zu führen. Er war groß, aber spärlich eingerichtet. Schüsseln, ein Teller und eine Tasse standen auf dem riesigen runden Holztisch. Leyla setzte sich.

Das Essen war nicht annähernd so üppig wie bei ihrem ersten Besuch. Doch darauf hatte Leyla auch nicht spekuliert. Sie war dankbar, überhaupt etwas zu bekommen.

»Also, wo ist Aston van Raiken hin?«, fragte sie den Glauppel neugierig, der auf dem Tisch hockte und sie nicht aus den Augen ließ. Er musterte sie mit seinen schwarzen Knopfäuglein.

»Ihr solltet ihn nur Aston nennen, es könnte uns jemand hören«, meinte er und sah sich prompt um.

Sie betrachtete ihn verwirrt.

»Als Ihr hier mit diesem unheimlichen Gestaltwandler angekommen seid, haben viele gemunkelt, dass Ihr aus der anderen Welt kommt. Ihr habt viele komische Fragen gestellt, außerdem sagte der Gestaltwandler, Ihr wärt von drüben – die Türen haben Ohren, wisst Ihr. Nun ja, vielleicht hat er damit aber auch gemeint, Ihr seid aus Behfin und hat es unglücklich formuliert. Jedoch, auch die Tatsache, dass Ihr zum König gebracht werden solltet, wie soll ich sagen … Niemand hat gerne einen Andersweltler hier, schon gar nicht jetzt.«

»Wieso?«, wollte Leyla fragen, hielt dann aber inne, um den Glauppel aussprechen zu lassen.

»Aber als der junge Herr van Raiken aus Numäia zurückgekehrt ist, wo er Euch zum König bringen sollte, haben einige Dienstboten gehört, wie er seinem Vater erzählte, er habe der Familie Tellonis Leyla, seine Cousine mütterlicherseits, vorgestellt. Seitdem ranken sich eine Menge Geschichten um Eure Person. Seid Ihr fremd oder Familie? Für Euch ist es besser, sie glauben Letzteres.« Leyla schluckte.

»Und was glaubt Ihr?«

»Oh, mit Verlaub, ich meine es nicht böse, wenn ich sage, Ihr könnt keineswegs von hier sein, dazu seid Ihr einfach zu dumm«, flüsterte Gladix und er sagte es so niedlich, dass Leyla ihm tatsächlich nicht böse sein konnte. »Aber offiziell seid Ihr nun eine Cousine des jungen Herrn mütterlicherseits«, fügte der kleine Gnom hinzu.

»Eine van Raiken?«, fragte Leyla und musste an Ethans Worte denken.

»Eigentlich eher eine Papili«, meinte Gladix. »Aber irgendwie dann auch eine van Raiken.«

Leyla ließ sich seine Worte durch den Kopf gehen. Papili hatte sie noch nie gehört, aber bei dem Namen Tellonis klingelte etwas bei ihr. Sie erinnerte sich daran, dass sie Freunde von Theodor aufgesucht hatten, um vor dem Regen Schutz zu suchen. Dort musste Theodor behauptet haben, sie sei eine Art Cousine. Ja, so war es gewesen. Er hatte nicht sagen können, dass sie aus der anderen Welt kam. Aber warum?

»Hm«, machte sie.

»Hm?!«, machte auch Gladix und legte das kleine Köpfchen schief.

»Also, wo ist Aston?«, wiederholte Leyla ihre ursprüngliche Frage.

»Nun ja, es gibt böse Gerüchte über die Versteinerung und ihren Verursacher«, meinte der Glauppel zögernd. »Einige denken wohl, der Herr könnte damit in Verbindung stehen, weil sein Sitz als einer der wenigen Reichen in der Nähe Numäias noch verschont geblieben ist. Es gab in den letzten Tagen ein paar kleine Aufstände und da hat er beschlossen, zu handeln.«

»Inwiefern?«

»Ich bin der Torwächter, wertes Fräulein. Alles zu wissen, steht mir nicht zu.«

»Wo genau ist er hin? Zu seiner Familie?«

Einen Augenblick lang starrte der Glauppel sie ungläubig an. Dann brach er in schallendes Gelächter aus. Das war wohl Antwort genug.

»Also gab es noch mehr Versteinerungen in den letzten …« Sie überlegte kurz: »… zwei Wochen?«

Gladix beruhigte sich schlagartig wieder und nickte.

»Vor knapp einer Woche. Seitdem nicht mehr. Aber es waren nur kleine Areale.«

Was nicht weniger beunruhigend war, fand sie.

In der Nacht warf sich Leyla unruhig hin und her. Ihre Gedanken kreisten. Sie wünschte sich, Majik wäre hier, um mit ihm über mögliche Vorgehensweisen zu diskutieren. Sie seufzte tief und fiel schließlich doch in einen unruhigen Schlaf.

Mit den ersten Sonnenstrahlen war sie jedoch schon wieder erwacht und setzte sich im Bett auf. Im Haus schien alles ruhig zu sein. Sie schälte sich aus der dünnen Decke und zog das neue Kleid über, das ihr die Dienstbotin, die – wie Leyla in der Zwischenzeit herausgefunden hatte – Annahe hieß, hingelegt hatte. Sie musste nicht lange raten, um zu wissen, dass das mit großen weißen Blumen übersäte Kleid einst Theodors Mutter gehört hatte. Im Gegensatz zu dem blauen Kleid, das sie am Vortag bekommen hatte, passte dieses wie angegossen. Sie verzichtete auf den Blick in den Spiegel, sondern öffnete leise die Zimmertür und schaute den Gang entlang.

Alle Türen waren geschlossen. Doch das Fenster am Ende des Ganges stand offen. Ein leichter Wind zog durch den Gang. Schnell schloss Leyla ihre Tür, damit die Zugluft sie nicht zuwarf. Dann huschte sie die Treppe hinunter, lief zum Ausgang und verließ das Dienstbotenquartier. Tief sog sie die Morgenluft ein, die jedoch unangenehm schwer, feucht und stickig war. Leyla wollte sich schon wieder abwenden und ins Haus zurückkehren, als sie ein Geräusch hörte.

Es klang wie das Wiehern eines Pferdes. Sie spitzte die Ohren und schaute zu den Stallungen auf der anderen Seite des Hofes. Eine Idee tauchte in ihrem Kopf auf. Zögernd ging sie auf den Stall zu.

Die Luft dort drinnen war ebenso stickig, roch aber angenehm heimelig nach Stroh und Heu – und Tier. In einer gigantischen Box stand ein Pferd, bei dessen Anblick Leyla beinahe der Atem stockte.

Das Tier war hellbraun und hatte eine lange schneeweiße Mähne. An den Rücken schmiegten sich zwei ebenso weiße Flügel. Als Leyla nähertrat, schnaubte das Tier und wich verängstigt zurück. Es schien unruhig, warf den Kopf hin und her und musterte Leyla misstrauisch. Als sie noch einen Schritt darauf zu machte, spreizte es die Flügel ein wenig vom Körper ab und Leyla konnte erkennen, dass es libellenartige und nicht vogelähnliche waren.

»Schon gut«, murmelte sie leise und streckte die Hand aus, um das seltsame Wesen zu streicheln. »Ganz ruhig. Du brauchst keine Angst vor mir zu haben«, flüsterte sie. Der Klang ihrer Stimme schien eine beruhigende Wirkung zu haben, denn das Tier legte die Flügel wieder an und kam zögernd einen Schritt auf sie zu. »Na, siehst du«, murmelte Leyla, als sie das weiche Maul und den warmen Atem an ihren Fingern spürte. »Bist du ganz allein?« Sie fuhr sanft über die Nüstern und sah sich um. Es gab noch eine weitere Box, aber die war leer. Es fiel ihr nicht schwer, den Grund dafür zu erraten.

»Was machst du hier?«, sagte eine fremde Stimme und Leyla zuckte zusammen. Einen kurzen Moment lang starrte sie das geflügelte Pferd fassungslos an, dann nahm sie die Gestalt wahr, die im Stall aufgetaucht war.

»Ich, ich wollte nur gucken«, stammelte sie. »Ich habe noch nie so ein Pferd gesehen und …« Sie musterte ihr Gegenüber. Er sah fast menschlich aus, war ein Stück kleiner als sie, aber unglaublich dünn. Seine Haare waren von einem sonderbaren Hellblau und standen zu allen Seiten ab. Seine Augen hingegen waren so schräg wie bei den Dunkelalben. Er musterte sie kühl.

»Was bist du?«, fragte sie.

Er runzelte die Stirn.

»Ich habe schon gehört, dass du eigentümlich sein sollst«, murmelte er, ohne auf ihre Frage einzugehen. Verlegen wechselte Leyla das Thema.

»Du kümmerst dich also um die Pferde?«

»Peidëen.«

»Äh, natürlich, um das Peidëen.«

»Die. Es ist eine Sie«, sagte das Wesen mit hochgezogenen Augenbrauen und verschränkte die Arme vor der Brust.

»Natürlich. Ich ...«

»Du wolltest sicherlich gerade gehen.«

Sie verstand, dass sie unerwünscht war, nickte und ging Richtung Tür. Als sie an dem Blauhaarigen vorbeikam, überlief sie ein Schauer. Erst jetzt fiel ihr auf, dass die dunkelblauen Augen pupillenlos waren. Unheimlich, fand sie.

»Würdest du mir zeigen, wie man auf ihr reitet?«, fragte sie vorsichtig. Er lachte.

»Bestimmt nicht. Sie ist zu kostbar.«

»Aber sie braucht doch bestimmt Bewegung.«

»Die bekommt sie. Sei unbesorgt.« Und damit schloss er die Stalltür vor ihrer Nase. Aber die wahnwitzige Idee nahm in Leylas Kopf immer mehr Gestalt an. Nachdenklich stapfte sie über den Hof.

»Ah, Frau Leyla ist schon erwacht«, sagte der Glauppel, als sie das Nebenzimmer der Küche betrat, und präsentierte ihr stolz den gedeckten Tisch.

»Wie liebenswürdig!«, rief sie und setzte sich. »Ich werde nach dem Essen aufbrechen«, erklärte sie dem kleinen neuen Freund. Gladix nickte. »Ich muss in die Stadt.«

»Soll ich eine Tagesverpflegung für Euch zusammenpacken lassen?«

Sie überlegte. Das war vielleicht ratsam. Schon allein, um zu verbergen, was sie vorhatte. Sie nickte, während ihre Gedanken zu dem halben Plan reisten. Sie wollte herausfinden, was geschehen war. Dabei konnte augenblicklich nur Theodor helfen. Der schien in Gefahr, also musste sie ihn finden und ihm helfen.

Sie hätte bei dem Gedanken fast gelacht. Sie und jemanden retten, das war absurd. Und dann auch noch ausgerechnet Theodor. Das würde sie nie schaffen. Davon mal abgesehen, dass sie gar nicht wusste, wo und wie sie suchen sollte. Also brauchte sie Leute, die ihr da voraus waren und helfen konnten. Und so viele kannte sie hier in Naurénya nicht. Es lag also auf der Hand, wo sie hin musste.

Rasch schlang sie das Essen herunter. Als sie fertig war, ging sie in das kleine Zimmer, in dem sie übernachtet hatte, packte ihre getrockneten Kleidungsstücke in den Rucksack und nahm dann dankend das kleine Verpflegungsbündel von Gladix entgegen. Anschließend ließ sie sich von dem Gnom zur Tür begleiten. Ihr Magen flatterte.

»Oh nein, ich habe meine Uhr im Zimmer liegen lassen«, rief sie und tat so, als wollte sie sich umwenden, doch der kleine Gnom kam ihr zuvor.

»Ich hole sie«, sagte er sofort und verschwand Richtung Treppe.

Leyla sah ihm nach. Sie hatte damit gerechnet, dass er so hilfsbereit war und sie ihn so ablenken und ein wenig Zeit gewinnen konnte. Beschämt guckte sie zu Boden. Sie mochte den kleinen Kerl und war sich sicher, dass er enttäuscht von ihrem Vorhaben sein würde.

Sie öffnete die Tür, trat auf den Hof und stutzte. Wenn das kein perfekter Zufall war. Ihr Blick heftete sich auf die gesattelte Peidëen, die im Innenhof stand und vermutlich auf ihren blauhaarigen Reiter wartete. Das begünstigte ihren Plan natürlich ungemein.

Nervös drehte sie an ihrem Ohrring. Sie war nicht dafür gemacht, Regeln zu brechen – und sie hatte nur wenig Ahnung vom Reiten. Andererseits musste sie schnellstmöglich in die Stadt. Und die Vorstellung, alleine den halben Tag durch einen unbekannten Wald zu wandern, behagte ihr nicht. Vermutlich würde sie sich sogar verlaufen. Aus der Luft hingegen war die Stadt sicherlich gut zu sehen. Es war also das Naheliegendste und der kürzeste Weg. Bevor der Mut sie verließ, ging sie rasch auf das geflügelte Pferd zu.

Das Tier schnaubte.

»Ruhig!«, murmelte sie. »Wir kennen uns doch schon.« Sanft tätschelte sie den Hals der Peidëen. Ihre Hände zitterten, als sie nach den Zügeln griff. Das Tier schüttelte die Mähne, scharrte mit dem Huf, verhielt sich sonst aber ausgesprochen still.

»Was hältst du von einem kleinen Ausflug?«, flüsterte Leyla.

Das geflügelte Pferd schnaubte erneut. Leyla sah sich um und entdeckte einen kleinen Hocker. Mit dem Fuß zog sie ihn zu sich heran. Dann hielt sie inne.

Nein, das konnte sie einfach nicht tun. Das war Diebstahl. Allein bei dem Gedanken an das Wort wurde ihr übel. Wie war sie nur auf diese dumme, wagemutige Idee gekommen? Sie würde einfach zu Fuß gehen. Allein. Durch den Wald. Sie schauderte. Aber wenn Theodor wirklich in Lebensgefahr schwebte und starb, weil sie gezögert hatte und nur ein paar Stunden zu spät kam?

Sie atmete tief ein, stellte sich entschlossen auf den Hocker und zog sich in den Sattel. Kaum das sie saß, nahm sie die Zügel auf, beugte sich leicht nach vorne und drückte ihre Schenkel an den Bauch des Tieres. Die Peidëen wieherte laut und setzte sich augenblicklich in Bewegung. Sie machte einen Satz vor, tat nur wenige Schritte und verfiel dann sofort in eine galoppartige Gangart. Hufe trommelten auf den Boden. Leyla spürte, wie sich der Körper unter ihr anspannte. Sie wurden noch schneller. Sie hatten das geschlossene Tor des Anwesens binnen weniger Sekunden erreicht. Leyla ließ den Zügel los und krallte sich in der Mähne des Tieres fest.

»Hey!«, rief eine wütende Stimme. »Runter von ihr.«

In diesem Moment breiteten sich hinter Leyla die weißen, schillernden Libellenflügel aus und das Pferd stieg wiehernd in die Luft.

Im Nachhinein war sich Leyla selbst nicht sicher, wie sie es geschafft hatte, im Sattel zu bleiben. Vermutlich verdankte sie das den Reitstunden, die sie als Kind bekommen hatte.

Die Peidëen bewegte sich mit atemberaubender Geschwindigkeit in die Höhe und kreiste weit über dem imposanten Anwesen der van Raikens. Dann ließ das Tier sich wieder sinken, nur um direkt danach wieder aufzusteigen. Leylas Magen machte einen Satz. Immer noch klammerte sie sich an die helle Mähne.

Als das Tier plötzlich zur Seite abdrehte, stieß sie einen erschrockenen Laut aus. Die Peidëen driftete ziellos durch die Luft, die libellenartigen Flügel sirrten leise und bewegten sich so rasch, dass Leyla sie nur als eigenartiges Schillern wahrnehmen konnte.

Sie atmete tief ein und aus, richtete ihren Blick auf den Horizont und wartete, bis die Übelkeit etwas nachließ. Dann setzte sie sich wieder ordentlich im Sattel zurecht und griff nach den Zügeln. Die Ohren der Peidëen wackelten aufmerksam.

»Na schön«, murmelte Leyla und versuchte, sich zu orientieren. Hinter ihr lagen die schwarze Universität und das Birmgebirge. Sie zuckte zusammen. Das Gebirge. Die Zwergenstadt! Erschrocken wandte sie sich um. Ihr Blick blieb an den gezackten Gipfeln, die sich in den Himmel streckten, haften. Irgendetwas war dort. Sie zögerte. Vielleicht sollte sie … In diesem Moment wieherte die Peidëen laut und Leyla riss sich von dem Anblick der Berge los und wandte ihre Aufmerksamkeit wieder nach vorne.

Sie hob die Hand vor die Augen, damit das helle Sonnenlicht sie nicht blendete. Zu ihrer großen Freude war Numäia von hier oben tatsächlich problemlos auszumachen. Leyla gab der Peidëen ein paar winzige Hilfestellungen und das Tier schoss sofort los. Die schlanken Beine bewegten sich in der Luft, als würden sie auf dem Boden und nicht am Himmel dahin galoppieren, die Flügel sirrten parallel dazu gleichmäßig.

Bald entspannte sich Leyla ein wenig. Sie bekam ein immer besseres Gefühl für das geflügelte Pferd und sie schaffte es sogar, die Aussicht ein wenig zu genießen. Unter ihr jagten Wald und Wiesen dahin, der Wind pfiff in ihren Ohren und spielte mit ihrem Haar.

Schneller als gedacht, näherte sie sich so der Stadt. Sie frohlockte schon, doch als sie den äußeren Stadtrand erreichte, wurde ihr flau im Magen. Entsetzt stellte sie fest, dass sie absolut keine Ahnung hatte, wie sie die Peidëen zum Landen überreden konnte.

Sie drosselte das Tempo und brachte das Tier dazu, am Himmel zu kreisen – immer auf der gleichen Höhe.

»Komm schon«, murmelte Leyla verzweifelt und drückte mit ihren Schenkeln gegen den Bauch der Peidëen. Sie musste unbedingt hinab. Von hier oben hatte sie nicht die geringste Chance, das Haus zu finden, das sie suchte. Es würde schon von unten schwer genug werden. Das Tier reagierte nicht. Leyla zog am Zügel, die Peidëen schnaubte und schüttelte unwirsch die Mähne.

»Bitte«, flehte Leyla und schnalzte. Ruckartig warf das geflügelte Pferd plötzlich den Kopf hoch, stieß ein durchdringendes Wiehern aus und riss Leyla die Zügel aus den Händen. Ohne Vorwarnung setzte es zum Sturzflug an. Leyla schrie gellend auf und krallte sich wieder in der Mähne fest, als der Boden viel zu schnell immer näher kam.

Die Peidëen rauschte durch eine Straße, über die Köpfe einiger Elements, die sich erschrocken duckten. Dann landete das Tier unsanft und machte ein paar holprige Sätze über die Pflastersteine. Leyla stöhnte, sie hatte das Gefühl, ihre Wirbelsäule rutschte einmal nach oben, unten und wieder in die ursprüngliche Position.

Sie sah sich um. Einige Leute blickten aus ihren Fenstern, andere waren stehen geblieben und starrten sie an. Glücklicherweise war die Straße, in der sie gelandet waren, relativ leer, sodass niemand angerempelt oder gar verletzt worden war.

»Hey«, rief eine unbekannte Stimme aus einem Fenster. »Alles okay? Sah ja nicht gut aus.«

Leyla spürte, wie ihr die Peinlichkeit die Röte ins Gesicht trieb. Sie sah scheu in die Richtung, aus der die Stimme gekommen war und nickte, ohne ein Gesicht zu fixieren. Sie wollte rasch weiter, also griff sie wieder nach den Zügeln.

»Wer ist das?«, hörte sie Getuschel. Zwei Frauen waren stehen geblieben und musterten sie eingehend von oben bis unten.

»Weg hier«, flüsterte Leyla und trieb die Peidëen erneut an. Brav setzte diese sich in Bewegung, doch die weit auseinander liegenden Pflastersteine schienen dem Tier arge Probleme zu bereiten. Nervös begann es hin und her zu tänzeln. Schließlich beschloss Leyla, abzusteigen und das geflügelte Pferd zu führen. Sie wollte auf keinen Fall, dass es wegknickte und sich womöglich noch verletzte. Außerdem waren sie auch so schon ein Aufmerksamkeitsmagnet. Als Leyla registrierte, wie sie angestarrt wurde, zog sie den Kopf ein. Krampfhaft versuchte sie, die Blicke zu ignorieren, was wirklich schwer war. Sie stierte auf den Boden und wich gekonnt den zahlreichen Pfützen aus. Doch so hatte sie keine Chance, sich umzusehen. Schließlich hielt sie inne. Sie hatte keine andere Wahl.

»Entschuldigung«, sagte sie zu einem Mann, der soeben stehen geblieben war und sie von Kopf bis Fuß musterte. Sie lief dunkelrot an. »Können Sie mir sagen, wo ich die Familie Tellonis finde?«, fragte sie schüchtern und presste sich an ihre geflügelte Begleiterin. Sie hatte wenig Hoffnung, dass der Mann es wusste. Sie kannte den Bekanntheitsgrad der Familie nicht, aber Numäia war groß und die Wahrscheinlichkeit, jemanden zu treffen, der sagen konnte, wo die Familie wohnte, war gering. Der Mann schüttelte auch prompt den Kopf.

»Ist das ein Peidëen?«, fragte er respektvoll und trat näher. Als er die Hand ausstreckte, tänzelte das Tier nervös zur Seite.

»Eine«, erwiderte Leyla. »Es ist eine Sie.« Sie lief weiter. Unsicher. In der nächsten Straße fragte sie eine Frau nach der Familie Tellonis. Doch auch sie schüttelte den Kopf, starrte die Peidëen an und betrachtete Leyla eingehend.

»Aus welcher Familie stammt Ihr?«, fragte die Frau und Leyla wurde bewusst, dass Peidëen so teuer und selten sein mussten, dass jeder ihren Familiennamen kennen sollte. Kurz überlegte sie, ob sie die bereits bestehende Möglichkeit nutzen sollte, um zu behaupten, dass sie zu den van Raikens gehörte.

Dann hielt sie inne. Aston van Raiken war verschwunden. Er hatte Feinde. Es gab Gruppen, die der Familie nicht positiv gesinnt waren, trotz der entsprechenden Gegenlager. Der falsche Name konnte sie hier also gut in Schwierigkeiten bringen.

»Aus, aus … einer befreundeten Familie der Tellonis. Ich komme nicht aus Numäia«, stotterte sie.

»Etwa von Aikim Tellonis?«, mischte sich eine weitere Frau ein und trat näher. Über dem Arm trug sie einen großen Weidenkorb, der Inhalt war von einem Tuch bedeckt. Ihre Wangen leuchteten.

»Ja«, rief Leyla erleichtert. »Könnt Ihr mir sagen, wo ich sie finde?«

Kapitel 4

Eine van Raiken

Leyla«, rief Aikim erstaunt, als sie die Tür öffnete. »Was treibt dich zu uns?« Sie beugte sich ein wenig aus der Haustür, scheinbar hielt sie Ausschau nach jemandem. Als sie die Peidëen erblickte, an deren Halfter sich Leyla klammerte, stockte sie kurz.

»Hallo«, meinte Leyla verlegen und starrte nervös auf ihre Fußspitzen.

Das also war Aikim. Sie linste zu der großen, rundlichen Frau und musterte das rosige Gesicht, das kunstvoll hochgesteckte Haar und die klobige Halskette. Leise Erinnerungen kamen wieder hoch und als Leyla die lachenden Augen und den kleinen, herzförmigen Mund sah, der zu einem Lächeln verzogen war, wurde ihr bewusst, dass sie die junge Frau mochte.

»Ich muss dringend mit dir …«, sie zögerte, Aikim war schließlich nicht allein, da war noch ein Mann - Marv!, »… mit euch reden.« Sie schaute der Frau fest in die braunen Augen.

»Na, dann komm mal rein«, war die fröhliche Antwort, doch Leyla zögerte.

»Ich, also … könnten wir das Pferd … äh, ich meine die Peidëen vielleicht … in einen Stall bringen?«

Aikim zog die Augenbrauen hoch.

»Am besten in ihren Stall, oder?«, fragte Aikim.

»Ja, also …«

Die Brauen der Frau wanderten noch ein Stück höher, als sie bemerkte, wie Leyla herumdruckste.

»Es ist doch eines der Tiere von Aston, oder?«, fragte sie lauernd.

»Ja, ich habe es mir ausgeborgt, um hierherzukommen.«

»Ausgeborgt?«, fragte Aikim und es war deutlich, dass sie die Bedeutung hinter dem Wort erriet. »Dann sollten wir wohl dafür sorgen, dass sie schleunigst zurückkehrt.«

Erst wollte Leyla protestieren, denn sie dachte, dass das Tier noch hilfreich sein könnte. Dann jedoch sah sie ein, dass es das Beste war, das geflügelte Pferd käme zurück zum Hof der van Raikens. Der eine Ritt hatte ihr gereicht und sie fühlte sich auch nicht ganz wohl bei dem Gedanken, ein so teures Tier entführt zu haben. Also war sie dankbar, als Aikim im Haus verschwand und kurz darauf mit einem kleinen Vogel, der einen sonderbar menschlichen Kopf hatte, und einer Hausangestellten zurückkam, die die Zügel übernahm.

»So, dann komm mal mit«, meinte Aikim, nachdem sie den Vogel in die Luft geworfen hatte.

»Wie wird sie zurückkommen?«, fragte Leyla besorgt und musterte die Peidëen.

»Da mach dir keine Gedanken. Der Schwertflügler wird jemanden am Hof von Aston benachrichtigen, damit das Tier abgeholt wird«, erklärte Aikim leichthin und deutete einladend in ihr Haus.

Leyla trat ein. Kurz bevor die Tür hinter ihr ins Schloss fiel, wandte sie sich noch einmal um und starrte die Straße entlang. Sie hatte das unangenehme Gefühl, beobachtet zu werden. Ihr Rücken kribbelte. Doch sie wischte den Gedanken beiseite.

»Setz dich«, forderte Aikim sie auf, nachdem sie den Flur durchquert hatten und in eine Art Wohnraum gelangt waren. Leyla ließ sich in einen plüschigen Sessel fallen, der zwar scheußlich aussah, aber unglaublich gemütlich war.

»Also dann berichte. Was führt dich zu uns?«

Leyla wollte gerade antworten, wurde aber jäh unterbrochen, als Schritte erklangen und ein Mann, den sie auf Ende Zwanzig schätzte, den Raum betrat.

»Oh«, sagte er überrascht und sah Leyla an.

Im ersten Moment fand sie ihn ungeheuer attraktiv. Er hatte eine angenehme Erscheinung, seine verstrubbelten Haare und der Dreitagebart ließen ihn in gewisser Hinsicht verwegen wirken. Doch als seine kalten grauen Augen sie musterten, erschauderte sie.

»Du.« Es war keine sonderlich nette Begrüßung, fand sie. »Wo ist Theodor?«, fügte der Mann hinzu und sah sich um. Er musste Marv sein.

Innerlich schnaubte Leyla empört. Hatte sie denn nur in Gefolgschaft aufzutauchen? Doch sie verzichtete auf einen missbilligenden Blick und sagte stattdessen: »Genau deswegen bin ich hier. Ich … es tut mir leid, dass ich einfach so hereinplatze, aber … ich weiß ehrlich gesagt gar nicht, wo ich anfangen soll.« Sie musste ein wenig verzweifelt klingen, denn Aikim stand auf, tätschelte ihr den Arm und machte sich dann an einer Kanne zu schaffen.

»Hier, trink einen Schluck«, meinte sie und reichte Leyla eine Tasse. »Und dann fang am besten von vorne an.«

Leyla tat, wie ihr geheißen, während sie vermied, Marv anzusehen, der sich ebenfalls in einen Sessel gelümmelt hatte. Sie begann zu erzählen, was sie wusste. Viel war es nicht, stellte sie selbst fest, denn natürlich ließ sie ihre Herkunft außen vor.

»Du behauptest also, du und Theo, ihr hättet den – wie du ihn nennst – Obsidian gesucht, du kannst dich aber an nichts mehr erinnern und glaubst jetzt, dass Theo verschwunden ist«, fasste Marv stirnrunzelnd zusammen.

»Er ist in Gefahr«, beteuerte Leyla. »Ich weiß es. Wir haben den Obsidian gefunden.«

»Und wer ist er?«

»Ich weiß es nicht«, rief Leyla verzweifelt und wich Marvs stechendem Blick aus.

»Und was willst du jetzt von uns?«

»Ihr müsst mir helfen! Wir müssen Theodor suchen.«

»Theo braucht keine Hilfe«, meinte Marv und lehnte sich wieder lässig zurück.

»Aber …« Leyla schwieg einen Moment, dann griff sie in den Rucksack und holte ihr Notizbuch heraus, um es aufzuschlagen. Ein leichtes Prickeln überzog ihre

Haut. Weiter hinten im Buch gab es noch eine Notiz, die sie nicht verstand. Doch zunächst konzentrierte sie sich auf die Aufzählung.

»Ich glaube, es hat etwas mit Drachen zu tun«, murmelte sie und starrte auf das Wort.

»Es gibt keine Drachen mehr«, mischte sich jetzt auch Aikim wieder in das Gespräch ein. Leyla ignorierte den Einwand.

»Wir waren in Barsques«, murmelte sie, eher zu sich selbst, doch sie schien damit Marvs Aufmerksamkeit wieder geweckt zu haben. Er beugte sich vor.

»Die alte Zwergenstadt?«

Sie nickte.

»Dort im Gebirge. Ich glaube, er versteckt sich dort. Also nicht Theodor, sondern der Obsidian.«

»Wenn das stimmt«, murmelte Aikim und sah sehr nachdenklich aus, »dann müssen wir Alarm schlagen.«

»Wir können nicht Alarm schlagen und das mit einem Gedächtnisverlust begründen«, antwortete Marv ärgerlich und nickte mit dem Kinn in Richtung Leyla.

»Dann müssen wir halt etwas finden, das ihrem Gedächtnis wieder auf die Sprünge hilft«, wandte Aikim ein und Leyla war froh, die Frau auf ihrer Seite zu haben. »Fällt dir noch irgendetwas ein? Wart ihr allein unterwegs oder war noch jemand dabei?«

›Majik‹, dachte Leyla, aber das konnte sie ja nicht sagen. Da waren gelbe Augen … der Wolf und …

»Pan«, sagte sie.

»Der Gestaltwandler, der mit dir hier war?« Die Abneigung in Marvs Stimme war unüberhörbar. »Wo finden wir das Vieh?«

»Er ist tot«, murmelte Leyla und spürte, wie die Welle der Trauer erneut über sie hereinschwappte.

»Das tut mir leid.« Es klang aufrichtig, wie Aikim es sagte. Sie schien feinfühlig genug, um zu merken, wie es Leyla ging. Die junge Frau stand auf und holte eine Schachtel aus dem Schrank. »Möchtest du etwas Süßes? Das hebt die Stimmung.«

»Nein danke.« Abwehrend hob Leyla die Hände.

Ein Luftstoß pfiff durch den Raum und entriss Aikim die Packung. Entsetzt sprang Leyla auf.

»Das, das«, stotterte sie, »tut mir so leid!« Sie kniete sich hin, um die verstreute Schokolade einzusammeln.

»Das ist doch kein Problem«, meinte die Hausherrin beruhigend und bückte sich ebenfalls, um dabei zu helfen. »Du entwickelst also gerade deine Kräfte. Eine denkbar ungünstige Zeit für Frischlinge ist das. Du brauchst dringend jemanden, der dir Kontrolle beibringt. Sonst wird es immer wieder zu ungewollten Ausbrüchen kommen, wenn du emotional wirst. Und da auf dem Hof der van Raikens offensichtlich niemand ist, solltest du dringend zurück nach Hause zu deiner Familie, nach Behfin.«

Sie musste Leylas fragenden Gesichtsausdruck bemerkt haben, denn sie fuhr fort: »Na, Theo hat doch erzählt, dass du eine Cousine mütterlicherseits bist. Eine echte Papili«, sie lächelte.

»Ja, ja«, sagte Leyla schnell. Marv bedachte sie mit einem sonderbaren Blick. Ob Theodor ihm etwas anderes erzählt hatte? »Das stimmt. Aber ich habe derzeit gar keine Möglichkeit, nach, äh, Behfin zu reisen.« Sie hatte schließlich keine Ahnung, wo sie angeblich herkommen sollte – herkam. Sie schluckte. Und natürlich hatte sie auch keinerlei Interesse daran, Numäia zu verlassen.

»Wie bist du denn vor ein paar Monaten nach Numäia gekommen?«, war die Gegenfrage. Leyla zuckte die Schultern, hatte die passende Antwort aber parat.

»Ich weiß es nicht mehr. Mein Gedächtnis … aber ich kann hier auch nicht weg. Ich muss Theodor finden. Und wir müssen etwas gegen den Obsidian unternehmen«, sagte sie hastig. Sie starrte in ihr Notizbuch. »Kroaas Ta' Vennin«, las sie den Namen vor, der ein Anagramm zu ›Aston van Raiken‹ bildete. »Das war wohl sein richtiger Name.«

Sie schloss das Notizbuch rasch, als sie merkte, dass Aikim über ihre Schulter zu lugen versuchte. Sie wollte nicht, dass die Frau Astons Namen darin sah, denn Leyla wusste selber nicht, was das Anagramm bedeutete. Aber die Verbindung der Namen ließ in ihr Unbehagen aufsteigen.

»Diesen Namen habe ich noch nie gehört.« Marv zuckte mit den Schultern. »Kann es sein, dass du einfach nur einen Unfall hattest und dir das alles einbildest?«

Sie starrte ihn empört an.

»Ich hatte keinen Unfall. Jedenfalls bin ich nicht …«

»Nicht was? Irre? Ich denke schon«, grinste Marv. »Armer Theo.«

Leyla schnappte nach Luft. Doch bevor sie etwas sagen konnte, fuhr Aikim dazwischen.

»Genug. Marv, hör auf, so mit unserem Gast zu reden. Leyla, du bist durcheinander. Beruhige dich. Es wird sich alles klären. Du brauchst dringend ein wenig Entspannung. Vielleicht hilft dir ein Bad. Ich werde dir Wasser einlassen lassen und in der Zeit können Marv und ich uns darüber beraten, was zu tun ist. Einverstanden?« Aikim lächelte Leyla an, während sie ihrem Mann liebevoll durch das Haar strubbelte.

Leyla nickte widerstrebend.

Das Bad hatte ihr wirklich gutgetan, doch ihre Laune verschlechterte sich augenblicklich wieder, als sie aus dem Badezimmer kam. Aikim und Marv verstummten schlagartig.

»Und wie werden wir vorgehen?«, fragte Leyla und setzte sich in einen der Sessel.

Aikim hatte in der Zwischenzeit den kleinen runden Tisch mit einem schrecklich bunten Tuch und mit Obst und Gebäck gedeckt. Sie reichte Leyla einen mit Gold verzierten Teller. Leyla nahm ihn nicht an, sondern sah erwartungsvoll von ihr zu Marv. Dieser streckte sich genüsslich.

»Gar nicht«, meinte er dann und lächelte knapp.

»Aber«, protestierte Leyla fassungslos.

»Marv und ich haben wirklich versucht, aus deinen Hinweisen schlau zu werden. Aber er hat recht, wenn er sagt, dass es einfach zu wenig ist, um etwas zu unternehmen. Im Prinzip hast du uns nur einen Namen genannt, der nicht einmal existieren muss. Wir werden natürlich Nachforschungen anstellen, doch bis dahin können wir nicht viel mehr tun.« Aikim knabberte an einem weißen Keks.

»Aber wir können doch nicht einfach nur herumsitzen«, rief Leyla, die beim Anblick von Marvs lässiger Haltung ganz fuchsig wurde.

»Es sind nicht genug Informationen, Leyla.« Aikim schien es aufrichtig leidzutun. »Wir können aktuell nur helfen, indem wir dafür sorgen, dass du deine Kräfte kontrollieren lernst und dich an alles erinnerst.«

Dieses Vorgehen entsprach überhaupt nicht Leylas Vorstellungen. Natürlich wollte auch sie sich rasch wieder an alles erinnern, nur – eine Reise durch ein unbekanntes Land würde dem wenig förderlich sein. Aber das konnte sie Aikim natürlich nicht sagen. Die Frau schien zu glauben, dass es Leyla besser gehen würde, wenn sie in ihre angebliche Heimat zurückkehrte. Kurz überlegte Leyla, ob die Heimat nicht tatsächlich die beste Option war. Sie könnte zurück in ihre Welt, nach Berlin, und das Abenteuer einfach abbrechen.

Ganz leicht schüttelte sie den Kopf. Das ging nicht. Sie hatte in den letzten Stunden schon so viele ihrer Prinzipien über den Haufen geworfen und das, um

Menschen zu helfen, die sie eigentlich nicht kannte. Es war verrückt. Aber ihr Herz sagte ihr, dass es das Richtige war.

Sie musste ein Schnauben unterdrücken und fragte sich kurz, seit wann sie auf ihr Herz statt auf ihren Kopf hörte. Dann überlegte sie, wie sie aus dieser verzwickten Situation kommen konnte. Und die Lösung war relativ simpel: Sie brauchte mehr Wissen. Wissen darüber, wo sie war, was geschehen war. Sie stöhnte innerlich. Es musste doch noch irgendetwas geben. Irgendeinen Hinweis, ein Detail. Plötzlich zuckte sie zusammen.

»Kennt ihr einen Herrn Karinaki?«, fragte sie, als ihr einfiel, was Theodors Stimme in ihr Ohr geflüstert hatte. Doch die beiden Tellonis schüttelten den Kopf. Leyla seufzte. Das wäre auch zu einfach gewesen. »Kennt ihr irgendjemanden, der helfen kann, einen Herrn Karinaki ausfindig zu machen?«

»Du könntest den Weg zur toten Lagune einschlagen«, erwiderte Marv genervt.

»Hör auf, so einen Unfug zu reden«, fauchte Aikim und schlug ihren Mann auf den Arm. Der lachte nur.

»Was? So dumm wird sie ja nicht sein. Wenn sie aus Behfin kommt, sollte sie über die Ecke ja noch besser Bescheid wissen als wir.«

»Weil die tote Lagune nicht weit von Behfin entfernt ist«, sagte Leyla langsam und versuchte, es nicht wie eine Frage klingen zu lassen. Doch Marv schien sie durchschaut zu haben. Er musterte sie durchdringend und sein Blick war ihr Antwort genug. Ihre Gedanken ratterten. Würde sie dort wirklich Antworten erhalten?

»Ihr würdet dort nicht hingehen«, fragte sie vorsichtig.

»Nein«, sagte Aikim entschlossen, Marv zuckte nur desinteressiert mit den Schultern.

»Und ihr werdet auch sonst nicht nach Theodor suchen.«

»Ohne Anhaltspunkte?«

»Ihr werdet also gar nichts unternehmen«, stellte sie fest und konnte die Resignation in ihrer Stimme nicht unterdrücken. »Ihr wollt nicht einmal herumerzählen, was ich euch berichtet habe?«

»Was genau sollen wir denn sagen? Jemand, der sein Gedächtnis verloren hat, behauptet, den Verursacher der Versteinerung gefunden zu haben. Okay, sie kann sich an absolut nichts erinnern, aber es könnte sein, dass es etwas mit Barsques zu tun hat. Vielleicht aber auch nicht«, meinte Marv.

Leyla schluckte. Sie musste selbst zugeben, dass das wirklich dürftig klang.

»Davon abgesehen: Wohin sollen wir uns wenden? Wem sollen wir davon erzählen?« Nun klang selbst Aikim verzweifelt. Erstaunt beobachtete Leyla, wie Marv sich aus seiner lässigen Position erhob, um die Hand seiner Frau zu nehmen und sie beruhigend zu drücken. Doch der Moment war kurz und schon hing Marv wieder vollkommen entspannt im Sessel. Aikim indes schien wenig beruhigt und fuhr unbeirrt fort, zu reden.

»Wie soll man die Mehrheit überzeugen? Bei diesen Gruppenbildungen? In einer Zeit, in der jeder gegen jeden steht und die Gesellschaft gespalten ist? Selbst wenn wir vollständige Informationen hätten, würde jeder zweite denken, wir lügen. Ein falsches Wort, und schon bist du der Feind. Wir brauchen einen König, der ...« Sie brach ab. Ihre Augen schienen feucht. »Dieses Vorhaben ist unmöglich«, murmelte sie.

Leyla sah sie aufmerksam an.

»Gruppenbildung? So etwas wie die FRK?«, hakte sie nach.

»Wie kann es sein, dass du derart unwissend bist? Was für ein Unfall muss das gewesen sein, der einen solchen Gedächtnis- und Wahrnehmungsverlust mit sich bringt? Du warst doch wach, oder? Die letzten Tage?«, rief Marv und setzte sich stirnrunzelnd auf.

»Ja, an mir sind ein paar Informationen vorbei gegangen«, meinte Leyla knapp. »Also?«

»Ja, die FRKs sind solche Gruppen. Sie beschäftigen sich hauptsächlich mit der Frage der berechtigten Thronfolge. Ihrer Meinung nach kann nur ein wahrer König das Problem lösen. Wer das ist, nun, über diese Diskussion sind schon so einige im Hospital gelandet. Aber es gibt natürlich auch noch andere Gruppen. Jede erbärmliche Kreatur glaubt plötzlich, ein Recht zu haben, Ansprüche geltend zu machen.«

»In welcher Gruppe seid ihr?«

»Offiziell in keiner. Ich stehe natürlich zu Aston und Theo. Aber das darf man nicht zu laut sagen«, lachte Marv.

›Was für ein toller Freund‹, dachte Leyla empört. »Dann hilf ihm oder bist du ein zu großer Feigling?«, sagte sie laut. Die Worte kamen aus ihrem Mund, bevor sie darüber nachdenken konnte. Marv hörte sofort auf zu lachen und starrte sie durchdringend an.

»Pass mal auf«, sagte er dann. Sie schluckte. Sein Blick machte sie nervös. »Theo ist stark. Stärker als jeder andere, den ich kenne. Ich bin sicher, egal was es ist, er übersteht es allein – falls es überhaupt etwas gibt.« Bevor Leyla den nächsten Einwand erheben konnte, hob er die Hände und sprach weiter. »Mädchen, hast du schon einmal darüber nachgedacht, dass er weg ist und nicht gefunden werden will? Weil er einen Plan hat?«

»Ich glaube nicht«, begann sie zögernd, doch er unterbrach sie.

»*Ich* glaube nicht, dass du dich damit befassen solltest. Ich mache dir einen Vorschlag. Ich werde Nachforschungen anstellen und mit ein paar wichtigen Leuten reden, vielleicht kann ich etwas herausfinden und jemanden überzeugen, zuzuhören. Aikim wird dich unterdessen zum Hafen bringen, damit du hier wegkommst und lernst, deine Kräfte zu kontrollieren. Als kleiner Frischling kannst du ohnehin nicht viel machen und in Behfin sollte es für dich auch sicherer sein. Eiverstanden?«

Ihr war klar, dass seine schönen Worte so viel bedeuteten wie: ›Geh mir nicht weiter auf die Nerven ‹. Und sie war sich nicht sicher, ob er halten würde, was er versprach. Doch sie hatte Hoffnung. Sie mochte Marv nicht, aber er war einer von Theodors engsten Freunden, also würde er vielleicht doch etwas unternehmen. Und wenn Behfin an dieser toten Lagune lag, wo sie Antworten erhalten würde, konnte sie parallel dazu ein paar Nachforschungen anstellen. Sie nickte zögernd und Marv lächelte breit.

»Ich bringe dich gleich Morgen zum Hafen. Über das Wasser ist sicher der schnellste Weg nach Behfin«, sagte Aikim und hielt ihr erneut den Teller hin. Endlich griff Leyla zu.

»Könnt ihr mich nicht unterrichten?«, fragte sie, denn in Behfin würde sie sicher niemanden finden, den sie kannte und ein bisschen magisches Wissen konnte nur hilfreich sein. Vorsichtig biss sie in das helle Gebäck, das sonderbar nach Minze und Zitrone schmeckte.

»Wir sind keine Aeristen. Und außerdem ist es immer besser, wenn ein Vertrauter die Ausbildung übernimmt.«

Leyla nickte.

»Und …«, setzte sie an, doch in diesem Moment läutete die Türglocke.

Marv erhob sich, um zu öffnen. Leyla hörte seine Schritte im Flur, das Klacken des Schlosses und dann eine fremde Männerstimme. Der Mann grüßte höflich reserviert und entschuldigte sich für die Störung. Leyla spitzte die Ohren, während sie sich einen weiteren Keks nahm. Auch Aikim schien zu lauschen, denn sie schwieg.

»Mir ist zu Ohren gekommen, dass hier van Raikens zu finden sind«, sagte die fremde Stimme.

»Hier ist kein van Raiken. Falls Sie Aston suchen, er hat die Stadt in einer dringenden Angelegenheit verlassen«, hörte sie Marv knapp antworten.

Der Fremde lachte.

»Dringende Angelegenheit. Soso. Wusste gar nicht, dass Feigheit und kriminelle Tätigkeiten als dringende Angelegenheiten bezeichnet werden. Aber das ist wohl eine Frage der Perspektive.« Dann hörte er auf zu lachen. »Ich suche auch nicht Aston«, fuhr er sachlich fort. »Ich suche ein Mädchen. Ihr Name soll Leyla sein.«

Leyla erschrak. Sie fing Aikims fragenden Blick auf und zuckte mit den Schultern. Sie hatte keine Ahnung, wer das war und was er wollte.

»Hier ist auch kein Mädchen. Und jetzt einen schönen Tag«, war Marvs Antwort. Doch der Fremde schien sich nicht abschütteln lassen zu wollen.

»Mein Neffe hat sie getroffen. Und heute zerreißt sich die halbe Stadt den Mund über ein Mädchen auf einem Peidëen.«

»Das ist schön. Interessiert mich aber nicht.«

»Hör zu, Tellonis! Man hat sie in euer Haus gehen sehen. Eure Familie und die van Raikens, ihr steckt schon immer unter einer Decke.« Die Stimme hatte sämtliche Wärme verloren. »Ich habe keine Ahnung, was ihr vorhabt, aber wir wollen Antworten! Und wir werden sie uns nicht verwehren lassen, nur weil das van Raiken-Pack der Meinung ist, unterzutauchen. Du und …«

Es knallte. Marv hatte die Tür ins Schloss geworfen. Er stapfte zurück ins Zimmer und murmelte etwas, das wie ›Belästigung‹ und ›Rufmord‹ klang.

»Wer war das?«, fragte Aikim.

»Orion Dumas«, knurrte Marv und der Abscheu in seiner Stimme war nicht zu überhören. »Was hattest du mit seinem Neffen zu tun?«, fragte er an Leyla gewandt.

Sie zuckte mit den Schultern, dann hielt sie inne und stöhnte. Sie war seit ihrer Ankunft in Naurénya nur einem weiteren Menschen begegnet.

»Ethan«, seufzte sie.

»Wer ist Ethan?«

»Er gehört zur FRK 1.2. Ich habe ihn in der Nähe des Hofes getroffen. Er wollte zur Universität und hat mich ausgefragt. War nicht sonderlich erfreut über meine Verwandtschaft zu den van Raikens«, änderte sie die Wahrheit etwas ab.

»Was wollte er an der Uni?«

»Ich glaube, irgendetwas mit Pagnon.«

»Pagnon?«

Stille. Leyla wagte nicht, nachzufragen. Möglichst unauffällig griff sie nach ihrem Notizbuch, das neben ihr gelegen hatte, und schrieb das Wort hinein.

»Das wird immer sonderbarer«, murmelte Marv und starrte vor sich hin. »Entschuldigt mich«, sagte er dann plötzlich und verließ den Raum. Er schien nachdenklich. Leyla hörte ein Rascheln, dann Schritte. Marv streckte den Kopf zur Tür herein.

»Du solltest so rasch wie möglich von hier fort. Ich habe keine Lust, dass noch mehr Leute hier klingeln.« Dann verschwand er. Kurz darauf hörte Leyla, wie die Haustür wieder ins Schloss fiel.

Ganz so schnell brach sie dann aber doch nicht auf. Aikim, die Marvs Verhalten überhaupt nicht zu hinterfragen schien, war der Meinung, einige Vorbereitungen für Leylas Reise treffen zu müssen.

»Hast du noch irgendwelche wichtigen Sachen bei Aston, die wir holen sollten?«, fragte sie und Leyla schüttelte heftig den Kopf. Da sollte sie wohl nicht so schnell wieder auftauchen. Erklärend deutete sie dann auf ihren Rucksack. Aikim nickte.

»Schön, dann kaufe ich noch etwas zu essen für dich. Es ist kein Katzensprung bis nach Behfin. Du solltest heute Abend also früh ins Bett gehen, damit wir morgen rechtzeitig aufbrechen können. Die meisten Schiffe verlassen den Hafen bereits am frühen Morgen.«

Leyla nickte stumm. Zu viel ging ihr durch den Kopf. Sie würde tatsächlich in einem wildfremden Land mit einem Boot allein nach Irgendwo fahren. Das behagte ihr nicht. Doch wenn sie Theodor finden wollte und sie in der toten Lagune herausfinden konnte, was es mit diesem Herrn Karinaki auf sich hatte, musste sie diesen Weg wählen.

Erleichterung durchströmte sie. Endlich hatte sie zumindest einen halben Plan. Doch sie würde auf ihrer Reise Geld brauchen. Das Thema bereitete ihr

Bauchschmerzen. Sollte sie Aikim um ein paar Münzen bitten? Nein, das war ihr zu unangenehm. Also verwarf sie den Gedanken schnell wieder und hoffte stattdessen, dass sie unterwegs Möglichkeiten fand, um selbst etwas zu verdienen. Zum Beispiel konnte sie helfen, Waren zu verkaufen. An diesen Gedanken klammerte sie sich eisern.

Als der frühe Abend hereinbrach, aß sie zusammen mit Aikim. Die junge Frau hatte eine Menge regionaler Spezialitäten aufgefahren und zubereiten lassen. Darunter Gemüsebällchen, die Leyla allein deshalb faszinierten, weil sie mit voranschreitendem Abkühlungsgrad die Farbe von Grün zu Blau wechselten. Sie aßen schweigend. Marv war immer noch verschwunden. Offensichtlich passierte das des Öfteren, denn Aikim schien sich keineswegs darüber zu wundern.

Nach dem Essen verzog sich Leyla in das für sie zurechtgemachte Gästezimmer. Sie wollte dem Vorschlag, früh schlafen zu gehen, nachkommen, lag allerdings noch eine ganze Weile grübelnd im Bett.

Als sie unsanft wachgerüttelt wurde, hatte sie das Gefühl, noch nicht lange geschlafen zu haben.

»Was?«, murmelte sie und richtete sich langsam auf. Das schummrige Licht, das durch den Vorhang ins Zimmer fiel, sagte ihr, dass es tatsächlich noch recht früh war.

»Es tut mir leid, dass ich dich jetzt schon wecken muss«, sagte Aikim und ihre Augen glitzerten amüsiert.

Dann wurde sie ernst. »Wir sollten aufbrechen. Zu deiner eigenen Sicherheit.« Bei dem Tonfall war Leyla sofort hellwach.

»Ist etwas passiert?«

»Dein Freund Ethan hat offensichtlich deutlich mehr Gehör gefunden als nur bei seinem Onkel. Es schleichen Leute durch die Straße und beobachten unser Haus. Sei mir nicht böse, aber ich will deinet- und unseretwegen, dass wir aufbrechen.«

»Was wollen sie?«, fragte Leyla, während sie sich hastig aus dem Bett schwang.

»Ich vermute, was Orion Dumas gestern sagte: Antworten. Von Aston. Und da er nicht hier ist, wollen sie dich. Ich fürchte, sie werden auch nicht eher Ruhe geben, bis sie erfahren, was sie wissen wollen.«

Leyla schauderte. Das klang nicht angenehm.

»Aber ich weiß nichts«, meinte sie, während sie in ihre Jeansshorts schlüpfte, die Aikim missbilligend musterte.

»Ja, aber das wissen die nicht.«

»Sie würden mir doch nichts tun, oder?«

Aikim lächelte.

»Sie sind keine Barbaren. Aber in Zeiten wie diesen sollte man vorsichtig sein.«

Leyla zog ihre eigenen Schlüsse aus der Aussage.

Schnell packte sie ihre Sachen zusammen und nur wenige Minuten später war sie aufbruchbereit.

Sie verließen das Haus durch den Dienstboteneingang auf der Rückseite. Trotzdem hatte Leyla das

Gefühl, beobachtet zu werden. Ihre Vermutung bestätigte sich, als ein leiser Pfiff Aikim plötzlich schneller gehen ließ. Bald darauf glaubte sie, Schritte zu hören, doch als sie sich umdrehte, war niemand zu sehen. Ihre Haut prickelte unangenehm. Sie wusste, dass sie beobachtet wurde. Wieder wandte sie sich um und sah gerade noch, wie eine Gestalt rasch in eine Gasse huschte. Sie schauderte.

»Wie weit ist es noch?«, fragte sie Aikim.

»Wir haben noch ein gutes Stück Weg vor uns«, erwiderte die junge Frau. Täuschte Leyla sich oder sah auch sie sich häufig um? Sie bogen ab und landeten auf einer breiteren Straße, doch zu dieser frühen Stunde war auch hier kaum jemand unterwegs. Ein Mann lief an Leyla vorbei und sie glaubte, dass er sie finster anstarrte.

»Die ersten Schiffe laufen bald aus. Es wird sich sicher eines finden, das dich gegen Bezahlung ein Stück mitnimmt. Du wirst so zumindest in die Nähe von Behfin kommen können«, sagte Aikim und ließ ihren Blick unruhig schweifen.

»Ich habe kein Geld«, meinte Leyla verlegen.

»Ach, da mach dir keine Sorgen.« Nun lächelte Aikim. »Ich werde dir die Fahrt organisieren. Deine Familie wird sicher eine Gelegenheit finden, sich zu revanchieren.«

Leyla war erfüllt von Dankbarkeit und Scham, als sie der brünetten Frau, die erstaunlich flink war, durch die Straßen folgte.

Als die Schiffsanlegestelle in Sicht kam, durchzuckte Leyla ein Hauch von Enttäuschung. Sie hatte einen richtigen Hafen und Meer erwartet. Doch das, was sie nach einem einstündigen Fußmarsch erreichten, war nicht mehr als ein kleiner Flussarm, auf dem einige Kähne schaukelten. Es waren keine prachtvollen Boote, eher mit Kisten vollbeladene Barken, von denen etwa drei nebeneinander auf dem Fluss Platz hatten.

Das Treiben am Ufer war trotz der frühen Stunde allerdings umso geschäftiger. Überall standen Kisten, prall gefüllte Seesäcke. Taue und Netze lagen auf dem Boden. Fast die gesamte Uferpromenade war von diesen Utensilien eingenommen – und die Promenade war breit. Ein Karren wurde an Leyla und Aikim vorbeigezogen. Es roch intensiv nach Fisch und überall liefen Männer – und nur wenige Frauen – umher. Stimmen schwirrten durch die Luft, Befehle wurden gerufen und Leyla wusste gar nicht, wo sie zuerst hinsehen sollte.

»Bleib hier, ich höre mich ein wenig um«, wies Aikim sie an. Leyla nickte und stellte sich in den Schatten einiger Kisten, die zu einem Turm aufgestapelt waren. Ihr Blick blieb an einem Mann hängen, der soeben einen der kleinen Stege, die man über eine kurze Treppe erreichen konnte, betrat. Er sah nicht annähernd wie die Seemänner aus. Ganz im Gegenteil. Er bewegte sich auf dem wankenden Steg mit einer gewissen Unsicherheit, er musterte die Boote eingehend. Dann drehte er sich um und kam zurück. Sein Blick war wachsam.

Leyla duckte sich ein wenig tiefer hinter die Kisten, als etwas hinter ihr raschelte. Sie fuhr zusammen und wirbelte herum.

Da war niemand. Nur einer der Leinensäcke war umgefallen. Leyla wollte sich wieder dem Mann zuwenden, doch etwas hielt sie zurück. Sie hatte das Bedürfnis, sicherzugehen, dass sie hier allein stand. Vorsichtig bewegte sie sich um weitere Kisten herum und lugte um die Ecke. Dort stand ein Karren. Sie schlich näher heran. Ihr Herz hämmerte und sie wusste selbst nicht ganz, warum. Noch einen Schritt vor und sie konnte auf die Ladefläche des Karrens schauen. Nichts. Die Fläche war leer. Die Anspannung ließ nach. Sie war sich nicht sicher, was sie erwartet hatte, fühlte sich nun aber erleichtert. Sie seufzte und ging wieder zurück zu dem Kistenstapel. Der fremde Mann war verschwunden.

Sie runzelte die Stirn und wollte sich gerade näher ans Wasser wagen, als eine Stimme sie aufhielt.

»Leyla!«

Aikim war zurück. Und im Schlepptau hatte sie einen Mann. Der Teil seines Gesichts, der nicht vom grauen Bart umwuchert war, wirkte alt und runzlig. Er sah wie ein richtiger Seebär aus, fand sie.

»Du kannst auf der *Aquarati* mitfahren«, rief Aikim fröhlich. Der Mann musterte sie.

»Na, anpacken wird sie wirklich nicht können, dass dürre Ding.« Leyla war sich nicht sicher, ob das eine Beleidigung sein sollte. »Aber Platz nimmt sie immerhin auch nicht weg.« Er lachte und sie entschied, dass es wohl einfach seine raue Art war.

»Guten Tag«, sagte sie höflich und erwischte sich dabei, wie sie eine Art scheuen Knicks andeutete. Der Mann lachte herzhaft und sie wurde rot.

»Die *Aquarati* ist immer pünktlich«, sagte er dann. »Wenn du noch Zeit für irgendetwas brauchst, wird das nichts, denn wir sind bereit zum Ablegen.«

Bevor Leyla antworten konnte, rief Aikim: »Sie hat alles und ist bereit zur Abreise.«

Aikim strahlte sie offensichtlich vollkommen begeistert von ihrem Verhandlungstalent an.

»Dann komm mal mit.«

Leyla nickte zögernd. Der Mann schnappte sich den umgefallenen Leinensack und wollte ihn über die Schulter werfen. Er schien zu schwer, denn der Mann ächzte erstaunt. Er setzte ihn wieder ab und bewegte seine Hand. Der Sack erhob sich auf magische Weise in die Luft.

»Nimmst du das da noch?«, fragte er und machte eine ruckartige Kopfbewegung. Sie bückte sich und hob das Tau auf. Es war schwer und unhandlich. Unbeholfen stolperte sie hinter dem Mann her. Aikim folgte ihr. Sie steuerten einen kleinen Kahn an, der vielleicht 15 Meter lang war und beträchtlich schwankte. Leyla schwante Übles.

»Ich bin übrigens Jules Umber, der Kapitän der wundervollen *Aquarati*. Aber nenn mich Umber«, sagte der Mann, während er den Sack auf der Barke absetzte und

Leyla dann das Tau abnahm. Sie musterte die Barke skeptisch und versuchte, das Wort *wundervoll* mit diesem riesigen Stück treibenden Holzes in Verbindung zu bringen.

»Leyla«, sagte sie leise, um sich ebenfalls vorzustellen.

»Das habe ich schon mitbekommen«, lachte Umber. »Nicht dahin«, rief er verärgert und einer der Seemänner beeilte sich, die Ladung umzustapeln. »Zeit für den Abschied, Leyla«, sagte der Kapitän dann wieder freundlich. »Am besten kurz und schmerzlos.« Er lachte erneut.

Leyla wandte sich an Aikim, die immer noch hinter ihr stand.

»Sie fahren über die Große Straße bis nach Quideck. Du musst also nur einmal umsatteln.«

»Umsatteln?«, fragte Leyla, doch Aikim überging die Frage.

»Sie werden für dich in Lariva stoppen, um dich von Bord gehen zu lassen, das liegt schließlich auf dem Weg. Von dort musst du dir eine andere Mitfahrgelegenheit ins Landesinnere suchen. Aber ich denke, dort weißt du ohnehin besser Bescheid als ich.« Sie streckte die Arme aus, um Leyla zu umarmen.

»Danke.« Leyla war ein wenig verwirrt.

»Nicht dafür. Wenn etwas ist oder dir noch mehr einfällt – du weißt, wo du uns findest. Viel Spaß bei deinen Unterrichtsstunden.«

Leyla nickte. Aikim wandte sich um und ging zurück zur Promenade. Leyla sah ihr mit großem Unbehagen nach. Dann zuckte sie zusammen. An einem Haus an der Uferpromenade, direkt gegenüber, lehnte der Mann. Er unterhielt sich mit jemandem, der für Leyla von Kisten verdeckt war. Sie wandte sich rasch um.

»Darf ich bitten«, sagte Umber und reichte ihr die Hand.

›Das ist so ziemlich das Dümmste, was ich je gemacht habe‹, dachte Leyla. Sie drehte sich noch einmal um und sah, dass Aikim stehen geblieben war, um ihr aufmunternd zuzuwinken. Leyla gab sich einen Ruck. Sie musste sich an diesen Hauch von Plan klammern, wenn sie irgendetwas erreichen wollte. Sie konnte nur darauf hoffen, dass diese Reise ihr neue Erkenntnisse bescheren würde. Also nahm sie die ausgestreckte Hand des Kapitäns und stieg auf die Barke. Umber führte sie zu einer Kiste, auf der sie Platz nahm, während zwei weitere Männer das Boot vom Steg abstießen. Es ging los.

Etwa eine Stunde später begriff Leyla, was es mit dem Umsatteln auf sich hatte. Die Barken wurden aus der Stadt hinausgesteuert. Und plötzlich mündete der kleine Fluss in ein riesiges Gewässer, auf dem Segelboote aller Art und Größe gemütlich schaukelten. Der Kahn, auf dem Leyla saß, steuerte auf einen herrlichen Dreimaster zu, an dessen Bug in edlen Lettern der Name *Aquarati* prangte. Als sie das Schiff erreichten, begannen die Seeleute hektisch damit, die Kisten umzupacken. Wobei Leyla schnell auffiel, dass die meisten von ihnen offensichtlich Luftzauber benutzten, um die Ware an Bord zu bekommen.

»Hier«, meinte der Kapitän plötzlich hinter ihr. Er war an sie herangetreten und deutete auf eine Strickleiter, die zur *Aquarati* hinaufführte. Sie musterte die Leiter skeptisch und kletterte dann etwas ungeschickt nach oben. Helfende Hände packten sie, als sie das Deck erreichte. Sie sah sich um.

»Abgeladen«, hörte sie eine Stimme.

Sie stellte ihren Rucksack auf das Deck, beugte sich über die Reling und sah, dass die Barke vollständig entladen worden war. Die Männer kletterten nun ebenfalls an Bord – bis auf zwei. Leyla beobachtete, wie einer der Zurückgebliebenen seine Hand ausstreckte und sie sacht zu bewegen begann. Die Barke setzte sich in Bewegung. Natürlich hatte sie bei der Überfahrt schon bemerkt, dass niemand Ruder benutzte, jetzt aber konnte sie es genau beobachten. Kleine Wellen bildeten sich um die Barke herum.

»Ist nicht einfach«, sagte Umber, der an sie herangetreten war und ihrem Blick folgte. »Es gibt hier so viele Barken und Schiffe, und wenn jeder seine eigene Strömung erschafft, ist das durchaus gefährlich. Wir wollen ja kein Unheil. Gehört viel Übung dazu. Aber keine Sorge, hier auf der *Aquarati* habe ich nur die Besten.«

»Ich vermute, deswegen steht das Schiff auch so erstaunlich still.«

Der Kapitän lachte. »Wozu sind wir denn Aquisten und Aeristen? Was für ein Element bist du?«

»Aeristin«, erwiderte sie zögernd.

»Na, dann kannst du hier ja noch richtig was lernen.«

Sie lächelte verlegen.

»Alle Mann an Bord«, brüllte der Kapitän plötzlich. »Segel setzen! Kurs nehmen!« Er hob seinen Arm, ballte die Hand zur Faust und öffnete sie wieder. Auf magische Weise blähten sich die Segel des Schiffs und ein leichter Wind strich über die Planken. Ein junger Mann lief an Leyla vorbei zum Heck und machte die Bewegung des Kapitäns nach.

»Das Ansegeln gehört dem Kapitän«, erläuterte Umber und ließ seinen Arm wieder sinken. »Dann übernimmt die Crew. Komm mit.«

Langsam nahmen sie Fahrt auf.

»Das ging alles ziemlich schnell. Das Beladen, Lossegeln …«, meinte Leyla erstaunt und folgte dem Kapitän zum Heck, wo er sich zum Steuermann gesellte.

»Ja, viele Hände schaffen viel. Aber es war auch nur wenig zu verladen. Die meisten Waren werden nach Numäia gebracht und nicht von hier exportiert.«

»Sind das alles Handelsschiffe? Ist es hier immer so voll?«, fragte Leyla und betrachtete mit großen Augen die Schiffe, die sie passierten.

Es musste wirklich eine Kunst sein, ein so großes Schiff wie die *Aquarati* hier zu manövrieren. Sie sah zu dem Aeristen, der immer noch den leichten Wind zu kontrollieren schien. Er gab einem anderen unentwegt Zeichen und sie bemerkte jetzt erst, dass auch alle anderen auf dem Schiff eine bestimmte Position eingenommen hatten. Ihr wurde klar, dass sie die Schifffahrt noch nicht einmal ansatzweise durchschaute.

»Warst noch nicht oft hier auf der Großen Straße unterwegs, oder?«, fragte Umber, als er sah, wie Leyla versuchte, alles in sich aufzunehmen.

»Nein. Und ich bin zugegebenermaßen auch furchtbar schlecht in Geografie. Könnt ihr mir etwas über eure Route und das Gewässer, den Fluss, äh, die Große Straße erzählen?«, fragte sie.

Er zuckte mit den Schultern.

»Da gibt es nicht viel. Die Ader, wie wir Seeleute sie nennen, fließt halt aus dem nördlichen Baltic durch das ganze Land, unter anderem vorbei an Numäia, bis ins südliche Gelbe Meer. Es ist die Handelsstraße. Normalerweise steuern wir vom Gelben Meer aus die Nachbarländer an. Aber jetzt wird unsere Fahrt in Quibeck enden. Der Inlandshandel lohnt sich derzeit. Nicht schön, diese Gruppenbildung in Numäia, aber … Na ja.« Er kratzte sich am Kopf. »Für uns hat es den Vorteil, dass mehr Leute selbst etwas kaufen, statt mit den Nachbarn zu teilen. Entschuldige mich kurz.«

Leyla nickte, und während der Kapitän einige Anweisungen gab, schlenderte sie über das Deck bis hin zum Bug. Der Wind spielte mit ihren Haaren. Sie beugte sich weit über die Reling und beobachtete die Gischt. Sie zog tief die frische Luft ein, dann richtete sie sich wieder auf. Ihr Blick fiel auf einen Leinensack, der an der Reling lehnte und den offenbar niemand zu den Kisten in den Frachtraum gebracht hatte. Sie sah das kleine rote Bänzel, und wenn sie nicht alles täuschte, war dies der Leinensack, den der Kapitän geschleppt hatte. Und er bewegte sich.

Leyla stutzte. Das konnte doch nur Einbildung gewesen sein, oder? Sie machte ein paar vorsichtige Schritte auf den Sack zu. Er war nicht wirklich fest verschnürt. Im Gegenteil, das Bänzel hing schlaff an der Seite. Zögernd streckte sie die Hand aus, als der Sack einen Satz machte. Sie keuchte und wich zurück. Da, noch eine Bewegung. Sie öffnete den Mund, um Umber zu rufen, doch in diesem Moment riss der Sack auf. Ein Tuch flog an ihr vorbei und ein Gesicht streckte sich ihr entgegen.

Entsetzt machte sie noch einen Schritt zurück, wobei sie über den Festmacher stolperte. Um nicht zu fallen, machte sie einen zusätzlichen Schritt zur Seite, prallte dabei mit dem Knie gegen die niedrige Reling, verhedderte sich in einem Tau und verlor endgültig das Gleichgewicht. Wild mit den Armen rudernd, suchte sie nach Halt. Vergebens. Ihr Oberkörper hing zu weit in der Luft, die Beine verloren ihren Halt. Sie fiel.

Das Letzte, was sie hörte, bevor die Wassermassen über ihr zusammenschlugen, war eine quiekende Stimme, die rief: »Mann über Bord!«

Prustend tauchte sie wieder auf. Sie hatte keine Zeit, sich zu orientieren, da wurde sie bereits von hinten gepackt. Erschrocken wollte sie sich befreien und strampelte wie wild. Kurz ließ der Unbekannte los, sie tauchte unter, schluckte eine Menge Wasser und tauchte erneut wieder auf. Sie hustete.

»Halt doch still«, sagte eine verärgerte Stimme und jemand packte sie erneut.

Sie begriff, dass ihr einer der Seeleute zur Hilfe gekommen war. Sie japste und beruhigte sich.

»Alles in Ordnung?«, fragte er und sie nickte. Dann schwammen sie zurück zur *Aquarati*. Kaum hatte sie den Rumpf erreicht, hörte sie ein »Leiter kommt«.

Und tatsächlich. Sie kletterte die Strickleiter hinauf. Prustend ließ sie sich auf die Planken sinken. Sie hatte beim Untertauchen viel Wasser geschluckt und das Salzwasser brannte in Nase und Augen. Sie stutzte. Salzwasser?

»Na, du bist ja eine kleine Abenteuerin. Hätt' ich nicht gedacht. Alles in Ordnung?«, fragte der Kapitän.

Sie nickte und sah zu ihm auf. Er hatte eine Hand in die Hüfte gestemmt, mit der anderen hielt er einen etwa 15-jährigen, rothaarigen Jungen am Ohr.

»Ethan«, fluchte Leyla. Der Angesprochene grinste verlegen.

»Du kennst unseren blinden Passagier also?«

»Sie ist meine Schwester«, meinte Ethan und blickte den Kapitän mit unschuldigen Augen an.

Der sah von Leyla zu Ethan, musterte die roten Haare und wandte sich dann an sie.

»Ist das so? Und wusstest du, dass er hier ist?«

Leyla schüttelte heftig den Kopf und starrte Ethan böse an. Der Kapitän gab einen knurrigen Laut von sich.

»Und du wolltest deine Schwester umbringen, oder was?«, fragte er an Ethan gewandt. Offensichtlich hatte er Leylas Kopfschütteln nur als Antwort auf seine zweite Frage verstanden. »Findest du so etwas lustig? Sollen wir dich einmal ordentlich kielholen, du blinder Passagier?«

»Nein, Sir. Bitte nicht. Ich, ich habe sie nur so vermisst … also, ich dachte, ich würde sie vermissen, wenn sie weggeht und …«, stammelte Ethan.

Umber knurrte.

»Bürschchen, wenn ich dein Vater wäre …« Er sah zurück. »Aber umkehren können wir auch nicht. Ich hoffe für dich, dass jetzt Schluss ist mit Überraschungen und Kindereien. Wir müssen schließlich arbeiten.« Dann wandte er sich an Leyla und fügte etwas sanfter hinzu: »Setz dich am Bug in die Sonne, dann wirst du schnell wieder trocken.«

Leyla nickte stumm, packte Ethan und zog ihn mit sich mit. In ihr brodelte es. Gerade wollte sie dem Jungen eine Standpauke halten, als sie mitten in der Bewegung erstarrte. Sie sah hinauf in die Segel, die sich im zauberhaften Wind blähten. Von unten sahen sie aus wie Drachenschwingen. Sie riss die Augen auf. Das Blut gefror in ihren Adern, als sich die Puzzleteile zusammenfügten.

Kapitel 5

Hafenstadt

Du bist mir eine Erklärung schuldig«, knurrte sie kurz darauf, als sie bereit war, ihr Gesicht aus der Sonne zu nehmen und die Betrachtung der Landschaft, die an ihr vorbeizog, zu unterbrechen. Sie genoss es zugebenermaßen, wie der Junge die ganze Zeit zerknirscht neben ihr stand und auf ein Wort wartete. »Deine Schwester? Und wenn ich Umber erzählt hätte, dass ich zu meiner Familie fahre? Dann hätte ich ja schlecht meinen Bruder zurücklassen können. Deine Schwester …«

Er schnaubte.

»Pah!«, rief er und für einen Moment sah es aus, als wollte er demonstrativ ausspucken. Doch als er ihren Blick auffing, besann er sich. »Irgendwas musste ich doch sagen.«

»Ja, und irgendwas solltest du auch jetzt sagen, um dich zu erklären, wenn du nicht willst, dass du meinem Beispiel auf ganz unglückliche Art und Weise folgst und auch im Wasser landest«, rief sie und war ziemlich stolz auf ihr souveränes Auftreten.

»Ich wollte mich bei dir entschuldigen. Für … na also, wie ich mit dir geredet habe und …«

»Du wolltest dich entschuldigen? Indem du mich verrätst, mir nachschleichst und mich dann auch noch fast zu Tode erschreckst?«

»Tut mir leid.« Er sagte es so zerknirscht, dass sie es kaum verstand. »Du bist gar nicht so schlimm wie Aston und Theodor und der ganze van Raiken-Clan.«

Sie zog die Augenbrauen hoch.

»Du wolltest doch nur wieder auf eigene Faust beweisen, wie toll du bist und hoffst, durch mich Aston oder Theodor zu finden!«

»Gar nicht wahr«, war die viel zu halbherzig klingende Antwort.

»Ich weiß nicht, wo sie sind.«

»Warum willst du dann nach Behfin? Es heißt ja eigentlich, dass die van Raikens keinen guten Kontakt zu der Familie von Frau van Raiken haben.«

Leyla seufzte. Jetzt hatte sie noch einen Jungen am Hals, der scheinbar mehr über ihr vorgebliches Ich wusste als sie selbst.

Fünf Tage waren sie nun schon unterwegs. Anfangs hatte Leyla die Fahrt auf dem Schiff genossen. Umber war trotz seiner rauen Art unglaublich herzlich. Er lud Leyla und auch Ethan ein, mit der Mannschaft zu essen, worüber Leyla sehr dankbar war, denn sie wäre niemals mit den von Aikim eingepackten Vorräten ausgekommen. Außerdem nutzte sie die Mahlzeiten, um vorsichtige Fragen zu stellen. Bereitwillig beantwortete Umber diese, nur als Leyla das Thema auf die tote Lagune lenken wollte, wurde er unwirsch.

»Nicht«, hatte er gezischt. »Auf dem Wasser davon zu reden, bringt Unglück.«

Ein ungutes Gefühl machte sich in Leyla breit.

»Ist sie gefährlich?«, hatte sie leise gefragt. Zu ihrer Erleichterung und ihrem Erstaunen hatte Umber jedoch den Kopf geschüttelt.

»Jetzt aber kein Wort mehr darüber«, hatte er angeordnet und sorgenvoll in die Segel gestarrt. Leyla respektierte den Wunsch, auch wenn sie gerne mehr über dieses Thema gewusst hätte.

Viel zu schnell begannen ihre Gedanken wieder zu kreisen, um Pan, Theodor, den Obsidian, ihre Familie und vor allem ihren Weg. Die Sorgen lasteten schwer auf ihrem Gemüt. Obwohl sie unter freiem Himmel war, fühlte sie sich fast erdrückt. Auch die im sanften Tempo vorbeiziehende Landschaft konnte sie bald nicht mehr begeistern.

Sie versuchte, sich abzulenken. Ethan war allerdings die meiste Zeit kein guter Gesprächspartner. Viele von Leylas Fragen blockte er ab, wohl aus Angst, zu viel über seine Familie und die FRK zu verraten. Als Leyla den Namen Orion erwähnte, wurde Ethan bleich, stand auf und verschwand unter Deck.

Danach war keine Information mehr aus ihm herauszubekommen. Leyla war ein wenig beeindruckt von seiner Willensstärke. Ethan hatte sich offensichtlich irgendetwas in den Kopf gesetzt und diesem Plan folgte er. Leyla selbst wollte natürlich auch nicht viel über sich erzählen, um ihre Herkunft nicht zu verraten.

Als sie wieder einmal zusammen auf dem Deck saßen und Knoten übten, landeten sie deshalb schnell bei einer Diskussion über Kräfte.

»Ich finde Feuer ja total super«, meinte Ethan. »Aber ich werde bestimmt kein Flammist. Niemand in meiner Familie ist Flammist.«

»Glaubst du, dass die Elemente vererbt werden oder sind sie vom Charakter einer Person abhängig?«, fragte Leyla und versuchte, den Palstek, den Umber ihr gezeigt hatte, zu knoten.

»Beides. Es ist schon auffällig, dass Mitglieder einiger Familien immer die gleichen Kräfte haben, aber die sind sich wohl auch charakterlich irgendwie ähnlich, oder? Ich finde aber, dass man am Charakter oft merkt, was für einem Element man gerade gegenübersteht. Bei manchen Charakterzügen weiß man das einfach genau. Aber es gibt natürlich auch Ausnahmen.«

»Was glaubst du, was für ein Element ich bin?«, fragte Leyla.

»Das ist einfach. Du bist eine van Raiken und damit eine Aeristin. Obwohl ich dich eigentlich ganz nett finde.«

»Spricht nett sein gegen Aeristen?«

»Nee, aber gegen van Raikens.« Er musterte sie eingehend. »Ich glaube, du könntest auch eine Terrestin sein.«

»Hm, die Terresten, die ich kenne, waren irgendwie nicht sehr nett«, murmelte Leyla.

»Echt nicht? Meine Schwester ist eine. Aber die kann manchmal auch ganz schön nervig sein.«

»Also wirst du auch …«

Ethan schüttelte heftig den Kopf. »Paps sagt immer, ich wäre ein absoluter Paradeaquist. Wasser wäre auch echt cool. Regen umleiten, Leuten, die dich ärgern, die Häuser überschwemmen, immer was zum Trinken da. Außerdem könnte ich dann später Gopper werden. Das wäre super und … Ach, das funktioniert nicht!«, rief er verärgert und warf das Seil, das er in den Händen hielt, zur Seite. Es war vollkommen verknotet, aber keiner der Knoten sah richtig aus.

»Wer braucht schon Knoten«, murrte er. »Außerdem habe ich Hunger.«

»Dann hol dir halt etwas zu essen.«

»Fisch?«, meinte er angewidert und verzog das Gesicht. »Immer Fisch. Den werde ich, wenn wir an Land sind, nie wieder anfassen«, nörgelte er.

»Sei froh, dass du hier überhaupt etwas abkriegst.«

»Ja, ja«, rief er genervt, stand auf und ging.

Sie musste grinsen, als sie an seine angeblich nervige Schwester dachte und fragte sich, was sie über ihn sagen würde. Sie nahm Ethans Seil und erhob sich ebenfalls, wanderte über das Deck und beobachtete die Seeleute.

Sie hatte die letzten Tage viel Zeit bei ihnen verbracht. Immer wenn Ethan eine seiner Launen kriegte und verschwand – was häufig passierte. Sie mochte die raue Art der Männer, die auch weit auskunftsfreudiger waren als ihr angeblicher kleiner Bruder. Bereitwillig hatten sie ihr von der naurényanischen Geografie und Topografie berichtet. Leyla hatte sich eine grobe Skizze Naurényas anfertigen lassen und es war für sie kaum erstaunlich gewesen, dass das Land wie Deutschland im Zentrum einer Art Kontinent lang. Doch es war weit größer. Sie war allerdings der Meinung, eine derartige Karte bereits im Geschichtsunterricht gesehen zu haben. Sie beschloss, zu Hause antike Karten durchzuforsten.

Schnell war ihr aber aufgefallen, dass die Flüsse hingegen andere Wege zu nehmen schienen als bei ihr daheim. Die Große Straße floss tatsächlich vom nördlichen Meer durch das ganze Land ins südliche, weshalb – so hatte man ihr erklärt – es sich auch um einen Salzwasserfluss handelte. Leylas Vermutung, dass die Flussläufe keinen natürlichen Ursprung hatten, sondern im Laufe der Zeit von Aquisten und Terresten geschaffen worden waren, wurde bald auch bestätigt.

›Wasser und Wind zu beherrschen, ist für einen Seefahrer wirklich praktisch‹, dachte sie und blickte in die Segel. Ob die Kräfte der Seemänner wohl auch ausreichen würden, um sie vor einem richtigen Sturm zu schützen? Bisher hatte immer die Sonne geschienen und das Wasser lag ruhig unter ihnen.

»Wenn wir Lariva erreicht haben, suchst du dir einen Schwertflügler und teilst deiner Familie mit, wo du bist, damit sie dich abholen kann«, sagte sie zu Ethan, den es nicht lange an einer Stelle zu halten schien, denn er war schon wieder aufgetaucht und stand kauend neben ihr. In Gedanken klopfte sie sich für diesen Einfall selbst auf die Schulter. Er murrte natürlich wieder und sie war sich absolut sicher, dass dieses Thema noch zu Diskussionen führen würde. Sie drehte sich um und grinste Mikkae, einen der Seemänner, an und er ließ ihr mit einer kleinen Handbewegung etwas Wind um die Nase wehen. Ein Gutes hatte diese Reise zweifelsohne. Sie hatte in den Tagen einiges über den Kräfteeinsatz und auch das Segeln gelernt. Teilweise hatte sie sogar hier und da mit angepackt.

»Hey, Dapjelle«, rief einer der Männer plötzlich.

Leyla zog die Stirn in gespieltem Ärger kraus. Die Mannschaft hatte angefangen, sie nach ihrem Sturz ins Wasser so zu nennen. Vorsichtige Nachforschungen hatten ergeben, dass es sich bei Dapjellen um kleine Wasservögel handelte, die aufgrund einer sonderbaren Art der Kiemenatmung bis zu zwölf Stunden unter Wasser bleiben konnten, um dort zu jagen. Diese Kiemen bildeten sich jedoch erst spät aus und auch das Schwimmen selbst lernten die Vögel erst in einem fortgeschrittenen Alter, weshalb die tollpatschigen Jungvögel oft in Gewässern umkamen – sofern sie nicht gerettet wurden.

Leyla war sich anfangs nicht sicher gewesen, ob der Name eine Beleidigung darstellte, verzieh es den Seemännern dann aber schnell und lachte mit ihnen darüber.

»Was gibt es?«, fragte sie.

»Der Käpt›n will dich sprechen.«

Sie nickte zum Zeichen, dass sie verstanden hatte.

»Kommst du mit?«, fragte sie Ethan.

»Nee«, erwiderte dieser gedehnt.

Es war ihr nur recht. Sie ging zum Heck, wo Umber neben dem Steuermann stand.

»Wir erreichen Lariva gegen Abend. Ein paar Stunden noch, dann sind wir da«, sagte er, als sie sich zu ihm gesellte. »Ich würde dich ja gerne noch ein Stück weiter mitnehmen, aber wenn du nach Behfin willst, ist es von dort der kürzeste Weg.« Er runzelte die Stirn, als Leyla kaum Begeisterung zeigte. »Ich würde dich auch lieber woanders absetzen, glaub mir. Aber du bist ja in Begleitung.«

Sie folgte seinem Blick und schnaubte. Der Kapitän lachte.

»Er ist nicht wirklich dein Bruder, oder?«, fragte er grinsend. Leyla sah ihn überrascht an und schüttelte dann zaghaft den Kopf. »Ihr habt zwar eine gewisse Ähnlichkeit, aber das habe ich mir gleich gedacht. Trotzdem nett von dir, so zu tun.«

Als die Dämmerung hereinbrach, wurden die Schatten länger und tiefer. Leyla stand an der Reling und drehte nervös an ihrem Ohrring. Bald würden sie in Lariva anlegen und sie musste von dort aus weiter und irgendwie die tote Lagune finden.

Ihre Knie zitterten, als die *Aquarati* sanft am Pier andockte und die Planke mit einem Schaben vorwärts geschoben wurde. Sie schulterte ihren Rucksack und ging auf den Kapitän zu, der schon auf sie zu warten schien.

»Na dann«, meinte er. »Godewind.«

»Ahoi!«, erwiderte Leyla verlegen. »Ich weiß nicht, wie ich mich bedanken soll.«

»Gern geschehen«, sagte Umber und zwinkerte. »In Zeiten wie diesen muss man doch zusammenhalten. Und wenn du mal wieder eine Mitfahrgelegenheit brauchst, schick einen Schwertflügler.« Er reichte ihr einen kleinen Beutel. »Du wirst sicher etwas zum Handeln brauchen, um weiterzukommen.«

Erfüllt von Dankbarkeit und Freude nahm sie das Geschenk entgegen.

»Pass gut auf sie auf«, mahnte der Kapitän Ethan, der nun auch angeschlurft kam. Der Blick, den der bärtige Mann bei diesen Worten kurz über die kleine Stadt gleiten ließ, gefiel Leyla gar nicht.

Sie verließ gemeinsam mit Ethan das Schiff. Unten auf dem Steg angekommen, winkte sie noch einmal, dann wandte sie sich zur Stadt um. Viel konnte sie in der Dunkelheit zwar nicht erkennen, aber sie hatte etwas anderes erwartet. Lariva, das klang in ihren Ohren nach Eleganz und Anmut, doch keines der kleinen, schäbigen Häuser, die sich wie verängstigt dicht an dicht drängten, erweckte diesen Eindruck. Die Feuer in schmierigen, gläsernen Behältern, die den Weg säumten, ließen die dunklen Ecken noch düsterer erscheinen. Vorsichtig ging sie auf die Häuser zu. Der Steg knarrte morsch unter ihren Füßen und sie war froh, als sie die gepflasterte, aber trotzdem sehr holprige Straße erreichte.

Die Straße war verlassen. Nur in der Ferne bewegte sich eine gebückte Gestalt. Sie blieb kurz stehen, um die Neuankömmlinge zu betrachten, wandte sich dann jedoch rasch wieder um und verschwand in einer Gasse.

Leyla brauchte nicht groß nach einer Kutsche oder Ähnlichem zu suchen. Ihr war sofort klar, dass sie so etwas hier – zumindest um diese Zeit – nicht finden würde.

»Kein besonders einladender Ort«, murmelte sie und blickte der in der Dunkelheit verschwindenden *Aquarati* sehnsüchtig hinterher.

»Dafür ist er ja auch nicht bekannt«, antwortete Ethan und zu ihrem Entsetzen hatte seine Stimme deutlich an Selbstsicherheit verloren. Er stand dicht bei ihr, als ob er Schutz suchte.

»Was machen wir *jetzt*?«, fragte er und sah sie mit großen Augen an. Ihr wurde schlagartig klar: Er verließ sich voll und ganz darauf, dass sie wusste, wie es weiterging. Sie war schließlich die Erwachsene.

»Vielleicht hättest du darüber nachdenken sollen, bevor du dich auf das Schiff geschlichen hast.«

»Ja, ja. Ich weiß es doch auch. Ich meinte: Was machen wir jetzt?«, antwortete er.

»Es ist schon spät und wir werden heute kaum noch weit kommen. Wir suchen uns jetzt eine Unterkunft für die Nacht«, sagte sie. »So etwas wird es hier doch sicherlich geben. Bestimmt kommen hier des Öfteren Seeleute an.«

»Ja, aber sicher keine, mit denen man großartig reden möchte«, schnaubte Ethan und Leylas ungutes Gefühl verstärkte sich. Sie versuchte, ihre Unruhe zu verdrängen, und löste das Band, das den kleinen Beutel zusammenhielt. Dann begutachtete sie, was Umber ihr geschenkt hatte.

»Hm«, murmelte sie und holte den ersten Gegenstand hervor. Es war ein verschraubtes Glas mit grünem Inhalt.

»Aldoldengelee!«, rief Ethan verzückt und riss ihr das Glas aus der Hand. »Kann ich das haben?«

»Nein, das brauchen wir noch zum Handeln.«

»Was willst du damit erhandeln? So wertvoll ist das ja nun auch wieder nicht.« Er schien enttäuscht. Leyla hingegen war dankbar für den kleinen Hinweis. Sie sah erneut in den Beutel und stellte fest, dass dieser insgesamt drei Gläser des unbekannten Gelees enthielt. Außerdem waren noch zwei Rollen Garn darin. Sie zog eine davon heraus. Selbst in dem schlechten Licht konnte sie sehen, dass es silbern schimmerte.

»Hast du eine Idee, was das ist?«, fragte sie Ethan und drehte die Garnrolle in ihrer Hand. Doch der Junge schüttelte den Kopf und runzelte die Stirn.

»Ne, so etwas habe ich auch noch nie gesehen. Aber so wie es glitzert, bekommt man dafür bestimmt zwei Durzen.« Er schien begeistert.

Leyla hatte keine Ahnung, was Durzen waren, aber das konnte sie Ethan schlecht sagen, ohne ihre wahre Herkunft zu offenbaren. Sie ließ das Garn zurück in den Beutel gleiten und zog den letzten Gegenstand hervor: einen schlichten, glatten Stock, der ihr absolut unspektakulär erschien und auch Ethans Interesse nicht wirklich weckte. Nun gut, sie würde ja sehen, was sie dafür bekommen konnte. Sie verschloss den Beutel wieder und blickte die Straße auf und ab.

»Da lang«, sagte sie und nickte nach rechts.

Sie gingen die Straße hinunter bis zu einem Haus, aus dessen milchigen Fenstern schummriges Licht drang. Ansonsten unterschied es sich von außen in keiner Weise von den übrigen Häusern. Nur das Schild über dem Eingang mit dem verblichenen Schriftzug *Feuerspeier* deutete darauf hin, dass sich hier eine Art Gasthaus, ein Pub, befinden musste. Es sah nicht besonders einladend aus.

Trotz des inneren Widerwillens drückte Leyla die Tür auf. Der Eindruck besserte sich nicht, als sie eintraten, obwohl im Kamin ein herrliches Feuer prasselte. Daneben saß eine Gestalt, eingehüllt in einen Umhang, sodass kein Gesicht erkennbar war. Die Person schien weggetreten, denn die Hand lag schlaff neben einem Krug auf dem Tisch. Es war der einzige Gast in dem schäbigen, kleinen Raum.

Vorsichtig ging Leyla um einen Stuhl herum, dessen Beine verbrannt aussahen und achtete darauf, nicht gegen den Tisch zu stoßen, der den Anschein erweckte, als wäre er schon einige Male wieder zusammengebaut worden. Endlich erreichte sie den Tresen.

Der Wirt dahinter hatte ihr Eintreten bisher wortlos beobachtet. Sein blondes, strähniges Haar klebte ihm im schwitzigen Gesicht und er polierte – wohl eher aus Gewohnheit – ein Glas.

»Hallo«, meinte Leyla und fühlte sich kleiner, als sie eigentlich war. »Wir hätten gerne Zimmer für eine Übernachtung.«

Sie sah den Wirt abwartend an. Der fuhr sich mit dem Ärmel über die Nase und betrachtete sie von oben bis unten. Spätestens in diesem Augenblick wurde ihr klar, dass sie hier nicht viel Ruhe finden würde.

»Könnt ihr zahlen?«, fragte er mit rauer Stimme.

»Wie viel würde es denn kosten?«

»Ein Zimmer vier Durzen die Nacht«, war die Antwort.

Ethan schnaubte und machte Leyla damit klar, dass der Preis deutlich zu hoch war.

»Zwei«, sagte sie deshalb prompt, ohne welche zu besitzen. Der Wirt lachte abfällig.

»Wenn's dir nicht passt, such dir was anderes.« Er drehte sich weg und stellte das Glas, das nun dreckiger war als zuvor, ins Regal.

»Würden Sie auch Waren nehmen?«, fragte Leyla, der klar wurde, dass sie wohl keine andere Wahl hatte.

»Seh' ich aus wie ein Barbesitzer oder gar wie karrenziehendes Händlerpack?«, war die bissige Antwort.

»Hey!«, rief Ethan empört und trat vor. Leyla hielt ihn zurück, bevor er irgendetwas sagte, das die Unterhaltung noch unangenehmer machte.

»Natürlich nicht«, sagte sie schnell. »Aber auch ein Pub kommt schließlich nicht ohne Waren aus, nicht wahr?« Ohne die Antwort des Wirts abzuwarten, griff sie in den Beutel und stellte eines der Gläser mit grünem Inhalt auf den Tresen. Dabei ließ sie den Wirt nicht aus den Augen.

»Ein Glas?« Der Wirt schien desinteressiert.

»Aldoldengelee«, erwiderte Leyla prompt.

»Und du glaubst, für ein Glas Aldoldengelee bekommst du ein Zimmer?« Er lachte höhnisch und wollte sich wegdrehen. Doch Leyla legte schon den nächsten Gegenstand auf den Tisch: Eine Rolle des Garns, von dem Ethan glaubte, dass es mindestens zwei Durzen wert war.

»Was soll das sein?«, fragte der Wirt und langte danach.

»Wenn Sie das nicht wissen …«, mimte Leyla die Überzeugende. Fordernd streckte sie die Hand aus, um das Garn zurückzuverlangen.

»Nu' warte mal«, sagte der Wirt, kniff die Augen zusammen und ließ das Garn unter dem Tresen verschwinden. Dann griff er nach dem Glas. »Das reicht aber noch nicht ganz. Was hast du noch?«

Leyla packte noch ein weiteres Glas Gelee auf den Tisch und legte das unscheinbare Holzstöckchen daneben. In ihrem Beutel befanden sich jetzt nur noch zwei Dinge, eine weitere Rolle von dem Garn und einmal Gelee. Auch wenn sie sich jetzt sicherlich kein Transportmittel mehr erhandeln konnte, wollte sie wenigstens die zwei Gegenstände als Reserve zurückbehalten.

Der Wirt starrte lange und missmutig auf die Gegenstände. Er hob das Hölzchen hoch, drehte es hin und her, dann versuchte er, hindurchzusehen. Erst da bemerkte Leyla, dass das Holz in der Mitte durchbohrt worden war.

»Hast du das draußen gefunden?«, fragte er unwirsch und verzog das Gesicht. »Das kannst du ja direkt auf den Müllhaufen werfen.« Er schob es Leyla zu, die es in ihre Hosentasche gleiten ließ.

Der Wirt schien zu überlegen. Die Stille zog sich zäh wie Kaugummi. Leyla beobachtete sein Gesicht, in der Hoffnung, irgendetwas daraus lesen zu können. Dann plötzlich: ein Grunzen und ein dumpfes Geräusch! Leyla fuhr herum. Die vermummte Gestalt war vom Hocker gekippt und lag nun schnarchend auf dem Boden. Der Wirt beachtete sie nicht.

»Was hast du noch?«, fragte er erneut.

»Nichts. Das war alles.«

Er fixierte den Beutel, den sie umklammert hielt.

»Schön«, sagte er dann plötzlich und verstaute nun auch das Gelee unter dem Tresen. »Weil ich ein so gutherziger Mensch bin. Das reicht aber trotzdem nur für ein Zimmer.«

»Aber …«, begann Leyla.

»Eins oder keins«, sagte der Wirt. »Bezahlung gibt es nicht zurück.«

Leyla verzog verärgert das Gesicht, wagte aber nicht, zu protestieren.

Sie stiegen eine klapprige Treppe hinauf und gingen einen schmalen, dunklen Gang entlang, bis sie vor einer grauen Tür stehen blieben.

»Hier ist es«, knurrte der Wirt und stieß die Tür auf. Er schnipste einmal kurz mit dem Finger und ein Funke sauste durch das Zimmer, bis er den kleinen Kamin erreichte und dort ein Feuerchen entfachte.

»Sonst noch was?«

Leyla schüttelte den Kopf.

»Essen?«

Sie schüttelte den Kopf ein wenig stärker. Sie war heilfroh, ihr Essen noch mit der Mannschaft an Bord eingenommen zu haben.

Der Wirt nickte, wandte sich wortlos um und ging wieder die Treppe hinunter. Leyla schloss die Tür und sah sich um.

Das Zimmer war trotz des Feuers dunkel und vor allem war es stickig und staubig. Leyla nieste, ging zum Fenster und öffnete es. Es knarzte mächtig. Sie lehnte sich hinaus und starrte in die Dunkelheit des Hinterhofes. Doch sie konnte nicht wirklich etwas erkennen. Also wandte sie ihre Aufmerksamkeit wieder dem Zimmer zu.

Es gab ein schmales Bett und einen alten Sessel. Ein Tischchen mit einer Wasserkaraffe darauf und einen Schrank, dem eine Tür fehlte. Das war alles.

»Untersteh dich«, rief sie, als sie sah, dass Ethan auf das Bett zusteuerte.

»Aber …«, protestierte er.

Sie zog warnend die Augenbrauen hoch. Er fluchte leise, änderte aber seine Richtung und ließ sich in den Sessel fallen, der ein dumpfes Geräusch von sich gab. Staub stob auf. Leyla stellte ihren Rucksack auf den sandigen Boden. Dann setzte sie sich mit einem unguten Gefühl auf das Bett. Doch das – so stellte sie voller Erleichterung fest – war nicht so dreckig, wie sie befürchtet hatte. Die Hände unter dem Kopf verschränkt, ließ sie sich nieder und starrte an die Decke. Die Flammen warfen ein sonderbares Muster an die Wände. Das leise Prasseln wirkte irgendwie beruhigend.

Es dauerte nicht lange, da hörte sie, wie Ethans Atemzüge ruhig und gleichmäßig wurden. Sie selbst aber fand keine Ruhe. Sie wagte kaum, sich zu bewegen und sich zu drehen. Angestrengt lauschte sie, damit ihr keine Regung auf dem Flur oder vor dem Fenster entging. Das Feuer knackte. Sie zuckte zusammen und fluchte leise. Sie musste unbedingt aufhören, in jedem Geräusch eine Gefahr wahrzunehmen. Sie atmete tief ein und schloss dann die Augen.

Irgendwann musste sie wohl tatsächlich ein wenig weggedöst sein, denn sie schreckte auf, als die Sonne durch das offene Fenster schien.

Sie war unendlich froh, als sie die Herberge endlich wieder verließen. Sie blinzelte ins Sonnenlicht, und auch wenn niemand bestreiten konnte, dass diese Stadt heruntergekommen und dreckig war, wirkte bei Tageslicht doch alles nur noch halb so schlimm.

Sie liefen ziellos am Kai entlang. An einem Straßenstand tauschte Leyla das letzte Glas Aldoldengelee gegen eine Art Fladenbrot ein. Ethan sah dem Glas mit einem recht wehmütigen Blick hinterher.

»Du wirst bestimmt ein anderes Mal in den Genuss des Gelees kommen«, tröstete sie und lachte dann, als Ethan eine geradezu schmerzverzerrte Grimasse zog.

Sie riss sich ein großes Stück von dem Brot ab und sah sich kauend um. Auf der Straße herrschte geschäftiges Treiben.

»Suchst du etwas Bestimmtes?«, fragte Ethan lauernd.

»Jetzt, wo du fragst …«, sagte sie, schluckte den letzten Bissen hinunter und spülte etwas Wasser hinterher.

»Was? Wen?«, fragte Ethan keck.

Leyla zögerte. Dann nahm sie all ihren Mut zusammen, trat auf eine kleine, untersetzte Frau zu und fragte nach den Schwertflüglern.

Die Alte musterte sie mit unverhohlener Neugier, dann deutete sie auf eine Querstraße. Leyla bedankte sich und zog Ethan mit sich mit. Gegen den letzten Gegenstand im Beutel erwarb sie einen Käfig, in dem einer dieser kauzigen Vögel mit menschlichem Kopf saß, und drückte ihn rasch Ethan in die Hand. Der murrte.

»Willst du mich loswerden?«

»Was hat diesen Eindruck erweckt?«, fragte sie grinsend.

»Und wenn ich nicht gehe?«

»Ich habe alles, was ich hatte, dafür hergegeben! Du wirst deinen Eltern jetzt eine Nachricht zukommen lassen und ihnen sagen, wo sie dich finden können. Ich muss mich nun um mich selbst kümmern.« Sie war selbst erstaunt über den Klang ihrer Stimme, die keinen Widerspruch duldete. Zu ihrer Überraschung nickte Ethan.

»Also schick den Vogel los, während wir eine Kutsche oder etwas Ähnliches für mich suchen«, fügte sie hinzu.

»Vogel? Eine Kutsche?«, echote Ethan und sah sie perplex an.

Sie fragte nicht, was daran so sonderbar war, sondern schlenderte einfach los. Er folgte ihr. Sie wollte zurück zum Pier, denn sicherlich erhielt sie eine Auskunft über mögliche Fortbewegungsmöglichkeiten am ehesten dort. Doch sie wurde enttäuscht. Es gab nichts, das einer Kutsche ähnelte und selbst auf dem Wasser war nicht viel los. Einige einfache Fischerboote schaukelten sanft auf den Wellen, doch ein Handelsschiff war weit und breit nicht zu entdecken.

»Es scheint hier nicht viele Reisende und kaum Handel zu geben«, stellte sie fest und ließ ihren Blick schweifen.

»Kaum verwunderlich, oder?«, meinte Ethan, der den Käfig samt Schwertflügler immer noch umklammerte. »Wer legt schon gerne in Lariva an? Und macht hier dann auch noch länger Halt? Ich bin ja fast überrascht, dass wir noch leben.«

»Von dieser Einstellung habe ich bisher noch nicht viel gemerkt«, erwiderte sie mit hochgezogenen Augenbrauen.

Ethan zuckte die Schultern.

»Ein Beschützer lässt sich seine Furcht nicht anmerken«, meinte er grinsend, und Leyla musste lachen. Dann fuhr er nachdenklich fort: »Aber wenn ich ehrlich sein soll, du hast ganz schön wenig Ahnung von Naurénya. Warst du nicht in der Schule? Ich meine, jeder weiß doch, dass die Stadt heruntergekommen ist, man hier keinen guten Handel treiben kann, seit …«

Während Leyla ihm zuhörte, wanderte ihr Blick an Ethan vorbei und durch die Gegend. Plötzlich entdeckte sie etwas in der Ferne. Überrascht riss sie die Augen auf.

Ethan folgte ihrem Blick.

»Ist nicht wahr!«, rief er erstaunt. »Du dachtest, du könntest mich austricksen. Aber nicht mit mir«, sagte er feixend.

Er tat ein paar Schritte in die Richtung, in die sie starrten, dann schien er es sich anders zu überlegen. Er packte den Käfig mit dem leise schimpfenden Schwertflügler fester, drehte sich um und lief dann in die andere Richtung davon.

»Ethan«, rief Leyla noch, dann verschwand der Rotschopf hinter einem Karren und entzog sich somit ihrem Blick.

»Verdammt«, murmelte Leyla. Sollte sie ihm folgen? Sie konnte einen 15-Jährigen hier doch nicht allein herumlaufen lassen. Andererseits kam er hier weit besser zurecht als sie. Sie straffte die Schultern und wandte sich dann in die entgegengesetzte Richtung.

Sie lief schnell, rempelte ein paar Leute an, rief Entschuldigungen und beschleunigte noch einmal ihren Schritt, um den Mann, der einen etwas zu teuren Umhang für diese Umgebung trug, nicht aus den Augen zu verlieren. Ihr Herz raste. Der Mann näherte sich zügig einem Hauseingang. Sie machte einen Satz nach vorn, streckte die Hand aus und griff nach seinem Umhang, bevor er im Haus verschwinden konnte. Sie erwischte ihn.

»Herr van Raiken!«, rief sie.

Der Mann wirbelte herum, wobei er ihr den Umhang aus der Hand riss, und stülpte sich rasch die Kapuze über den Kopf.

»Bist du von Sinnen?«, zischte er. »Meinen Namen hier derart herumzuposaunen?«

»Aaaber«, stotterte sie irritiert. »Es ist helllichter Tag und …«

»Viele kennen meinen Namen, die wenigsten mein Gesicht«, war die knappe Antwort. Er musterte sie, dann erst schien er sie zu erkennen. »Du!«, knurrte er und seine Augen blitzten kalt. Er wandte sich ab, um erneut einen Schritt auf den Hauseingang zu zu machen, in dem – und das sah Leyla jetzt erst – jemand wartete. Doch so leicht ließ sie sich nicht abschütteln.

»Herr van … Herr, ich muss Sie sprechen, bitte!«

»Was hast du mir schon zu sagen?«, höhnte er.

»Bitte! Es ist wichtig. Es geht um Theodor. Er ist in Gefahr.«

Für einen kurzen Moment schien Aston van Raiken zu zögern. Er wandte sich an seinen Begleiter, einen kleinen, bulligen Mann mit Glatze und sehr auffälliger Nase.

»Gamp, ich bin gleich da«, meinte Aston van Raiken und wandte sich dann wieder an Leyla: »Du hast eine Minute.«

»Können wir nicht irgendwohin, wo weniger Leute sind?«, versuchte sie, sich mehr Zeit zu verschaffen. Doch Aston zog nur die Brauen zusammen und bewegte sich keinen Millimeter.

›Na schön‹, dachte sich Leyla und begann zu berichten. Sie hielt es kurz und knapp, erzählte, dass sie und Theodor den Obsidian, also den Versteinerer gesucht hatten, dass der junge van Raiken nun verschwunden war und sie aus diesem Grund davon ausging, dass er in allergrößter Gefahr schwebte. Die Informationen spulte sie so rasch wie möglich herunter, denn sie war überzeugt davon, dass sich Aston van Raiken nach exakt einer Minute tatsächlich umdrehen und gehen würde.

»Ist das alles?«, fragte Aston kalt, als sie geendet hatte. Sie nickte und er schnaubte missbilligend. »Hör zu. Theodor ist erwachsen und der Thronerbe dieses Landes. Er hat zu wissen, wie er aus einer schwierigen Situation herauskommt. Mein Sohn braucht keine Hilfe. Und selbst wenn, wärst du garantiert die letzte Person, die das etwas angeht.«

Leyla starrte ihn an.

Doch Aston war noch nicht fertig: »Du machst dich lächerlich und beschmutzt zudem mit dieser Behauptung die Ehre meines Hauses. Ich kann nur hoffen, dass du deine Hirngespinste nicht schon anderen mitgeteilt hast.« Ärger verdunkelte seine Augen.

»Nicht auszudenken«, schnaubte er. »Kommt eine von drüben und ruiniert alles.«

»Aber Ihr Sohn braucht Hilfe«, versuchte Leyla es noch einmal und ignorierte seine Worte. Sie war vollkommen perplex über diese Reaktion.

»Nein. Und wenn er wirklich in einer Situation ist, aus der er ohne Hilfe nicht mehr herauskommt, verdient er auch keine. Was einen nicht umbringt, macht einen nur stärker«, entgegnete Aston van Raiken unerbittlich.

»Aber …«

»Verschwinde. Belästige mich nicht weiter.« Mit diesen Worten drehte er sich um. Doch dann hielt er noch einmal inne. Zögerte er? Er wandte sich wieder zu Leyla.

»Und wage es nicht, noch mehr Lügen über uns zu verbreiten. Du wirst es bereuen, versprochen«, zischte er. Dann, ohne sie eines weiteren Blickes zu würdigen, verschwand er im Hauseingang.

Fassungslos starrte Leyla auf die zuschlagende Tür. Sie konnte es einfach nicht glauben. Sie hatte durch Zufall die einzige Person gefunden, von der sie glaubte, dass sie helfen konnte und dann das. Sie fühlte sich leer. Mit gesenktem Kopf ging sie zwei, drei Schritte rückwärts. An der Hausecke blieb sie noch einmal stehen und starrte auf die geschlossene Tür. Wenn nicht einmal Aston bereit war, ihr Glauben zu schenken und seinen Sohn zu suchen, wer dann?

»Er ist ein bemitleidenswerter Mann«, sagte jemand in ihrer Nähe.

Leyla zuckte zusammen und drehte sich zu der Stimme, die gesprochen hatte. Aus dem Schatten der kleinen, dunklen Gasse, an die das Haus grenzte, trat eine Frau. Leyla konnte ihr Alter nicht wirklich schätzen. Sie konnte gut siebzig Jahre alt sein. Ihre Haut war wettergegerbt und sie hatte unzählige Falten im Gesicht. Doch ihre wasserblauen Augen leuchteten hell und wach. Zudem hielt sie sich aufrecht und obwohl sie Leyla an Größe nicht überragte, strahlte sie eine gehörige Portion an Stolz und Selbstbewusstsein aus. Ein floraler Reif, den sie auf der Stirn trug, verlieh ihrem Aussehen etwas Edles. Sie lächelte Leyla an und entblößte dabei ihre makellosen Zähne.

»Ich wollte dich nicht erschrecken«, meinte sie.

Es war ein freundliches Lachen und dennoch machte sich Unruhe in Leyla breit. Was wollte die Frau? Leyla dachte an die Drohung, die Aston van Raiken soeben ausgesprochen hatte und spürte, wie ihr mulmig wurde.

»In welcher Verbindung stehst du zu Aston? Kennst du ihn schon eine Weile?«, fragte die Frau.

»Ich muss jetzt gehen«, sagte Leyla höflich und zwang sich zu einem Lächeln. Dann drehte sie sich um. Doch die Frau griff nach ihrem Arm und hielt sie zurück.

»Entschuldige die Fragerei«, sagte sie. »Ich habe nur eben dein Gespräch mit Aston van Raiken gehört. Rein zufällig, versteht sich. Ich habe nicht gelauscht, falls du das jetzt denkst.« Sie lachte.

»Ich, äh …«, murmelte Leyla und grub ihre Hände tief in die Hosentaschen. Die Fremde ignorierte das und kam weiter auf sie zu.

Leyla musterte die Alte unsicher. Ob sie von einer Fraktion war? Leyla war verwirrt und angespannt. Außerdem absolut übermüdet und enttäuscht. Sie spürte ein Kribbeln. Ein merkwürdiges Gefühl, das sie mittlerweile nur zu gut kannte. Magie. Sie wich weiter zurück. Die Frau hob beschwichtigend die Hände, als befürchtete sie, Leyla würde gleich davonlaufen. In der Tat war Leyla kurz davor.

»Eigentlich habe ich selbst nach Aston gesucht, aber du hast ihn vor mir erwischt«, meinte die Frau und zuckte beinahe entschuldigend die Schultern. Dann richtete sich ihr Blick in die Ferne. Gedankenverloren drehte sie an ihrem weißblonden Haar, das sie zu einem langen, über ihre rechte Schulter fallenden Zopf geflochten hatte. »Hast du etwas Zeit für mich?«, fragte sie dann und sah Leyla wieder in die Augen.

»Nein, tut mir leid«, murmelte Leyla, machte einen Schritt zurück und überlegte fieberhaft. Wie gefährlich war es, dass diese Fremde das Gespräch belauscht hatte? Vielleicht war sie auch eine Anhängerin des Obsidians? Leyla schluckte und ballte ihre Hände in den Taschen zu Fäusten, damit ihr die Magie nicht unkontrolliert entglitt.

»Hast du niemanden, der es dir beibringt?«, fragte die Frau und nickte in Richtung Leylas Hosentaschen.

Erstaunt sah Leyla sie an. Langsam schüttelte sie den Kopf. Die Frau seufzte.

»Und dann lässt dich Aston einfach so stehen? Das ist wirklich unmöglich. Ich werde dir helfen. Komm mit!« Sie drehte sich um, wohl fest in der Annahme, dass Leyla ihr folgen würde. Was Leyla natürlich nicht tat. Sie starrte der Frau hinterher. Die hielt inne und wandte sich noch einmal zu Leyla um. Sie schien ihre Zweifel zu bemerken.

»Ich will dir helfen«, wiederholte sie.

»Warum? Wer sind Sie?«, hörte Leyla sich fragen.

Die Frau lächelte. Es war ein so warmes, freundliches Lächeln, dass Leyla sich unwillkürlich etwas entspannte.

»Warum? Ja, was tut man nicht alles für die Familie.«

Leyla sah sie verständnislos an.

»Ich glaube nicht, dass wir verwandt sind«, sagte sie vorsichtig. Die Frau lachte.

»Nein, das sind wir wohl nicht.«

»Aber?«, fragte Leyla argwöhnisch nach.

»Ich bin Rhymia Kail«, stellte sich die Frau vor.

»Aha«, machte Leyla, der der Name rein gar nichts sagte.

»Geborene van Raiken.«

»Geborene was?!«, rief Leyla und starrte die Frau ungläubig an. Sie war viel zu freundlich, sie konnte unmöglich eine van Raiken sein.

»Ja, ich gebe damit auch nicht gerne an«, lachte die Frau. »Aber so ist es. Und jetzt komm. Wir müssen uns überlegen, wie wir meinen arroganten Neffen dazu bewegen können, dir zuzuhören – oder wie wir seinen Sohn finden.«

»Aston van Raiken ist Ihr …«, stotterte Leyla, doch da hatte sich Rhymia schon wieder umgewandt und lief in die Gasse hinein. Leyla stand wie angewurzelt da. Einen Moment lang dachte sie an Ethan, doch dann fasste sie einen Entschluss und folgte der Frau, die trotz ihres Alters ein erstaunliches Tempo vorlegte.

Kapitel 6

Rhymia Kail

Warten Sie«, rief Leyla und beeilte sich, um die Frau wieder einzuholen. »Wo wollen Sie hin?«

Sie erhielt keine Antwort. Stattdessen schien die alte Frau das Tempo noch einmal zu erhöhen. Leyla blieb stehen. War es wirklich richtig, ihr hinterherzulaufen? Was würde Majik jetzt tun? Sie grinste. Majik würde mit den Schultern zucken und der Frau folgen. Also zuckte Leyla mit den Schultern und folgte der fremden Frau einfach weiter.

Sie liefen durch die kleinen Straßen und dunklen Gassen. Dabei entfernten sie sich immer weiter vom Ufer der Großen Straße und vermutlich auch vom Zentrum der kleinen Stadt. Hier am Stadtrand waren deutlich weniger Menschen unterwegs. Viele der Häuser schienen sogar unbewohnt zu sein. Zerbrochene Fensterscheiben und angelehnte Türen wiesen darauf hin.

Leyla duckte sich unter einer der zahlreichen rostigen – und viel zu tief hängenden – erloschenen Laternen hindurch und stieg kurz darauf über eine Pfütze. Es roch hier unangenehm, fand sie.

Rhymia bog zum wiederholten Male ab und sauste in eine der engen Nebenstraßen, in denen nicht einmal zwei Leute bequem nebeneinander Platz fanden. Leyla fegte ihr hinterher und wäre fast in die alte Frau gelaufen, als diese abrupt stoppte.

»Ah, er ist noch da! Welch' Glück«, rief Rhymia freudestrahlend und schien nicht zur Kenntnis zu nehmen, wie Leyla sich gerade noch an der Hauswand hatte abbremsen können und sich nun den abbröckelnden Putz von der Kleidung klopfte.

»Er?«, fragte Leyla und linste an Rhymia vorbei, hinein in die Gasse, um zu sehen, wovor die Frau Halt gemacht hatte.

»Mein Wolkenwagen«, war die Antwort. Und tatsächlich sah das, was vor Rhymia knapp über dem Boden in der Luft schwebte, aus wie eine Bilderbuchwolke.

»Wolkenwagen?«, fragte Leyla dennoch nach.

»Ja«, antwortete Rhymia. »Ich hatte schon Sorge, dass er vielleicht weg sei. In einem Städtchen wie diesem wäre das kaum verwunderlich gewesen. Hier verschwinden sicherlich des Öfteren Kostbarkeiten. Aber in dem Viertel wohnt schon lange niemand mehr. Deshalb wurde er wohl nicht entdeckt. Wir haben also Glück gehabt, der Wagen wird unsere Reise deutlich bequemer machen. Steig auf«, sagte Rhymia und ließ sich selbst auf die Wolke fallen. Zögernd trat Leyla auf das kleine Etwas zu und strich mit den Fingern vorsichtig darüber. Es fühlte sich weich und flauschig an.

»Worauf wartest du?« Rhymia setzte sich so zurecht, dass auch für Leyla noch Platz auf dem Gefährt war.

»Wo genau wollen wir denn hin?«, fragte Leyla vorsichtig.

»Nun, du klangst eben so, als bräuchtest du Hilfe. Und ich kann dir helfen. Aber nicht hier.« Als sie Leylas Gesichtsausdruck bemerkte, seufzte Rhymia. »Du bist nicht sonderlich vertrauensvoll, oder? Sehe ich denn so böse aus?«

»Natürlich nicht, aber …«

»Aber?«

»Aber es ist etwas merkwürdig, dass Sie so plötzlich auftauchen und mir helfen wollen. Noch dazu, da Sie mich gar nicht kennen. Ich könnte gefährlich sein.«

In den Augen der Frau blitzte es amüsiert.

»Das Risiko werde ich eingehen.« Sie klopfte auffordernd mit der flachen Hand auf den freien Teil der Wolke.

»Im ganzen Land redet man derzeit über meine Familie«, sagte sie dann. »Speziell über Aston. Viele denken – was dir kaum entgangen sein mag – dass er etwas mit den Ereignissen in Numäia zu tun hat, weil er sich oder zumindest seinen Sohn auf den Thron bringen will. Ich bin eigentlich hergekommen, um mit ihm zu reden und um ihm zu helfen. Bei aller Feindschaft, die meine Familie spaltet, traue ich ihm so eine Handlung trotzdem nicht zu. Es geht mir gar nicht um die Familienehre, die FRK 2.1 oder wie diese ganzen Fraktionen heißen.« Sie seufzte. »Aber für den Rest der Familie ist das öffentliche Ansehen sehr relevant. Es klingt vielleicht komisch, vor allem wenn man diesen ganzen Haufen nicht gut kennt, doch ich möchte meiner Familie einfach helfen.

Seit fast zwei Wochen reise ich nun durch das Land, um Aston zu finden. Aber nachdem ich euer Gespräch gehört habe, bin ich mir sicher, dass ich gar keinen Versuch zu unternehmen brauche, mit ihm zu reden. Er wird mir keine Sekunde zuhören. Es ist wirklich schade um meine schöne Zeit. Nun, vielleicht kann ich wenigstens seinem Sohn helfen – und dir. Du machst einen recht …«

Leyla sah sie fragend an und Rhymia lachte.

»… gefährlich hilfsbedürftigen Eindruck«, vollendete sie ihren Satz. Sie schien amüsiert. Leyla hatte innerlich schon längst beschlossen, diese Frau zu mögen, doch sie gab sich weiter vorsichtig.

»Die van Raikens haben kein sonderlich gutes Verhältnis zueinander«, stellte sie noch einmal fest, obwohl sie vieles darüber ja schon wusste. Rhymia seufzte und es schien, als ob sich eine dunkle Wolke über ihrem Gesicht ausbreitete. Dann lächelte sie wieder.

»Was ist, wollen wir vielleicht ausführlicher reden? Ich lade dich zu einem Tee ein, aber nicht hier. Lariva ist kein schöner Ort dafür, bei mir ist es gemütlicher. Es wird dir gefallen und auf dem Weg kann ich dir ein wenig mehr erzählen. Und wenn du magst, erzählst du mir danach auch ein bisschen was. Dann können wir gemeinsam überlegen, was getan werden muss.«

Rhymia klopfte erneut auf die Wolke und Leyla gab sich endlich einen Ruck. Vorsichtig untersuchte sie die Stabilität des Wolkenwagens, indem sie sich darauf stützte. Ihre Hände sanken etwas ein. Ihre Neugier wuchs.

»Woraus ist er?«, fragte sie.

»Schillergarn. Keine Angst, es ist natürlich keine illegale Anfertigung. Es ist ein Erbstück der Familie, sonst könnte ich mir das überhaupt nicht leisten.« Rhymia lachte bei diesen Worten. Doch Leyla konnte ihre Verwirrung nicht ausreichend verbergen. Die alte Frau runzelte die Stirn und ihr Blick wurde ein wenig wacher als zuvor, als sie Leyla nun erneut musterte.

»Schillergarn«, erklärte sie. »Hergestellt aus den Flügeln von Schimmerelfen. Früher wurden sie deswegen gejagt – nachdem sich herausstellte, dass die Flügel der Gaelmaris hierfür nicht taugten. Was ja vollkommen logisch sein sollte. Nun ja. Das Flügelgarn ist ungewöhnlich leicht, aber gleichzeitig stark und fest, weshalb es sich unter anderem sehr gut zum Herstellen von Flugobjekten eignet. Aber da die Elfen unsere Grenzen schützen und wir sie brauchen, wurde die Jagd schnell verboten. Heute steht sogar die Todesstrafe darauf. Nur, wie will man einen solchen Gesetzesbruch nachweisen? Denn die Flügel von toten Elfen - natürlich nur von denen, die eines natürlichen Todes gestorben sind – dürfen noch verwendet werden. Das reicht aber kaum noch aus, um so etwas wie einen Wolkenwagen zu produzieren. Dadurch ist mein Wagen, ebenso wie das Garn selbst, so kostbar.« Ihr Blick schien Leyla zu durchbohren. »Das weißt du doch aber sicherlich alles.«

»Oh ja, sicher!«, sagte Leyla schnell. »Ich habe nur gerade daran gedacht, dass ich von dem Kapitän der *Aquarati* solch schimmerndes Garn bekommen habe.

Vielleicht war es Schillergarn. Und ich habe es für die Unterkunft und einen Schwertflügler ausgeben müssen.«

Rhymia schnalzte ärgerlich mit der Zunge.

»Da wurdest du aber ordentlich über den Tisch gezogen. Was für eine Schande. Nun, wir können die Vergangenheit nicht ändern, nur die Gegenwart nutzen und die Zukunft verbessern.« Sie lachte wieder, aber es war kein Auslachen. Die Fältchen, die sich um ihre Augen bildeten, ließen sie noch sympathischer wirken als bisher. Vorsichtig setzte sich Leyla auf die Wolke und ließ die Beine baumeln.

Augenblicklich und ganz sacht hob sich der Wagen.

»Wie funktioniert das?«, fragte Leyla.

»Siehst du die Spule? Ich lasse ein wenig meiner Kraft hier hineinfließen, damit der Wagen abhebt. Meine Kraft aktiviert sozusagen den Zauber des Wagens. Ich muss immer mal wieder nachlegen, aber es ist nicht annähernd so viel Kraft nötig wie beim Selberschweben. Eigentlich braucht man fast nur zu steuern.«

Erst jetzt sah Leyla das kleine weiße, ruderähnliche Teil am hinteren Ende. Fasziniert beobachtete sie, wie der Wolkenwagen langsam durch die Straßen von Lariva glitt.

Sie war froh, als sie das letzte, windschief erscheinende Haus der Stadt hinter sich ließen. Dies war wahrlich kein Ort, um sich wohl zu fühlen. Sie hoffte, dass Ethan zurechtkam und schnell von seiner Familie abgeholt wurde. Das schlechte Gewissen nagte an ihr.

Sie hätte ihn nicht allein lassen sollen. Andererseits war er auch kein kleines Kind mehr.

Der Wagen stieg höher und wurde ein wenig schneller. Leyla zog die frische Luft ein.

»Gibt es tatsächlich nur Aeristen in der Familie van Raiken?«, fragte Leyla, während sie die unter sich vorbeiziehende Blumenlandschaft betrachtete.

Rhymia überlegte kurz. »Soweit ich weiß, ja. Die meisten aus meiner Familie waren sogar mit Aeristen verheiratet. Nur Sia hat eine Ausnahme gemacht. Aber das war ja nicht die einzige Ausnahme ihrerseits.

»Sie meinen die Heirat mit Bajlas McGiggle?«, fragte Leyla weiter.

»Zunächst einmal: Bitte sprich mich nicht so förmlich an. Da fühle ich mich ja gleich noch älter, als ich ohnehin schon bin.« Rhymia lächelte, besann sich dann aber rasch wieder auf das Gesprächsthema. »Und ja, genau die meine ich«, sagte sie. Nach dieser Aussage verfielen beide kurz in Schweigen.

»Diese Ausnahme war wohl ein Fehler«, murmelte Leyla schließlich. Rhymia überlegte erneut. Dann schüttelte sie überraschenderweise den Kopf.

»Sia war ein gutes Mädchen, aber ein kleiner Hitzkopf. Es wurde früh ersichtlich, dass sie der Familie und den Traditionen trotzen würde. Aber sie hat ihre Wahl mit dem Herzen getroffen. Das ist nie falsch, und Bajlas ist ein intelligenter Mann. Nur unglücklicherweise hat seine Position die der Dunkelalben gestärkt, und nach Sias Tod gab es im Palast keinen Gegenpol mehr. Die Gewichtung in der Politik hat sich verlagert und die Sigda, also der Königsrat, hat lange nichts getan, außer im Hinterzimmer zu diskutieren.

Aber vergessen wir doch bitte die Politik. Ich bin es leid, mich mit diesem Thema auseinanderzusetzen. Außerdem hast du mir immer noch nichts von dir erzählt. Also, was ist dir passiert?«

Leyla ließ ihren Blick erneut über die saftig grünen Wiesen und die bunten Blumen unter sich gleiten. Die Art des Reisens gefiel ihr. Sie waren nicht so schnell unterwegs, dass der Fahrtwind sie frieren ließ, aber trotzdem kamen sie zügig voran und Leyla sah viel von der Landschaft.

»Ist es schwer, den Wagen zu lenken? Kann das jedes Element?«, fragte sie und tat, als hätte sie Rhymia nicht gehört.

»Nein, schwer ist es nicht. Aber es ist von Vorteil, Aerist zu sein, wenn man einen solchen Wagen besitzt.«

»Warum?«

Rhymia bedachte sie mit einem fragenden Blick.

»Ich denke, ich bin auch eine Aeristin«, erläuterte Leyla. »Ich kann es noch nicht kontrollieren, deshalb bin ich auf dem Weg zu meiner Familie.« Sie senkte die Augen, um Rhymias Blick auszuweichen.

»Ich dachte, du suchst nach Theodor?«

»Jaaa«, sagte Leyla gedehnt, erklärte aber nicht mehr.

»Ich sehe schon, du machst ausreichend Gebrauch von meinem Angebot, dass ich zuerst von mir erzähle«, meinte Rhymia amüsiert. »Nun lass sehen, was es da gibt und was dich wohl interessieren könnte.«

»Warum sind alle van Raikens so zerstritten? Warum hast du keinen Kontakt mehr zu den anderen?«, fragte Leyla augenblicklich.

Rhymia antwortete nicht sofort. Sie ließ die Wolke etwas höher steigen, um sie über eine kleine, zerfallene Mauer zu manövrieren. Dann setzte sie sich etwas bequemer hin, bevor sie ihr Augenmerk wieder auf Leyla richtete.

»Wie ich schon erwähnt habe, bin ich Astons Tante. Ich bin die jüngere Schwester der Zwillinge Theodor Senior und Thybon. Halbschwester, genau genommen, aber wir haben da nie einen Unterschied gesehen. Ich war erst vier, als der Zwist zwischen meinen Brüdern begann, genau kann ich mich also nicht mehr an alles erinnern. Die beiden waren elf, als unser Vater ihnen mitteilte, dass nur einer von ihnen König sein konnte und, dass das Thybon wäre – da er vermutlich der Erstgeborene war. Ich weiß nicht, inwiefern du diesen Teil der Geschichte kennst. Mir erscheint es immer so, als wüssten alle in Naurénya darüber Bescheid.« Leyla nickte und Rhymia seufzte frustriert. »Dann überspringe ich das. Wie du dir vorstellen kannst, folgte dieser Ankündigung ein großer Streit. Jeder meiner beiden Brüder wähnte sich im Recht. Thybon glaubte, dass er nun einmal der Ältere wäre. Theodor war fest davon überzeugt, dass dem unmöglich so sein konnte, denn es gab keinen Beweis hierfür.

Beide wollten damals von mir die Bestätigung ihrer Ansichten. Sie schenkten mir über die Jahre viel Aufmerksamkeit und allerlei hübsche Kleinigkeiten, damit ich auf ihrer Seite stand. Ich war jung und hatte natürlich keine Ahnung, worum es ging. Als ich älter wurde, begriff ich es, aber ich hatte meine Brüder gleich lieb. Und so sagte ich beiden immer wieder, dass ich jeweils auf ihrer Seite stehen würde, sollte es zur Klage vor der Sigda und zur Anfechtung des Rechts kommen. Du kannst dir denken, dass das irgendwann herauskam. Und beide waren unglaublich wütend auf mich. Sie fühlten sich von mir betrogen. Die Tatsache, dass meine Meinung aus rechtlicher Sicht bei alledem ohnehin nicht relevant war, war vollkommen egal.

Als es bei der Entscheidung blieb, dass Thybon den Thron erben sollte, zog Theodor bei Nacht und Nebel aus und auf den Landsitz der Familie – der ihm auch zustand. Die Stimmung im Palast besserte sich dadurch keineswegs. Mein Vater war sauer und noch strenger als je zuvor. Vor allem, weil dieses Familiendrama ein schlechtes Licht auf die van Raikens warf, denn der Öffentlichkeit entging das natürlich nicht. Einige warteten wohl auch darauf, dass Theodor Thybon beseitigen ließ. Was er natürlich nicht tat. Nun ja … Thybon hüllte sich mir gegenüber fortan in Schweigen. Er vertraute mir nicht mehr. Es war kaum auszuhalten. Und als ich endlich alt genug war, packte auch ich meine Sachen und zog aus dem Palast aus. Ich war frustriert, wütend und traurig und wollte so weit wie möglich weg.

Zu dieser Zeit brach der Kontakt zwischen uns Geschwistern vollends ab. Später habe ich dann versucht, ihn wiederherzustellen. Aber es war schwierig. Mit Thybon konnte ich schließlich noch am ehesten reden, denn er hatte sich nach einigen Jahren auf dem Thron – und ich muss sagen, er war ein wirklich guter Regent – beruhigt und wollte die ganze Geschichte vergessen. All das erzürnte Theodor natürlich umso mehr. Die Tatsache, dass ich wieder mit Thybon sprach, machte alles nur schlimmer und ich war kein willkommener Gast bei Theodor. Seinen Sohn, Aston, habe ich aus diesem Grund nur sehr selten gesehen. Ich glaube, Aston mochte mich nie. Theodor lehrte ihn von klein auf, mich zu verachten und als Heuchlerin anzusehen. Allgemein wurde er recht frauenfeindlich erzogen, finde ich.« Ärger war in Rhymias Stimme zu hören. »Und dann kam Melo. Die Frau war wahrlich ein Engel. So herzlich, so engagiert. Sie versuchte, unsere Familie wieder zusammenzubringen. Fast mit Erfolg. Aston hat ihr wohl nahezu alles durchgehen lassen. Wenn nur nicht diese Sache mit den Dumas gewesen wäre. Melo hätte viel erreicht. Ein Jammer, dass sie so früh gestorben ist.«

Leyla betrachtete Rhymias Gesicht nach dieser Erläuterung. Die alte Frau wirkte in der Tat bedrückt. »Ja, lange Rede kurzer Sinn, jedenfalls habe ich kein besonders gutes Verhältnis zu Aston«, beendete die Frau ihre Geschichte. »Seinen Sohn, Theodor Junior, habe ich nur als Kind gesehen, als Melo noch lebte.« Sie hielt kurz inne. »Wie ist er denn so?«

»Ganz der Vater«, rief Leyla sofort lachend. »Arrogant, herablassend, kalt, eingebildet, er hat einen immensen Stolz und ist einfach unausstehlich.«

Rhymia zog die Augenbrauen in die Höhe. »Wie kommt es dann, dass du so erpicht darauf bist, ihm zu helfen? Du klangst immerhin ziemlich verzweifelt.«

»Weil …«, Leyla stockte. Sie überlegte. Für einen kurzen Moment fehlten ihr die richtigen Worte. »Ich glaube, weil er mir in gewisser Weise das Leben gerettet hat.«

»Du glaubst?«

»Ja, ich glaube. Eigentlich bin ich mir sicher, aber ich fürchte, dass die Hoffnung darauf meine Sichtweise verändert haben könnte. Von daher glaube ich es nur.«

»Na, wenn das so ist. So eine Handlung macht ihn aber wohl wirklich weniger unausstehlich.« Rhymia nickte. »Und wie passt deine Rettung von Theodor mit deiner Heimkehr, um die Kräfte kontrollieren zu lernen, zusammen?«

Leyla verzog das Gesicht. Das passte nicht zusammen, da hatte Rhymia recht und Leyla wusste nicht, wie sie es erklären sollte. Zum Glück ergriff Rhymia in diesem Moment selbst wieder das Wort.

»Bereit machen zur Landung. Wir sind da.«

Sie hielten vor einem kleinen Gehöft mitten im Nirgendwo. Drei kleine Häuser, die in bunten Farben lackiert waren, drängten sich nebeneinander. Irgendwie sah das niedlich aus, fand Leyla. Rhymia ließ Leyla absteigen und lenkte den Wagen dann in das rote

Gebäude, eine Art Scheune. Anschließend führte sie Leyla zum blauen Haus.

Leyla trat ein und sah sich aufmerksam um. Im Eingangsbereich führte eine Treppe in den ersten Stock. Des Weiteren zweigten auf jeder Seite des kleinen Raumes zwei Türen ab. Die auf der rechten waren geschlossen. Durch die erste Tür zur Linken machte Leyla einen Wohnraum aus. Rhymia führte sie jedoch zu der hinteren Tür, von der aus sie in eine Küche, die in einer Art Landhausstil eingerichtet war, gelangten. Eine Katze maunzte und huschte an Leyla vorbei.

Leyla hatte gedacht, es gäbe hier nur magische Tiere, doch sie sprach den Gedanken nicht laut aus. Vielleicht würde sie dem Geheimnis von allein auf die Spur kommen. Sie sah sich um. Rhymias Haus wirkte nicht ärmlich, aber bescheiden. Ganz anders als das Anwesen von Aston van Raiken.

Die kleine Frau ging zum Kamin, griff nach einem Stein und begann, Feuer zu machen. Kaum dass das Feuer prasselte, stellte sie einen Teekessel darauf.

»Nun erzähl. Wovor hat er dich denn gerettet?«, setzte sie das Gespräch fort, als hätten sie es nie unterbrochen.

Leyla ließ sich auf einen der vier Stühle am Tisch fallen und begann dann, zögernd zu erläutern, was sie schon Marv und Aikim erzählt hatte. Sie berichtete von der Wanderung, von dem Obsidian, von ihrer Erinnerungslücke und zu guter Letzt, wie sie Marv und Aikim von alldem unterrichtet hatte. Rhymia stellte unterdessen kleine zartrosa Teetassen auf den Holztisch.

»Sie wollten also, dass du zu deiner Familie gehst, um deine Fähigkeiten zu kontrollieren, während sie Nachforschungen anstellen? Aber du hast beschlossen, dich selbst weiter um diese Angelegenheit zu kümmern und wolltest zur toten Lagune. Dabei bist du Aston zufällig über den Weg gelaufen?«

»Ja. Und ich dachte eigentlich: Wer, wenn nicht er, könnte helfen?«

Rhymia wirkte nachdenklich. »Mir scheint, dir liegt etwas an deinem Vorhaben. So wie mir etwas an meiner Familie liegt«, meinte sie schließlich. »Aber ich kann dir nicht helfen, wenn du mir nur die halbe Wahrheit erzählst. Du bist furchtbar schlecht im Lügen, weißt du das? Ich mag alt sein, aber ich bin nicht dumm. Also, seit wann hast du deine Erinnerung vollständig zurück?«

Leyla, die gerade einen Schluck von dem Tee genommen hatte, verschluckte sich und begann, heftig zu husten. Rhymia wartete, bis sie sich beruhigt hatte und sah sie abwartend an.

»Ich kann mich nicht … Also …«, meinte Leyla, doch als sie Rhymias Blick begegnete, ließ sie ertappt die Schultern hängen. »Seitdem ich ins Wasser gefallen bin«, murmelte sie.

»Interessant! Dann fang doch jetzt bitte noch einmal von vorne mit der Erzählung an.«

Und Leyla berichtete. Die einzige Information, die sie dieses Mal immer noch zurückhielt, war die ihrer wahren Herkunft. Nachdem sie geendet hatte, schwieg Rhymia und kraulte gedankenverloren den Kater, der in der Zwischenzeit wieder aufgetaucht und auf ihren Schoß gesprungen war.

»Er hat neun Leben, weißt du. Das macht ihn besonders«, murmelte sie.

Leyla war irritiert. Dann begriff sie, dass Rhymia von dem Kater sprach, wusste aber dennoch nicht recht, was das mit dem Thema zu tun hatte. Es schien ihr vollkommen aus dem Zusammenhang gerissen.

»Das Salzwasser hat also die Wirkung des Testamnestias aufgelöst. Das ist höchst interessant«, grübelte Rhymia leise vor sich hin. »Was weißt du über das Pulver?« Leyla zuckte mit den Schultern und Rhymia nickte, als hätte sie genau das erwartet. »Es waren eigentlich mal Muscheln. Seltene Muscheln aus den südlichen Ländern, die sich selbst zerreiben, weil sie vergessen, dass sie existieren. Süßwassermuscheln. Sie werden aus den stehenden Gewässern gefischt.« Sie machte eine Pause, als wollte sie die Spannung erhöhen, bevor sie den nächsten Gedanken aussprach. »Vielleicht aber kommen sie ursprünglich aus den Meeren und brauchen das Salz zum Überleben. Das würde so einiges erklären.« Sie schien vor sich hin zu sinnieren.

»Mag sein, aber ist das jetzt nicht eigentlich unwichtig?«, fragte Leyla vorsichtig.

»Ja, natürlich, du hast recht. Das Wesentliche ist, du hast dein Gedächtnis wieder. Warum, ist erst einmal nicht wichtig. Erzähl, wann genau war das alles? An welchem Tag habt ihr den Obsidian getroffen?«

»Es muss am 12. August gewesen sein. Am 13. bin ich aufgewacht und am 17. zu meiner F... zu meinen Freunden gefahren. Das letzte Mal, dass ich Theodors Stimme hörte, war am 15. – Ja, so war es!«

»Liebes, lass das«, unterbrach Rhymia sie, tätschelte ihr die Hand und schlürfte dann aus ihrer Teetasse.

»Was?«

»Du bist allein, hast von den einfachsten Dingen keine Ahnung und ich kenne Melos Familie ziemlich gut. Von so einem hübschen Mädchen wie dir wüsste ich.«

Leyla wurde rot. »Was willst du damit sagen?«

»Es gab immer wieder Elements, die die magische Welt verließen, um in der nicht-magischen zu leben. Ob auf legalem oder illegalem Wege. Wer von hier aus einen Weg sucht, der findet ihn auch. Auch wenn ich es unverantwortlich finde, dort drüben ein Element in die Welt zu setzen, ohne das Kind zu lehren. Aber darum kümmern wir uns später. Was mich persönlich besonders interessiert, ist die Frage, wie es Theodor möglich war, dich über eine solche Entfernung mit der Stimme zu erreichen. Ihr müsst ja doch eine stärkere Bindung zueinander haben, als du behauptest.«

Sie linste über ihren Teetassenrand zu Leyla. Dann stand sie auf, kramte in einer der zahlreichen Schubladen und kam schließlich mit einem Blatt Pergament und einem Stift zurück. Sie ließ sich wieder auf ihrem Platz nieder und begann zu schreiben. Leylas Fassungslosigkeit ignorierte sie.

Leyla starrte die alte Frau an. Diese runzelte plötzlich die Stirn.

»13. bis 15. August. Wir haben heute den 27. August. Das sind über zehn Tage, die zwischen jetzt und den Ereignissen liegen. Wenn Theodor wirklich in Gefahr war …«, sie zögerte, vollendete den Satz dann jedoch, »… dann habe ich wenig Hoffnung, dass er noch lebt.«

Leyla schauderte.

»Fassen wir einmal zusammen, was uns wirklich hilft«, meinte Rhymia vollkommen pragmatisch. »Der einzige wirklich brauchbare Hinweis, den wir haben, ist Karinaki.«

»Kennst du jemanden, der so heißt?«, fragte Leyla aufgeregt.

»Nein, aber Karinaki ist auch kein Name. Jedenfalls nicht, soweit ich weiß. Es ist ein Ort.«

»Ein Ort? Warum haben Marv und Aikim nichts davon gesagt?«

Rhymia zuckte mit den Schultern. »Du hast sie nach einem Namen gefragt. Vielleicht ist es auch der Name von jemandem. Aber ich würde davon ausgehen, dass wir nach diesem Ort suchen.«

»Wo?«

»Nun, um ehrlich zu sein, gibt es mehrere.«

»Mehrere?«

»Habt ihr denn keine solchen Orte?«

»Ich weiß nicht.«

»Karinaki werden bei uns die Begräbnisstätten in heiligen Hallen für Könige und Ehrenwürdenträger bezeichnet.«

»So etwas wie eine Krypta in einer Kirche?«

»Wenn ich euer Prinzip der Kirche richtig verstehen würde, könnte ich diese Frage vielleicht beantworten«, schmunzelte die Angesprochene. »Komm mal mit.«

Sie erhoben sich und verließen die Küche durch die zweite von drei Türen und landeten in dem angrenzenden Wohnraum, der sehr urig wirkte. Sie verließen jedoch auch diesen wieder, um erneut in den Flur zu gelangen und stiegen die Treppe hinauf. Mehrere Zimmer zweigten hier oben von dem Flur ab. Zielstrebig ging Rhymia auf eine der Türen zu und öffnete sie. Einladend hielt sie sie auf.

»Meine Bibliothek ist recht klein. Die von Aston ist weitaus größer und die von Thybon erst recht. Er hat während seiner Zeit als König unglaublich viele Bücher gesammelt – die meisten aufgrund ihres Wertes und ohne sie zu lesen. Er hat einfach ein Faible für hübsche und prunkvolle Einbände. Je älter ein Buch, desto besser. Die meisten seiner privaten Schätze hat er mitgenommen, als er abdankte. Bestimmt sammelt er immer noch. Diese Bibliothek müsstest du sehen.«

»Thybon lebt noch?«

»Ja.«

»Warum hat man ihn nicht zurück ins Amt geholt, als Bajlas McGiggle versteinert worden ist? Sozusagen als Übergangskönig?«

»Thybon ist 78. Er ist ein alter, cholerischer Tattergreis. Niemand, der noch bei Sinnen ist, würde ihn zurück ins Amt holen wollen. Wobei ich hörte, dass es ein paar Wesen gibt, die diesen Vorschlag gemacht haben und immer noch hierfür plädieren.«

»Und Theodor Senior? Lebt der auch noch?«, fragte Leyla wissbegierig.

»Er ist vor zwei Jahren gestorben.«

Während sie sprachen, zog Rhymia ein Buch aus dem Regal. Es war ein dicker Wälzer, und ein Blick auf den Einband sagte Leyla, dass er gefüllt war mit Daten über die Könige des Landes. Rhymia schlug das Buch ganz am Ende auf. Hier fanden sich einige Karten. Sie blätterte eine Weile, bis sie fand, wonach sie wohl gesucht hatte. Es war eine Karte, die zeigte, wo die Begräbnisstätten der einzelnen Könige gelegen waren.

»Viele haben sich in ihren jeweiligen Heimatorten begraben lassen. Andere wieder in Numäia, weil es nun einmal der Herrschaftssitz ist und ein Karinaki-Begräbnis dort eine besondere Auszeichnung darstellt. Die Karte zeichnet im Prinzip die letzten zweitausend Jahre auf. Zweitausendsiebzehn, wenn man exakt sein will, denn auch wenn Bajlas noch nicht verzeichnet ist, ist sie trotzdem aktuell.«

Bei dieser Aussage brannte Leyla eine Frage auf der Zunge, doch sie verkniff sie sich und hob sie sich für später auf. Insgesamt zählte sie siebenundzwanzig Kreuze auf der Karte – mehrere davon in und um Numäia.

»Das sind wenig Könige für knapp zweitausend Jahre«, stellte sie fest.

»Ardantica können alt werden. Davon einmal abgesehen gab es auch Zeiten ohne Könige, mit sogenannten Thronverwaltern.«

»Siebenundzwanzig Möglichkeiten«, murmelte Leyla. »Das sind trotzdem zu viele. Wie sollen wir den richtigen Ort da schnell finden?«

»Wir müssen eben aussortieren.«

»Wie?«

»Wir müssen versuchen, etwas über die Orte und die Könige herauszufinden. Vielleicht gibt es einen, der uns ins Auge sticht.«

Leyla nickte und stürzte sich mit Feuereifer in die Arbeit. Bis tief in die Nacht schmökerten sie und Rhymia in den dicken Familienwälzern in der Bibliothek. Nur für das Essen machten sie eine kurze Pause. Doch irgendwann hob Rhymia die Lampe und stand auf.

»Ich glaube, für heute ist es genug. Wir brauchen unseren Schlaf, um uns morgen wieder ordentlich konzentrieren zu können.«

Leyla wollte protestieren, denn sie empfand es als durchaus spannend, sich in die Geschichte Naurényas einzulesen. Doch sie sah ein, dass die alte Frau recht hatte und ließ sich ihr Gästezimmer zeigen. Kurz darauf fiel sie todmüde in die Kissen.

Am nächsten Tag stöberten sie weiter. Es gab unglaublich viel Material, denn fast die gesamte Bibliothek schien nur aus Büchern über Naurénya und die Könige zu bestehen.

»Ganz schön schwere Literatur«, meinte Leyla und klappte ein weiteres Buch zu, in dem sie keinen brauchbaren Hinweis gefunden hatte. Rhymia lachte.

»Das ist typisch van Raiken. Am besten muss immer alles schwer und möglichst kompliziert sein …« Sie überlegte kurz. »… und teuer natürlich.«

»Darf ich dir eine Frage stellen?«, meinte Leyla, während sie am Regal entlangging und überlegte, welches Buch sie sich als Nächstes vornehmen sollte.

»Sicher.«

»Du lebst allein hier, oder? Aber du heißt nicht mehr van Raiken. Du hast dich als Rhymia Kail vorgestellt.«

»Ja, das ist richtig, ich lebe allein. Aber Paisan schaut immer noch häufig vorbei. Wir sind sehr gute Freunde.«

Paisan musste ihr Exmann sein, mutmaßte Leyla. Es schien jedoch, als wollte Rhymia das Gespräch an dieser Stelle nicht vertiefen und Leyla achtete die Privatsphäre der Frau, die sie so bereitwillig in ihr Leben gelassen hatte. Sie zog ein in rot gefärbtes Leder gebundenes Buch aus dem Regal, während sich Rhymia ein Exemplar mithilfe eines Luftzaubers vom Tisch holte und es direkt zu sich in den Sessel schweben ließ.

»Wie funktioniert das?«, fragte Leyla und beobachtete den Vorgang.

»Nun, du weißt von deinen magischen Adern. Wenn du lernst, sie zu nutzen, kannst du die Magie wohldosiert hervorrufen und verwenden. Um zum Beispiel so ein Buch schweben zu lassen, brauchst du einen schmalen, aber kräftigen Luftstrom, den du darunter leitest.

Dann vergrößerst du die Fläche, durch Verwirbelungen hebst du das Buch an und anschließend brauchst du der Luft nur noch eine Richtung zu weisen.« Sie hielt inne. »Komm her, probiere es aus.«

»Aber ich weiß doch nicht, wie …«

»Dann wird es Zeit, dass du es lernst. Wir fangen mit etwas Einfachem an. Konzentriere dich auf deine Kraft und versuche, einen leichten, gleichmäßigen Luftstrom zu erzeugen.«

Das klang einfacher, als es war. Leyla erinnerte sich an die Erläuterungen von Theodor, schloss die Augen und suchte erst einmal nach der Kraft. Sie fand sie – ausgesprochen schnell. Aber einen Luftstrom zu erzeugen, das gelang ihr trotzdem nicht. Sie seufzte.

»Ich bin zu dumm dafür.«

»Schwachsinn, niemand ist zu dumm für etwas, für das er geboren worden ist. Hab Geduld.«

Leyla setzte sich wieder an den Tisch. »Wie lange dauert es im Schnitt, die Kräfte zu beherrschen?«

»Nun, die Ausbildung an der Universität dauert fünf Jahre. Das ist dann aber eher eine Grundausbildung, ein Abschluss, den fast jeder, egal ob stark oder schwach, erlangen kann. Es heißt nicht, dass es danach nicht noch viele Dinge zu lernen gäbe. Das kommt auf den Fleiß und die Stärke an. Was du jetzt aber erst einmal brauchst, ist ein kühler Kopf. Du darfst dich nicht unter Druck setzen. Vielleicht sollten wir ein wenig rausgehen. Hier drinnen fällt einem ja langsam die Decke auf den Kopf.«

Leyla nickte und erhob sich, als ihr Blick auf die neu aufgeschlagene Buchseite fiel.

»Umedis! Von dem hat Theodor mir erzählt. Er hat 1810 Oran besiegt.«

»Das stimmt. Er war der letzte Ardantica, also vor diesem neuen Ungeheuer. Quasi der letzte, der regierte, bevor meine Familie die Krone übernommen hat. Intelligent und nobel am Anfang. Zum Schluss aber nur noch größenwahnsinnig.«

»Inwiefern?«

»Nachdem er die Drachen besiegt hatte, ließ er sich am Schauplatz des letzten Kampfes einen riesigen Palast bauen. Verziert mit den Schuppen der Drachen. Und er ernannte als erster Herrscher Naurényas überhaupt sein persönliches Denkmal, nämlich diesen Zweitpalast, zum Regierungshauptsitz. Du kannst dir vorstellen, dass das einige Frustration beim Volk und der Sigda auslöste. Zumal es in der Nähe des Palastes nicht mal eine Stadt oder ähnliches gab. Strategisch gesehen war das wirklich selten dämlich. Nach Umedis' Tod wurde diese Entscheidung auch sofort wieder rückgängig gemacht. Zwangsläufig eigentlich sogar, denn der Palast stürzte bei einem merkwürdigen Beben kurz nach seinem Tod ein. Es hat nie ein Wiederaufbau stattgefunden. Heute ist es eine verlassene Gegend, eine Art zerstörtes Mahnmal. Siehst du, hier liegt er.« Rhymia schlug das Buch mit der Karte auf und deutete auf einen Flecken im Zentrum des Landes, der gar nicht so weit von ihrem augenblicklichen Standort entfernt zu sein schien.

»Komm! Jetzt machen wir wirklich Pause.« Energisch schlug sie das Buch zu.

Der Tag endete für Leyla frustrierend. Die Dringlichkeit, den Ort zu finden, nagte an ihr, doch sie schien auf der Stelle zu treten. Sie hatte keine Ahnung, wo sie Theodor suchen sollte und alle Tempel, alle Karinaki, die infrage kamen, nacheinander abzuklappern, wäre viel zu zeitintensiv gewesen. Ohne Anhaltspunkt konnten sie nicht aufbrechen. Hinzu kam, dass auch ihr Nachmittags-Elementunterricht unbefriedigend gewesen war. Leyla schaffte es zwar, einen Luftstoß zu erzeugen, aber wenn sie ehrlich sein wollte, musste sie sich eingestehen, dass es unkontrolliertes Glück gewesen war und sie immer noch keine Ahnung hatte, wie diese Magie funktionierte. Missmutig ging sie schlafen.

Am nächsten Morgen erwachte Leyla mit Kopfschmerzen. Dunkel erinnerte sie sich daran, schlecht geträumt zu haben. Aber zum Glück wusste sie nicht mehr, was. Sie drehte sich um und vergrub ihr Gesicht im Kissen, als plötzlich die Tür zu ihrem Zimmer aufgerissen wurde. Leyla fuhr herum und starrte Rhymia an.

Die alte Frau wirkte aufgeregt, ihre Augen blitzten. Die Haare hatte sie zu einem Zopf geflochten und das weite Gewand, das sie trug, musste ihr Nachthemd sein. Sie sah aus, als wäre sie gerade aus dem Bett gesprungen. Was vermutlich auch genau so war.

»Leyla, wir haben doch über Umedis gesprochen!«, rief sie aufgekratzt ohne einen Gutenmorgengruß.

»Irgendetwas ging mir dabei nicht mehr aus dem Kopf. Also habe ich eben noch einmal nachgelesen. Es heißt, Umedis hätte damals auch sämtliche Schätze in seinen Palast bringen lassen. Alles, was seiner Meinung nach einen Hauptregierungssitz ausmachte: den Thron, Waffen, Wandteppiche, Leuchter und viele weitere Dinge aus der Schatzkammer. Doch über den Verbleib dieser Dinge nach seinem Tod gibt es kaum Informationen. Du erinnerst dich, ich berichtete von einem Beben, das den Palast verschüttete. Aber als meine Familie danach in den Königsstand gehoben wurde, haben sie natürlich mehr Informationen erhalten als andere.«

Sie machte eine Pause und fuchtelte aufgeregt mit einem handbeschriebenen Papier vor Leylas Nase hin und her, dessen schnörkelige Schrift sie auf die Schnelle nicht entziffern konnte.

»Ein Schreiben meines Großvaters. Es steckte in der Chronologie, hinten im Einband. Ich habe es früher schon einmal gesehen, aber ihm damals keine Bedeutung beigemessen.«

»Was steht drin?«, fragte Leyla.

»Der Palast wurde des Nachts zerstört, kurz nachdem die Räumung und Überführung der Gegenstände begonnen hatte. Das Volk war im Glauben, dass viele wertvolle Gegenstände verschüttet worden wären, dabei war bereits die komplette Räumung erfolgt! Das wussten aber nur ausgewählte Personen. Frag nicht, warum diese Geheimniskrämerei. Was ich damit sagen will, es gibt keine Gegenstände mehr in diesem Palast, aber dennoch denken es viele. Und zahlreiche Plünderer haben versucht, sich durch die Trümmer zu wühlen, um irgendetwas Wertvolles zu finden. Erfolglos, denn der Schutt war damals noch so frisch und rutschte wohl immer nach, sodass die Aktionen früher oder später abgebrochen werden mussten. Das Gebiet wurde dann als gefährlich ausgeschrieben und ist irgendwann … nun, nicht direkt in Vergessenheit geraten, aber belanglos geworden.«

Leyla nickte. »Ich verstehe.«

»Offensichtlich nicht«, meinte Rhymia leicht amüsiert. »Umedis ist dort begraben worden. Seine Karinaki grenzt an den zerstörten Palast.«

»Ja, aber es ist trotzdem nur eine von vielen Karinaki. Das bedeutet nicht …«

Doch Rhymia unterbrach sie und wiederholte, was sie soeben schon einmal gesagt hatte: »Viele glaubten, dass dort wertvolle Sachen verschüttet worden sind. Magische Gegenstände!«

Plötzlich war Leyla hellwach.

»Und wenn Theodor auch nichts von der Räumung wusste …« Sie schwang die Beine aus dem Bett. »Wie weit ist es?«

Kapitel 7

Ein grauenhafter Fund

Sie brauchten fast anderthalb Tage mit dem Wolkenwagen, inklusive einiger kleinerer Pausen, bis sie den ehemaligen Palast von Umedis erreichten. Als sie sich dem Gebiet näherten, landete Rhymia den Wagen, versteckte ihn hinter Büschen und Zweigen und bestand darauf, zu Fuß weiterzugehen. Zum einen war ihr der Wolkenwagen einfach zu kostbar, um ihn nicht zu verstecken, zum anderen war sie der Meinung, dass das Gefährt ziemlich auffällig sei und sie wollten doch schließlich so wenig Aufmerksamkeit wie möglich erregen. Leyla stimmte dem voll und ganz zu, dennoch war sie der Meinung, dass zwei Personen, die ohne Deckung über eine Grasebene wanderten, nicht weniger auffällig waren.

Sie standen am Fuße eines Hügels, auf dem die Reste einer Art Festung thronten, eines ehemaligen Palastes. Von Weitem schon sah Leyla etwas Rotes in der Sonne blitzen und ihre Neugier wuchs.

In der Mittagshitze machten sie sich an den kurzen, aber steilen Aufstieg. Oben angekommen, blieb Leyla schnaufend vor dem grauen Stein stehen. Die Ruine war gewaltig, kaum vorstellbar, wie riesig der Palast einst gewesen sein musste. Leyla fühlte sich klein und unbedeutend neben den großen Felsenbrocken. Sie ließ ihren Blick schweifen und entdeckte den Ursprung des roten Schimmerns. Es waren glatte, vereinzelt in den Granit eingelassene rote Steine. Sie fuhr mit den Fingern darüber. Sie hatte so etwas schon einmal in einer anderen Farbe gesehen.

Sie wandte den Blick von den Steinen ab und ließ ihn über den wolkenlosen blauen Himmel und die saftig grünen Wiesen wandern.

»Scheint verlassen zu sein«, flüsterte sie Rhymia zu, die ebenfalls noch versuchte, zu Atem zu kommen.

Leyla schenkte ihr einen leicht besorgten Blick. Die Frau war nicht mehr ganz jung und der Weg hatte sie sichtlich angestrengt. Rhymia richtete sich auf, bedachte Leylas sorgenvollen Blick mit einer unwirschen Handbewegung und sah sich dann ebenfalls aufmerksam um.

»Der Schein kann trügen. Wir sollten achtsam sein.«

Sie traten näher an die Ruine heran und ehrfürchtig ging Leyla durch einen sehr merkwürdig aussehenden Torbogen, der wohl einst den Haupteingang geziert hatte.

»Das sind die Rippen von Oran«, flüsterte Rhymia und Ekel löste die Ehrfurcht in Leyla ab. Ihr Blick fiel auf die rot schimmernden Platten, die in den Stein eingearbeitet waren und die sie bereits selbst als Drachenschuppen identifiziert hatte.

»Man hat sie nicht herausgebrochen bekommen, sonst wären sie bestimmt schon weg, zu einem Schmuckstück verarbeitet und teuer verkauft worden«, meinte Rhymia, die ihrem Blick gefolgt war.

»Chayenne sagte, Drachen verwesen nicht. Aber wenn ihre Schuppen und Rippen verarbeitet wurden, wie will der Obsidian sie dann wieder zum Leben erwecken?«, murmelte Leyla leise.

»Oh, in den nördlichen Ländern – so heißt es zumindest – gibt es einen Drachenfriedhof. Er wurde allerdings nie gefunden. Doch ich bin sicher, niemand würde sich diese ganze Arbeit machen, wenn sie nicht von Erfolg gekrönt wäre. Dieser hier«, sie deutete auf den Palast, »und alle anderen, von denen wir wissen, können aber wohl kaum wiederbelebt werden.«

Sie traten wieder aus dem Torbogen heraus und umrundeten das Areal, bis sie ein angrenzendes, kleineres Gebäude fanden, das laut Rhymia Umedis' Begräbnisstätte war: seine Karinaki. Sie war allerdings genauso verfallen wie der Rest des Palastes.

Sie umrundeten auch die Karinaki und fanden sich dann erneut am Rande des Palasts wieder. Das Ergebnis war ernüchternd. Es schien hier schlichtweg nichts Auffälliges zu geben. Man konnte von außen in einige Ecken der Ruine spähen und sie wirkte in der Tat verlassen. Es schien keine Gefahr von ihr auszugehen, aber es gab auch keine Spur von Theodor.

»Wir werden wohl nicht darum herumkommen, hineinzugehen«, meinte Rhymia schließlich.

Leyla war von dem Vorschlag wenig begeistert, denn es sah so aus, als ob die verbliebenen Mauern auch nicht mehr lange halten wollten. Doch sie nickte zustimmend.

So stiegen sie über eine kleine Außenmauer, die arg zerfallen war und über allerlei Geröll. Von dort arbeiteten sie sich weiter in das Innere des riesigen Palastes vor, in die Bereiche, die man von außen nicht sehen konnte. Sie landeten in einem Raum, der vermutlich einst ein Saal gewesen war. Zerborstene Türen und zersprungene Fliesen fielen Leyla ins Auge, ebenso wie Glasscherben.

Sie hob den Blick. Die Decke des Saals musste einst eine riesige Glaskuppel gewesen sein. Sie versuchte, möglichst leise durch den Raum und über die Scherben zu tappen, und Rhymia folgte ihrem Beispiel.

Der nächste Raum, den sie erreichten, war stockdunkel. Es war einer der wenigen, die noch eine Decke hatten. Leyla kramte in ihrem Rucksack nach ihrer Taschenlampe.

»Sehr schön, sehr schön«, flüsterte Rhymia begeistert und fasziniert zugleich, als der Lichtstrahl den Raum erhellte. »Da sage noch einmal einer, dass sich Menschen ohne magische Fähigkeiten nicht zu helfen wissen.«

Der Raum wirkte durch das Geröll der eingestürzten Wände klein. Die Decke hing schief und wurde von einem Schuttberg gestützt. Schwere Steine versperrten einstige Fenster und Türen. Hier kamen sie nicht weiter. Rasch kehrten sie zurück zum Saal und arbeiteten sich weiter durch dort angrenzende Türen. Doch sie fanden nichts.

In manchen Räumen lag so viel Geröll, dass sie nicht vorwärtskamen, dafür hatten sie einen freien Blick auf den Himmel. In anderen hingen die Decken hingegen gefährlich tief. Dafür waren sie passierbar und führten in weitere Räume, aber alle waren verlassen. Nur wenige alte Möbelstücke hatten den Einsturz überlebt. Ein Stuhl stand in einem Haufen Kleinholz – offenbar einst weitere Sitzgelegenheiten in einer Art Esszimmer.

»Es sind ja doch noch Möbel da«, flüsterte Leyla, die nun an Rhymias Theorie zu zweifeln begann.

»Unbedeutendes, das keiner mehr wollte«, war die ebenso leise Antwort.

Sie spähten in den nächsten Raum, passierten drei Treppenstufen nach unten und blickten dann in das nächste dunkle Zimmer.

»Das ist sinnlos!«, rief Leyla frustriert. Dann stockte sie. Was war das gewesen? Als sie sich abrupt zur Tür gewandt hatte, um wieder zu gehen, hatte der Schein ihrer Taschenlampe etwas erfasst. Sie leuchtete in dem riesigen Raum voller Geröll und Schutt noch einmal sorgsam jede Ecke aus und ließ den Lichtkegel auf einem schwarzen Loch verharren, das in den Boden führte. Sie erstarrte.

»Sieht so aus, als hätte sich jemand viel Arbeit gemacht, um an dieser Stelle etwas freizuräumen«, stellte Rhymia fest und sie traten näher.

Jetzt, wo sie in einem anderen Winkel zu dem Loch standen, stellte Leyla fest, dass es recht groß war. Während es von der Tür aus – dank des Schutts – kaum zu sehen gewesen war, war es aus dieser Position unübersehbar und tief. Leyla leuchtete in das Loch hinein. Offensichtlich war hier einst ein Gang in die Katakomben gewesen, der durch das Beben verschüttet worden war. Jetzt war der Weg wieder passierbar. Jemand hatte ihn freigeräumt. Eine Treppe führte in die Tiefe.

»Dann mal los«, forderte Rhymia sie auf.

Leyla unterdrückte ihre Nervosität und nickte.

Vorsichtig gingen sie hinunter. Die Treppe war kaputt, einige Stufen waren abgebrochen und überall übersät von Schutt. Sie mussten aufpassen, dass sie nicht abrutschten und fielen. Die Risse an den Wänden sahen ebenfalls nicht besonders vertrauenerweckend aus. Der Lichtkegel von Leylas Taschenlampe zuckte nervös hin und her. Endlich waren sie unten angekommen.

»Wohin?«, fragte Leyla leise mit kratziger Stimme.

Rhymia spähte über ihre Schulter. Sie standen in einem winzigen Raum, von dem zwei Gänge abzweigten.

»Leuchte mal«, sagte die alte Frau.

Leyla tat, wie ihr geheißen, und leuchtete nacheinander in beide Gänge hinein.

»Was meinst du?«, fragte Rhymia.

»Ich würde sagen, der dort sieht freier aus. Lass uns den probieren«, flüsterte Leyla und langsam setzten sie sich in Bewegung. Immer wieder blieben sie stehen, um zu lauschen. Dann schien Leyla ihr eigener Atem furchtbar laut zu sein. Sie kamen an einer schmalen

Treppe vorbei, die wieder nach oben führte. Ein zweiter Zugang zu den Katakomben. Vermutlich führte er direkt in die Karinaki. Leyla und Rhymia ignorierten die Treppe und liefen weiter den Gang hinunter.

»Da ist eine Tür!«, sagte Leyla, als das Licht der Taschenlampe etwas erfasste.

Doch sie hatte sich geirrt. Es war nur ein Durchgang, der in einen leeren Raum führte. Sie verweilten nicht lange, sondern folgten dem Gang weiter. Bald stellte Leyla fest, dass der erste nicht der einzige Durchgang war.

»Das ist unheimlich. Was ist das?«, fragte sie.

»Nun, es ist üblich, dass Paläste oder vornehme Häuser ein unterirdisches Geschoss haben. Hier werden allerlei Dinge aufbewahrt: Speisen, Waffen, auch die Schatzkammer liegt immer unterirdisch, umgeben von dicken Mauern, weil dies das Finden, Eindringen und die Flucht erschwert. Außerdem gibt es in Palästen noch die Zellen. Dann kommen extra angelegte Fluchtwege hinzu … Alles in allem ein ganz schönes Labyrinth.«

Das gefiel Leyla überhaupt nicht.

Geröll knirschte unter ihren Füßen, als sie sich weiter in die Tiefe bewegten. Immer wieder rollte irgendwo ein Steinchen und machte ein sonderbares, echoendes Geräusch. Der Gang wurde zusehends schmaler, was an dem an die rechte Seite geschobenen Schutt lag. Hier hatte sich jemand wirklich viel Arbeit gemacht, um die Durchgänge freizuräumen. Es musste Tage gedauert haben.

Vorsichtig quetschte sich Leyla an den Steinbergen vorbei, als sie auf einmal hinter sich ein Geräusch hörte. Sie wirbelte herum und sah gerade noch, wie Rhymia, die anscheinend über eine Kuhle im Boden gestolpert war, sich mit rudernden Armen an der rechten Wand festzuhalten versuchte. Sie konnte sich zwar abstützen, brach dabei jedoch einen großen Stein aus dem Haufen und die Lawine geriet ins Rollen. Mit unglaublichem Getöse setzten sich die Brocken nach und nach in Bewegung, und bevor Leyla reagieren konnte, donnerten sie auf den Boden. Das Krachen und Dröhnen schien nicht aufzuhören.

Leyla machte einen großen Satz nach hinten und beobachtete bestürzt, wie immer mehr Steine fielen. Sie brachen aus der Decke heraus, die offensichtlich auch hier von dem Schutt gestützt worden war. Entsetzt bedeckte Leyla das Gesicht mit den Armen, um sich zu schützen und nicht den ganzen Staub einzuatmen.

Als das Getöse verklungen war, öffnete sie vorsichtig ihre Augen und leuchtete mit der Lampe. Weißer Staub lag in der Luft und sank langsam zu Boden. Je mehr er sank, desto deutlicher konnte Leyla sehen: Die Folgen von Rhymias Stolperer waren fatal. Vollkommen bewegungslos stand Leyla da und fixierte, was im Licht der Taschenlampe zu erkennen war. Ein komplett zugeschütteter Durchgang.

»Rhymia?«, fragte sie stockend, nachdem sie sich aus der Starre gelöst hatte.

»Mir geht es gut. Bist du unverletzt?«, drang Rhymias gedämpfte Stimme zu ihr durch.

»Ja.« Leyla sah sich um. Jetzt gab es nur noch einen Weg für sie, den sie gehen konnte. Ihr Herz raste schon wieder. Ein seltsames Gefühl machte sich in ihr breit, ihr Rücken kribbelte.

»Du musst weiter. Ich werde hier den Schutt beiseite räumen. Das wird mit ein wenig Magie schon machbar sein. Also mach dir keine Sorgen um mich. Ich komme klar. Wenn du zurück bist, ist der Weg frei. Jetzt geh! Und pass auf dich auf.«

Leyla atmete tief ein, wandte sich um und leuchtete in den Gang hinein. Mit zittrigen Knien machte sie einen Schritt vorwärts.

Einige Male zweigte der Gang, in dem sich Leyla bewegte, ab. Meistens wurden diese Gabelungen aber von Geröllbrocken blockiert. Aber auch wenn dem nicht so gewesen wäre, hätte Leyla sie nicht betreten. Sie hatte zu viel Angst, sich hier unten zu verirren, also blieb sie einfach auf gerader Strecke. Immer wieder kam sie an Türen oder Öffnungen vorbei, die sich hauptsächlich zu ihrer Linken befanden. Geborstenes Holz wies darauf hin, dass einige davon einst verschlossen gewesen sein mussten. Doch wenn sie vorsichtig in die Räume dahinter spähte, sah sie jedes Mal nichts als Leere.

So wanderte sie weiter, bald schon leidenschaftslos, bis zu ihrer Linken eine alte, rostige Metalltür erschien. Ein leichter Schauer der Aufregung lief Leyla über den

Rücken. Sie leuchtete die Tür ab und musterte sie aufmerksam. Sie fiel schon allein deshalb auf, weil sie nicht zerstört war, außerdem wirkte sie schwer und massiv. Eigenartige Bolzen befanden sich auf der Oberfläche. Manche von ihnen waren fingerlang, andere schienen in die Tür gedrückt worden zu sein und wieder andere standen zur Hälfte heraus. Diese Bolzen übersäten die gesamte Tür, sodass kein Platz für ein Schloss oder eine Klinke geblieben war.

Ausgesprochen merkwürdig, fand Leyla. Sie drückte leicht gegen die Tür, doch es überraschte sie wenig, dass nichts passierte.

»Was für ein Geheimnis verbirgst du?«, fragte Leyla leise und drückte noch einmal gegen die Tür, dieses Mal etwas fester. Dabei berührte sie aus Versehen einen der Bolzen, der sich mit einem dumpfen Geräusch in die Tür drückte. Leyla schrak zurück. Dann betrachtete sie die Tür erneut, diesmal noch aufmerksamer und begriff. Ein Rätsel! Es war ein Rätsel. Die Tür mochte kein Schloss haben, aber die richtige Kombination aus eingedrückten und herausstehenden Bolzen würde sicherlich etwas bewirken. Schnell zog sie den Bolzen, den sie soeben aus Versehen bewegt hatte, wieder heraus, um das ursprüngliche Bild nicht zu verfälschen. Sie trat einen Schritt zurück, um einen besseren Überblick zu haben, und mit geschärftem Blick machte sie sich an die Arbeit.

Rasch fiel ihr auf, dass die Bolzen Figuren ergaben, die aussahen wie die Buchstaben L und T. In allen

Figuren gab es Bolzen, die in der Tür versenkt worden waren, ganz oder zumindest halb. Nur die jeweils letzte Figur in jeder Reihe wies keine eingedrückten Bolzen auf. Offensichtlich war es zum Öffnen notwendig, einen Mechanismus zu aktivieren, indem man die passenden Bolzen drückte.

Leyla lächelte entzückt. Das war eine Aufgabe nach ihrem Geschmack, eine Art der Denk- und Knobelspiele, die sie schon hundert Mal gelöst hatte. Das war ihr Ding.

»Also denk nach!«, forderte sie sich selbst leise auf. Welche Figur würde zu den jeweils vorhergehenden passen? Zögernd drückte sie einen der Bolzen in der letzten Figur der ersten Reihe und schob einen anderen zur Hälfte in die Tür. So erschien es ihr richtig. Jetzt musste sie die nächste Reihe in Angriff nehmen. Was wohl geschah, wenn sie die falschen Bolzen drückte? Wenn sie in so was doch nicht so gut war, wie sie glaubte? Plötzlich wurden ihre Finger feucht. Sie hatte so etwas immerhin noch nie gemacht, wenn es auf etwas ankam. Vielleicht würde sie mit einem Fehler die Tür auf ewig verschließen.

Sie schob den Gedanken energisch beiseite, vertiefte sich wieder in ihre Aufgabe und arbeitete die Figuren von oben nach unten ab. Dabei vergaß sie alles um sich herum.

Plötzlich klickte etwas und die Tür öffnete sich quietschend einen Spalt. Heißer Stolz wallte in Leyla auf. Sie erhob sich aus ihrer knienden Position und machte sich daran, die Tür weiter aufzustemmen. Dafür musste sie die Taschenlampe aus der Hand legen, denn das schwere Metall bewegte sich nur minimal und sie brauchte beide Hände und alle Kraft, um die Tür weit zu öffnen.

Sie juchzte, als es ihr gelang, und griff wieder nach ihrer Taschenlampe. Die Begeisterung wich schnell dem Entsetzen. Mit Mühe kämpfte Leyla den ersten Impuls nieder, sich auf dem Absatz umzudrehen und davonzulaufen.

Das Licht ihrer Taschenlampe hatte den kleinen Raum erfasst. Der Boden hier war abgesunken, sodass sich eine Vertiefung gebildet hatte, in die sie nun hinein starrte. Und in dieser Vertiefung bewegte sich etwas. Glänzende, zischelnde Körper glitten langsam über- und untereinander hinweg. Ekel stieg in ihr auf.

Schlangen. Ausgerechnet Schlangen! Es mochten zehn oder einhundert sein, sie wollte nicht so genau hinschauen, um das festzustellen. Was sie aber umso deutlicher sah, war die schlanke Gestalt, die vollkommen ruhig in der Mitte der Schlangengrube saß.

»Theodor!«, keuchte Leyla.

Er wirkte, als würde er meditieren: im Schneidersitz, vollkommen regungslos. Seine Augen waren geschlossen, die Handflächen zeigten, auf den Knien ruhend, nach oben. An seinen Handgelenken war jeweils ein Schlangenkopf. Die Biester hatten ihre Zähne tief in die Haut und vermutlich auch in die Venen gebohrt.

Leyla wurde schlecht und sie kämpfte gegen den Würgereiz an. Doch sie zwang sich, weiter hinzusehen. Wusste er, wo er war? Lebte er überhaupt noch? Sein bleiches, ausgemergeltes Gesicht wirkte maskenhaft.

Sie merkte, dass sie zitterte. Was sollte sie tun? Sie hatte keine Ahnung von Schlangen, sah sie sich schließlich nicht einmal im Zoo an. Aber irgendwie musste sie Theodor da rausholen. Möglicherweise konnte sie die Viecher ganz umgehen, indem sie ihn mit einem Luftzauber aus dem Schlangenknäul hob.

Sie streckte ihre freie Hand aus und hoffte inständig, dass es klappte. Sie konzentrierte sich ganz und gar auf ihr Vorhaben und suchte nach der Kraft, nach ihren magischen Adern. Da! Sie nahm das schillernde Netz wahr. Jetzt musste sie es nur noch aktivieren und einen Luftstrom erzeugen. Sie presste die Augen fest zusammen und stellte sich vor, wie sie Theodor schweben ließ. Dann öffnete sie die Augen wieder.

Nichts war passiert. Theodor saß immer noch zwischen den zischelnden Körpern. Leyla fluchte leise. Doch so schnell war sie nicht bereit aufzugeben. Dann brauchte sie eben eine nicht-magische Lösung. Vielleicht reagierten die Schlangen auf Lärm und würden zurückweichen, wenn sie mit der Taschenlampe gegen die Metalltür hämmerte. Ja, das könnte funktionieren. Dann benötigte Leyla nur noch eine Art Stock, um die Tiere auf Abstand zu halten: ein Stück der zerborstenen Holztür aus dem vorherigen Raum.

Kurzentschlossen wirbelte sie herum und stieß einen spitzen Schrei aus.

»Hallo. Suchst du hier unten etwas Bestimmtes?«

Ein fremder Mann lehnte am Gemäuer und beobachtete sie interessiert.

»Ich …« Sie verharrte wie angewurzelt.

Er stieß sich von der Wand ab und machte einen Schritt auf sie zu. Sie starrte ihn nur an. Er war ein eher unscheinbarer Mann. Wenn sie ihm auf der Straße über den Weg gelaufen wäre, hätte sie niemals gedacht, dass er etwas Böses im Sinn haben könnte. Aber offensichtlich war dem so, sonst wäre er nicht hier unten. Oder?

Er lächelte fast charmant und trat noch einen Schritt näher, sodass sein Gesicht schon sehr nah an ihrem war. Sie konnte nicht zurückweichen, ohne in dem Raum mit den Schlangen zu landen. Also bog sie einfach nur ihren Hals so weit wie möglich nach hinten, um von ihm wegzukommen.

»Bisher habe ich mich gefragt, warum ich hier unten patrouillieren soll. Wache halten für einen Toten? Während alle anderen eine sinnvolle Aufgabe bekommen«, meinte er und lächelte etwas breiter. »Aber ich danke dir nun für die Antwort.«

Sie spürte seinen Atem auf ihrer Haut.

»Ich …«, setzte sie noch einmal an. Doch er unterbrach sie, indem er sie grob packte und sie herumwirbelte, sodass sie in den Raum blicken konnte. Sie hörte dieses furchtbare Zischeln in aller Deutlichkeit.

»Interessant, oder?«, murmelte er und ließ sie los.

Sie hatte keine Zeit, sich zu fragen, warum. Hart trafen seine Hände sie im Kreuz. Sie konnte nichts gegen den Stoß tun. Sie ließ ihre Taschenlampe fallen, die klappernd auf dem Stein aufschlug und dann zwischen den glänzenden Körpern landete. Voller Grauen fiel sie nach vorne und streckte dabei automatisch beide Hände von sich, um den Aufprall abzufangen.

Der magische Stoß rettete ihr vermutlich das Leben.

Die Magie, die sie in ihrer Angst versehentlich freisetzte, fegte als heftiger Windstoß durch den kleinen Raum und schleuderte die Schlangen wie Papier links und rechts – so, wie sie die Hände aussteckte - an Theodor vorbei, bis an das andere Ende des Raumes. Einzig die Mitte, in der sich Theodor und die zwei Schlangen befanden, blieb von der Kraft unberührt.

Leyla selbst wurde durch den Ruck nach hinten geworfen und knallte gegen den fremden Mann. Dieser stieß ein merkwürdiges Quieken aus. Er taumelte durch den Aufprall, verlor das Gleichgewicht und fiel gegen die gegenüberliegende Wand.

Doch er erholte sich rasch, rappelte sich auf und machte einen erneuten Satz auf Leyla zu. Sie sah ihn aus den Augenwinkeln auf sich zukommen und sprang zur Seite. Der Mann prallte gegen die Tür und knurrte ärgerlich. Leyla sah, wie er die Hand hob. Sie spürte etwas Feuchtes auf ihrer Schulter. Es plätscherte. Wasser ran von den Wänden, tropfte von der Decke auf sie hinab. Immer heftiger, bis ein regelrechter Wasserfall auf sie niederprasselte und sie blind für die Umgebung werden ließ. Die Wassermassen schlugen ihr ins Gesicht. Sie schnappte nach Luft und machte einen Schritt vor.

Tatsächlich blieb der Wasserfall hinter ihr zurück. Sie sah zu dem Fremden. Er schien geradezu auf ihre Reaktion zu warten. Gemächlich ließ er seine Hände wieder sinken und das Wasser hörte auf zu plätschern, versiegte schließlich ganz. Nur die feuchten Wände waren Zeuge des Geschehens. Leyla begriff, dass dies nur eine kleine Machtdemonstration gewesen war und sie weit Schlimmeres zu erwarten hatte. Sie wischte sich die nassen Haare aus dem Gesicht.

»Wie heißt du?«, fragte er, doch ihr war wenig nach einer Unterhaltung zumute. Sie wich der kleinen blauen Kugel aus und geriet dabei wieder gefährlich nah an die Tür.

Sein Gesicht lag nun im Halbdunkel. Die Taschenlampe beleuchtete immer noch die Schlangengrube und sie konnte nicht sehen, was er tat. Sie musste ihn irgendwie ins Licht locken, wenn sie überhaupt eine Chance haben wollte. Doch er ließ ihr keine Zeit zum Überlegen.

Wieder prasselten Wassermassen auf sie herab, klatschten ihr schmerzhaft ins Gesicht. Dann kanalisierte sich der Wasserstrom, wurde härter, raubte ihr erneut die Luft. Sie wich aus und lief zurück in den Gang. Irgendwo hinter sich hörte sie ein sonderbares Donnern.

Sie rang nach Atem und versuchte, dem Wasser, das sie zu ersticken drohte, auszuweichen. Sie erwischte ein Luftloch und schnappte nach Sauerstoff. Wieder dieses Donnern. Sie senkte den Kopf, während sie noch weiter zurückwich. Doch das Wasser folgte ihr erbarmungslos. Sie presste das Kinn Richtung Brust, um atmen zu können. Er lachte. Ein Stein wurde vom Wasser mitgerissen und prallte gegen ihre Schulter. Sie stöhnte und konnte nur in letzter Sekunde weiteren Felsbrocken ausweichen.

Plötzlich ließ der Angriff nach. Sie japste. Stützte sich mit den Händen auf ihre Knie. Ihr wurde schwarz vor Augen, doch sie kämpfte gegen dieses Gefühl an. Ihr Blick glitt zu den Felsbrocken auf dem Boden. Sie brauchte so einen!

Der Fremde machte einen Schritt auf sie zu. Jetzt stand er vor der Tür, den Rücken zum Raum, ein großer schwarzer Schatten, und wenn sie es im schummrigen Licht richtig sah, lächelte er sie an.

»Was ist?«, fragte er. »Warum tust du nichts? Keine Luftspielereien? So macht es doch gar keinen Spaß.«

Sie schnaubte frustriert und wischte sich zum wiederholten Mal die klatschnassen Haare aus dem Gesicht. Sie fror und musste sich arg anstrengen, um ihr Zittern zu unterdrücken. Als sie die Hände hob, lächelte er zufrieden. Doch nichts passierte. Die magische Kraft ließ sie im Stich. Er lachte wieder.

»Du bist ein Frischling. Was willst du hier?« Dann schlug seine Stimme plötzlich um, er schien verärgert.

»Ich kann doch nicht heldenhaft sein, wenn ich einen Frischling besiege.« Er überlegte. »Aber gehen lassen kann ich dich auch nicht.«

Er machte wieder einen Schritt auf sie zu und hob erneut die Hände. Und jetzt, das wusste Leyla, würde er nicht mehr nur spielen. Sie hatte also nur noch eine Möglichkeit.

»Leyla«, zischte sie. »Ich heiße Leyla.«

Sie machte einen Satz nach vorne, griff nach dem Felsbrocken und warf ihn auf den fremden Mann. Der fing ihn problemlos auf, doch die Wucht ließ ihn taumeln, und Leyla setzte nach. Ihre Hände trafen seine Brust, sie stieß ihn nach hinten. Das Überraschungsmoment war auf ihrer Seite. Er fiel rücklings, fluchte, rollte sich elegant ab und kam direkt vor Theodors Füßen zum Halten. Er erhob sich rasch, warf einen ärgerlichen Blick auf Leyla, rieb sich die Schulter und wollte zur Tür.

Er hatte einen winzigen Augenblick zu lange gebraucht.

Verstört beobachtete Leyla, wie die beiden Schlangen in der Mitte blitzschnell von Theodor abließen, auf den Mann zuschossen und ihre spitzen Zähne in seinen Körper schlugen. Der Mann sackte in die Knie und verharrte augenblicklich regungslos. Kein Schrei kam über seine Lippen. Dafür aber über Leylas.

Das hatte sie nicht gewollt. Sie musste helfen. Doch als Allererstes musste sie Theodor da rauskriegen. Die Schlangen am hinteren Rand waren schon wieder dabei, sich einen Weg zurück in die Mitte des Raumes zu bahnen. Leyla musste sich beeilen. Jetzt oder nie. Sie brauchte nur einen Stock zum Abwehren und würde Theodor dann einfach rauszerren, auch wenn …

»Leyla!«

Als sie Rhymias Stimme vernahm, stiegen ihr vor Erleichterung die Tränen in die Augen. Sie hörte die hastigen Schritte und dann einen Fluch, direkt neben sich.

»Himmel, was ist hier passiert? Wie siehst du denn aus?«

Leyla antwortete nicht. Stattdessen beobachtete sie, wie ihre Taschenlampe auf sonderbare Weise zu ihr emporstieg, nachdem Rhymia eine kleine Handbewegung ausgeführt hatte. Dankbar ergriff sie sie und spürte noch den leichten Lufthauch. Sie klammerte sich an das kalte Metall. Das Licht gab ihr Sicherheit. Sie hob den Blick.

Die alte Frau war mit Staub bedeckt, schien aber ansonsten unverletzt. In einer Hand hielt sie eine Kerze, die sie irgendwie angezündet hatte. Nun pustete sie sie aus, ließ sie in ihren Beutel fallen und wandte dann ihre Aufmerksamkeit Theodor zu, der von dem fremden Mann halb verdeckt wurde.

»Er bewegt sich nicht«, flüsterte Leyla panisch und blickte zu den zischelnden Schlangen hinab, die den blonden jungen Mann fast wieder erreicht hatten. Genau in diesem Moment erhob sich Theodor langsam in die Luft. Er schwebte um den fremden Mann herum und auf Leyla zu. Es war geradezu unheimlich.

Leyla warf einen Blick auf Rhymias Hände, die sich sanft bewegten, dann verfolgte sie beeindruckt weiter das Geschehen. Theodor hatte sie erreicht. Sie machte einen Schritt zur Seite und er landete im Gang.

»Das Schlangengift muss etwas Betäubendes in sich haben«, murmelte Rhymia. »Wir bringen ihn besser so schnell wie möglich hier heraus und sehen, wie wir das Gift aus ihm herausbekommen.«

»Wir müssen es nicht aussaugen, oder?«, fragte Leyla entsetzt.

Rhymia zuckte mit den Schultern. »Gegenvorschläge werden gerne angenommen.« Sie wandte sich zum Gehen. Theodor erhob sich auf eine leise Handbewegung hin wieder in die Luft.

»Der Mann«, rief Leyla. »Wir können ihn doch nicht …«

»Sicher können wir. Was wollte er denn mit dir machen? Und außerdem wird er hier nicht lange allein sein – falls er das überhaupt war«, fügte die alte Frau hinzu, als sie Leylas Gesichtsausdruck sah.

Leyla schauderte und spitzte die Ohren. In der Tat war es unwahrscheinlich, dass er hier ganz allein patrouilliert hatte. Sie warf noch einen Blick auf ihn. Schuldgefühle machten sich in ihr breit.

»Ich kann ihn herausheben. Aber was machen wir mit den Schlangen, die sich festgebissen haben?«, fragte Rhymia, während sie sich bereits in Bewegung setzte.

Leyla wartete kurz, nickte dann aber resigniert. Sie leuchtete noch einmal in den Raum und dann zurück in den Gang. Es war wohl besser, wenn sie so rasch wie möglich verschwanden, bevor die Gefährten des fremden Mannes auftauchten, die Anhänger von Kroaas, dem Obsidian.

Also wandte sie sich ab. Sie ließ jedoch bewusst die Tür zu dem kleinen Raum offen. So würden die Anhänger des Obsidians gleich sehen, dass etwas nicht stimmte und konnten ihrem Gefährten helfen. Dass die Schlangen so möglicherweise aus dem Raum kommen konnten, war ihr egal. Sie hatte schließlich nicht vor, diesen Ort jemals wieder zu betreten.

Sie folgte der merkwürdigen Formation, bestehend aus dem schwebenden Theodor und Rhymia, langsam Richtung Ausgang. Sie passierten den Durchgang, den Rhymia wieder freigeräumt hatte, durchquerten die Ruine und gelangten schließlich ins Freie.

Die Erleichterung, wieder draußen zu sein, war unendlich groß. Leyla zog tief die frische Luft ein und spürte, wie ihr Körper sich in der Wärme etwas entspannte. Sie hielt ihr nasses Antlitz der Sonne entgegen. Dann erst wurde ihr bewusst, dass Rhymia leicht keuchte. Für die alte Frau musste die Kombination aus körperlicher und magischer Anstrengung sehr kräftezehrend sein. Ihre Vermutung bestätigte sich, als Rhymia Theodor mitten auf der Wiese zu Boden sinken und sich selbst ins Gras fallen ließ. Leyla näherte sich dem jungen van Raiken vorsichtig.

Jetzt, im Tageslicht, sah er noch furchtbarer aus als im Kellergewölbe. Seine Wangen waren eingefallen, seine Lippen aufgesprungen und blutig. Seine Kleidung und Haare waren von einer feinen grauen Staubschicht bedeckt. Und trotzdem wirkte er immer noch stolz und erhaben, musste Leyla beinahe neidvoll feststellen.

»Warum reagiert er immer noch nicht?«, fragte sie.

»Ich vermute, das Schlangengift lähmt ihn. Und wenn er dem schon eine Weile ausgesetzt war und zu viel davon im Blut hat, wird der Körper damit vielleicht nicht allein fertig.« Rhymia krabbelte zu Leyla und Theodor, ergriff dessen rechtes Handgelenk und begann, an den zwei kleinen Punkten, die die Bissstellen markierten, zu saugen. Dann spuckte sie ins Gras und saugte erneut.

»Hilft das überhaupt?«, fragte Leyla angeekelt, der schon allein bei dem Anblick wieder schlecht wurde. »Ich habe mal gelesen, dass das gar nichts bringt, es unter Umständen sogar noch schlimmer macht.«

»Das mag sein. Aber die Schlangen in eurer Welt sind nicht wie die in unserer«, meinte Rhymia knapp und widmete sich dann wieder ihrer Aufgabe.

»Himmel«, flüsterte Leyla gequält und kämpfte gegen den Würgereiz an, bevor sie sich an Theodors linker Seite niederließ und allem Widerwillen trotzend versuchte, das Gift auszusaugen.

»Bah!« Sie spuckte angewidert aus. Dann musterte sie Theodors Gesicht, in dem sich immer noch nichts regte. Er hätte genauso gut tot sein können, fand sie, hätte sein Brustkorb sich nicht minimal bewegt.

»Er muss etwas trinken«, murmelte Leyla. »Vermutlich hat er seit Tagen nichts zu sich genommen.«

»Stimmt. Aber solange er nicht schlucken kann, wird daraus nichts.« Rhymia ließ Theodors Handgelenk sinken und musterte ihn nun ihrerseits. »Den van Raiken sieht man ihm von Weitem an«, murmelte sie und sah sich um. Laut und an Leyla gewandt sagte sie dann: »Ich schlage vor, dass wir hier erst einmal verschwinden.«

Diesem Vorschlag stimmte Leyla zu.

»Geht es dir denn etwas besser?«, fragte sie vorsichtig.

Rhymia lächelte. »Was muss, das muss«, sagte sie.

»Aber …«

»Kind, mach dir nicht so viele Sorgen. Am Ende wird alles gut.« Diesen Optimismus hätte Leyla nur zu gerne geteilt. »Allerdings würde ich zu einer kleinen Erfrischung zuvor nicht nein sagen.«

Leyla nickte und reichte ihr eine Flasche aus ihrem Rucksack, die Rhymia dankend entgegennahm. Dann standen sie auf und Rhymia ließ Theodor erneut schweben. Sie liefen den Hügel hinunter und zu den Büschen, hinter denen sie den Wolkenwagen versteckt hatten.

»Hält der Wagen uns alle drei aus?«, fragte Leyla, nachdem Rhymia Theodor darauf bugsiert hatte. Durch seinen Schneidersitz nahm er über die Hälfte der Wolke für sich in Anspruch. Es würde zu dritt ziemlich eng werden.

»Setz du dich mit rauf, ich werde nebenher schweben und die Spule des Wagens aktivieren. Du musst nur steuern.«

»Kommt ja gar nicht infrage«, protestierte Leyla, denn ihr war klar, dass das eine ungeheure Anstrengung für die ohnehin ermüdete Rhymia bedeuten würde.

»Na!«, unterband Rhymia den Einwand. »Eines darfst du nicht vergessen, ich bin eine geborene van Raiken.«

Leyla musste grinsen.

»Aber nur ein Stück. Bis wir etwas Distanz zwischen uns und diese gruselige Ruine gebracht haben«, erwiderte sie und setzte sich ebenfalls auf den Wagen und an das Steuer.

Im Schatten der Bäume glitten sie dicht über dem Boden dahin. Leyla war klar, dass Rhymia nicht mehr lange die Kraft haben würde, um zu schweben und gleichzeitig auch noch den Wolkenwagen mit Magie zu füttern. Aber sie war froh, so zügig von Umedis' Palast wegzukommen.

Sie richtete ihre Aufmerksamkeit auf Theodor und musterte sein Gesicht, als er plötzlich die Lider aufschlug. Er starrte sie an. Aus grasgrünen Augen.

Kapitel 8

Ardantica

Sie brauchten für den Rückweg deutlich länger als für den Hinweg. Leylas Vermutung, dass Rhymia nicht mehr viel Kraft hatte, bestätigte sich schneller als gedacht. Bald schon stieg Leyla von dem Wolkenwagen, damit die alte Frau sich setzen konnte und nur noch den Wagen schweben lassen musste. Sie selbst ging zu Fuß nebenher. Trotzdem mussten sie immer öfter Pausen einlegen, denn schon das bisschen Magie, das sie für den Wolkenwagen benötigte, schien die alte Frau mittlerweile ordentlich zu fordern.

»Ich bin älter, als ich dachte«, lachte Rhymia, als sie wieder einmal im Gras saßen, und zwinkerte. Leyla fand das nicht sonderlich komisch. Im Gegenteil, jetzt machte sie sich nicht nur um Theodor, sondern auch noch um die alte Frau Sorgen.

»Wollen wir nicht in einem Dorf oder in einer Stadt rasten, nur eine Nacht? Dann geht es dir bestimmt besser«, schlug sie zum wiederholten Male vor. Nicht ganz uneigennützig, denn auch sie war von den Ereignissen des Tages erschöpft.

»Kommt nicht infrage«, meinte Rhymia.

Leyla blickte gen Himmel, der sich bereits rot gefärbt hatte. Bald würde die Nacht hereinbrechen und sie würde wohl wieder keinen Schlaf finden, während sie auf jedes Blätterrascheln lauschte. Rhymia bestätigte ihre Vermutung, dass sie die Nacht über hier verweilen würden, denn sie hob Theodor mir Hilfe ihrer magischen Kraft vorsichtig von dem Wolkenwagen und ließ ihn auf das Gras sinken.

»Die Vorstellung, mit ihm in dieser Lage in eine Stadt zu gehen, behagt mir nicht. Zumal ich nicht mehr genug Kraft habe, um uns im Zweifelsfall zu verteidigen«, sagte Rhymia.

»Aber Theodor braucht einen Arzt.«

»Du meinst einen Medici. Ich denke, mein Kräuterschrank wird einiges hergeben, was ihm helfen wird. Wir sollten Ortschaften wirklich vermeiden, Liebes. Schau nicht so. Er wird schon wieder.«

Leyla blickte zu Theodor hinüber. Er hatte begonnen, sich minimal zu bewegen. Er schloss und öffnete die Augen, konnte die Schultern leicht heben und den Mund etwas öffnen. Letzteres fand Leyla am wichtigsten, denn so schaffte sie es, ihm zumindest etwas Wasser einzuflößen. Seine Augen hatten bei dieser Aktion einen gierigen Schimmer bekommen.

Leyla war froh, dass sie ihren Rucksack dabeihatte. Denn die Vorräte, die Rhymia und sie vor dem Aufbruch zusammengerafft hatten, hätten nicht annähernd gereicht. So aber hatten sie noch Wasser, Kekse und eine warme Decke dabei.

Langsam wurde es schummrig. Die Wärme des Tages verschwand nicht, fühlte sich dafür nun aber schwer und drückend an. Müdigkeit kroch in Leyla herauf und kaum dass es richtig dunkel war, übermannte sie der Schlaf.

Doch sie war nur kurz weggenickt, dann schreckte sie wieder hoch. Mond und Sterne erleuchteten die Umgebung ein wenig und das kalte Licht ließ alles verzaubert wirken. Leyla reichte dieses Licht aber nicht. Sie tastete nach ihrer Taschenlampe und knipste sie an. Wer hätte gedacht, dass dieser kleine Gegenstand, den sie zu Hause so selten benutzte, so wertvoll werden würde? Mit Unbehagen stellte sie fest, dass das Licht schon deutlich schwächer geworden war und natürlich hatte sie keine Ersatzbatterien dabei.

Sie seufzte, rappelte sich auf und beleuchtete die Umgebung. Theodor lehnte an einem Baum. Rhymia hatte sich in Leylas Decke eingerollt und war auf dem Boden eingeschlafen. Leyla wünschte sich zwar, dass sie schnellstmöglich weiterkamen, doch sie wusste auch, dass die alte Frau den Schlaf dringend benötigte. Also setzte sich Leyla aufrecht hin und beschloss, Wache zu halten und Rhymia in vier bis fünf Stunden zu wecken. Sie spürte, wie ihre Augenlider wieder schwer wurden. Sie war so müde!

Etwas raschelte in den Zweigen über ihr. Sie zuckte zusammen und war augenblicklich hellwach. Sie leuchtete mit der Taschenlampe in das Geäst der Bäume, konnte dort aber nichts Auffälliges entdecken. Sie richtete den Strahl wieder zurück. Grüne Augen starrten sie an. Theodor war wach. Sie schluckte. Sie hatte das Gefühl, dass sich sein Blick geradezu in sie bohrte.

Sie leuchtete zu Rhymia hinüber, dann knipste sie die Lampe aus, um die Batterie zu schonen. Still und lauschend saß sie dort, am Fuße eines Baumes und wartete darauf, dass die Morgendämmerung einsetzte und sie wieder aufbrechen konnten.

Zweieinhalb Tage brauchten sie für den Rückweg, knapp sechzig Stunden. Sechzig Stunden, die Leyla viel, viel länger vorkamen.

Ihre Armbanduhr zeigte weit nach Mitternacht an, als sie sich dem Hof von Rhymia endlich näherten. Leyla seufzte erleichtert. Sie wollte nur noch ins Bett. Und auch Rhymia war die Erleichterung deutlich anzusehen. Sie parkten den Wolkenwagen und halfen Theodor hinaus.

Er ging langsam und schwerfällig, jede Bewegung schien für ihn schwierig. Gesprochen hatte er immer noch nicht. Leyla stützte ihn, während er unglaublich vorsichtige Schritte auf das Haus zu machte. Doch plötzlich stutzte Leyla. Abrupt blieb sie stehen. Drinnen brannte Licht.

Sie war sich ziemlich sicher, dass sie alle Lampen und das Feuer gelöscht hatten, bevor sie aufgebrochen waren. Sie machte die alte Frau darauf aufmerksam. Rhymia schien schon so müde, dass sie es gar nicht bemerkt hatte. Nun aber richtete sie sich kerzengerade auf und kniff die Augen zusammen.

»Sieht aus, als hätte ich Besuch.« Sie stapfte auf ihr Haus zu.

»Nicht!«, rief Leyla. Sie waren ausgelaugt und sie wollte verhindern, dass die alte Frau unüberlegt in eine brenzlige Situation lief. Doch Rhymia ließ sich nicht aufhalten und marschierte weiter.

»Rhymia«, zischte Leyla möglichst leise. »Lass uns erst durch die Fenster schauen.«

Die Angesprochene verharrte kurz und nickte zustimmend.

Je näher sie dem Haus kamen, desto leiser bewegten sie sich. Sie gingen an der Tür vorbei auf das Fenster zu.

»Warte hier«, murmelte Leyla und ließ Theodor vorsichtig los. Sie betrachtete ihn noch einmal abschätzig, aus Angst, dass er einfach umkippen würde. Dann folgte sie Rhymia, die bereits am Fenster stand und in ihr Wohnzimmer spähte.

Der Kamin war angezündet und die Flammen warfen den Schatten einer Person an die Wand. Augenblicklich schoss Leylas Puls wieder in die Höhe. Da war wirklich jemand im Haus. Immerhin hatte der Schatten keine gewaltigen Flügel – auch wenn sie sich sicher war, dass der Obsidian unmöglich wissen konnte, dass sie hier war. Doch schon den ganzen Weg über hatte sie befürchtet, er würde ihr auflauern. Es war also kaum verwunderlich, dass es auch hier ihr erster Gedanke war.

»Ich kann niemanden sehen«, flüsterte sie.

»Geh rüber zu dem anderen Fenster«, forderte Rhymia sie auf. »Vielleicht hast du von dort eine bessere Sicht. Ich bleibe hier, falls er sich bewegt.«

Leyla schlich gebückt zum nächsten Fenster und spähte hindurch. Tatsächlich konnte sie die Person jetzt sehen. Es war ein alter Mann mit weißem Haar, der sich gerade eine Pfeife anzündete. Kurz blieb er noch vor dem Kamin stehen, dann ließ er sich in einen der Sessel fallen und entschwand somit wieder aus Leylas Sichtfeld.

Leise schlich Leyla zu Rhymia zurück und berichtete. Die alte Frau legte die Stirn in Falten.

»Ich habe da so einen Verdacht. Lass uns durch den Hintereingang gehen. Sicher ist sicher.«

Leyla sammelte Theodor wieder ein und zu dritt gingen sie um das Haus herum bis zu einer Tür, die in die Küche führte. Vorsichtig drehte Rhymia den Knauf. Die Tür öffnete sich ohne das kleinste Geräusch. Sie huschten in die Küche und zu dem Durchgang, der in den Wohnraum führte. Dort saß der Mann.

»Paisan«, sagte Rhymia.

Der Mann fuhr auf. Er war wohl vollkommen in Gedanken versunken gewesen, während er in die Flammen gestarrt hatte.

»Rhymia!«, rief er. »Hast du mir einen Schrecken eingejagt! Wo warst du, Liebes?« Er stand auf und kam mit weit ausgebreiteten Armen auf sie zu. Er umarmte Rhymia und küsste sie dann vorsichtig auf die Wange. Leyla musterte ihn. Er war unglaublich dünn, sie hatte fast Angst, dass er gleich in der Mitte durchbrechen würde. Sein Gesicht wirkte regelrecht zerknittert, aber er sah freundlich aus.

»Ich habe dir einen Schrecken eingejagt? Ich komme nachts nach Hause und in meinem Wohnzimmer sitzt ein Mann, was soll ich sagen?«, meinte sie lächelnd.

»Seit drei Tagen bin ich jetzt schon hier. Ich habe mir Sorgen gemacht. Wärst du morgen nicht zurück gewesen, hätte ich dich suchen lassen. Wo hast du dich herumgetrieben?« Ein sanfter Vorwurf lag in seiner Stimme, konnte den warmen Unterton aber nicht überdecken.

»Das ist eine lange Geschichte und ich sollte mich vielleicht erst einmal kurzfassen.« Sie wandte sich zu Leyla. »Das ist Leyla. Leyla, das ist mein ehemaliger Ehemann Paisan Kail.«

»Hocherfreut«, sagte Paisan und reichte ihr die Hand.

»Ebenso«, meinte sie etwas verlegen.

»Und der junge Mann, der bei meinem Anblick erstarrte?«, grinste der alte Mann, als sein Blick auf Theodor fiel.

»Das ist mein Großneffe. Theodor van Raiken. Setz dich, Paisan, sonst wird es dich umhauen, was ich dir erzähle.«

Leyla schmunzelte bei der Wortwahl der alten Frau. Sie packte Theodor und führte ihn sanft zu einem Stuhl. Als er sich darauf niedergelassen hatte, nahm sie ebenfalls Platz und lauschte stumm, wie Rhymia erzählte, was passiert war. Leyla hätte vermutlich eine Stunde gebraucht, um das alles zusammenzufassen. Doch Rhymia endete schon nach wenigen Minuten, ohne etwas

Wichtiges ausgelassen zu haben. Paisan schwieg kurz. Dann nickte er.

»Ihr braucht einen Tee«, rief er und sprang auf.

Leyla musste lächeln, als sie das alte Paar beobachtete und fragte sich, was sie wohl einst getrennt haben mochte, denn die Zuneigung, die die beiden füreinander empfanden, war offensichtlich.

»Ich brauche ein Bad und ein Bett«, entgegnete Rhymia und hielt ihn mit einer Hand fest, um ihn daran zu hindern, in die Küche zu hasten. »Und Leyla vermutlich auch.«

Leyla nickte, sie konnte sich tatsächlich kaum noch auf den Beinen halten.

»Du hast recht. Geht ihr schlafen, ich kümmere mich um unseren erstarrten Gast.«

Rhymia lächelte dankbar und wandte sich zum Flur, doch Leyla zögerte.

»Du kannst ihm vertrauen«, meinte Rhymia, die offensichtlich Leylas Gedanken gelesen hatte, und zog sie mit sich mit in Richtung Treppe. »Paisan erforscht schon sein ganzes Leben lang die Wesen Naurényas, darunter sicher auch Schlangen. Niemand könnte sich besser um Theodor kümmern, nicht einmal ein Medici.«

Leyla nickte erleichtert. Sie folgte Rhymia die Treppe hinauf und wandte sich dann in Richtung Gästezimmer. Todmüde fiel sie in das weiche Bett und schlief augenblicklich ein.

Der Hunger weckte sie am Mittag des darauffolgenden Tages. Sie streckte sich genüsslich, gähnte und schwang die Beine aus dem Bett. Sie wollte gerade zur Tür gehen, als sie einen Blick auf sich selbst im großen Wandspiegel warf. Sie sah furchtbar aus. Der Hunger war augenblicklich wieder vergessen und sie beschloss, zuerst ein Bad zu nehmen und sich die Haare zu waschen. Sie genoss es, endlich den Dreck abzuschrubben. Erst als sie sich sauber und frisch fühlte, verließ sie das Zimmer. An ihrer Tür pinnte ein kleiner Zettel.

»Essen steht in der Küche.«

Leyla lächelte, als sie das las und huschte die Treppen hinunter. Obwohl sie Stimmen aus dem Wohnraum hörte, ging sie an der angelehnten Tür vorbei und direkt vom Flur in die Küche. Ein mulmiges Gefühl machte sich in ihrem Bauch breit. Sie kannte diese Stimme, die gerade sprach. Es war Theodors. Er sprach sehr langsam und bedächtig, als würde es ihm noch schwerfallen, die Zunge zu bewegen.

In der Küche stand mitten auf dem großen Holztisch ein Teller mit Brot und Obst bereit. Sie schnappte ihn sich, biss einmal vom Brot ab und lauschte, am Tisch lehnend, Theodors Geschichte.

»Wir haben ewig gebraucht, um zur Karinaki zu kommen«, sagte er gerade und in seiner Stimme lag die gewohnte Kühle. »Kroaas hat mir ausreichend seiner Leute mitgegeben, um sicherzugehen, dass ich nicht verschwinden kann. Es waren aber nur wenige Aeristen darunter und so hat es Tage gedauert. Ich glaube, insgesamt waren es sieben Tage für den Weg. Als wir dann ankamen, stellten wir schnell fest, dass wir gar nicht über die Karinaki in die Katakomben kommen konnten. Wir mussten also einen Zugang im ehemaligen Palast finden. Die Keller aufzuspüren und den Schutt beiseite zu räumen, hat noch einmal vier Tage gebraucht.«

Leyla, die sich in der Zwischenzeit in den Durchgang von Küche zu Wohnraum gestellt hatte, beobachtete, wie er sich ganz langsam und vorsichtig nach vorne beugte und nach einem Wasserglas griff. Ihm direkt gegenüber saß Paisan. Rhymia hingegen hatte sich etwas abseits niedergelassen und beobachtete ihren Großneffen sehr aufmerksam.

»Letztendlich war es wohl mein Glück, dass die Suche so lange gedauert hat und ich dadurch nicht noch länger im Verlies hocken musste. Das hätte ich wohl nicht überlebt«, fuhr Theodor fort und er klang dabei so unemotional und sachlich, dass es schien, als wäre ihm diese Tatsache vollkommen gleichgültig.

Paisan nickte heftig, er hing an Theodors Lippen und lauschte seiner Rede mit jener Begeisterung, wie Leyla sie sonst von kleinen Kindern kannte, denen ein Märchen erzählt wurde.

»Also hat er schon ausreichend Anhänger um sich geschart«, meinte Paisan.

»Ein paar. Ich weiß nur von denen, die ich selbst sah. Es sind alles kaputte Leute, wie Chayenne, denen er Versprechungen gemacht hat, die er nie wird halten können. Aber man muss ihm eines lassen: Er hat sich diese Anhänger sehr sorgfältig ausgesucht. Es sind Einzelgänger, Naive und Extreme. Elements, die sich vom Rest der Bevölkerung nicht ernst genommen fühlen, und alle arbeiten sie mit einem gewissen Feuereifer an einer Sache, die sie selbst wohl nicht ganz verstehen. Sie denken, es geht lediglich darum, das System zu stürzen und die Ungerechtigkeit zu besiegen. Ich glaube, es gibt noch mehr Gründe. Aber ich habe zu wenig Einblicke in all das erhalten.«

Wieder nickte Paisan verständnisvoll.

»Nachdem ihr in die Keller vorgedrungen seid«, lenkte er die Aufmerksamkeit wieder auf den anderen Teil der Geschichte, »was ist dann passiert?«

Theodor schwieg einen Moment. »Ich weiß es nicht mehr ganz genau. Kroaas kam hinzu, um die Räume durchzusehen, die alle leer waren.«

»Furchtbar«, mischte sich jetzt auch Rhymia in das Gespräch mit ein. »Es ist wirklich furchtbar, dass du nichts von der kompletten Räumung des Palastes vor der Zerstörung wusstest.« Sie schüttelte resigniert den Kopf. Es tat ihr offensichtlich wirklich leid.

»Oh, ich wusste es«, meinte Theodor und es klang beinahe herablassend. »Jeder van Raiken weiß es doch, oder?«

»Aber warum bist du denn dorthin? Ich verstehe das nicht.«

Leyla sah, wie Rhymia angesichts von Theodors Reaktion die Stirn runzelte und musste sich ein Lächeln verkneifen. Theodor war also ganz der Alte. In diesem Moment blickte Rhymia auf und ein warmes Lächeln erschien auf ihrem Gesicht, als sie Leyla bemerkte.

»Leyla, Liebes! Hast du dich gut erholt?«, fragte sie und Leyla nickte. Sie machte einen Schritt in den Raum hinein. Theodor drehte langsam den Kopf zu ihr.

»Du solltest lieber an deinen Fähigkeiten feilen und endlich üben, anstatt den ganzen Tag zu verschlafen«, meinte er spöttisch und musterte sie geringschätzig von oben bis unten. Leyla blieb wie angewurzelt stehen.

»Bitte?!«, fragte sie fassungslos.

»Das Schlangengift hat mich körperlich gelähmt, nicht geistig. Ich habe sehr wohl mitbekommen, dass du immer noch nicht mehr draufhast als einen unkontrollierten Stoß.«

Leyla zuckte heftig zusammen. Seine Worte trafen sie so unerwartet und hart, dass sie erstmal überhaupt nichts erwidern konnte.

»Das hast du gerade nicht wirklich gesagt«, flüsterte sie schließlich tonlos und starrte ihn an.

Spöttisch zog er eine Augenbraue hoch. Und in diesem Moment stieg eine ungeheure Wut in ihr auf.

»Spinnst du?«, zischte sie und ballte die Hände zu Fäusten. »Du wagst es, so etwas zu mir zu sagen, nach alledem, was ich in den letzten Tagen getan habe?«

»Was hast du denn getan?«, fragte er ruhig.

»Ich …« Sie begann zu zittern. So unverschämt konnte er nicht wirklich sein. Ihr Blick fiel auf Rhymia, die missbilligend die Stirn runzelte, sich aber nicht einmischte. »Ich habe dir dein verdammtes Leben gerettet«, rief sie.

Ein sonderbares Gefühl, das sie nicht richtig einordnen konnte, übermannte sie. Mühsam kämpfte sie um ihre Beherrschung. Sie starrte ihn an und er erwiderte ihren Blick gelassen. Das machte sie noch wütender. Ihre Zähne knirschten, so fest presste sie sie zusammen. Doch das Schlimmste war, dass sie spürte, wie Tränen in ihre Augen stiegen. Auf keinen Fall würde sie jetzt weinen. Sie atmete tief ein, straffte die Schultern, blickte Rhymia an und zwang sich zu einem Lächeln.

»Ich esse oben im Zimmer, wenn es für dich in Ordnung ist«, stieß sie gepresst hervor.

Die alte Frau machte eine zustimmende Kopfbewegung und Leyla drehte sich zur Tür. Während sie die Treppen im Flur hochstapfte und versuchte, ihre Wut, die in ihr wie eine heiße Woge wallte, zu kontrollieren, hörte sie Rhymias Stimme.

»Theodor! Du bist ebenso Gast dieses Hauses wie Leyla und ich erwarte, dass du dich auch so benimmst«, schalt sie. »Leyla hat …«

Leyla wollte es gar nicht hören. Sie schloss die Zimmertür hinter sich. Mit zitternden Händen stellte sie den Teller auf das kleine Tischchen, griff nach dem Brot, biss noch einmal ab und lief dann im Zimmer auf und ab. Sie konnte sich einfach nicht beruhigen. In ihr war so viel Wut, sie musste die irgendwie loswerden. Sie stapfte zu ihrem Rucksack und zog ihr Notizbuch heraus. Nur für den Fall, dass sie noch einmal ihr Gedächtnis verlor und Theodor sie dann erneut um Hilfe rief, wollte sie die Seite mit seinem Namen aus dem Buch entfernen. Damit sie sich nie wieder an ihn erinnerte!

Bevor sie ihr Vorhaben jedoch in die Tat umsetzen konnte, öffnete sich die Tür. Theodor stand im Rahmen. Leyla starrte ihn an. Er wirkte wirklich kränklich und als er jetzt die Tür hinter sich schloss und sich dann lässig dagegen lehnte, sahen seine Bewegungen sehr vorsichtig und nur halb so cool aus, wie er es wohl beabsichtigte. Davon abgesehen, schien er aber vollkommen er selbst zu sein. Er musterte sie und lächelte blasiert auf sie herab.

»Kannst du nicht klopfen?«, fauchte sie.

»Verbale Kommunikation«, meinte er und schien ihren irritierten Blick zu genießen. »Noch etwas, das dir offensichtlich so überhaupt nicht liegt, oder?«

»Du bist …«, begann sie zitternd, fast nicht mehr Herr ihrer Wut.

»Am Leben, weil du mich gerettet hast?«, unterbrach er sie. »Ja, aber wenn du noch länger gebraucht hättest, wäre ich jetzt tot.« Leyla schnappte nach Luft, doch Theodor setzte noch eins obendrauf. »Ich habe dir ja immerhin früh genug Bescheid gegeben.«

»Es tut mir leid, dass ich mein Gedächtnis verloren habe.« Sie stutzte und starrte ihn an. »Du hast das alles geplant?«

»Natürlich. Ich wusste, dass ich Zeit gewinnen muss. Das geht am besten durch eine Menge

Überzeugungskraft und Entfernung, die zurückgelegt werden muss.«

Leyla blinzelte. Jetzt ergab es einen Sinn, dass er sich auf Kroaas Seite gestellt hatte. Er hatte rasch die einzigen Auswegmöglichkeiten abgewogen und war zu dem Schluss gekommen, dass er selbst in eine Falle laufen musste, wenn er gewinnen und sie retten wollte.

Für einen kurzen Moment vergaß sie ihren Zorn. »Wie hast du mir das über Luftzauber mitteilen können? Du konntest doch nicht wissen, wo ich bin und die Kraft ist doch auch begrenzt.«

Er zuckte lässig mit den Schultern.

»Ich wusste, du bist irgendwo in dem Bereich, in dem auch Numäia liegt.« Theodor streckte vorsichtig seine Hand in die Höhe. An seinem Mittelfinger trug er einen alten, schäbig aussehenden – und damit überhaupt nicht zu ihm passenden – Ring.

»Ich habe etwas in Barsques gefunden, erinnerst du dich?« Er machte einen Schritt ins Zimmer hinein. »Der Ring ist vermutlich nicht von den Zwergen, denn ich weiß, dass es einige davon gibt. Sie verstärken die vorhandenen Kräfte. Nicht enorm, aber manchmal reicht es. Ich musste also nur wissen, wo du ungefähr bist. Ich vermutete, wenn du deine Stadt verlässt oder ich mich zu weit von Numäia entferne, wird selbst die Verstärkung nichts mehr ausrichten können. Also habe ich dir die Informationen so schnell wie möglich übermittelt. Ich konnte ja nicht wissen, dass du ewig brauchen wirst.«

Leyla hatte gerade auf ihn zugehen wollen, um den Ring genauer in Augenschein zu nehmen. Doch als er diesen letzten Satz hinzufügte, kochte ihre Wut wieder hoch. Sie setzte sich auf das Bett.

»Vielleicht hättest du dann lieber etwas wie *Umedis* sagen sollen.«

»Umedis ist kein Ort. Wo hättest du denn suchen sollen, wenn ich *Umedis* gesagt hätte?«

»Du hättest einen Satz daraus machen können.«

»Über so eine weite Distanz kann man keine Sätze via Luftzauber transportieren. Das geht alles verloren. Man kann froh sein, wenn überhaupt Worte ankommen.«

»Und Karinaki ist nicht mal der richtige Ort gewesen«, fuhr sie erzürnt fort. »Palast, Katakomben, alles wäre sinniger gewesen.«

»Paläste und Katakomben gibt es in Naurénya zuhauf. Außerdem dachte ich, dass Plünderer einen Gang von der Karinaki in die Katakomben angelegt haben. Dass der verschüttet ist und wir über den Palast gehen mussten, war mir vorher auch nicht klar. Ich habe dir also die beste Informationsgrundlage gegeben. Du musstest nur noch versuchen, zu denken!«

»Dann hättest du die Informationen vielleicht einem kompetenteren Menschen zukommen lassen sollen«, meinte sie bissig. »Deinem Vater zum Beispiel.«

Theodor lachte kurz und kalt. »Sicher. Rhymia hat erzählt, dass du ihn getroffen hast. Hat er dir zugehört? Hat er nur eine Sekunde lang daran gedacht, mir zu helfen? Er hätte es komplett ignoriert. Vielleicht hätte er es auch als List betrachtet. Er weiß schließlich nicht, dass ich das kann.«

Leyla überlegte. Sie erinnerte sich daran, was Majik über das Verhältnis von Theodor und seinem Vater dachte. Doch selbst wenn es so war, wie Majik meinte, gab es Theodor noch lange nicht das Recht, so mit ihr umzugehen. Sie straffte die Schultern.

»Was ist mit Marv oder deinen anderen, sicherlich zahlreichen Freunden?«, fragte sie weiter.

»Wenn ich das richtig gehört habe, sind vielleicht nicht mehr alle meine Freunde«, war die Antwort. »Und Marv …« Theodor ließ sich neben ihr auf das Bett sinken. Eine sonderbare Anspannung ergriff Leyla. Sie schob das Gefühl beiseite. »Ganz grundsätzlich: Wie hätte ich all die wichtigen Informationen so rasch unterbringen sollen? Eine ausführliche Nachricht wäre zu großen Teilen verloren gegangen und … ich hatte ehrlich gesagt angenommen, du würdest dich an ihn wenden. Er ist die einzige Person, die du hier kennst.«

»Ich habe ihn auch aufgesucht. Aber er hat mir nicht geglaubt. Er hat versprochen, ein paar Informationen einzuholen, aber wohl nur, damit ich Ruhe gebe. Dann hat er mich gebeten, so rasch wie möglich zu verschwinden. Aikim hat mich zum Hafen gebracht, weil du damals erzählt hast, ich sei deine Cousine, und sie hat mich nun zu den Papilis schicken wollen, damit ich lerne, meine Kräfte zu kontrollieren.« Sie brach ab, als sie sein Stirnrunzeln bemerkte.

»Jedenfalls brauchte ich jemanden, der alles wusste, das war der einfachste Weg«, beendete er seine Erklärung, als die Stille unangenehm wurde.

»Du hättest dich an Majik wenden können«, schnaubte sie. »Vielleicht wäre er schneller zu deiner Rettung geeilt.« Ihr Tonfall hätte nicht schnippischer klingen können. Er lachte und zum ersten Mal klang es nicht kalt und höhnisch.

»Ich bitte dich! Im Gegensatz zu dir hat er keinerlei Verbindung zu Naurénya. Und trotzdem hast du immer noch nichts gelernt. Ist das Dummheit oder mangelndes Talent?«

»Theodor, du bist unmöglich!«, rief sie und sprang auf. »Warum hackst du immer auf mir herum? Hast du überhaupt eine Ahnung, was es mich gekostet hat, jetzt hier zu stehen? Was ich durchgemacht habe? Es mag ja sein, dass das alles für dich ein Klacks gewesen wäre. Für mich war es furchtbar!«

Sie hatte keine Zeit, sich über ihren plötzlichen Gefühlsausbruch zu wundern. Sie war zu gekränkt und es musste einfach raus. »Erst der Gedächtnisverlust, dann bin ich allein in einer fremden Welt, von der ich absolut gar nichts weiß, wo ich niemanden, abgesehen von dem versteinerten Pan und dir, kenne. Ich vertraue irgendwelchen Leuten, die behaupten, mir helfen zu wollen. Ich mache nachts kaum ein Auge zu. Und dann immer diese Angst, zu spät zu kommen.« Sie brach ab, als sie spürte, wie ihr erneut die Tränen in die Augen stiegen.

Theodor stand nun ebenfalls auf. Er machte einen Schritt auf sie zu, doch Leyla wich zurück.

»Du bist einfach …« Sie suchte nach Worten. »Du bist einfach … Und du kannst nicht einmal Danke sagen.« Sie machte eine schnelle Handbewegung, um zu zeigen, dass sie nicht weiter diskutieren wollte und er gehen sollte.

Das Gefühl war sonderbar. Als ob sie alle Wut damit von sich warf. Sie wusste sofort, dass sie Magie benutzte, doch es war anders als bisher. Sie wurde nicht zurückgeschleudert. Stattdessen erfüllte sie ein wärmendes Gefühl. Die Kugel, die ihre Hand verließ und durch den Raum fegte, war tiefrot.

Theodor wich ihr gerade noch rechtzeitig aus. Sie schoss an seinem Kopf vorbei und knallte gegen die weiße Wand, wo sie in einem Funkenregen zerstob und einen schwarzen Flecken hinterließ.

»Was war das?!«, flüsterte Leyla. Sie war starr vor Schreck, blickte zu Theodor, dessen Blick voller Entsetzen war. Ein übler Gedanke stieg in ihr auf. Plötzlich fühlte sie sich schwach und vollkommen hilflos.

»Nein!«, sagte Theodor und starrte sie an. »Das ist unmöglich! Wie hast du …?«

Er machte einen Satz auf Leyla zu, deren Beine plötzlich einfach unter ihr nachgaben. Er packte sie an der Hüfte und wollte sie stützen, doch sie riss sich von ihm los und stieß ihn weg.

»Das ist …« Er schien die Fassung komplett verloren zu haben. »Das ist …«

»Sag mir, dass das normal ist«, unterbrach Leyla ihn hysterisch. Sie brauchte Theodor jedoch nicht anzusehen, um zu wissen, dass er leicht den Kopf schüttelte. Sie starrte vor sich hin. In ihr tobte ein Sturm. Zu viele Gefühle, die sie nicht einordnen konnte, wetteiferten miteinander.

Mit zitternden Fingern griff sie nach ihrem Notizbuch und blätterte hindurch. Dort, weiter hinten, stand etwas, das sie schon die ganze Zeit beunruhigt hatte. Sie war sich nicht sicher gewesen, wie sie den Satz hatte interpretieren sollen. Die Vorstellung war einfach zu absurd gewesen. Doch nun … Sie hatte das Gefühl, der Boden glitt unter ihren Füßen weg. Sie atmete schnell und starrte auf den Satz.

Aus den Augenwinkeln sah sie, wie Theodor sich ihr langsam näherte. Sie spürte seinen warmen Atem in ihrem Nacken, als er über ihre Schulter spähte. Doch sie war zu durcheinander, um ihn erneut wegzustoßen. Theodor sog scharf die Luft ein.

»Wer hat …?«, fragte er und starrte auf die Worte: ›Und ich dachte, du würdest zuerst das Feuer in dir entdecken.‹

»Pan«, sagte sie leise und hob dann den Kopf. »Was bedeutet es?«

»Dass du eine Ardantica bist«, murmelte Theodor nach einer Weile leise. »Und Pan wusste es«, fügte er tonlos hinzu.

»Aber das ist unmöglich«, rief sie und die steigende Anspannung schien sie zu erdrücken.

»Unmöglich. Ja«, meinte er und war dabei so unglaublich ruhig. Das regte sie auf.

»Ich will das nicht. Verdammt, ich will das nicht!«

»Leyla«, unterbrach er sie und wollte sie an den Schultern packen.

»Nein, lass mich in Ruhe!«

Zu ihrer Überraschung nickte er, richtete sich auf und ging langsam zur Tür. Er öffnete sie, blieb dann aber noch einmal stehen. Mit dem Rücken zu ihr sagte er leise: »Danke.«

Kapitel 9

Ungebetene Gäste

Sie stand am Fenster und starrte hinaus. Draußen verschwand die Sonne langsam als glutroter Ball hinterm Horizont und Dunkelheit legte sich nach und nach über Wiesen und Hof. Ein zögerliches Klopfen erklang an der Zimmertür. Leyla reagierte nicht, drehte sich auch nicht um, als die Tür trotzdem geöffnet wurde.

»Leyla, Liebes«, sagte Rhymia ruhig. »Magst du nicht zu uns herunterkommen? Es gibt schließlich einiges, was wir jetzt besprechen sollten.«

Leyla schüttelte den Kopf. Sie wollte nicht reden. Sie musste nachdenken. Doch ihr Kopf schien wie leer. Sie hörte die Schritte und spürte Rhymia dann dicht hinter sich.

»Leyla«, sagte die alte Frau, »es ist vielleicht sonderbar und überraschend, aber gewiss kein Weltuntergang. Im Gegenteil. Du bist etwas Besonderes. Eine Hoffnung für alle.«

Also hatte Theodor es bereits erzählt. Rhymia und Paisan wussten Bescheid. Dennoch schwieg Leyla weiter beharrlich.

»Wir warten unten auf dich«, sagte Rhymia leise.

Leyla hörte, wie sie sich zum Gehen wandte, dann fiel die Tür ins Schloss. Mit hängendem Kopf stand Leyla da. Sie wusste, dass sie früher oder später der

Aufforderung Folge leisten und nach unten gehen würde. Schon allein, weil sie langsam wieder Hunger bekam. Aber sie hatte Angst vor dem, was die anderen sagen würden. Andererseits konnte sie sich auch nicht ewig hier oben verschanzen. Sie atmete tief ein und aus, wandte sich dann um und verließ das Zimmer.

Als sie den urigen Wohnraum betrat, konnte sie sich des Gefühls nicht erwehren, dass sie von drei Augenpaaren angestarrt wurde. Dem war natürlich überhaupt nicht so, stellte sie kurz darauf fest. Theodor schenkte ihr nur einen kurzen Blick, bevor er sich wieder einem Buch widmete und Rhymia schaffte ein weiteres Teegedeck herbei. Nur Paisan sah sie aufmerksam an. Sie setzte sich.

»Schön, dann können wir ja mit unseren Überlegungen fortfahren«, sagte Rhymia, als wäre nichts Außergewöhnliches vorgefallen, stellte Leyla das Teeglas und einen Teller mit Gebäck vor die Nase und setzte sich dann wieder. »Es ist klar, dass wir möglichst vielen von dem Obsidian berichten müssen«, erklärte sie. »Nicht nur die Elements, auch die anderen Völker müssen davon erfahren – die Frage ist nur, wie? Wenn wir Schwertflügler benutzen, können wir uns nicht sicher sein, wie die Information aufgenommen wird. Ob man uns Glauben schenkt. Die Leute werden versuchen, die Information zu überprüfen, und niemanden finden, der das bestätigt. Aber du musst dich mit diesem Problem nicht beschäftigen. Du musst nur lernen, deine

Kräfte zu verwenden. Du bist jetzt unsere Chance, den Obsidian zu besiegen.« Sie sah Leyla bedeutungsvoll über den Rand ihres Glases hinweg an. »Wenn …«, wollte sie fortfahren, doch Leyla unterbrach sie.

»Ich kann das nicht«, fuhr sie ärgerlich auf.

Rhymia sah sie nachdenklich an.

»Was?«, fragte Paisan leise.

Irritiert sah Leyla ihn an. »Was?«, fragte sie ebenfalls, denn es lag schließlich auf der Hand.

»Ja, was? Was kannst du nicht?«

Sie holte tief Luft und dann brach es aus ihr heraus.

»Es war schon schwer genug, mich damit abzufinden, eine Aeristin zu sein«, erklärte sie. »Kräfte haben? Die Luft kontrollieren? Das ist seltsam genug. Für euch ist das normal. Für mich nicht. Aber es ist irgendwie okay. Nein, sogar ziemlich cool, wenn auch beängstigend. Aber das? Eine Ardantica? Alle vier Kräfte beherrschen können? Und wie soll ich helfen? Ich schaffe noch nicht einmal einen Luftstoß. Ich bin dazu nicht gemacht.« Sie dämpfte ihre Stimme, als sie merkte, dass sie immer lauter wurde, und hielt kurz inne, bevor sie etwas ruhiger fortfuhr. »Es geht nicht. Es tut mir leid. Ich will einfach nur nach Hause.«

Nachdem sie das ausgesprochen hatte, sackte sie in ihrem Sessel zusammen. Jetzt erst wurde ihr selbst bewusst, dass sie die Flucht zurück nach Hause als einzige Lösung aus dieser Situation für sich sah.

»Du kriegst das schon hin«, versuchte Paisan sie aufzumuntern. Doch bevor Leyla etwas erwidern konnte, schlug Theodor geräuschvoll sein Buch zu, das er Leylas Meinung nach nur alibimäßig gehalten hatte, denn er hatte in der ganzen Zeit keine einzige Seite umgeblättert. Nun sah er endlich auf.

»Nein, das kriegt sie nicht hin«, sagte er ruhig. Leyla starrte ihn an, doch er sprach ungerührt weiter. »Sie hat recht. Was ihr von ihr erwartet, ist die Rettung eines Landes, einer ihr völlig fremden Welt. Mithilfe von Kräften, die sie noch nicht ansatzweise versteht. Deren Nutzen und Dimensionen sie vermutlich nicht einmal erahnen kann. Ihr erwartet das Unmögliche. Und das sage ich nicht, weil du dumm bist«, fügte er leise hinzu. »Kroaas ist stark. Er hat sich jahrelang auf all das hier vorbereitet. Du hingegen bist quasi im ersten Ausbildungsjahr. Auch wenn ihr es nicht sehen wollt: Die Tatsache, dass sie eine Ardantica ist, ändert für uns jetzt nicht das Geringste.« Nachdem er gesprochen hatte, legte sich eine unangenehme Stille über den Raum.

Rhymia dachte nach und nickte schließlich bedächtig. »Was schlägst du also vor?«, fragte sie interessiert.

Theodor sah Leyla fest in die Augen. »Du willst nach Hause?«

Sie schauderte. Stand er jetzt auf ihrer Seite? Wollte er ihr helfen? Verstand er sie? Nein, wurde ihr mit einem Mal bewusst. Sie war jetzt eine Gefahr für ihn. Für seinen Thron. Es war nur logisch, dass er wollte, dass sie ging. Nun, da wünschten sie sich wohl ausnahmsweise einmal dasselbe. Sie nickte knapp.

»Schön«, meinte Theodor und schien mit ihrer Antwort sichtlich zufrieden, was ihre Theorie bestätigte. »Hier ist der Plan. Rhymia und Paisan, ihr macht euch auf nach Numäia. Verbreitet die Wahrheit in jedem Ort, in jedem Dorf, durch das ihr kommt – persönlich. Seht den Leuten in die Augen. Überzeugt sie! Wir brauchen so viele Elements wie möglich, wenn wir gegen Kroaas siegen wollen. Und natürlich auch andere Wesen. Elfen, Gnome … zieht einfach jeden auf eure Seite. Ihr müsst es schaffen, die Gesellschaft wieder zu vereinen. Verweilt aber nicht zu lange an einem Ort. Wir wissen nichts über mögliche Spione und müssen sicherstellen, dass ihr Numäia auch wirklich erreicht. Ich werde Leyla unterdessen zur Universität bringen. Auch wenn die Dunkelalben dort sind, ist es immer noch der sicherste Weg in ihre Welt.«

Leyla starrte ihn an. Er wollte sie persönlich bringen? Da war doch ein Haken an der Sache. Theodor fing ihren Blick auf und um seinen Mund zuckte ein Lächeln.

»Unter einer Bedingung natürlich«, sagte er und Leyla schnaubte, was ihm nun ein richtiges Schmunzeln entlockte.

»Du wirst auf dem Weg zur Universität lernen, mit deinen Kräften umzugehen. Zum einen wäre es unverantwortlich, dich ohne Unterweisung in die Welt der Unfähigen zu schicken. Du würdest dich viel zu schnell verraten und früher oder später jemanden verletzen. Du lernst also ein paar Kleinigkeiten, vor allem Kontrolle. Zum anderen wirst du das Wissen um die

Grundlagen des Kraftrückzugs benötigen, wenn wir die Universität erreichen.« Er machte eine kurze Pause, dann fuhr er fort: »Denn du wirst Pagnon entsteinern. Danach kannst du gehen. Versprochen. Auch wenn es gegen das Gesetz ist, aber darüber sollten wir uns keine Gedanken machen.« Er machte eine wegwerfende Handbewegung und sah sie an. Er schien die allgemeine Verwirrung voll und ganz auszukosten.

»Theodor, was hast du vor?«, fragte Rhymia schließlich.

»Nur Pagnon kann uns verraten, ob es Dar-niat-pana noch gibt und wenn ja, wo dieser verdammte Spiegel ist. Wir müssen ihn um jeden Preis vor Kroaas finden. Zum einen, um zu verhindern, dass sein Plan aufgeht und er tatsächlich die Drachen zurückholt. Zum anderen kann uns der Spiegel helfen, Kroaas zu besiegen. Vergesst nicht, er erweckt Tote zum Leben, aber tötet den, der hineinblickt.«

»Das ist keine so dumme Idee«, wandte Paisan ein. »Aber du hast wohl eines vergessen: Niemand kann Pagnon lesen!«

»Pagnon ist ein Buch?«, entfuhr es Leyla.

Theodor schnalzte missbilligend mit der Zunge. Bevor sie noch etwas sagen konnte, gebot er ihr mit einer unwirschen Handbewegung, zu schweigen.

»Überlass das mir«, sagte er in selbstgefälligem Tonfall zu Paisan.

Der alte Mann tauschte einen Blick mit Rhymia. Beiden schien der Vorschlag nicht ganz zu gefallen, doch sie nickten widerstrebend.

»Ich habe leider keine bessere Idee«, murmelte Rhymia und starrte vor sich hin. »Aber wenn das funktionieren soll, muss Leyla alle vier Elemente beherrschen lernen. Paisan kann ihr etwas über das Wasser beibringen. Nur: Wie soll sie in so einer kurzen Zeit den Kraftrückzug verstehen und ausführen?«

Theodor reckte stolz sein Kinn in die Höhe. »Wir machen es so, wie ich es gesagt habe«, sagte er und sein Ton duldete keine Widerrede.

Rhymia seufzte. »Schön. Paisan und ich brechen also nach Numäia auf. Und dann? Wenn wir dort sind? Wo treffen wir uns?«

Theodor runzelte die Stirn. Er öffnete den Mund, um zu antworten, und erstarrte. Sein Blick war auf die Tür zwischen Wohnzimmer und Flur gerichtet. Leyla folgte seinem Blick und zuckte heftig zusammen. Ein Mann war lautlos im Türrahmen erschienen.

Rhymia stieß einen spitzen Schrei aus, Paisan sprang aus seinem Sessel auf. Der Neuankömmling stand regungslos da. Das flackernde Kaminlicht warf tiefe schwarze Schatten auf sein Gesicht. Die Augen lagen tief in den Höhlen, die Haut war bleich und durch das kurzgeschorene, helle Haar wirkte sein Gesicht wie ein Totenschädel.

»Vater«, sagte Theodor und stand auf. Doch er schien sich nicht sicher zu sein, ob er wirklich auf den erschöpft wirkenden Aston van Raiken zugehen sollte. Der sah wortlos zu Theodor. Dann glitt sein Blick weiter und fixierte Leyla, die das Gefühl hatte, in ihrem Sessel sogleich ein Stück kleiner zu werden.

»Du!«, flüsterte Aston leise. Zorn flammte in seiner Stimme und in seinen eisblauen Augen auf. Nein, korrigierte Leyla sich gleich darauf in Gedanken. Kein Zorn. Es war Hass. Er machte einen Schritt auf sie zu, doch bevor er Leyla erreicht hatte, erhob sich Rhymia.

»Aston. Auch wenn es mir eine Freude ist, dich bei mir begrüßen zu dürfen, lass mich dich kurz darauf aufmerksam machen, wie unhöflich es ist, ohne zu klopfen in ein fremdes Haus einzutreten. Du hast uns einen Heidenschrecken eingejagt.« Sie tat, als hätte sie überhaupt nicht bemerkt, dass Aston zielstrebig auf Leyla zuschreiten wollte. Er hielt tatsächlich in seiner Bewegung inne, blinzelte irritiert und schien sich dann wieder seines Standes und seiner guten Manieren bewusst zu werden.

»Rhymia«, sagte er kühl, wandte seinen Blick endlich von Leyla ab und nickte kurz. Als Rhymia ihm ihre ausgestreckte Hand entgegenhielt, zögerte er. Mit eindeutigem Widerwillen ergriff er sie schließlich.

»Es ist schon ein paar Jahre her, seit wir uns das letzte Mal gesehen haben«, sagte sie und musterte ihn. »Du siehst müde aus.«

In seinen Augen blitzte etwas auf.

»Verzeih, dass ich zu so später Stunde hereinplatze«, erwiderte Aston van Raiken knapp. Nun sah er wieder zu Leyla.

»Du wirst sicher einen guten Grund dafür haben«, sagte Rhymia versöhnlich. »Tee?« Sie deutete einladend auf einen Sessel neben Theodor.

Aston schüttelte den Kopf, ließ sich aber auf den ihm zugewiesenen Platz sinken.

»Wie mir scheint, bin ich gerade noch rechtzeitig gekommen.«

»Rechtzeitig wofür?«, fragte Rhymia, die sich selbst nun etwas Tee nachschenkte.

»Um euch vor dieser Intrigantin zu warnen.«

Leyla spürte, wie ihr Gesicht rot anlief, als sich erneut alle Blicke auf sie richteten.

»Ich fürchte, das wirst du genauer erklären müssen«, sagte Rhymia und war mit einmal deutlich reservierter. Das Klappern ihres Löffels erschien Leyla unglaublich laut. Die Stimmung war zum Zerreißen angespannt.

»Möchtest du?«, fragte Aston und wandte sich endlich seinem Sohn zu.

»Ich fürchte, auch ich weiß nicht, was du meinst.« Theodor wirkte als Einziger halbwegs ruhig, auch wenn seine Haltung etwas gänzlich Ungewohntes ausstrahlte: Respekt.

»Ich weiß nicht, welches Spiel du spielst, aber …«, flüsterte Aston und seine Aufmerksamkeit galt nun wieder Leyla. Er presste die Worte beinahe heraus, so wütend schien er zu sein.

»Aston!«, warf Rhymia warnend ein, doch er ließ sich nicht bremsen.

»Du hast mich in Lariva aufgespürt und offensichtlich deinen Clan benachrichtigt. Ich verstehe nicht, wie es so weit kommen konnte. Warum es Elements gibt, die dir zuhören, die dich aufnehmen. Warum dich keiner in deine unfähige, einfache und dumme Welt zurückgeschickt hat. Niemand, der nur einen Hauch von Verstand hat, würde doch mit einer Unbegabten, mit dir zusammenarbeiten.«

Leyla spürte, wie erneut Wut in ihr hochstieg. Ihr Mund stand vor Empörung offen. Diesem arroganten Kerl würde sie es jetzt ein für alle Mal zeigen. Wenn sie ihm jetzt erzählte, dass sie eine Ardantica war, würden all seine Träume, in denen er Theodor auf dem Thron sah, wie Seifenblasen zerplatzen. Er wusste schließlich nichts von ihrem Plan. Sie kniff wütend die Augen zusammen.

»Ich bin …«

»Nicht«, flüsterte ihr eine Stimme ins Ohr und ein zarter Lufthauch strich um ihren Nacken.

Sie schauderte und ihre Wut verpuffte augenblicklich. Mit großen Augen sah sie Theodor an. Dieser kratzte sich auffällig mit dem Zeigefinger an der Nase, um die Handbewegung, mit der er den Luftzauber kontrollierte, zu tarnen. Als er ihren Blick auffing, schüttelte er kaum merklich den Kopf. Sie schluckte. Warum sollte sie es nicht sagen?

Aston hatte indes offenbar nichts von alledem mitbekommen. Ihm schien eher daran gelegen, seine Anschuldigungen vollends vorzubringen.

»Erst behauptet dieses Gör, mein Sohn sei in Gefahr und will mich so wohl ablenken – vermutlich in eine Falle locken, damit diese Wahnsinnigen, diese

Abtrünnigen, Verräter, Dummschwätzer, Handels- und Kaufmannsgilde, Orion Dumas …« Ihm schien nicht aufzufallen, wie zusammenhangslos sein Satz war. Er spuckte die Namen mit wutverzerrtem Gesicht aus. »Dieses Gesindel, das keine Ahnung hat. Und die schickt mir dieses Pack hinterher. Was glaubt ihr, was die wollten? Ein Glas Gavas trinken?« Er holte tief Luft und versuchte offenbar, sich zu beruhigen.

»Nun, du schaust mir doch quicklebendig aus«, sagte er schließlich und bedachte seinen Sohn mit einem beiläufigen Blick. »Auch wenn ich später gerne hören möchte, was du hier treibst«, fügte er zähneknirschend hinzu. »Doch«, er deutete auf Leyla und wurde wieder lauter, »dass sie es auf unsere Familie abgesehen hat, ist offensichtlich. Und jetzt frage ich euch, warum tut sie all das? Warum ist sie hier?« Fast triumphierend starrte er in die Runde.

»Also, erst einmal zählen wir offensichtlich zu den Elements ohne Verstand, die Leyla zuhören«, setzte Paisan an, doch er kam nicht weiter, denn Theodor ergriff das Wort.

»Sie hat dir erzählt, dass ich in Lebensgefahr bin und du hast nichts unternommen?«

Natürlich kannte er die Antwort längst und er wirkte auch vollkommen gelassen, doch Leyla war sich plötzlich sicher, dieser Schein trog.

»Das ist doch jetzt unwichtig«, erwiderte Aston offensichtlich ein wenig irritiert. »Du scheinst mir bei bester Gesundheit zu sein.«

»Dem ist so. Ohne Leyla wäre ich jetzt allerdings tot.«

Aston wirkte verblüfft, und Leyla erging es ähnlich, denn sie konnte nicht glauben, dass ausgerechnet Theodor eine Lanze für sie brach. Beide starrten sie den jungen van Raiken an.

»Rhymia, ich denke, mein Vater und ich sollten uns zurückziehen, um miteinander zu reden«, sagte Theodor ruhig.

Rhymia nickte, Theodor erhob sich und sah seinen Vater fragend an. Dieser zögerte. Er schien nicht ganz zu begreifen, was hier vor sich ging und war offensichtlich nicht bereit, so leicht von seinen Vorwürfen abzulassen. Doch dann erhob er sich.

»Ich gehe davon aus, dass es in Ordnung ist, wenn ich die Nacht hier verbringe?«, wandte er sich an Rhymia.

»Natürlich, ich werde ein Zimmer für dich herrichten.«

Aston nickte knapp und folgte dem sich immer noch etwas langsam bewegenden Theodor hinaus in den Flur. Sie stiegen die Treppe hinauf und kurz darauf hörte Leyla eine Tür quietschen. Sie seufzte erleichtert und ließ sich endlich wieder entspannt in den Sessel sinken.

»Was für ein sympathischer Mann«, brummte Paisan und Rhymia murmelte etwas Unverständliches.

Sie wirkte ein wenig niedergeschlagen und tief in Gedanken versunken. Leyla schwieg. Sie starrte von ihrem Platz aus in den Flur und lauschte. Kein Geräusch war von oben zu vernehmen. Sie fragte sich, was Theodor wohl seinem Vater erzählen mochte.

»An wen sollst du ihn verraten haben?«, fragte Paisan plötzlich und sie zuckte mit den Schultern.

»Keine Ahnung. Ich habe schließlich niemanden …« Sie stockte. »Ethan.«

»Ach ja«, murmelte Rhymia und jetzt schien sie schon wieder ein wenig amüsiert. Paisan hingegen war irritiert, denn diesen Teil der Geschichte hatten sie ihm nicht erzählt. Schnell holte Leyla das nach. Sie berichtete, wie sie Ethan angewiesen hatte, seiner Familie mitzuteilen, wo er steckte, und der Junge kurz nach Astons Auftauchen mit dem Schwertflügler verschwunden war.

»Seine Familie gehört irgendeiner Fraktion an, die gegen die van Raikens ist«, endete sie.

»Die FRK 1.2? Die Dumas?«

»Ja, genau die.« Leyla nickte. »Also die FRK 1.2. Dumas sagt mir nicht viel. Marv und Aikim haben diesen Namen erwähnt. Genau! Dieser Orion Dumas, er hat bei den Tellonis geklingelt und nach mir gefragt. Er ist vermutlich Ethans Onkel oder so. Aber mehr weiß ich nicht.«

»Es ist eine alte Familie, die schon seit Generationen mit den van Raikens auf Kriegsfuß steht«, erklärte Paisan. »Aber so schlimm wie in den letzten Jahren war es noch nie. Und jetzt diese Fraktionsbildung. Es gibt so viele Nachahmer. Jeder gründet seine Fraktion und alle sind ganz erpicht darauf, deren Ziele umzusetzen.

Doch wenn es schon so weit geht, dass das Volk einen einzelnen Mann durch das ganze Land verfolgt, aus Angst und Hass … Theodor hat recht, wir müssen die Geschichte so schnell wie möglich verbreiten. Das Volk zerfleischt sich immer mehr selbst. Bald sorgt die Angst vor dem Unbekannten dafür, dass jeder gegen jeden steht und ein Krieg wäre nicht mehr weit. Und dann kann dieser Kroaas in Seelenruhe nach seinem Spiegel suchen, die Drachen zum Leben erwecken und wenn es keine Elements mehr gibt, löst er die Versteinerung selbst auf und die Grenzen werden wieder sicher. Dann hat er sich sein eigenes kleines Paradies geschaffen – ohne viel Aufwand. Also müssen wir so schnell wie möglich aufbrechen und du, Leyla, musst so rasch wie möglich Kontrolle erlernen.«

Leyla schluckte und nickte. Dann bemerkte sie den sonderbaren Ausdruck in Rhymias Augen.

»Du solltest nicht gehen«, flüsterte die Frau. »Du gehörst hierher.«

Leyla wich ihrem Blick verlegen aus. »Mich braucht hier doch niemand.«

»Wenn du dich da mal nicht täuschst«, murmelte Rhymia und Leyla verstand nicht, was das bedeuten sollte. Etwas lauter meinte die alte Frau nur: »Du bist eine Ardantica. Du gehörst auf unseren …«

Bei diesen Worten schüttelte Leyla wild den Kopf. Das wollte sie auf keinen Fall hören. Und dennoch gestattete sie sich selbst einen winzigen Gedanken daran. Sie auf einem Thron. Ihr wurde schlecht. Das wollte sie nicht. Konnte sie nicht. Diese ganze Verantwortung. Diese Aufmerksamkeit. Sie war viel zu schwach dafür. Und Theodor würde sie auf ewig hassen, mehr, als er es ohnehin schon tat.

»Nun«, räusperte sich Paisan und brach damit erneut die unangenehme Stille. »Lass uns ein wenig üben.«

»Jetzt?«

»Natürlich jetzt. Wir haben ja nicht mehr viel Zeit.«

Rhymia nickte bestätigend.

»Ich mache inzwischen etwas zu essen fertig.«

Wie aufs Stichwort knurrte Leylas Magen laut. Sie wurde rot und Rhymia lachte.

»Paisan wird dir etwas über die Kräfte erzählen.« Und mit diesen Worten verließ Rhymia den Raum.

»Okay«, meinte Leyla ein wenig verblüfft, denn sie hatte heute nicht mehr mit einer Unterrichtsstunde gerechnet. Sie richtete sich auf und sah Paisan abwartend an.

Schnell stellte sie fest, dass die Magie, mit der man das Wasser kontrollierte, sich anders anfühlte als die der Luft. Aber sie fand auch Parallelen, ähnliche Muster. Das Prinzip war dasselbe, wie sie bald bemerkte. Sie musste die magische Ader finden, sie kontrollieren und anzapfen. Aber nur, weil sie das begriff, hieß es nicht, dass es ihr gelang, das Wasser zu befehligen.

»Das wird schon«, sagte Rhymia und stellte einen Teller mit Broten auf den Tisch. »Du wirst schnell begreifen, was die magischen Adern gemeinsam haben und welche Unterschiede zwischen den Elementen liegen. Dann wird es ein Leichtes für dich sein, das Wissen über ein Element auf die anderen zu übertragen.«

Leyla schnaubte. Sie hatte das Gefühl, dass ihr ein wichtiges Stück Wissen fehlte. Sie verstand nur Bruchstücke von dem, was sie tun sollte und fand einfach kein Prinzip, das für sie Sinn ergab.

Wieder schloss sie die Augen, um sich leichter auf die Magie konzentrieren zu können. Sie musterte die schillernden Adern – die roten, gelben, blauen und weißen – die miteinander verwoben waren, und begriff, dass sie jeder Farbe eine andere Kraft zuordnen konnte. Sie zupfte an dem blauen Magiestrang, um die Wasserkraft zu aktivieren. Es war, als ob er sich ihr entziehen wollte. Er änderte seine Richtung. Konnte das sein?

Sie öffnete die Augen wieder. Frustriert starrte sie auf das Teeglas, das sie mit Wasser hatte auffüllen wollen, welches aber immer noch halb leer war. Irgendwie musste es doch gehen. Es war deprimierend. Einem Impuls folgend, griff sie nach ihrer Kraft, nach der weißen Ader. Sie fixierte das Glas und stellte sich vor, wie sie es an sich heranzog. Sie formte in Gedanken eine Art Lasso mit der Magie, und um ihrem Wunsch Ausdruck zu verleihen, führte sie mit der Hand eine Drehbewegung aus. Sie warf das unsichtbare Lasso und zog es dann ruckartig zu sich heran. Das Glas kippte um und zerbarst. Leyla sprang auf.

»Das tut mir so leid! Ich gehe sofort einen Lappen holen.« Sie war schon auf dem Weg zur Küche, doch Rhymia hielt sie zurück. Die Frau lächelte.

»Eine ungewöhnliche Art, aber nicht schlecht«, lobte sie. »Ich wische das auf.«

Es war schon spät, als Leyla die Treppe hinaufstieg, um schlafen zu gehen. Mit Feuereifer hatte sie weitergeübt, nachdem sie den kleinen Erfolg mit dem Glas verzeichnet hatte. Doch die Resultate waren immer noch ernüchternd. Nichtsdestotrotz hatte sie deutlich mehr Zutrauen in ihre neu entdeckten Kräfte gefasst. Da waren definitiv Kringel auf dem Wasser in ihrem Glas gewesen und ein leichter, kontrollierter Wind.

»Du musst spüren, was du bewegen oder verändern willst«, hatte Rhymia gemeint. »Willst du zum Beispiel Luft unter ein Objekt bewegen, spüre das Objekt als Hindernis, das du wegschieben möchtest.«

»Genau. Beim Wasser ist es ähnlich. Du musst nicht nur deine Kraft spüren, sondern auch den Bereich, den du verändern willst«, hatte Paisan ergänzt.

Leider hatten beide Leyla damit vollkommen aus dem Konzept gebracht. Nichts schien mehr zu gehen.

»Lerne ich sehr langsam?«, hatte Leyla schließlich ziemlich müde gefragt.

»Aber nein. Du fängst doch gerade erst an. Und es dauert ein wenig, bis man den Kniff raushat.«

Dann hatten sie beschlossen, den Abend ausklingen zu lassen. Jetzt hörte Leyla das leise Klappern von

Geschirr aus der Küche. Sie hatte beim Aufräumen helfen wollen, doch Rhymia hatte sie nach oben geschickt.

Leyla legte eine Hand auf die Klinke und blickte nach links, wo das zweite Gästezimmer lag. Kein Licht drang durch den Spalt zwischen Tür und Boden. Dafür jedoch aus der Bibliothek. Die Tür dort war nur angelehnt und sie hörte leise Stimmen. Sie zögerte. Sie sollte in ihr Zimmer gehen. Doch sie konnte der Neugier nicht widerstehen.

Auf leisen Sohlen schlich sie zur Bibliothek. Gerade als sie nahe genug war, um mit dem Auge durch den Spalt zu lugen, verstummten die Stimmen innen und die Tür wurde aufgerissen. Sie schrak zurück.

Theodor stand vor ihr und funkelte sie kalt an. Mit einer Hand schob er sie ein Stück zurück, trat dann nach draußen und schloss die Bibliothekstür hinter sich. Leyla konnte nur einen kurzen Blick auf Astons Rücken werfen.

»Habe ich doch gehört, dass ihr da unten in Aufbruchstimmung seid«, murmelte Theodor und klemmte sich ein Buch, das er zuvor in der Hand gehalten hatte, unter den Arm. Ohne eine weitere Erläuterung ging er dann an Leyla vorbei. Irritiert folgte sie ihm zu den Gästezimmern.

»Hast du uns belauscht?«, wollte sie wissen.

»Nein, wozu auch«, erwiderte er beinahe amüsiert. »Um zu hören, wie du dich verzweifelt darüber beschwerst, keinen Zauber hinzubekommen?« Ihr Blick sprach wohl Bände, denn er fügte hinzu: »Nein, dafür muss ich nicht lauschen. Ich habe lediglich ein wenig auf Geräusche geachtet. Was ist deine Ausrede?«

»Hm?«

»Du wolltest bei uns mithören.« Es war keine Frage.

»Nein, ich … Vielleicht.«

Er schnaubte, sagte aber nichts weiter dazu. Inzwischen waren sie vor der Tür stehen geblieben, die zu Leylas Zimmer führte.

»Meiner Meinung nach fängst du ganz falsch an«, sagte Theodor plötzlich. »Wie sollst du etwas bewegen, wenn du die Grundlagen nicht kennst? Beginne einfacher, mit simplen Kraftkugeln. Erzeuge sie, bewege sie, verändere sie. Dann kannst du anfangen, an Objekten zu arbeiten.« Er drückte ihr das Buch in die Hand. »Habe ich eben in Rhymias Bestand gefunden.«

Verblüfft starrte Leyla ihn an und wartete darauf, dass er fortfuhr. Doch für Theodor schien das Gespräch an dieser Stelle beendet. Um diese Tatsache zu verdeutlichen, öffnete er Leylas Zimmertür und sah sie auffordernd an. Doch sie bewegte sich immer noch nicht, musterte erst ihn, dann ihre Tür und sah schließlich zurück zur Bibliothek. Er runzelte die Stirn.

»Er hasst dich«, sagte er dann ebenso leise wie zuvor. »Er denkt, du bist für alles verantwortlich.«

»Für was?«

»Die FRK 1.2 hat ihn in Lariva aufgegabelt.«

»Dafür kann ich aber nicht wirklich etwas.«

Er sah sie an, als wollte er fragen, ob er nun reden sollte oder nicht.

»Du vielleicht nicht, aber dein kleiner Freund, oder? Und Vater hat nun einmal nur dich gesehen. Jedenfalls gab es wohl einen ziemlich hässlichen magischen Kampf. Die Fraktion muss halb Lariva in Brand gesetzt haben. Da er da kaum jemanden kennt, musste Vater sich früher oder später zurückziehen. Hat ihn einiges an Kraft gekostet. Er wusste wohl nicht, wohin – das Letzte ist meine Interpretation, er würde das nie sagen. Jedenfalls ist er zu den Papilis gegangen, der Familie meiner Mutter. Und dort musste er sich mit den ganzen Zwistigkeiten und der Vergangenheit auseinandersetzen, was er nicht sonderlich toll fand. Dann hat er beschlossen, mehr für sein Recht – das Recht unserer Familie – einzutreten und selbst eine Fraktion zu gründen. Er brauchte aber einen Ort, an dem er in Ruhe Pläne schmieden konnte. Und was ist besser, um unentdeckt zu bleiben, als bei der verhassten Familie Zuflucht zu suchen? Also kam er her. Und da bist dann ausgerechnet du.« Er machte eine kurze Pause. Sein Gesicht war wieder einmal ausdruckslos. Leyla kam in den Sinn, Theodor habe gehofft, dass sein Vater ihn doch suchen wollte. Dass ihm die Sicherheit seines Sohnes trotz allem, was er gesagt hatte, nicht gleichgültig war und er deshalb Rhymia aufgesucht hatte.

»Egal«, murmelte Theodor abwesend und Leyla fürchtete fast, dass er jetzt auch noch Gedanken lesen konnte. »Du solltest das mit deinen Kräften jedenfalls lieber für dich behalten. Gerade vor meinem Vater.

Er reist morgen ohnehin wieder ab, also sollte dir das nicht allzu schwerfallen.«

»Warum?«

»Na, um Kräfte zu mobilisieren. Ich habe ihm natürlich von Kroaas erzählt. Vater wird in den südlichen Teil des Landes reisen und Freunden Bescheid geben.« Jetzt klang er wieder genervt.

»Eigentlich meinte ich eher, warum ich ihm nichts sagen soll«, sagte Leyla, die sich von seiner Stimmung dieses Mal nicht einschüchtern lassen wollte.

»Wie gesagt: Er hasst dich. Und diese Information würde es nicht gerade ändern.«

Plötzlich wurde sein Blick sonderbar. Nachdenklich starrte er in die Ferne und verzog die Lippen dann zu einem traurigen Lächeln, das aber verschwand, als er sie wieder ansah.

»Geh schlafen«, forderte er sie auf, drehte sich um und öffnete die Tür zu seinem Zimmer.

Sie sah ihm nach, ging dann in ihr Zimmer und schloss die Tür. Sie lehnte sich mit dem Rücken gegen das Holz und betrachtete das Buch in ihren Händen. Im fahlen Mondlicht konnte sie die Lettern auf dem Einband nur schwer erkennen:

»Perzeption e Apperzeption magischer
Adern e deren Aktivierung
Grundlagen Band I«

Wieder einmal erwachte sie todmüde am nächsten Morgen, doch das lag dieses Mal nicht daran, dass sie schlecht geschlafen hatte. Nein, sie hatte die ganze Nacht in dem Buch gelesen. Am Anfang war es ihr noch unglaublich schwergefallen, zu begreifen, was die ganzen Ausdrücke bedeuteten, wie sie die Instruktionen zu verstehen hatte und was überhaupt gemeint war. Doch bald packte sie die Begeisterung und sie begann, den Anweisungen im Buch zu folgen. Ehe sie sich versah, hatte sie die knapp 300 Seiten durchgelesen. Ziemlich erschöpft, aber zufrieden mit sich, war sie schließlich eingeschlafen.

Jetzt, am nächsten Morgen, galt ihr erster Gedanke den magischen Kugeln und sie versuchte prompt ihr neu erlerntes Wissen anzuwenden und suchte nach ihren magischen Adern. Sie juchzte, als auf ihrer geöffneten Hand ein winziger roter Ball erschien. Fasziniert betrachtete sie die rotierende Kugel. Dann stutzte sie. Was sollte sie jetzt damit machen? Es war eine Feuerkugel, sie konnte sie nicht einfach fallen lassen. Denn selbst dieser kleine Funken würde sicherlich das Bett entflammen können.

Sie sah sich um, starrte wieder auf den Ball und versuchte, die Magiezufuhr zu stoppen, stellte dann aber fest, dass sie für den Erhalt der Kugel eine andere Art der Magie nutzte. Es war, als nährte sich die Kugel von selbst. Sie musste das unterbinden. Aber wie? Sie konnte die Kugel entweder loslassen oder die Kraft wieder zurück in ihren Körper ziehen. Nur leider hatte sie keine Ahnung, wie das ging. Sie wurde nervös. Dann fiel ihr Blick auf den Kamin und die neue Herausforderung brachte sie doch tatsächlich zum Schmunzeln.

Es kostete sie unglaublich viel Konzentration und Kraft, um die winzige Kugel von ihrer Hand über den Boden bis hin zum Kamin zu lenken. Doch sie schaffte es.

Leyla ließ die Feuerkugel auf einen kleinen Holzscheit gleiten und eine Flamme loderte auf und erlosch sofort wieder.

»Puh!«, seufzte sie und stellte fest, dass diese kleine Übung sie schon erschöpft hatte. Sie musste lernen, das anders anzugehen. Sicherlich war ihre Technik vollkommen falsch gewesen. Sie verwarf den Gedanken und klatschte stattdessen begeistert in die Hände. Sie hatte es geschafft. Für einen Moment gestattete sie es sich, zu träumen und über die Möglichkeiten nachzudenken, die sich ihr nun dank dieser sagenhaften Magie, vor der sie sich plötzlich viel weniger fürchtete, eröffneten. Dann schwang sie sich aus dem Bett. Es war Zeit zu frühstücken.

Als sie die Küche betrat, fiel ihr sogleich die merkwürdige Stimmung auf. Theodor wirkte wie immer distanziert und bedachte sie nur mit einem kühlen Blick. Rhymia dagegen schien erstaunlich mürrisch zu sein und nahm Leylas Anwesenheit gar nicht zur Kenntnis. Nur Paisan nickte ihr wie immer freundlich zu.

»Wo ist Aston?«, fragte Leyla.

Rhymias Lippen wurden schmal. Aha. Das war es also.

»Bereits abgereist«, meinte Theodor knapp.

Leyla zog die Augenbrauen hoch. »So früh schon?«

Rhymia schnaubte nur, ansonsten bekam Leyla keine Antwort. So wie sie Aston kannte, hatte der Mann einfach keine Lust gehabt, länger als nötig unter diesem Dach zu verweilen. Was wohl nicht zuletzt an ihr gelegen hatte.

Schweigend aßen sie. Dabei rutschte Leyla unruhig auf ihrem Platz hin und her. Im Gegensatz zum vergangenen Abend wollte sie nun so schnell wie möglich wissen, wie sie ihre Kräfte weiterentwickeln konnte. Sie begann Gefallen daran zu finden.

Endlich brach Theodor das Schweigen. »Wenn du fertig bist, treffen wir uns auf dem Hof zum Üben. Paisan wird später hinzukommen und mit dir einige Lektionen zum Wasser durchgehen.«

Paisans überraschtem Gesichtsausdruck nach hatte dieser bis dahin noch nichts von seinem Glück gewusst. Doch er nickte.

»Versuche einfach, so viel wie möglich zu begreifen«, meinte Theodor. »Morgen brechen wir auf.«

»Das ist viel zu früh«, protestierte Rhymia. »Wie soll sie so schnell lernen?«

»Wir haben keine Zeit. Sie muss ja keine Wunder vollbringen, nur das Wasser an sich verstehen.« An Leyla gewandt, sagte Theodor: »Gib dir wenigstens ein bisschen Mühe.«

Leyla, die sich bisher zurückgehalten hatte und ihr neues Geheimnis auch eigentlich nicht so schnell hatte preisgeben wollen, merkte, wie Theodors Provokation wieder fruchtete. Sie wollte es ihm beweisen.

Sie presste die rechte Hand fest zu einer Faust zusammen und betete innerlich, dass es funktionierte, dann öffnete sie die Finger – und tatsächlich! Auf ihrer Hand lag eine winzige rote Lichtkugel. Sie versuchte, sich ihre Freude nicht anmerken zu lassen und sah stattdessen kühl zu Theodor. Für einen winzigen Augenblick glaubte sie, ein Lächeln über sein Gesicht huschen zu sehen.

Doch dann sah er sie wieder herablassend an. »Ach, wie niedlich. Und was machst du jetzt damit?«, fragte er scheinbar amüsiert. »Reicht das denn schon für eine Kerze?«

Verärgert musterte sie ihn und nahm dabei nur am Rande wahr, wie die Kugel von ihrer Hand verschwand.

»Ich gehe schon mal raus«, murmelte sie und erhob sich. Ihr Blick streifte Theodor und sie dachte irritiert, dass er irgendwie ziemlich zufrieden aussah.

Es war noch recht früh, als sie sich einen Tag später alle vor Rhymias Haus einfanden, um aufzubrechen. In der Nacht hatte es geregnet und die Wiesen waren noch feucht. Die aufsteigende Kühle war ein erstes Anzeichen dafür, dass es jetzt auf den Herbst zuging.

Leyla zog ihre Strickjacke ein wenig fester um sich. Ihren Rucksack hatte sie auf den Rücken geschnallt. Er war bis obenhin mit Proviant, den Rhymia eingepackt hatte, gefüllt. Theodor hatte, als er die

Vorbereitungen zur Kenntnis genommen hatte, etwas mürrisch reagiert.

»Es ist ja nicht so, dass wir Wochen unterwegs sind und ich nicht wüsste, wie man in der Wildnis überlebt«, hatte er beleidigt gemeint.

Leyla hatte daran zwar keinerlei Zweifel, aber dennoch war sie froh, ihr eigenes Gepäck zu haben. Theodor selbst trug nur eine braune Umhängetasche.

»Passt auf euch auf«, sagte Rhymia. An Theodor gerichtet, fügte sie hinzu: »Sei nett zu ihr!«

Er verdrehte die Augen. Doch anstatt patzig zu antworten, sagte er nur: »Passt ihr auch auf euch auf. Reist schnell und vorsichtig. Wir sehen uns in Numäia.«

Rhymia nickte und wandte sich dann an Leyla. Sie wirkte ein wenig traurig, wünschte Leyla alles Gute und viel Glück, dann schloss sie sie fest in die Arme. Leyla schluckte, als ihr bewusst wurde, dass dies ein Abschied für immer war. Sie hatte die alte Frau in den wenigen Tagen ins Herz geschlossen und spürte eine unangenehme Enge in der Brust.

»Danke«, war alles, was sie sagen konnte, doch mehr brauchte es auch nicht.

Sie sah Paisan an. Der Mann hatte ihr am vergangenen Tag so viel wie möglich erklärt, um sie auf alle Eventualitäten vorzubereiten. Sie bedankte sich auch bei ihm. Als sie sich verabschiedet hatte, drehte sie sich zu Theodor um. Der streckte seine Hand aus und wartete darauf, dass sie sie ergriff. Sie blinzelte irritiert.

»Dachtest du, ich würde zu Fuß gehen? Nicht, dass ich dich nicht laufen lassen würde, aber wenn du dabei so langsam wie beim Lernen bist, kommen wir ja nie an.«

Sie schnaubte und ergriff seine Hand. Ihr Herz setzte einen Schlag aus, als er sie dicht an sich heranzog. Dann spürte sie, wie ein Druck unter den Füßen sie vom Boden abhob. Instinktiv packte sie Theodor an den Schultern und krallte sich an ihm fest, während der Boden sich noch ein Stück weiter entfernte. Das war durchaus sonderbar. Sie hatte zwar keine Höhenangst, aber mitten im Nichts zu stehen, empfand sie doch als gewöhnungsbedürftig. Theodor nickte Rhymia und Paisan noch einmal zu, dann sausten sie durch die Luft Richtung Nordost, Richtung Numäia.

Sie reisten rasch und hätten Numäia sicherlich auch alsbald erreicht, wenn sie nicht zahlreiche Pausen gemacht hätten. Keineswegs war das Theodors Kraft zu schulden, sondern der Tatsache, dass er keine Gelegenheit ausließ, Leyla Lektionen zu erteilen.

»Konzentrier dich!«, rief er, als die Luftkugel, die sie erzeugt hatte, mal wieder ihr Ziel verfehlte.

Er saß im Gras, an einen Baum gelehnt und beobachtete sie. Sie seufzte. Sie hatte gedacht, es würde reichen, die Kraft zu kontrollieren, und war ganz aus dem Häuschen gewesen, als sie es nach drei Tagen schaffte, Elementkugeln routiniert zu erzeugen und zu vergrößern. Doch Theodor hatte sie schnell daran erinnert, dass sie noch eine Aufgabe zu erledigen hatte und dafür viel mehr notwendig war. Sie konzentrierte sich also, ließ die Kugel durch die Luft sausen und steuerte sie bis zu dem toten Baum. Es klappte.

»Ha!«, rief sie.

»Schön, und jetzt hol sie zurück«, meinte Theodor knapp.

»Was?« Die Kraft entglitt ihr, als sie ihn verständnislos ansah und jagte als kleiner Lufthauch davon. Theodor erhob sich.

»Das war wohl nichts. Wir machen später weiter«, sagte er, stand auf und kam zu ihr herüber.

»Rhymia meinte, so etwas dauert. Und wenn man bedenkt, was ich in den letzten Tagen geleistet habe, bin ich also recht schnell im Lernen«, erwiderte Leyla trotzig.

Theodor packte sie mit einer Hand, mit der anderen machte er ein paar winzige Bewegungen und sie stiegen wieder in die Luft.

»Kein Wunder, mit einem Lehrer wie mir.«

Sie verdrehte die Augen. Leider musste sie zugeben, dass er wirklich gut darin war, Dinge zu erklären. Er hatte ein Talent dafür. Allgemein schien es ihm leicht zu fallen, mit Worten umzugehen. Mittlerweile hatte sie auch begriffen, dass seine Provokationen dazu dienten, sie herauszufordern. Was unglücklicherweise gut klappte. Sie atmete geräuschvoll aus.

»Schon erschöpft?«, fragte Theodor und zog die Augenbrauen hoch. Er wich einem Ast aus und ließ sie dann weiter zwischen den Bäumen hindurch schweben.

»Nein, ich habe mich nur gefragt, warum wir die Reisezeit so verschwenden«, log sie. »Du könntest mir auch während des Schwebens Unterricht erteilen. Oder überfordert dich das?«

Er lachte und sie bereute ihre Frage schnell, denn natürlich überforderte es ihn keineswegs. Er erklärte ihr allerhand Dinge und bald fiel es ihr schwer, so viele Informationen aufzunehmen.

»Und wenn ich den Regen umleiten will, damit ich nicht nass werde?«, fragte sie ein paar Stunden später.

Sie hatten wieder einmal eine Pause eingelegt, denn Leyla konnte sich nicht auf sich bewegende Kugeln konzentrieren.

»Das brauchst du nicht zu können und zu wissen. Du musst nur lernen, die Kraft zu kontrollieren und sie wieder zurückzuziehen. Alles andere ist überflüssig. Die Verwendung von Magie ist in deiner Welt ohnehin verboten.«

»Ach, komm schon, Theodor«, rief sie.

»Ich bin kein Aquist«, wehrte er ab.

»Soll heißen?«, fragte sie lauernd und er knurrte.

»Keine Ahnung wie das geht.«

»Du weißt es nicht. Theodor van Raiken kann meine Fragen nicht vollständig beantworten«, stichelte sie.

Er hob warnend die Augenbraue, doch sie konnte die leichte Belustigung in seinem Blick wahrnehmen.

»Jetzt komm schon«, forderte er sie auf.

Es fiel ihr schwer, sich zu konzentrieren, wo sie gerade so entspannt miteinander reden konnten. Doch sie zwang sich dazu, seine Elementkugel, die vor ihr in der Luft hing, zu fixieren.

»Zieh sie heran, erforsche die Struktur, löse sie auf und nimm die Kraft in dir auf«, sagte Theodor. Es klang einfacher, als es war.

Sie aktivierte ihre magischen Adern und lenkte ihre Aufmerksamkeit auf seine Kugel. Schon das Heranziehen bereitete ihr Schwierigkeiten. Als es ihr endlich gelungen war, untersuchte sie eingehend die Struktur und stellte schnell fest, dass sie sich in einigen Aspekten von der ihrigen unterschied. Sie begriff, dass jede Elementkugel individuell war und eine Art Signatur trug. In diesem Fall die von Theo.

Das Auflösen der Struktur wollte ihr allerdings nicht gelingen. Frustriert rieb sie sich die Stirn, hinter der es unangenehm pochte. Sie versuchte, die aufkommenden Kopfschmerzen zu ignorieren, und starrte verdrossen auf die weiß schimmernde Kugel.

»Kurze Pause«, sagte Theodor, der sie aufmerksam beobachtete, und die Elementkugel verschwand.

Sie nickte zustimmend, schnappte sich einen Keks aus ihrem Rucksack und ließ ihren Blick schweifen. Bäume verdeckten noch immer die Sicht, doch vorhin beim Schweben hatte Leyla bereits die schwarze Universität in der Ferne entdeckt, die sich wie ein düsteres Mahnmal vom Himmel abhob. Sie hatte nicht mehr viel Zeit, um den Kraftrückzug zu erlernen und ihre Kräfte vollends zu verstehen.

»Als ich von der *Aquarati* gefallen bin, haben mich die Seeleute gar nicht in die Luft gehoben. Sie hätten mich doch so zurück auf das Schiff holen können«, meinte sie und dachte weiter über die Elementmagie und ihre Möglichkeiten nach.

»Über dem Wasser zu schweben, ist extrem schwierig. Dir fehlt der Gegendruck, den du an Land hast und den du für den Zauber brauchst, wenn du nicht einfach unkontrolliert und wie vom Sturm dahingeweht durch die Gegend segeln willst. Du kannst Wasser verdrängen, aber … Ich habe tatsächlich noch nie versucht, über dem Wasser zu schweben. Es kommt natürlich auch auf die Breite des Gewässers an. Über einem Fluss zu schweben, ist kein Problem und gänzlich etwas anderes, als die Große Straße oder ein Meer zu überqueren. Ähnlich ist es bei sehr tiefen Schluchten. Wenn die Wände dicht beieinander sind, kannst du problemlos eine Luftdecke unter dir ausbreiten. Aber du brauchst halt immer …«, er schien nach den richtigen Worten zu suchen, »… sagen wir: eine Art Orientierungspunkt für deine Kraft. Ich glaube, es ist nicht unmöglich, kontrolliert über das Wasser zu schweben, aber ich kenne niemanden, der dazu in der Lage ist.

Die Seeleute hätten dich natürlich mit einer großen Welle oder einer Fontäne emporheben können. Da kenne ich mich aber zu wenig aus. Ich würde denken, Ersteres ist für die Schifffahrt sehr gefährlich, Letzteres hätte dich verletzen können, da du nicht darauf vorbereitet gewesen bist. Die Seeleute werden ihre Gründe gehabt haben, dich nicht mit ihrer magischen

Kraft herauszuziehen.« Er schien einen Augenblick zu überlegen. Dann zuckte er die Schultern.

»Können wir weitermachen?«, fragte er und sie nickte. Er formte erneut eine Kugel und sie zog sie zu sich heran.

Sie gab wirklich ihr Bestes. Aber es wollte ihr partout nicht gelingen, die endgültige Kontrolle über diese Kugel zu übernehmen, um die Kraft in sich aufzunehmen.

»Ich schaffe das nie«, murmelte sie. Die Worte rutschten ihr einfach so heraus. Theodor sah sie lange an.

»Doch«, sagte er dann leise. »Du hast in wenigen Tagen mehr als nur Kontrolle gelernt, du hast eine beeindruckende Auffassungsgabe, also wirst du auch das hinbekommen.«

»Hast du mir gerade ein Kompliment gemacht?«, fragte sie vollkommen perplex und starrte ihn an.

Er lächelte. Es war ein so ehrliches Lächeln, das ihr ganz warm wurde. Doch der Moment währte nicht lang und schon setzte er wieder diesen ruhigen, kühlen Gesichtsausdruck auf. Leyla schauderte. Hatte sie etwa gerade einen Blick hinter die Maske werfen können? Unweigerlich stieg in ihr der Wunsch auf, noch mehr von diesem Theo zu sehen.

»Ich mache nie Komplimente«, sagte er gerade knapp.

»Du machst *mir* nie welche«, verbesserte sie ihn.

Er seufzte. Sie starrte ihn weiter an. Aus irgendeinem Grund hatte sie das Gefühl, dass er noch etwas sagen wollte. Oder sie hoffte es. Und tatsächlich.

»Hör zu«, sagte er leise. »Mein Verhalten bei Rhymia …« Er atmete tief ein. Offensichtlich fiel es ihm schwer, die Worte auszusprechen. »War … nicht sonderlich diplomatisch.«

»Diplomatisch?«, wiederholte sie amüsiert.

»Mehr wirst du von mir nicht hören«, sagte er.

Sie konnte nicht verhindern, dass ein Lächeln um ihre Mundwinkel zuckte. Ohne noch etwas zu erwidern, konzentrierte sie sich wieder auf seine Elementkugel. Und das mit neuem Elan.

Es wunderte sie, dass er keine Pause machte, um bei sich zu Hause Halt zu machen. Das konnte schließlich nicht weit von ihrem jetzigen Standpunkt aus sein. Doch Theodor landete in dem Wäldchen nahe der Universität und erklärte ihr, dass sie von hier aus direkt zur Uni gehen würden. Gehen, nicht schweben, wohlgemerkt, denn seiner Meinung nach waren sie beim Laufen achtsamer. Und er schien recht zu haben.

Sie gingen schweigend und sehr langsam, geradezu bedacht nebeneinander her. Dass Theodors Schritte immer vorsichtiger wurden, beunruhigte Leyla. Plötzlich knackte etwas unter ihren Füßen. Ein Schauer überzog ihren Rücken, als sie das grüne Gras verließen und sich nun zwischen den schwarzen Bäumen hindurchbewegten. Aber irgendwie schienen die Bäume gar nicht mehr ganz so schwarz, oder irrte sie sich? Sie blinzelte irritiert und blieb stehen.

»Alles okay?«, fragte Theodor. Er wirkte ungewohnt angespannt.

Sie nickte und setzte sich wieder in Bewegung. Er legte seine linke Hand auf ihren Rücken und sie hatte das sonderbare Gefühl, dass es eine Geste des Schutzes war. Etwas, was sie noch nervöser werden ließ.

»Wir sind fast da. Du hast nur einen Versuch. Versagst du, könntest du so Sir Moi töten. Bedenke das.«

»Sir Moi?«, fragte Leyla verständnislos.

»Er ist in der Bibliothek versteinert worden.«

»Ja, das weiß ich. Pan hat ihn mir gezeigt, als ich das erste Mal das Universitätsgelände erkundet habe.« Es schien ihr abstrus, von einem Menschen wie von einem Kunstobjekt zu sprechen. »Aber was hat er mit der Sache zu tun?«

»Er hat den Schlüssel, ohne den wir nicht an Pagnon herankommen. Du musst zuerst ihn entsteinern.«

Entsetzt sah Leyla ihn an. Diese kleine Information hatte er ihr bisher verschwiegen. Er hatte ihr wohl klargemacht, was passierte, wenn sie es nicht schaffte, das Muster der Elemente, die zur Versteinerung geführt hatten, aufzudröseln und gleichmäßig zurückzuziehen. Dass sie das Rückzug-Experiment aber zuerst an einem Lebewesen durchführen sollte, schnürte ihr schon jetzt die Kehle zu. Zumal ihr der Kraftrückzug bis jetzt nur einmal bei einem Element und auch eher durch Zufall gelungen war.

»Du hast gesagt, ich soll Pagnon entsteinern, und dann kann ich gehen.«

»So ist es. Nur: Vor Pagnon brauchen wir eben noch Sir Moi.«

»Und wenn er nicht bereit ist, dich an das Buch zu lassen? Es scheint ja ziemlich wichtig und wertvoll zu sein, wenn ihr alle danach sucht.«

»Alle?«

»Na ja, die Dunkelalben haben auch von Pagnon gesprochen.«

Theodor hielt inne und sah sie stirnrunzelnd an.

»Also, warum sollte Sir Moi dich an das Buch lassen?«, wiederholte Leyla.

»Lass das mein Problem sein. Mach du einfach keine Fehler und es wird funktionieren.«

»Bloß keinen Druck aufbauen«, schnaubte sie. Dann zuckte sie plötzlich zusammen.

»Was?«, fragte er alarmiert.

»Pan«, flüsterte sie und spürte, wie Aufregung sich in ihr breitmachte.

»Pan?«

»Wenn ich Sir Moi vom Stein befreien kann, dann kann ich auch Pan befreien«, flüsterte sie und der Gedanke stimmte sie glücklich.

»Solange Kroaas lebt und im Krater haust, kannst du dort gar nichts«, wies Theodor sie zurecht. »Es sei denn, du möchtest auch als Steinfigur enden.«

Ihre Schultern sanken mutlos wieder herunter. Er hatte recht. Sie konnte aktuell gar nichts für Pan tun. Außer sich an die Hoffnung klammern, dass er doch nicht wirklich tot war. Sie richtete sich wieder auf.

»Wenn ich du wäre, würde ich noch etwas üben«, unterbrach Theodor ihre Gedanken und deutete auf die schwarze Umgebung.

Mit zittrigen Fingern berührte sie einen versteinerten Baum und schloss die Augen. Sie spürte die Magiefäden, das war etwas, was sie verstanden hatte. Aber diese Fäden zu entflechten und zurückzuziehen, war schon schwer genug, wenn es sich um ein Element handelte. Hier im Stein waren vier miteinander verwoben und verschmolzen. Sie wusste nicht, wie sie sie lösen sollte.

»Schau an, wen haben wir denn da?« sagte eine Stimme hinter ihr. Sie zuckte zusammen und wirbelte herum. Theodor neben ihr spannte sich an.

»Chayenne!«

Kapitel 10

Rückzug

»Theo.«

Es war tatsächlich Chayenne, die da zwischen den Bäumen hervortrat. Wie immer war sie perfekt gestylt, bewegte sich elegant und zu Leylas Überraschung lächelte sie breit.

»Was führt dich hierher?«, fragte sie und drehte dabei geradezu verträumt an einer Haarsträhne, die sich aus ihrer kunstvollen Frisur gelöst hatte. Leyla, die zurückgewichen war, sah zu Theodor, dessen Miene wie immer kühl und ausdruckslos war.

»Ich könnte dich dasselbe fragen«, sagte er.

Sie lachte. »Das könntest du. Aber du hast sicherlich Verständnis dafür, dass ich dir keinerlei Auskunft geben werde. Außerdem«, fügte sie hinzu und plötzlich wurde ihre Stimme kalt und berechnend, »ist deine Geschichte sicherlich spannender als meine – denn du dürftest eigentlich nicht mehr leben.«

Theodor nickte bedächtig und machte einen Schritt auf sie zu. »Wie man sich täuschen kann.«

Ihr Blick huschte zu Leyla, doch sie schien kein weiteres Interesse an ihr zu haben und lächelte Theodor kurz darauf wieder zuckersüß an.

»Was machen wir jetzt nur?«, fragte sie zynisch.

»Nun, da du uns hier gesehen hast, verstehst du sicher, dass ich dich nicht gehen lassen kann«, sagte er dann ruhig.

Sie lächelte noch breiter und hob scheinbar bedauernd die Hände.

»Du enttäuschst mich so, Theo! Wir beide hätten so gut zusammenarbeiten können. Wir sind doch das perfekte Team.«

Noch während sie sprach, schnellten ihre Hände nach vorne. Feiner Sand bildete sich in der Luft, formte eine große gelbe Wolke, die auf Leyla und Theodor zuschoss. Sie erreichte sie aber nicht annähernd, denn Theodor rief mit einer simplen Handbewegung einen Windstoß hervor, der den Sand zurück zu Chayenne schleuderte. Sie duckte sich und ließ den Sand über sich hinweg sausen. Dann richtete sie sich auf und tastete mit den Fingern nach ihren Haaren, um zu sehen, ob die Frisur noch ordentlich saß.

»Hier in dieser versteinerten Umgebung muss es dir schwerfallen, überhaupt etwas mit deinen Fähigkeiten anzufangen«, meinte Theodor höhnisch. »Sag, wie viel Kraft haben dich diese paar Krümel gekostet?« An Leyla gewandt fügte er hinzu: »Geh schon einmal vor, ich regle das hier. Es wird wohl nicht lange dauern.«

Leyla nickte, denn sie hatte nicht das geringste Interesse daran, in Chayennes Nähe zu bleiben. Sie drehte sich um und erstarrte.

»Äh, Theodor«, sagte sie zögernd und machte einen Schritt zurück. Ihre Stimme würde hoffentlich ausreichen, um ihm klarzumachen, dass etwas nicht stimmte. Sie wagte es nicht, sich zu ihm umzudrehen, um zu überprüfen, ob er reagierte, denn ihr Blick haftete auf drei Gestalten, die sich langsam ihren Weg auf sie zu bahnten.

»Verdammt«, murmelte Theodor. »Das dauert dann wohl doch ein paar Minuten länger.«

Ehe er den Satz beendet hatte, streckte er beide Arme von sich, und eine gigantische Druckwelle bewegte sich auf die Neuankömmlinge zu. Sie jagte an den Bäumen vorbei, packte versteinerte Äste, brach sie ab und riss sie mit sich mit. Jeden normalen Menschen hätte diese Gewalt von den Füßen gerissen. Doch die drei Unbekannten waren keine normalen Menschen.

Einer von ihnen hob ebenfalls die Hände, fing den Großteil der Kraft ab und leitete sie um. Sie krachte gegen einen Baum, der gefährlich knackte. Die drei selbst wankten nur leicht. Also war mindestens einer von ihnen ein Aerist.

Leyla musterte den Mann. Er war nicht sonderlich groß, wirkte aber sehr stark und wild. Sein buschiger rotblonder Bart verlieh ihm ein wikingerhaftes Aussehen. Er lachte hämisch und strich sich eine Locke aus dem Gesicht. Links von dem Mann stand ein Wesen, das den Dunkelalben ähnlich sah. Doch es war viel kleiner als diese, die Haut war fast schwarz und die Nase lang und spitz. Diese unangenehme Erscheinung ließ in Leyla augenblicklich noch ein wenig mehr Furcht aufsteigen.

Nun nahm sie die letzte Person in Augenschein, die zur Rechten des Mannes stehen geblieben war. Es war eine Frau mit langen schwarzen Haaren und sehr kantigem Gesicht, die jetzt ihre Hand hob und eine merkwürdige Kreisbewegung ausführte. Erst geschah gar nichts und Leyla hoffte schon, dass der Zauber fehlgeschlagen war. Doch in diesem Moment stoben unmittelbar vor ihr Flammen auf.

Sie keuchte, machte einen Satz nach hinten und verfolgte mit weit aufgerissenen Augen das Geschehen. Die Flammen jagten in einem ungeheuren Tempo um sie und Theodor herum und schlossen sie binnen eines Sekundenbruchteils in einem Kreis aus prasselndem, hoch loderndem Feuer ein.

»Ich hasse Feuer«, murmelte Theodor.

Leyla sah, dass er fieberhaft zu überlegen schien, während er mit zusammengekniffenen Augen die Flammen inspizierte. Der Kreis wurde kleiner, das Feuer kroch auf sie zu.

Leyla konnte die immense Hitze spüren, sie trieb ihr den Schweiß auf die Haut. Ein paar Sekunden später war sie schon vollkommen durchnässt. Die Haare klebten in ihrem Gesicht. Panisch drehte sie sich hin und her, doch sie konnte kaum noch etwas sehen, dicke schwarze Rauchwolken türmten sich vor und über ihr. Sie hustete und versuchte, an Luft zu kommen. Vergeblich. Der Rauch brannte in ihrer Lunge. Sie japste, duckte sich und hoffte, unter den Qualm zu gelangen. Sie öffnete den Mund und zog dann erleichtert den frischen Sauerstoff ein.

Sie wusste nicht, was Theodor gemacht hatte, doch die schwarzen Wolken wehten davon. Immerhin. Doch die Flammen bahnten sich weiter einen Weg auf sie zu. Theodor hatte seine Hände ausgestreckt und bewegte immerzu seine Finger. Die Flammen bogen sich nach außen, doch sie wichen nicht zurück. Wut zeichnete sich auf seinem Gesicht ab. Offensichtlich schien etwas nicht nach seinen Vorstellungen zu klappen.

Leyla überlegte fieberhaft. Was konnte sie tun? Konnte sie die Flammen löschen? Sie hatte sich bisher so wenig mit dem Element Wasser beschäftigt. Vielleicht konnte sie die Flammen einfach zurückziehen? Sie musste es versuchen.

Sie schloss die Augen, konzentrierte sich auf die Magie, hangelte sich zu der Struktur vor und stieß auf ein unglaubliches Knäuel aus magischen Fäden. Um die rote Feuerstruktur schlangen sich zwei verschieden Arten weißer Luftmagie, die sich gegenseitig blockierten. Da endlich begriff Leyla, was Theodor so wütend machte. Er versuchte, den Flammen den Sauerstoff zu entziehen, aber der andere Aerist hielt dagegen.

Theodor änderte seine Taktik. Blitzschnell suchte er sich eine andere Stelle im Feuer und attackierte diese. Für einen winzigen Augenblick hatte er Erfolg. In der Flammenwand tat sich ein Loch auf. Doch es schloss sich ebenso schnell wieder, wie es aufgetaucht war. Leyla drehte sich um die eigene Achse. Hinter den Flammen entdeckte sie schwarze Schemen, doch sie konnte unmöglich sagen, ob das ihre Angreifer, die sich näher an sie heranpirschten, oder die Bäume waren.

›Tu etwas!‹, dachte sie panisch. Theodor konnte den Kreis nicht an mehreren Stellen angreifen, aber sie konnte ihn unterstützen. Sie hob die Hand. Ein dumpfes Geräusch ertönte hinter ihr und riss sie aus der Konzentration. Sie drehte den Kopf, und für einen Moment schien die Welt stehen zu bleiben. Dann schrie sie gellend. Von irgendwo außerhalb des Feuerscheines erklang ein Lachen.

Dicke schwarze Rauchwolken versperrten wieder Leylas Sicht, als sie nicht mehr von Theodors Magie umgelenkt wurden. Ihr Schrei hatte ihn für einen winzigen Augenblick aus dem Konzept gebracht. Doch er hatte sich schnell wieder im Griff und pustete den Rauch zur Seite. Gerade noch rechtzeitig. Im letzten Moment sah Leyla die riesige, haarige Faust und wich aus. Sie ließ sich zu Boden fallen und rollte sich zur Seite, was sie gefährlich nah an die Flammen brachte. Die Hitze war unerträglich, doch sie achtete kaum darauf. Sie richtete ihre Aufmerksamkeit auf das Wesen, das soeben von oben in den Kreis gesprungen war.

»Gestaltwandler hasse ich übrigens auch«, zischte Theodor, der alle Hände voll damit zu tun hatte, das Feuer in Schach zu halten. Leyla sah auf. Tatsächlich hatte das Tier leuchtend gelbe Augen.

Es war ein Affe. Keine Art, die Leyla bekannt war. Er stieß ein widerliches Brüllen aus und sprang mit einem Satz auf Theodor zu. So klein, wie der Kreis war, würde er Theodor noch im Sprung erwischen.

»Nicht!«, rief Leyla und schnellte hoch, doch ihre Sorge war unbegründet.

Theodor schleuderte den Affen mit einem gewaltigen Stoß von sich und aus dem Feuerkreis heraus. Es knackte, das Tier brüllte und Leyla meinte kurz darauf, im fernen Geäst einen gewaltigen schwarzen Schatten zu sehen. In dem Moment packte sie eine Hand.

Theodor schien keinen weiteren Gedanken an den Gestaltwandler verschwenden zu wollen. Sein Gesicht wirkte grimmig. Er zog sie zu sich. Dann erhoben sie sich in die Luft, immer höher und höher. Offensichtlich wollte er über das Feuer schweben. Doch der Feuerkreis hob ebenfalls vom Boden ab und verfolgte sie. Er ließ ihnen keine Möglichkeit des Durchkommens. Theodor schnaubte wütend.

»Was sollen wir tun?«, fragte Leyla angespannt.

»Ich lasse dich jetzt fallen«, erwiderte er leise. »Fang dich bitte unten selbst auf. Nutze die Luft dafür – als wenn du schweben wolltest. Du weißt, wie das geht. Roll dich nach hinten unter dem Kreis hindurch, dann brauchst du nur noch an Chayenne vorbei. Das dürfte kein Problem sein. Du musst zur Universität. Ich kümmere mich um den Rest und komme dann nach.«

Über ihnen knackte es im Geäst und als Leyla den Kopf hob, sah sie diesen monströsen dunklen Schatten umherhuschen.

Sie wollte etwas einwenden, doch in dem Moment verschwand die Luftebene unter ihren Füßen und er ließ sie los. Sie fiel. Der Boden kam rasend schnell näher. Sie streckte ihre Hände von sich, suchte nach der Kraft, fand sie und stieß sich ab. Nur eine Handbreit über dem Boden blieb sie liegen, gehalten von den Luftverwirbelungen, die sie geschaffen hatte. Erstaunt darüber, dass das geklappt hatte, ließ sie die Kraft los und fiel das letzte Stück zu Boden. Sie rollte sich unter dem Feuerring hindurch, der Theodor immer noch einschloss. Dann rappelte sie sich auf.

»Soso. Du hast also Kräfte. Interessant«, sagte Chayenne und kam lächelnd auf sie zu. Sie hatte sich offensichtlich nicht von der Stelle bewegt und das Schauspiel bisher interessiert beobachtet. Nun aber schien sie bereit, selbst einzugreifen. Sie trat ganz dicht an Leyla heran. Diese keuchte und versuchte, schnell wieder zu Atem zu kommen. Gierig zog sie die kühle Luft ein.

»Was ist eigentlich dein verdammtes Problem? Kannst du uns nicht in Ruhe lassen?«, fragte sie abgehackt.

Chayenne zuckte mit den Schultern. »Es ist nichts Persönliches. Zu viel Neugier muss eben bestraft werden. Du hast hier ohnehin nichts zu suchen. Und Theo hat den Meister verraten. Er war so sauer. Dann hat er eine Möglichkeit gefunden, um Theo so lange wie möglich zu bestrafen. Eine Strafe, die mit dem Tod enden sollte. Doch nun seid ihr beide schon wieder hier. Es wird den Meister nicht freuen.« Sie seufzte, dann funkelte sie Leyla spöttisch an. »Armer Theo. Es ist ja nicht so, dass er nicht so schon genug Probleme hätte. Aber jetzt muss er wohl auch noch babysitten. Kein

Wunder, dass er dich nicht ausstehen kann. Sieh, wie viel besser er ist, wenn du nicht da bist.«

Leyla schaute nach oben. Tatsächlich hatte Theodor es gerade irgendwie geschafft, dem Flammenkreis zu entkommen und dem Gestaltwandler auszuweichen, der erneut aufgetaucht war. Nun steuerte er auf die drei Angreifer zu. Doch die Flammen verfolgten ihn, drohten, ihn wieder einzuschließen und versperrten Leyla gleich darauf wieder den Blick auf das weitere Geschehen.

Aus den Augenwinkeln sah sie eine Bewegung. Sie duckte sich, bevor Chayennes Hand sie treffen konnte und schubste die junge Frau von sich weg. Die fauchte wie eine wütende Katze und stürzte sich auf Leyla. Wieder wich Leyla aus. Sie packte Chayennes Haare und zog heftig an der jetzt nicht mehr ganz so hübschen Frisur. Chayenne brüllte vor Schmerz und Zorn, griff Leyla an den Hüften und versuchte, ihr das Knie in den Bauch zu rammen. Sie drehten sich im Kreis und schlugen aufeinander ein.

Als sich lange Fingernägel in Leylas Arm bohrten, schrie sie auf und riss die Hand aus den braunen Haaren ihrer Angreiferin. Im nächsten Moment traf sie eine Faust im Magen. Sie stöhnte, taumelte und hatte Mühe, ihr Gleichgewicht zu halten. Chayenne nutzte den Augenblick und trat zu. Sie traf das Knie. Leyla ging zu Boden. Mit dem Ellenbogen krachte sie auf eine versteinerte Baumwurzel. Der Schmerz ließ ihren Arm vibrieren. Chayenne lachte.

»Du bist wirklich so unnütz, wie Theo erzählt hat. In dem Punkt hat er nicht gelogen.«

Sie hob die Hände. Sand rieselte auf Leyla nieder, drang ihr in die Nase und in die Augen. Sie hustete. Tränen liefen ihr über das Gesicht. Sie sah nur verschwommen, trat aber dennoch nach Chayenne. Die wich problemlos aus und lachte erneut. Leyla robbte rückwärts. Sie krallte ihre Hände in den schwarzen Stein. Aus brennenden Augen sah sie, wie Chayenne erneut dazu ansetzte, Magie zu nutzen. Leyla riss ihre Hände vom Boden, bereit, Chayenne ihrerseits alles an Magie entgegenzuschleudern, was sie hatte.

Irgendetwas riss sie dabei mit sich. Es fühlte sich an, als hätte sie ein großes Stück aus dem Boden gezogen, das sie nun nach Chayenne warf.

Was auch immer sie getan hatte, es schien zu funktionieren. Der erwartete Angriff von Chayenne blieb aus und es folgte auch kein hämischer Kommentar.

Stöhnend setzte sich Leyla auf und rieb sich die Augen, bis sie den Sand heraushatte und halbwegs wieder sehen konnte. Dann sah sie sich um. Chayenne war verschwunden. Verblüfft wandte Leyla den Kopf nach rechts und links. Und da sah sie sie.

Scharf zog Leyla die Luft ein. Ihre Finger krallten sich ins Gras. Ins weiche Gras! Sie ließ ihren Blick sinken. Da war kein schwarzer Stein mehr. Schneeweiße Grashalme und eine weiße Baumwurzel strahlten sie an. Ganz langsam stand sie auf. Keine zehn Meter entfernt war ein versteinerter Baum – und daran klebte eine versteinerte Chayenne.

»Um Himmels willen«, flüsterte Leyla und trat näher. Entsetzt fuhr sie mit ihren Fingern über die Stelle, an der Chayennes Gesicht sein musste. Sie war nicht so vom Stein überzogen, wie alles andere, denn sie war keineswegs detailliert erkennbar. Eher sah es so aus, als wäre ein Mensch von einer unförmigen Masse getroffen worden.

Leylas Hände zitterten. Sie begriff langsam, was gerade geschehen war. Als sie ihre Magie nutzen wollte, hatte sie die Struktur im Boden wahrgenommen und sie aktiviert. Aber sie hatte die Magiestränge nicht getrennt und die einzelnen Elemente zurückgezogen, sondern hatte Energie hinzugefügt, den Stein so verflüssigt und dann transportiert. Und sie wusste genau, wie es funktioniert hatte.

Hastig wandte sie sich um und rannte los. Sie machte einen großen Bogen um den Feuerkreis, hetzte um Bäume herum, stolperte über Wurzeln und schlug dann wieder einen Bogen nach links. Keuchend blieb sie, im Schutz von schwarzen Ästen und Blättern, stehen und verschaffte sich einen Überblick.

Theodor stand der Flammistin und dem albenähnlichen Wesen gegenüber. Der unbekannte Aerist lag weiter hinten am Boden, regungslos und mit sonderbar verrenkten Gliedern. Schnell wandte Leyla den Blick wieder ab. Jetzt, wo der Aerist ausgeschaltet war, hatte Theodor es irgendwie geschafft, die Oberhand zu gewinnen. Die Frage war nur, für wie lange.

Ein Feuersturm jagte immer wieder um ihn herum, den er stets in eine Art flammenden Tornado verwandelte und auf die Angreifer zurückschoss. Das albenähnliche Geschöpf konnte er sich so gut vom Leib halten, doch die Flammistin zog ihre eigene Kraft immer wieder zurück, bevor die Flammen sie erreichten. Dann wich sie dem Luftstrom aus und begann ihren Angriff erneut. Es schien nur noch auf Kraft und Ausdauer anzukommen.

Plötzlich sprang das albenähnliche Wesen vor. Theodor wich aus und stieg in die Luft. Sein Gesicht war rußverschmiert und sein Hemd zerrissen. Ein Feuerball schoss auf ihn zu, dem er mit Leichtigkeit auswich. Er schien eher empört als erschöpft. Offensichtlich hatte er gedacht, dass das Problem schneller zu erledigen sei und die Verzögerung ärgerte ihn sichtlich.

Leyla zog tief die Luft ein und fixierte die Flammistin. Sie würde Theodor jetzt helfen. Ihre Hand krallte sich in den versteinerten Baum, sie suchte nach ihrer Kraft und leitete etwas davon in den Stein über, in diese seltsamen Strukturen, die sie dort erspürte. Dann griff sie nach der Masse. Doch sie entglitt ihr. Nervös drehte Leyla mit der freien Hand an ihrem Ohrring. Dann ermahnte sie sich selbst, konzentrierte sich und startete einen neuen Versuch.

Dieses Mal klappte es. Sie packte die Kraft und warf sie in Richtung der Flammistin. Ein schmatzendes

Geräusch ertönte, als sich der schwarze Stein vom Baum löste und eine schneeweiße Rinde freilegte. Die schwarze Masse flog nach vorne und packte die Flammistin, die den Angriff von der Seite nicht erwartet hatte. Sie wurde ein paar Meter mitgerissen und fiel dann zu Boden, wo sie die dunkle Masse begrub. Mit zitternden Knien trat Leyla zwischen den Ästen hervor.

Theodor ließ sich zu Boden sinken, er wandte den Kopf und starrte sie an. Fassungslos. Dann wirbelte er herum und rannte los. Einen Moment lang war Leyla vollkommen perplex, dann begriff sie, dass er dem albenähnlichen Wesen nachsetzte, das nun die Flucht ergriff. Leyla löste sich aus ihrer Erstarrung, mobilisierte all ihre Kräfte und rannte ebenfalls los.

»Theodor!«, rief sie keuchend und wurde wieder langsamer. Sie erkannte, dass sie nicht die geringste Chance hatte, ihn oder das Wesen einzuholen. »Lass ihn doch laufen.«

»Er hat gesehen, was du kannst«, brüllte er ihr über die Schulter zu. »Er darf nicht entkommen! Bleib hier!« Dann verschwand er zwischen den Bäumen.

Sie drosselte ihr Tempo und blieb schließlich erschöpft stehen. Sie schnaufte und drehte sich um die eigene Achse. Ihr Blick glitt über die Bäume. Sie lauschte. Wohin war der Gestaltwandler verschwunden? Panisch durchsuchte sie mit Blicken jeden Zentimeter des Geästs. Die schwarzen Blätter klirrten merkwürdig, als Wind durch sie hindurchstrich. Doch sie schien allein zu sein. Müde ließ sie sich im Schneidersitz auf den Boden sinken, um auf Theodor zu warten. Ihre Beine trugen sie einfach nicht mehr länger.

Irgendwo knackte es im Unterholz. Kurz darauf spürte sie eine Hand auf der Schulter. Sie zuckte zusammen, doch es war nur Theodor, der sich nun mit einem Laut der Erleichterung neben ihr zu Boden sinken ließ. Sein Atem ging schnell. Er fuhr sich mit dem zerrissenen Hemdsärmel über das Gesicht und verschmierte dabei Schweiß und Dreck. Sie schwiegen einen Moment, dann ergriff Leyla das Wort.

»Hast du ihn erwischt?«

»Ja.« Er nickte und sie schauderte.

»Was war das für eine Kreatur?«

»Ein Nachtmahr. Widerwärtige Wesen. Sie sind eng mit den Dunkelalben verwandt.«

Er griff hinter sich und zog ihren Rucksack nach vorne. Sie stutzte. Sie hatte ihn fallen gelassen, als sie gegen Chayenne gekämpft hatte. Theodor musste ihn eben noch geholt haben.

»Der Affe«, sagte sie zögernd und beobachtete, wie Theodor sich wie selbstverständlich ihre Wasserflasche angelte und gierig trank.

»Vermutlich abgehauen.« Er reichte die Flasche an Leyla weiter. »Hat ein paar Schläge von mir kassiert und ist dann verschwunden. Die meisten Gestaltwandler sind mehr Tier als Mensch, nicht so wie Pan. Sie denken sehr einfach und es ist schwer, sie davon zu überzeugen, für dich zu arbeiten. Wenn sie es doch tun und es läuft nicht wie geplant, hauen sie ab und retten ihre eigene Haut. Unzuverlässiges Pack.«

Leyla nickte und knetete nervös ihre Finger. Jetzt ging es langsam auf die brenzlige Frage zu, die ihr schwer auf der Seele lastete.

»Die Bäume«, sagte sie. »Sie sind weiß.«

»Natürlich. Es war Winter, als sie versteinert wurden. Da werden Pflanzen und Bäume nun einmal weiß. Ist das bei euch nicht so?«

Sie schüttelte den Kopf, ohne aufzusehen.

»Meinst du, sie sind tot?«, fragte sie dann leise.

»Chayenne und die Schwarzhaarige? Ich denke nicht. Irgendwie sind die Strukturen in dem Stein so angelegt, dass alles darunter erhalten bleibt. Ich habe allerdings keine Ahnung, wie das funktioniert.«

Leyla seufzte erleichtert.

»Hör auf, darüber nachzudenken«, sagte Theodor. »Du hast alles richtig gemacht.«

Sie sah auf, verblüfft aufgrund seines sanften Tonfalls. Sein Blick ruhte auf ihrem Arm, auf dem Chayennes lange Fingernägel blutende Striemen hinterlassen hatte. Sanft fuhr er mit seinem Finger über die Wunden. Ihre Haut begann zu prickeln. Sie hielt die Luft an.

Dann griff er nach seiner braunen Umhängetasche und begann darin zu wühlen. Er beförderte einen kleinen Behälter zutage.

»Hat Rhymia uns mitgegeben. Nur für den Fall«, erklärte er und begann, eine hellblaue Salbe dünn auf ihrem Arm zu verteilen.

»Noch irgendwo?«, fragte er.

Sie schüttelte stumm den Kopf. Er musterte sie abschätzig, als wollte er sichergehen, dass sie nicht log. Dann verstaute er die Salbe wieder und erhob sich. Er reichte ihr die Hand und als sie diese ergriff, zog er Leyla hoch.

»Wir müssen weiter, bevor noch mehr dieser Gestalten hier auftauchen«, meinte er und warf einen prüfenden Blick auf ihre Umgebung.

Sie nickte. Gemeinsam setzten sie den Weg zur Universität fort.

»Wie hast du das eigentlich gemacht?«, fragte Theodor.

»Es war sonderbar, ich habe überhaupt nicht darüber nachgedacht. Beim ersten Mal habe ich unbewusst Magie in den Stein fließen lassen. Ich glaube, ich habe die Feuerader benutzt. Dann konnte ich es umleiten.« Sie zuckte mit den Schultern. »Eigentlich wollte ich das gar nicht so machen.«

»Aber es hat instinktiv funktioniert. Wenn du die fremde Kraft nicht separieren und in dir aufnehmen kannst, ist das eine gute Lösung. So kannst du Sir Moi und Pagnon entsteinern, ohne dass sie oder du Schaden davontragen.«

Sie sah ihn mit hochgezogenen Augenbrauen an.

»Schaden davontragen - ich?«, fragte sie dann.

»Nun ja, so ein Kraftrückzug ist nicht ohne. Vor allem nicht, wenn er unkontrolliert geschieht. Zu viel Kraft kann deinen Körper zerreißen. Wenn du sie falsch zurückleitest, ebenso. Wenn du nicht die Kontrolle über alle vier Elemente gleichzeitig beherrschst … Puh, keine Ahnung. Ich schätze, dann versenkt dich ein Feuerball oder so.« Er zuckte mit den Schultern.

»Wann genau hattest du vor, mir das zu sagen?«

»Gar nicht.«

Sie suchte nach einem Zeichen von Schuld in seinem Gesicht, fand aber keines.

»Sieh mich nicht so vorwurfsvoll an«, sagte er. »Hätte ich dir das erzählt, hättest du es doch nie gemacht. Außerdem habe ich dich ja vorbereitet, damit du weißt, wie ein Rückzug funktioniert. Und jetzt haben wir ja sogar noch eine Möglichkeit, die uns alles ganz problemlos erledigen lässt.«

Sie stieß einen undefinierbaren Laut aus.

»Also, was ist?«, fragte er. »Denkst du, du kriegst das hin?«

Sie griff nach einem Zweig, der ihr den Weg versperrte, hielt ihn fest und zog an ihren magischen Adern und der Struktur im Stein. Schwarzer Stein wurde zähflüssig und tropfte zu Boden. Sie nickte.

»Gut.« Damit schien das Thema für Theodor erledigt zu sein.

»Was ist so besonders an Pagnon?«, fragte Leyla, während sie sich der Universität weiter näherten.

»Pagnon enthält unsere ganze Geschichte. Einfach alles. Es schreibt alles auf, was in Naurénya passiert. Vielleicht auch in den anderen Ländern, ich weiß es nicht genau.«

»Das Buch schreibt? Selbst?«

»Es scheint so.«

»Und mit *alles* meinst du was genau?«

»Alles. Absolut alles.«

»Wie soll das funktionieren? Wie gigantisch dick soll dieses Buch denn sein? Es müsste weit größer als die Universität sein, wenn es die Geschichte jedes Einzelnen und jedes Tages notiert. Und wo soll man ein solch gigantisches Buch verstecken?«

»Keine Ahnung.« Theodor schien schon wieder genervt. »Ich habe Pagnon noch nie gesehen. Niemand hat das – außer den Wächtern und niemand außer den Wächtern weiß, wo Pagnon ist. Und ich weiß auch nicht, wie es alles aufschreibt. Vielleicht notiert es auch nur, was wichtig ist.«

»Woher weiß es, was wichtig ist? Was, wenn ich hier jetzt einen Apfel fallen lasse? Das wäre höchst unwichtig, aber wenn daraus ein Baum wächst, der in 50 Jahren die letzten Früchte in ganz Naurénya trägt, ist es doch wichtig gewesen, und wenn Pagnon es dann nicht aufgeschrieben hat …«

Sie hielt inne, denn Theodor war stehen geblieben und funkelte sie böse an. Sie lachte. Es gefiel ihr, ihm die Fehler in seinem Plan aufzuzeigen.

»Schon gut«, lenkte sie schließlich ein. »Also, Sir Moi ist ein Wächter? Und du denkst, wenn keiner außer den Wächtern zu dem Buch darf, darfst du's? Weil du ein van Raiken bist?«

Theodor antwortete nicht und Leyla musste sich ein erneutes Lachen verkneifen. Sie hatte gerade beste

Laune. Sie lebte! Sie verstand ihre magischen Adern immer besser, Theodor war eindeutig beeindruckt und stolz auf sie und bald würde sie diesem ganzen Irrsinn hier für immer entfliehen und in die ruhige, ereignislose Welt zu Hause eintauchen, wo ihre größten Sorgen wieder gute Noten und die Miete sein würden.

Augenblicklich verschlechterte sich ihre Laune wieder. Nur hatte sie überhaupt keine Ahnung, warum. Sie dachte nach. Die Ereignisse der letzten Tage und vor allem der letzten Stunde gingen ihr noch einmal durch den Kopf.

»Pan sagte, Feuer sei das stärkste Element«, murmelte sie und dachte an die Flammistin. Ihr war klar, dass Theodor diese Behauptung nicht gefallen würde, doch sie wollte mehr darüber wissen.

Theodor lachte abwertend, dann schien er jedoch zu überlegen und antwortete ihr tatsächlich.

»Das kommt auf das Wissen und die Stärke des Einzelnen an. Wenn du eine sehr schwache Aeristin bist, kann dich unter guten Bedingungen sogar ein starker Terrest besiegen. Terresten sind die Schwächsten, weil ihr Element zu fest und starr ist, als dass sie es großartig bewegen könnten. Zu große Erdbewegungen wären ja auch gar nicht gut. Generell sind Flammisten und Aeristen die stärkeren Elements.«

Sie sah ihn von der Seite an, doch er deutete mit dem Kopf nach vorne. Sie sah in die angewiesene Richtung und ein unangenehmes Kribbeln breitete sich in ihr aus.

Sie waren da. Vor ihnen lag die schwarze Universität.

Einen Moment starrte sie auf das Gebäude, dann blinzelte sie verwirrt. Irgendetwas stimmte nicht.

»Himmel«, flüsterte Theodor entsetzt und als sie begriff, was sie sah, musste sie ihm zustimmen.

Vorhin hatte sie gedacht, die Bäume würden wirken, als sähe sie schlechte 3D-Effekte durch eine kaputte Brille. Hier aber war es, als ob zwei unterschiedliche Bilder übereinandergelegt worden waren. Dort, wo die Uni schwarz war, fiel es kaum auf. Nur teilweise waren dort gelbliche Zinnen und Verzierungen, die über das Schwarz hinausgingen. Aber auf dem Boden …

Leyla musste noch einmal genauer hinsehen. Da liefen Studenten! Keine Elements, sondern vereinzelte Studenten aus ihrer Welt. Sie waren nicht wirklich da, wirkten sonderbar durchscheinend und weit entfernt, aber es war eindeutig, dass sie von hier aus in die nicht magische Welt schauen konnte. Und überall waren dicke schwarze Risse.

»Das ist gar nicht gut«, sagte sie.

»Komm«, wies Theodor sie an. »Pass auf, wo du hintrittst!«

»Können sie uns auch sehen?«, fragte Leyla unbehaglich.

»So wie es aussieht, noch nicht«, gab Theodor zurück. »Oder würden sie sich dann so ruhig verhalten? Die Schimmerelfen bauen und halten die Grenzen. Das heißt, wir sehen hier so etwas eher als ihr dort drüben – und wir können auch eher hinüber. Du bist eine Ardantica, deswegen ist es bei dir vermutlich anders. In dir fließen so viele Kräfte …« Er brach ab. Leyla nickte und war insgeheim erleichtert, denn sie wollte sich nicht ausmalen, was geschah, wenn die Studenten plötzlich aus Versehen nach Naurénya kamen. Doch Theodor schien ihre Erleichterung nicht teilen zu können.

»Sollte ich rüber können, können es die Dunkelalben auch«, informierte er sie.

Augenblicklich wurde Leyla wieder unruhig.

»Beeilen wir uns«, sagte sie und er nickte.

Sie schlichen über das Gelände, wichen Rissen aus und gelangten zu Leylas Überraschung unbemerkt auf die Rückseite der Bibliothek.

»Das Loch ist verdeckt«, flüsterte Leyla. Ihre Nervosität wuchs. »Man sieht es kaum noch.«

Doch sie hatte sich umsonst Sorgen gemacht. Theodor wusste ganz genau, wo das Loch gewesen war und sie fanden das Panel, das man auch von außen problemlos zur Seite schieben konnte. Sie kletterte in die Bibliothek, in der es dank der geschwärzten Fenster wie immer nur schummriges Licht gab. Leyla sah sich aufmerksam um, doch viel Zeit blieb ihr hierfür nicht. Theodor schien schon wieder ungeduldig. Er griff nach ihrer Hand, ohne sich darum zu scheren, wie sie zusammenzuckte, und zog sie mit sich mit. Vorsichtig schlichen sie die Treppe hinauf, gelangten auf die Galerie und von dort aus in den gigantischen Saal voller Regale und Bücher. Theodor ging zwar sehr vorsichtig, aber auch zielstrebig. Er schien den Weg ganz genau zu kennen.

»Offenbar ist kein Alb hier«, flüsterte Leyla. Sie sah sich immer wieder um.

»Vermutlich sind sie alle im Keller bei Pagnon. Hoffen wir, dass sie das Buch noch nicht gefunden haben.«

Leyla nickte, obwohl er das ja nicht sehen konnte, da er vor ihr ging.

»Was wollen die Alben von Pagnon?«, fragte sie leise.

Er zuckte mit den Schultern.

»Keine Ahnung. Nichts Gutes, vermute ich. Man hätte sie einfach nie zurückholen sollen«, fügte er dann knurrend hinzu.

»Zurückholen?«

»Ja.«

»Woher?«

»Aus dem Dazwischen.«

»Dem Dazwischen?« Sie brach ab, denn er war abrupt stehen geblieben. Sie waren da.

Es sah nicht weniger unheimlich aus als beim ersten Mal. Leyla betrachtete die Statue von Sir Moi und das pure Entsetzen in dessen Gesicht.

»Besser, du beeilst dich, wo wir gerade noch unentdeckt sind«, wies Theodor sie an. Er schien ein wenig nervös, was sie nicht unbedingt ruhiger stimmte. Sie nickte und trat schüchtern auf die Statue zu. Sie hob die Hand, doch dann hielt sie inne.

»Er sieht so aus, als wäre er kurz davor gewesen, zu schreien. Was, wenn ich ihn entsteinere und er tatsächlich schreit? Die Dunkelalben wären schneller hier, als uns lieb ist.«

Theodor schien einen Augenblick zu überlegen.

»Vielleicht kannst du nur seine Brust entsteinern? Dann nehmen wir einfach den da.« Er deutete auf den Schlüssel, der um Sir Mois Hals hing. Leyla war empört.

»Theodor!«, zischte sie.

»Schon gut.« Er hob abwehrend die Hände. »War ja nur ein Witz. Wir brauchen ihn doch ohnehin, weil wir sonst nicht wissen, wo Pagnon überhaupt ist. Also entspann dich.«

Sie fand den Witz eindeutig deplatziert und war auch alles andere als entspannt.

»Ich halte ihm einfach den Mund zu«, meinte Theodor und trat hinter den Professor.

»Und wenn ich dann die Versteinerung aus Versehen auf dich übertrage?«

»Untersteh dich.« Er verdrehte die Augen. »Los, jetzt.«

»Na schön.« Mit zittrigen Fingern begann sie, den Stein zurückzuziehen.

Kapitel 11

Pagnon

Es war ein Glück, dass Theodor dem Professor die Hand vor den Mund gehalten hatte, denn tatsächlich gab dieser einen erstickten Laut von sich, kaum dass der Stein von seinem Gesicht geglitten war. Während Leyla tief Luft holte und erleichtert feststellte, dass sie es tatsächlich geschafft hatte, versuchte Theodor, den aufgeregten und sich zur Wehr setzenden Sir Moi zu beruhigen.

»Sir Moi, bitte seien Sie leise! Wenn wir gehört werden …«, sagte er immer wieder.

Und endlich schien er damit Erfolg zu haben. Der alte Mann erkannte Theodor offensichtlich. Seine wässrigen Augen wurden groß.

»Herr van Raiken? Was um alles … Was ist das?« Er sah sich um, sein Blick glitt über die versteinerten Regale und Bücher und er keuchte auf.

»Himmel!«, flüsterte er leise und strich sich mit zittrigen Fingern über seinen grauen Schnurrbart.

»Wir können das jetzt nicht alles erklären«, flüsterte Theodor. »Sie waren ein Dreivierteljahr versteinert und …«

»Ich war was?«, unterbrach der Professor ihn lautstark. »Was tun Sie hier?«

Leyla bemerkte, wie Theodor langsam die Nerven verlor.

»Sir Moi, bitte«, sagte er mühsam beherrscht. »Wir müssen zu Pagnon.«

Sir Moi starrte ihn an.

»Mein lieber Junge, Sie sind wohl nicht mehr ganz bei Sinnen. Nur, weil Sie ein van Raiken sind, haben Sie nicht mehr Rechte an dieser Universität als andere Studenten. Auch wenn Professor Gaël das gerne anders sieht.«

»Sir Moi, Professor«, schaltete sich Leyla ein, bevor der Mann noch mehr von seinen Kollegen erzählen konnte. Doch bevor sie fortfahren konnte, unterbrach der alte Mann auch sie.

»Wer sind Sie? Ich kann mich an jedes Gesicht meiner Studenten erinnern, doch an Sie nicht. Sind Sie neu? Nun, dann müsste ich mich erst recht an Sie erinnern, aber ich weiß nicht, wer Sie sind. Wie kommt das?« Er schien von der Situation überfordert. Mit einer Hand tastete er nach dem versteinerten Stuhl, während er Leyla irritiert musterte.

»Sie ist von drüben«, knirschte Theodor.

»Von drüben?«, rief der Professor gellend und sprang, ohne den Stuhl auch nur berührt zu haben, wieder auf, wobei sein dicker Bauch wackelte.

»Psst!«, machten Theodor und Leyla gleichzeitig.

»Sehen Sie raus«, forderte Theodor den Professor leise auf. Dann warf er alle Höflichkeit über Bord, packte den kauzigen alten Mann und zerrte ihn zum dunklen Fenster, durch das man ja eigentlich nicht viel sehen konnte. Doch es schien zu reichen. Leyla sah, wie die wässrigen Augen des alten Mannes noch größer wurden und sie beeilte sich, zu erklären, was er gerade sah.

»Die Grenzen bröckeln. Ein verrückter Ardantica hat die Universität, die Umgebung und damit auch die Schimmerelfen versteinert. Der Zauber zur Weltentrennung kann dadurch nicht aufrechterhalten werden.«

Der Professor hatte den Blick vom Fenster abgewandt und starrte Leyla verblüfft an.

»Ein Ardantica? Er hat was?« Er musterte noch einmal die Regale und der Groschen schien langsam zu fallen.

»Die Universität versteinert«, wiederholte Leyla. Sie fand Sir Moi ein wenig merkwürdig und wollte sichergehen, dass er auch wirklich verstand, was hier passierte. »Und den Palast, den König und die Sigda ebenfalls«, fügte sie hinzu und sah, wie das Entsetzen in seinen Augen größer wurde. »Wir müssen etwas tun, um den Obsidian, Kroaas, aufzuhalten. Also den Ardantica. Und nur Pagnon kann uns sagen, wie wir das anstellen können.«

Ganz langsam drehte Sir Moi den Kopf zu Theodor.

»Warum weiß sie so viel?«, fragte er verdutzt.

Leyla sah an Theodors Gesichtsausdruck, dass seine Geduld nun wirklich am Ende war. Er öffnete den Mund, doch bevor er etwas sagen konnte, was er vielleicht bereuen würde, ergriff sie erneut das Wort.

»Bitte, Herr Professor. Ich bin nicht direkt von drüben. Also eigentlich …« Sie seufzte und brach ab. »Wir müssen zu Pagnon!«

Er schien die Dringlichkeit in ihrer Stimme wahrzunehmen, denn er nickte, doch gleich darauf schüttelte er heftig den Kopf.

»Nein, das ist unmöglich«, murmelte er dann. »Selbst wenn alles genauso ist, wie Sie sagen. Pagnon kann uns da unmöglich helfen. Niemand weiß, wie dieses Buch zu lesen ist.«

»Sie müssen es doch wissen«, meinte Theodor und verschränkte die Arme. Doch Leyla erkannte, dass er nicht halb so cool war, wie er vorgab zu sein. Sein Blick huschte an den Regalreihen entlang und sie konnte es ihm nicht verübeln. Je länger sie hier standen, umso größer war die Gefahr, entdeckt zu werden.

»Ich? Wieso ich?« Der Professor schien verwirrt.

»Sie sind der Wächter«, sagte Theodor.

Sir Moi fing an zu lachen. Leyla war sich nicht ganz sicher, ob es ein herzliches oder ein verzweifeltes Lachen war. Sein Bauch wackelte heftig unter der mit Goldknöpfen besetzten Weste, die aussah, als ob sie es nicht mehr lange schaffen würde, dem Druck standzuhalten.

Leyla ging sicherheitshalber einen Schritt zur Seite, um nicht von einem der Knöpfe getroffen zu werden, sollten diese abspringen wollen. Gleichzeitig sagten sie und Theodor wieder im Chor: »Pst!«

Doch Sir Moi blieb davon gänzlich ungerührt.

»Ich bin kein Wächter«, fuhr er laut fort.

»Aber …«, sagte Theodor ein wenig fassungslos.

»Ich bin ein Beschützer, ja, aber kein Wächter«, erklärte Sir Moi.

»Wo ist der Unterschied?«

»Ein Beschützer ist eher so etwas wie ein Hausmeister. Meine Hauptaufgabe ist es, darauf zu achten, dass niemand Pagnon findet. Niemand!«, sagte er dann noch einmal und betonte das Wort ziemlich deutlich.

»Aber, mit Verlaub, Sie verstehen offensichtlich nicht«, meinte Theodor, jetzt wieder ganz ruhig. »Pagnon ist unsere einzige Hoffnung. Wir können Ihnen jetzt nicht alles erklären, aber schauen Sie doch raus. Wollen Sie, dass die Welten einstürzen? Sie sehen doch, was gerade passiert.« Er lehnte sich lässig gegen ein Regal, als hätten sie plötzlich alle Zeit der Welt.

Sir Moi sah tatsächlich noch einmal nach draußen und Leyla konnte ihn erschauern sehen. Er schluckte.

»Furchtbar«, flüsterte er und fuhr sich mit beiden Händen über das schüttere Haupthaar. »Es ist furchtbar, aber Pagnon ist keine Lösung, wir müssen …«

Ein dumpfer Knall, der aus dem unteren Teil der Bibliothek zu kommen schien, unterbrach ihn.

»Was war das?«, fragte er erschüttert und sah sich hektisch um.

»Sie versagen gerade«, meinte Leyla lakonisch, fügte aber, als sie den verwirrten Blick bemerkte, hinzu: »Bei Ihrer Aufgabe. Die Dunkelalben schlagen Löcher in sämtliche Türen, um Pagnon zu finden. Wir wissen allerdings nicht, was sie mit dem Buch vorhaben.«

Fassungslos sah Sir Moi sie an. »Dunkelalben? In meiner Bibliothek?«

Er schob Leyla aufgeregt beiseite und lief los. Bei seinem Anblick fühlte sich Leyla an einen Gummiball erinnert, der den Gang entlang hüpfte.

»Er ist schon ein bisschen … verrückt, oder?«, fragte sie. Theodor grinste. Sie kniff die Augen zusammen. »Das waren doch die Dunkelalben, oder?«

»Wer weiß«, meinte er verschmitzt und drehte sich um, um Sir Moi nachzulaufen.

Sie holten den alten Mann rasch ein, denn er verharrte hinter einem der Torbögen, der den Regalbereich der Bibliothek von der Galerie trennte. Fassungslos, aber zum Glück in Deckung der Säulen, starrte er nach unten. Das Sichtfeld war durch das Geländer stark eingeschränkt, doch selbst von hier konnte man sehen, dass unten mindestens zwei Alben standen und leise miteinander diskutierten. Leyla fragte sich, ob sie überlegten, woher der dumpfe Knall gekommen sein mochte. Sie betrachtete den Raum, der einst ein gemütlicher Lesesaal gewesen sein musste. Nun war er völlig zerstört, überall lagen Steinsplitter, Tische waren geborsten und in der hinteren Tür klaffte ein mannshohes Loch.

»Oh weh, oh weh«, murmelte Sir Moi.

»Sehen Sie«, sagte Theodor. »Wir müssen ihnen zuvorkommen. Wer weiß, was sie mit Pagnon anstellen werden. Sie schlagen jede Tür ein, die sie in der Bibliothek finden.«

Sir Moi schien mit sich zu hadern. Verzweifelt legte er den Kopf erst auf die linke, dann auf die rechte Seite und murmelte leise etwas vor sich hin. Leyla verstand nicht viel, aber etwas klang wie »Meine schöne Bibliothek!« und »Dafür bin ich nicht zuständig!«. Dann endlich schien er eine Entscheidung getroffen zu haben.

»Nein«, sagte er entschlossen und drehte sich abrupt um. »Ich werde Sie trotzdem nicht zu Pagnon bringen.«

Theodor packte ihn an der Schulter und hielt ihn fest.

»Was erlauben Sie sich?«, zischte der Professor.

Leyla spähte nervös nach unten. Die Dunkelalben hatten innegehalten und sahen zur Galerie herauf. Leyla hoffte inständig, dass sie sie nicht entdeckten. Sie sah zu Theodor, der den Professor prompt etwas weiter zurückzog.

»Bei allem Respekt«, flüsterte er. »Aber ein *Nein* können wir nicht akzeptieren.«

Der Professor öffnete den Mund, holte tief Luft und hielt inne. Sein Blick huschte unstet umher. Dann sanken seine Schultern herab.

»Van Raiken, ich hoffe, Sie wissen, was Sie tun – und was Sie gerade verlangen.« Er sah sich um. »Wie sollen wir durch die versteinerten Türen kommen?«

Theodor lächelte triumphierend und Leyla unterdrückte ein Augenrollen. War ja klar, dass Theodor selbst die Dozenten der Universität in der Hand hatte.

»Sofern sie nicht schon eingeschlagen sind, übernimmt Leyla das«, antwortete Theodor.

Sir Moi sah ihn mit großen Augen an. »Ich dachte, sie ist von drüben?«

»Ist sie auch«, bestätigte Theodor, ohne sich zu einer weiteren Erläuterung herabzulassen. Langsam begriff Sir Moi offensichtlich.

»Oh weh, oh weh«, rief er, dann lief er wieder zu den Regalen. »Ich hoffe, Sie wissen, was Sie tun, van Raiken«, wiederholte er.

»Das hoffe ich auch«, murmelte Theodor so leise, dass nur Leyla es verstand.

Vorsichtig und gleichzeitig so schnell wie möglich huschten sie zurück durch die Gänge voller Regale, bis hin zu dem Torbogen, der an der Stelle zur Galerie führte, wo die Treppe nach unten begann. Sie verharrten und überlegten.

»Wie kommen wir ungesehen nach unten?«, fragte Leyla.

Theodor setzte zu einer Antwort an, doch Sir Moi kam ihm zuvor.

»Das müssen wir gar nicht. Wir müssen hinauf.« Er deutete auf die geschwungene Treppe, die in den zweiten Stock führte. Auch das Geländer dieser Treppe war durchbrochen und barg somit die Gefahr, gesehen zu werden. Doch es war etwas anderes, hinaufzugehen statt hinunter zu den Alben. Leyla war erleichtert, aber Theodor schien irritiert.

»Wie?«, fragte er verblüfft.

Sir Moi lachte leise. »Ja, ich weiß, alle denken immer, Pagnon wäre irgendwo im Keller versteckt«, entgegnete er flüsternd. »Aber dem ist nicht so.« Er schien sich herzlich über Theodors Blick zu amüsieren.

»Na, dann los« forderte dieser sie auf und setzte sich in Bewegung.

Geduckt schlichen sie auf die Treppe zu. Leyla sah immer wieder nervös nach unten. Wenn sie nur ein Geräusch machten oder einer der Alben zufällig hochsah, war's das.

Sie folgte Theodors Beispiel und ließ sich, kaum dass sie die Treppe erreichten, auf alle viere sinken. So kletterten sie hinauf.

Plötzlich drang ein merkwürdiges Geräusch an ihre Ohren. Sie zuckte zusammen und sah sich um. Sir Moi, der ebenfalls die Treppe hinaufrobbte – und dabei sichtlich Probleme hatte, seinen Bauch über die Stufen zu schieben – war offensichtlich überfordert. Er schnaufte schon nach wenigen Stufen wie eine Dampflok.

Leyla wedelte wie wild mit der Hand, um ihn darauf aufmerksam zu machen, dass er zu laut war, doch er beachtete sie nicht. Wieder richtete Leyla den Blick nach unten. Dort hatten die zwei Dunkelalben von einem weiteren Gesellschaft bekommen und ihr lautes, fieses Gelächter rettete den dreien auf der Treppe womöglich gerade das Leben.

Sie konnte kaum glauben, dass sie den obersten Treppenabsatz tatsächlich unbemerkt erreichten.

Schnell erfasste sie ihre Umgebung. Hier sah alles genauso aus wie ein Stockwerk tiefer. Säulen trennten den eigentlichen Bibliotheksbereich von der Galerie ab. Aber das Wichtigste war: Sie waren hier oben allein.

Sie krochen von der Treppe weg und durch die Torbögen hindurch. Als sie sich sicher waren, dass sie von unten nun wirklich nicht mehr gesehen werden konnten, richteten sie sich langsam auf.

»Hui!«, sagte Sir Moi. Schweiß rann ihm über das Gesicht, doch er gönnte sich keine Pause, trocknete nur kurz die Stirn mit einem weißen Tuch und flitzte – eigentlich hüpfte er eher – durch die Regalreihen. Theodor und Leyla folgten ihm.

Leyla versuchte, sich den Weg zu merken, doch es schien vollkommen aussichtslos. Manchmal hatte sie das Gefühl, dass die Bibliothek in Zirkeln aufgebaut war, dann erschien ihr wieder alles eckig, gerade und klar strukturiert. Sie gab es auf, das Prinzip verstehen zu wollen und war erleichtert, als sie endlich vor einer Wand stehen blieben, in die sich eine unscheinbare Tür einfügte.

Sir Moi sah sie auffordernd an und Theodor nickte ihr zu. Jetzt musste sie zeigen, was sie konnte. Nervös legte sie ihre Hand auf die glatte, kalte Tür und erspürte die Kraft. Vorsichtig zog sie daran. Wie Pech begann der schwarze Stein herunterzulaufen und legte das schlichte Portal tatsächlich frei.

»Nein. Nein! Wie? Eine Ardantica? Zwei Ardantica zur gleichen Zeit? Was bedeutet das?« Sir Moi fixierte sie mit seinen wässrigen Äuglein. Er war eindeutig entsetzt. »Und sie kommt von drüben? Oh weh.«

Leyla ignorierte die Worte des Professors und blickte zu Theodor.

»Bei Gelegenheit musst du das richtige Zurückziehen der Kraft lernen«, meinte er nur. »Sir Moi, wenn ich Sie bitten dürfte.«

Sir Moi hörte mit seinen Selbstgesprächen auf und griff nach dem kleinen Schlüssel, der um seinen Hals hing. Er steckte ihn in das Schloss und drehte ihn dreimal. Es klickte. Mit pochendem Herzen folgte Leyla ihm und Theodor in den dahinter liegenden Raum.

Er war komplett leer. Nur eine schwarze, versteinerte Leiter führte zu einer Luke in der Decke hinauf.

»Bitte?«, fragte Theodor verärgert. »Die Bibliothek hat nur zwei Stockwerke. Wo soll das hinführen? Auf das Dach?« Er war eindeutig wütend. »Sie wollen mir doch nicht erzählen, dass Pagnon auf dem Dach liegt, oder?«

Sir Moi zuckte mit den Schultern. »Nein, das will ich nicht sagen. Ich weiß nur eines: Pagnon liegt an einem Ort, den wir nie betreten sollten.« Er schloss die Tür und augenblicklich wurde es in dem kleinen fensterlosen Raum stockduster.

»Ups!«, sagte der alte Professor.

Leyla hörte etwas klackern und schaben und vermutete, dass er nach der Tür und dem Schloss suchte. Obwohl die Situation es eigentlich nicht zuließ, musste sie über die Tatterigkeit des alten Mannes lächeln.

»Leyla«, knurrte Theodor.

»Schon dabei«, erwiderte sie und konzentrierte sich. Mit pochendem Herzen erschuf sie eine kleine Feuerkugel und ließ sie in die Luft steigen. Flackerndes, warmes Licht erhellte den Raum.

»Und jetzt?«

»Wir müssen da durch«, sagte Sir Moi und deutete nach oben. »Wenn ich Sie bitten darf, Miss?« Während er sprach, nestelte er an dem Schlüssel und zog den vorderen Teil plötzlich einfach ab. Ein zweiter, kleinerer Schlüssel kam zum Vorschein. Er sah auffordernd zu Leyla.

Vorsichtig kletterte sie die Leiter hinauf und überlegte fieberhaft, wie sie die vor sich liegende Aufgabe bewältigen sollte. Wenn sie jetzt die Decke entsteinerte, würde der Stein auf sie heruntertropfen. Sie griff nach der Luke. Augenblicklich erlosch die Feuerkugel und es wurde wieder stockdunkel.

»Verdammt!«, murmelte Leyla. Es fiel ihr schwer, sich auf das Licht zu konzentrieren und gleichzeitig die Strukturen im Stein zu erforschen und zu verändern. Sie erschuf eine neue Feuerkugel und versuchte statt der Steinauflösung den richtigen Kraftrückzug. Es klappte nicht. Stattdessen drückte eine Kraft sie so stark nach hinten, dass sie ihr Gleichgewicht verlor und rückwärts von der Leiter kippte. Theodor fing sie auf.

»Luftzauber«, wies er sie an. »Das muss intuitiver werden.«

»Jaja«, grummelte sie.

»Und noch einmal, bitte«, forderte er dann, während er sie wieder auf die Beine stellte, und deutete nach oben.

Leyla kletterte erneut die Leiter hinauf und beschloss, dieses Mal wie bisher mit dem Stein umzugehen. Sie löste die Masse und bevor sie auf ihren Kopf tropfen konnte, warf sie sie einfach gegen die Wand. So legte sie nach und nach die Falltür frei.

»Beeindruckend«, murmelte Sir Moi. »Wie lange haben Sie Ihre Kräfte schon, und wie haben Sie in Ihrer Welt Kontrolle lernen können, ohne Lehrer?«

»Gar nicht«, sagte Leyla. »Ich weiß es erst, seitdem ich hier bin. Theodor hat mich unterrichtet. Wir haben vor ein oder zwei Wochen damit angefangen, intensiv zu üben.«

»Beeindruckend! Unglaublich beeindruckend«, rief Sir Moi und klatschte in die Hände. Sie konnte geradezu hören, wie Theodor mit den Zähnen knirschte.

»Können wir vielleicht weitermachen?«, fragte er.

»Richtig, richtig«, sagte Sir Moi und reichte Leyla den kleinen Schlüssel nach oben. Vorsichtig steckte sie ihn in das winzige Schloss und drehte ihn. Sie stemmte sich gegen die Falltür und stieß sie mühsam auf. Dann holte sie tief Luft, nahm die letzten Stufen der Leiter und kletterte durch die Luke.

Es fühlte sich sonderbar an, hindurch zu steigen, doch sie konnte das Gefühl nicht genau einordnen. Kaum hatte sie die Luke passiert und wieder festen Boden unter den Füßen, machte sie Theodor Platz, der ihr folgte. Dann sah sie sich um. Sie hatte erwartet, dass sie auf einem Dach herauskommen würden, doch dem war nicht so. Der kleine Raum ähnelte dem ersten. Er war fensterlos und hätte gut und gerne ein Keller sein können.

Die Wände waren hoch und steinern, aber nicht versteinert. Vitrinen aus schmutzigem, undurchsichtigem Glas reihten sich an den Wänden. Der Raum wurde von diffusem Licht erhellt, das mal kälter, mal wärmer schien und keiner Lichtquelle zuzuordnen war. Aus irgendeinem Grund wirkten sämtliche Umrisse ein wenig verschwommen. Und dann war da noch dieses Summen!

Doch Leyla achtete kaum darauf. Ihr Blick haftete auf dem dicken Wälzer, der auf einem Podest in der Mitte des Raumes lag. Sie machte einen Schritt darauf zu, als ein Geräusch hinter ihr ertönte. Ein Ächzen. Sie fuhr herum.

»Äh, könnten Sie vielleicht so lieb sein und mir helfen?«, fragte Sir Moi und versuchte verzweifelt, durch die Luke zu kommen. Er steckte fest.

Theodor und Leyla beugten sich zu ihm hinunter und ergriffen jeweils einen Arm des Professors. Sie zogen und zerrten und endlich flutschte der dicke Bauch des Professors durch die Öffnung.

»Ah!«, machte er erleichtert und rappelte sich auf. »Vielen Dank.« Dann sah er sich ehrfürchtig um.

»Wo sind wir?«, flüsterte Theodor und ging langsam durch den Raum.

»Nicht hier und nicht da«, erwiderte Sir Moi und seine Stimme zitterte leicht. Leyla hoffte inständig, dass es an der Aufregung lag und keine Angst war.

»Was bedeutet das?«, hakte sie nach.

»Wir sind zwischen den Welten.«

»Es gibt also wirklich ein Dazwischen«, stellte Leyla fest.

»Aber ja, haben Sie noch nie von der List gehört? Und was dachten Sie, wo Cadoc die Dunkelalben herholte?«

»Aus dem Dazwischen«, mutmaßte sie, ohne zu wissen, wer Cadoc war.

»Genau. Nachdem …«

»Jetzt ist keine Zeit für eine Geschichtsstunde«, schnaubte Theodor. »Interessant ist nur: Können die Dunkelalben dann auch hierher?«

Sir Moi sah sich um.

»Ich denke nicht. Dazwischen ist schließlich nicht gleich Dazwischen. Man hätte Pagnon hier nicht verwahrt, wenn das möglich wäre. Ich denke, der einzige Zugang zu dem Raum ist dieser hier.« Sir Moi deutete auf die Luke.

Leyla hoffte, dass er recht hatte. Gleichzeitig waren da so viele neue Fragen in ihrem Kopf, und sie hatte keine Zeit, sie zu stellen.

Sie sah zu Theodor, der auf das Buch zusteuerte.

»Nicht!«, rief Sir Moi und setzte ihm nach.

Leyla folgte ihm. Sie hatte das Gefühl, dass das Summen lauter wurde. Oder war es ein Wispern?

»Hört ihr das auch?«, fragte sie ängstlich und sah sich um. Sie waren allein. Außer der Luke gab es keinen anderen Eingang in diesen Raum.

»Das Pfeifen des Windes?«, fragte Theodor. »Ja.« Er wirkte nachdenklich.

»Klingt eher wie das Rieseln von Sand«, korrigierte Sir Moi.

»Egal.« Theodor deutete auf das unerwartet schlichte und schmucklose Buch. Leyla und Sir Moi spähten ihm links und rechts über die Schulter. Theodor hob die Hand, um den Deckel zu öffnen.

»Was ist mit den Wächtern?«, warf Sir Moi ein.

»Ich dachte, Sie sind der … äh, Beschützer.«

»Jaja, aber es gibt ja noch die richtigen Wächter.«

»Hier ist keiner.«

»Vielleicht sind sie im Buch«, überlegte Leyla.

Theodor hielt inne.

»Wir werden es herausfinden müssen«, sagte er dann entschlossen und öffnete das Buch.

Leyla duckte sich, in Erwartung, von einem Zauber getroffen zu werden. Doch nichts geschah. Nur das Knistern sehr alter Seiten vermengte sich mit dem Summen in der Luft.

»Was ist das?« Theodor schien entsetzt.

»Ich habe es Ihnen vorab mehrmals gesagt. Niemand kann Pagnon lesen.« Sir Moi wirkte beinahe zufrieden und enttäuscht zugleich.

Theodor blätterte die Seiten um, eine nach der anderen, doch sie sahen alle gleich aus. Sie waren von einem tiefen Blau. Leyla starrte auf das Buch. Es war nicht so, dass das Papier selbst dunkel war, eher wirkte es, als hätte jemand Tinte auf die Seiten geschüttet.

»Die Ereignisse sind anscheinend alle übereinandergeschrieben worden. Sonst müsste das Buch viel dicker sein«, murmelte Theodor wie zu sich selbst. »Aber wie kann man es auflösen?« Er wollte offensichtlich zum Ende des Buches blättern, doch die letzten Seiten ließen sich nicht bewegen.

»Der Teil ist noch nicht geschrieben«, mutmaßte Sir Moi ehrfürchtig.

»Den brauchen wir dann auch nicht«, entgegnete Theodor missmutig und schlug das Buch wieder in der Mitte auf.

»Ich sagte ja, niemand kann es lesen«, wiederholte Sir Moi.

»Irgendjemand muss! Ansonsten ergäbe seine Existenz keinen Sinn. Die Dunkelalben würden danach nicht suchen, Wächter würde es nicht geben, Ihre Aufgabe wäre sinnlos. Es sei denn, es ist gar nicht das richtige Buch.« Leyla spürte, dass er zornig war.

»Ausgeschlossen!« Auch Sir Moi war erzürnt. »Ich habe …«

»Jaja«, fuhr ihm Theodor über den Mund. Offenbar wollte er noch mehr sagen, doch Leyla legte ihm vorsichtig die Hand auf den Arm, um ihn zu beruhigen.

»Theodor«, sagte sie leise.

Er hielt tatsächlich inne, auch wenn es ihn einiges zu kosten schien, seiner Wut nicht weiter Ausdruck zu verleihen. Mit den Fingern fuhr er sich durchs blonde Haar, dann wandte er sich frustriert ab.

Leyla ließ ihn los, trat an das Buch heran und strich vorsichtig über die Seiten. Ein Funke flog über das

Papier. Sie schrak zurück, doch im gleichen Moment riss jemand ihre Hand von dem Buch.

»Bist du wahnsinnig?«, fauchte Theodor. »Ich dachte, du hättest es unter Kontrolle. Zum Glück hat es keinen Schaden genommen.« Er begutachtete das Buch.

»Ich habe überhaupt nichts gemacht«, verteidigte sie sich. Dann zuckte sie zusammen. Sie hörte ein leises, weit entferntes Lachen. Sie fröstelte. Dann schüttelte sie sich. Das war bestimmt nur Einbildung gewesen. Sie sah zu Sir Moi, der wie gebannt auf das Buch starrte und zu Theodor, der tief in Gedanken versunken schien. Vermutlich versuchte er gerade, einen neuen Plan zu entwerfen. Er würde …

Da war es wieder! Dieses Lachen. War es überhaupt ein Lachen? Nein, eher ein Gemurmel. Theodor trieb seine Scherze mit ihr. Sie spürte, dass sie wütend wurde. Wollte er ihr wirklich in dieser Situation mit seinen Luftzaubern Angst einjagen? Sie hatten ja wohl Wichtigeres zu tun.

»Seht!«

Das war nicht Theodors Stimme. Leyla spitzte die Ohren. Wieder ein Lachen.

»Wer ist da?«, fragte sie. Theodor drehte sich irritiert zu ihr um.

»Was ist los?«, wollte er missmutig wissen.

Als sie seinen Blick bemerkte, wurde ihr klar, dass er es wirklich nicht hörte. Sie machte einen Schritt zurück und prallte gegen das Podest. Sie griff nach hinten, um das Buch festzuhalten. Das Summen wurde lauter, entfernte sich wieder. Sie ließ das Buch los. Es war, als hörte sie durch das Rauschen eines Wasserfalls hindurch Sätze. Lauter und leiser wurden verschiedene Stimmen. Ein ungeheures Echo machte es schwer, die Worte zu verstehen.

»Die Sorte.«

»Die Sorte?«

»Immer die gleichen.«

»Eine von denen?«

»Ich glaub's.«

»So frag doch.«

»Hörst du des Wassers gurgelndes Lachen«, sagte eine klare, helle Stimme und eine dunkle Stimme fuhr fort: »Hörst du das Knacken der heißen Glut?«

Eine zarte Stimme, die sich ständig zu verändern schien, zwitscherte: »Hörst du, wie Winde wehen und Flammen entfachen?«

Dann war es kurz still, bevor eine dumpfe Stimme etwas von sich gab, das eher wie ein Zermalmen klang: »Oder hörst du der Zeiten Geist körnige Brut?«

»Hört sie's?«, wisperten sie.

»Ich glaube nicht. Lang, lang, langweilig«, echoten die Stimmen und wurden leiser.

Ein dumpfer Knall riss Leyla aus ihrer Erstarrung. Theodor hatte das Buch zugeschlagen, doch das leise Summen blieb im Raum. Leyla versuchte, die Stimmen aus ihren Gedanken zu verscheuchen.

»Was machen wir jetzt?«, fragte sie Theodor.

»Du machst gar nichts«, sagte er grimmig. »Ich brauche einen neuen Plan und du gehst nach Hause.«

»Ich kann doch jetzt nicht nach Hause.«

»Du hast alles getan, was ich erwartet habe. Ich brauche dich nicht mehr«, meinte er kühl.

Sie riss überrascht die Augen auf. Was hatte er da gerade gesagt? Ohne sie eines weiteren Blickes zu würdigen, ging Theodor zur Leiter und verschwand kurz darauf durch die Luke. Leyla hörte seine Schritte.

»Was meint er damit, dass Sie nach Hause gehen?«, fragte Sir Moi, während auch er auf die Luke zuschritt und diese abschätzig betrachtete. Er gab sein Bestes, um allein durch die quadratische Öffnung zu kommen, doch es klappte nicht. Leyla half ihm und drückte ihn nach unten.

Als nur noch sein Kopf im Raum war, sagte sie leise: »Ich kehre in meine Welt zurück.«

Sie sah sich noch ein letztes Mal in diesem Raum um, den sie sich um einiges wundersamer vorgestellt hatte, wenn sie ehrlich war. Da war sie also gewesen, die Hoffnung, der Plan. Sie seufzte tief und kletterte dann ebenfalls die Leiter hinunter. Bevor sie die Luke wieder verschloss, erschuf sie einen Feuerball, der ihr etwas Licht spendete.

»Das geht nicht«, sagte Sir Moi. »Sie können nicht rüber. Es ist verboten, dass Elements, die ihre Kräfte nicht abgeben, drüben leben. Und wir brauchen Sie hier. Sie sind eine Ardantica.«

»Niemand braucht sie hier. Jetzt nicht mehr. Sie wollte gehen, sie geht!«, rief Theodor barsch. »Ich habe ihr mein Wort gegeben.« Er deutete auf die Luke. »Verschließ sie wieder«, forderte er Leyla auf.

Sie spürte, wie angesichts seines harschen Tonfalls erneut Wut in ihr emporstieg. Sie konnte doch nichts dafür, dass Pagnon nicht zu lesen war. Doch sie schluckte die Wut herunter und tat wie ihr geheißen. Sie überzog die geschlossene Klappe wieder mit schwarzem Stein, damit keiner, der zufällig hierhergelangte, hindurch konnte. Nicht, dass er dort irgendetwas finden würde.

Vorsichtig öffneten sie die zweite Tür und spähten hinaus. Niemand war da, niemand hatte die Tür bemerkt. Sie traten hinaus und Leyla versteinerte auch diese Tür so gut wie möglich wieder, indem sie den Stein zurück an seine ursprüngliche Stelle zog.

»Hättest du dir nicht etwas mehr Mühe geben können? Man sieht ja den Unterschied«, tadelte Theodor kalt.

In der Tat war dem so. Während der Stein überall sonst glatt und eben war und das darunter befindliche haargenau abbildete, war über der Tür eine wulstige Masse erhärtet.

Leyla schwieg und sah betreten und vollkommen verwirrt auf ihr Werk. Es war jedoch nicht die Magie, die ihr zu schaffen machte. Sie verstand ja, dass Theodor wütend war, weil sein Plan nicht aufging, aber … Sie hatte kurzzeitig gedacht, dass sich zwischen ihnen etwas verändert hatte. Sie hatte ihm vertraut. Sein

Foppen hin oder her, so schlecht hatten sie sich in den letzten Tagen doch gar nicht verstanden. Er hatte ihr so viel beigebracht und sie sogar beschützt. Aber vielleicht nur, weil er sie hierfür gebraucht hatte. Der Gedanke tat weh. War es wirklich so?

»Los«, ordnete Theodor an.

Leise und schlecht gelaunt gingen sie durch die Bibliothek. Theodor übernahm wieder die Führung und führte sie zurück in den Teil, in dem noch keine Dunkelalben gewütet hatten. Hier konnten sie unbemerkt die Treppe hinunter und zum Paneel laufen.

Nachdem sich Sir Moi über das Loch in seinem Bibliotheksfenster aufgeregt hatte, kletterten sie nacheinander hinaus und befanden sich wieder auf der Rückseite der Bibliothek. Theodor schob das Paneel zurück an seinen Platz. Danach war wieder nicht mehr zu erkennen, dass es hier einen neuen Hinterausgang gab.

»Also«, sagte Theodor und schien damit beschäftigt, sich die Hände an der Hose abzuwischen. »An Übergängen mangelt es hier ja nicht und du siehst sogar, wohin sie führen.« Er deutete auf die durchscheinenden, etwas verblichen wirkenden Rasenflächen der Universität in Potsdam. »Du wirst also in keinem Baum landen.« Er drehte sich um und starrte in Richtung Gebirge, als ob er fieberhaft über etwas nachdenken würde. »Dann eben anders«, murmelte er wie zu sich selbst.

»Ich denke nicht, dass sie gehen sollte«, mischte sich Sir Moi ein, dessen Blick bisher entsetzt auf dem Gelände geruht hatte. Offenbar riss er Theodor damit aus seinen Gedanken, denn er sah erst Sir Moi verwirrt und dann Leyla gewohnt kalt an.

»Sie geht!«

»Das ist gegen das Gesetz«, wand der Professor ein.

»Aktuell gibt es kein Gesetz«, sagte Theodor schroff.

»So kann man das nicht sagen«, setzte Sir Moi mit erhobenem Finger an.

»Ich habe gesagt, sie geht«, rief Theodor wutentbrannt.

Leyla und Sir Moi zuckten zusammen. Theodor kämpfte einen Moment um seine Fassung und war dann wieder ganz der Alte. »Du gehst«, wiederholte er ruhig.

Leyla sah ihn an und er erwiderte ihren Blick. Irgendetwas lag in seinen Augen. Eine ganz neue Emotion. Er presste den Kiefer fest zusammen und atmete stoßweise.

»Ich halte meine Versprechen«, sagte er leise.

»Nun, wenn das so ist …«, murmelte der alte Professor.

Aus irgendeinem Grund schien er mit sich selbst zu ringen. Dann, zu Leylas großem Erstaunen, nahm er die goldene Kette, an der der Schlüssel hing, von seinem Hals und gab ihn ihr.

»Darf ich Ihnen diesen überreichen? Nach allem, was ich bis jetzt weiß, ist der Schlüssel in Ihrer Welt sicherer. Und Sie werden bestimmt gut darauf achtgeben.«

Perplex nickte Leyla und nahm den Schlüssel entgegen und überhörte Theodors Einwand: »Nach allem, was ich bis jetzt weiß, ist dieser Schlüssel vollkommen wertlos!«, geflissentlich.

»Wie geht es jetzt weiter?«, fragte der Professor und Leyla fand, dass eigentlich er derjenige sein müsste, der das entschied. Doch natürlich war es wieder einmal Theodor.

»Wir müssen in die Stadt und uns einen neuen Plan überlegen. Und wir sollten so schnell wie möglich von hier verschwinden. Es grenzt für mich an ein Wunder, dass wir unentdeckt geblieben sind und ich will unser Glück nicht länger herausfordern. Auf eine Begegnung mit den Dunkelalben kann ich verzichten.«

Sir Moi nickte heftig und Theodor nahm das als Anlass, loszulaufen. Leyla schnappte nach Luft.

»Theo!«, rief sie.

»Was?«, fragte er und drehte sich zu ihr um. Sie suchte nach den richtigen Worten, doch er kam ihr zuvor.

»Hier gibt es doch wirklich genug Übergänge. Zehn Meter wirst du ja wohl laufen können, ohne dass dich jemand an die Hand nimmt, oder?«

Tatsächlich war der nächste Übergang keine zehn Meter entfernt. Leyla spürte, wie Tränen in ihren Augen brannten. Sie nickte und öffnete den Mund.

»Sonst noch was?«, fragte Theodor kalt.

»Viel Glück«, flüsterte sie leise.

Er sah sie an, zögerte. Wieder war da dieser sonderbare Ausdruck in seinen Augen. Er machte zwei große Schritte auf sie zu, hob leicht die Hand, als wollte er nach ihrem Arm greifen, öffnete den Mund und erstarrte dann in der Bewegung.

Sie wartete. Sein Blick brannte sich in ihren. Und dann legte sich ein undurchdringlicher Ausdruck auf sein Gesicht.

»Werde ich haben, sei dir dessen gewiss«, meinte er. Anschließend drehte er sich um und ging.

Etwas in ihr schmerzte.

Sie nickte Sir Moi höflich zu und machte sich dann so schnell wie möglich auf, um den nächsten Übergang zu erreichen. Sie trat hindurch.

Kapitel 12

Weltenwanderin

Da stand sie nun, in Potsdam, auf dem Universitätsgelände am Neuen Palais. Alles wirkte hier wie immer, wenn man von dem heftigen schwarzen Flackern, das sich überall ausgebreitet hatte, absah.

Der Campus lag ruhig und größtenteils verlassen vor ihr. Kein Wunder, denn bis zum Semesterstart waren es noch gut drei Wochen hin und nur wenige Studenten liefen herum, kamen aus der Bibliothek oder gingen in Richtung des Prüfungsamtes.

Niemand schien ihr plötzliches Auftauchen bemerkt zu haben und niemand schien auch nur zu ahnen, was gerade genau an dieser Stelle in einer anderen Welt geschah.

Ein Student eilte an Leyla vorbei, den sie aus einem ihrer Kurse kannte, doch er beachtete sie überhaupt nicht. Sie war wieder so gut wie unsichtbar – also alles wie immer. Nur in ihrem Innersten stimmte aktuell rein gar nichts.

Sie öffnete ihren Rucksack und fischte ihr Handy heraus. Zu ihrem großen Erstaunen hatte es das zahlreiche Auf-den-Boden-fallen überlebt. Sie schaltete es an und tippte ihren Pin ein. Währenddessen ging sie langsam in Richtung der Bushaltestelle – darauf bedacht, in keine Übergänge zu treten, was tatsächlich nicht ganz so einfach war.

Von außen musste es sicherlich sehr komisch aussehen, wie sie in Schlangenlinien über den Campus lief. Doch abgesehen davon, dass ja ohnehin kaum einer da war, machte sie sich zum ersten Mal keine Gedanken darüber, was die anderen von ihr denken mochten.

Ihr Handy klingelte. Sie stieg über eine kleine Mauer, die die Wiese von der Bushaltestelle trennte und sah auf die Uhr. Sie wollte so schnell wie möglich hier weg und zu Majik, um ihm von allem zu erzählen.

Ihr erster Impuls war es gewesen, ihn anzurufen und herzubitten. Doch das war vollkommener Schwachsinn. Zum einen gab es hier viel zu viele Übergänge, zum anderen würde sie das Warten komplett zermürben. Also wollte sie zu ihm fahren.

Ihr Handy klingelte noch einmal, dann gab es eine Vielzahl merkwürdiger Vibrationstöne von sich, als sich die eingehenden Nachrichten überlagerten. Sie sah auf das Display. Einundzwanzig entgangene Anrufe, siebenunddreißig Nachrichten, die Hälfte davon waren von Majik. Sie hörte die Mailbox ab, auf der Majik eine ganze Menge interessanter Ausrufe und Flüche hinterlassen hatte, nachdem sie vor seinen Augen einfach so verschwunden war. Dazwischen fanden sich einige Nachrichten ihrer Eltern und von Andy. Eine unbekannte Nummer hatte die Mailbox anspringen lassen, dann aber wohl einfach aufgelegt.

Während sie all dies abhörte, stieg sie in den Bus. Gedankenverloren starrte sie auf das Display. Sie war bei einer Nachricht ihrer Eltern hängen geblieben, die ein unangenehmes Ziehen in ihrem Herzen verursachte.

»Leyla, Schatz, bitte melde dich. Wir machen uns solche Sorgen. Es tut uns leid. Wir lieben dich. Ma und Dad.«

Plötzlich war das Thema Familie, das sie in den vergangenen Tagen halbwegs erfolgreich verdrängt hatte, wieder präsent. Sie würde sich mit ihren Eltern auseinandersetzen und noch einmal ihre Gefühle ordnen müssen. Sie horchte kurz in sich hinein. Da war dieses dumpfe, komische Gefühl. Sie versuchte, es einzuordnen. Es war eine Art beängstigende Gewissheit. Sie überlegte, was das zu bedeuten hatte und konzentrierte sich ganz auf sich selbst, während der Bus sie sanft hin und her schaukelte.

Es war die Gewissheit, dass nun alles anders war – und diese Veränderung fürchtete sie. Aber es lag nicht an ihrem Verhältnis zu ihren Eltern. Zu ihrer großen Überraschung stellte sie fest, dass der Frust über das große Geheimnis und die Enttäuschung verschwunden waren. Sie wusste, dass ihre Eltern immer alles für sie getan, sie in jeder Hinsicht unterstützt hatten. Sie waren einfach die besten Eltern, die man sich wünschen konnte.

Was aber alles veränderte, war die Existenz von Naurénya und die Ungewissheit, woher sie wirklich kam und was all dies zu bedeuten hatte. Hinzu kamen die Neugier und der Wunsch, ihre wahren Wurzeln zu kennen. Vielleicht hatte sie irgendwo noch mehr Familie. Es waren so viele Fragen, die durch ihren Kopf schossen. Es gab so viele Dinge, die sie nicht wusste. Und die Tatsache, dass sie vielleicht nie Antworten darauf finden würde, machte sie nervös.

Leyla seufzte. Wenn das nur nicht alles so verdammt verwirrend und kompliziert gewesen wäre. Die Existenz einer Parallelwelt war an und für sich ja schon nervenaufreibend genug. Dass sie sich jetzt auch noch mit ihren Gefühlen herumschlagen musste, war überaus anstrengend. Wenn wenigstens Theodor sich nicht wie so ein gottverdammter Idiot verhalten hätte. Sie spürte, wie eine neue Art der Wut und Enttäuschung in ihr aufstiegen, gepaart mit einem unangenehmen Schmerz. Sie atmete tief ein. Das war jetzt nicht mehr wichtig, nicht mehr ihre Angelegenheit. Sie sollte sich auf das Wesentliche in ihrem Leben konzentrieren und sich mit den Menschen aussprechen, die es auch wert waren …

Rasch tippte sie eine Antwort an ihre Eltern ins Smartphone.

»Mir tut es leid. Habe ein paar Tage Ruhe gebraucht. Hatte keinen Empfang. Melde mich später. Hab' euch lieb. Leyla« Sie schickte die Nachricht ab, dann verstaute sie das Handy in ihrer Tasche und starrte gedankenverloren aus dem Fenster.

Der Bus brauchte dank zahlreicher Baustellen eine knappe Stunde bis zu Majik. Die Tür unten stand offen und so gelangte sie ins Treppenhaus, stieg die Treppen hinauf und klingelte – zweimal kurz, einmal lang.

Es dauerte nicht lange und sie hörte Schritte, dann wurde die Tür geöffnet. Majik sah aus wie immer – natürlich sah er das, dachte sie, sie war schließlich nur … Sie überlegte kurz und stutzte. Vier Wochen. Sie war vier Wochen weggewesen. Sie sah ihren besten Freund an.

Irrte sie sich oder fehlte das Funkeln in seinen Augen, die von schwarzen Schatten umrandet waren? Er starrte sie an. Sekundenlang, ohne etwas zu sagen, als würde er nicht glauben, was er sah.

»Hi. Darf ich reinkommen?«, fragte sie schließlich und stupste ihn an. In diesem Moment kam Leben in ihn.

»Ley«, rief er, packte sie, zog sie an sich und schloss sie fest in die Arme. Als sie das Gefühl hatte, keine Luft mehr zu bekommen, löste sie sich sachte von ihm und grinste.

»Alles gut bei dir?«, fragte sie.

»Was, äh, wie …«, stammelte er.

»Ich, äh, äh«, machte sie ihn nach und grinste.

Sie merkte, wie es ihr sogleich besser ging. Sie hatte ihn so vermisst. Nun umarmte sie ihn noch einmal und spürte, wie sie endlich zur Ruhe kam. Er sagte eine ganze Weile gar nichts, sondern stand nur so da und hielt sie fest.

»Du bist einfach verschwunden«, brachte er plötzlich hervor. »Direkt vor meinen Augen.«

Sie löste sich von ihm und runzelte die Stirn.

»Du kannst dich also immer noch an nichts erinnern«, stellte sie fest.

Er schüttelte den Kopf.

»Aber glauben tue ich dir! Das kannst du wissen.« Er lachte und fuhr sich mit der Hand durch die Locken.

»Bei Gelegenheit solltest du mal ins Salzwasser tauchen«, riet sie ihm.

Für einen kurzen Augenblick schien er irritiert, doch er fragte nicht nach, sondern packte sie stattdessen am Arm und zog sie in seine Wohnung.

»Los, komm!«, meinte er. »Du hast sicherlich eine Menge zu berichten und ich kann es kaum erwarten, zu hören, was mir entgangen ist.«

»Oh ja«, bestätigte sie und lachte. Endlich kehrte bei ihr die Freude über die Rückkehr ein. »Du glaubst ja gar nicht ...« Sie hielt abrupt inne. In Majiks Wohnzimmer saß schon jemand.

»Leyla«, sagte die junge Frau und lächelte breit. »Wie schön, dass du wieder da bist. Majik war schon ganz außer sich vor Sorge.«

»Emma«, stellte Leyla erstaunt fest und musterte die hübsche junge Frau, mit der sie im vergangenen Semester zusammen einen Vortrag gehalten hatte. Dann sah sie Majik fragend an. Der zuckte nur mit den Schultern.

»Wie war denn dein Ausflug?«, fragte Emma neugierig.

»Was hast du ihr erzählt?«, fragte Leyla mit zusammengekniffenen Lippen an Majik gewandt, ohne Emma weiter zu beachten.

»Oh, eine Menge verrücktes Zeug«, antwortete Emma an seiner Stelle und lachte, wobei sich ihre Nase kräuselte.

»Verrücktes Zeug?«, hakte Leyla nach.

»Ja. Von ein paar krassen Aktionen. Du scheinst ja eine echte Abenteuerin zu sein. Das hätte ich ehrlich gesagt nie von dir gedacht.«

»Tja«, sagte Leyla tonlos.

Egal, was für verrücktes Zeug Majik Emma erzählt hatte, sie schien nicht so, als würde sie ihn für verrückt halten. Ihre grünen Augen ruhten aufmerksam und voller Interesse auf Leyla. Leyla erwiderte den Blick wortlos.

»Äh ja, also …«, murmelte die Kommilitonin plötzlich verlegen und wandte den Blick ab. »Ich denke, ich lasse euch dann mal allein. Ihr habt sicherlich eine Menge zu bereden, so lange, wie ihr euch nicht gesehen habt.«

Sie stand auf, nahm ihre Handtasche, lächelte Leyla zu und umarmte Majik. Dann verschwand sie im Flur und kurz darauf fiel die Haustür ins Schloss. Mit hochgezogenen Augenbrauen musterte Leyla ihren besten Freund und wartete auf eine Erklärung.

»Was?«, fragte Majik jedoch nur. »Keine Sorge, ich habe ihr nichts gesagt.«

»Was?«, forschte Leyla nach und Majik zuckte mit den Schultern.

»Na, ich weiß doch ohnehin nichts.« Er verzog das Gesicht. »Sie stand vor meiner Tür, kurz nachdem du weg warst. Und weißt du was? Ich erinnerte mich nicht einmal mehr, dass wir sie kennen! Wir haben einen Vortrag zusammen gehalten. Voll peinlich, dass ich das nicht mehr wusste. Nun ja, ich habe mich bei ihr entschuldigt und ihr erklärt, dass ich deinetwegen etwas durch den Wind bin. Ich war so hilflos, als du plötzlich verschwunden warst. Und … Sie war für mich da und hat mir zugehört. Sie ist einfach super nett.«

Leyla kniff die Lippen zusammen.

»Es war wirklich sehr peinlich, dass ich mich kaum an sie erinnern konnte«, meinte Majik verlegen. »Ich vergesse hübsche Frauen ja sonst nicht. Also, ich meine … Du bist wieder da! Ich bin so wahnsinnig froh.«

Leyla lächelte vergnügt.

»Weiß Katja davon?«, stichelte sie.

»Ich glaube, das ist etwas, das Katja nicht mehr zu interessieren hat«, antwortete er und ging in die offene Küche, um ihr ein Glas Wasser zu holen. »Davon einmal abgesehen, gibt es da auch nichts zu wissen. Emma und ich verstehen uns einfach gut.«

Er kam zurück und ließ sich auf die Couch fallen. Leyla starrte ihn mit offenem Mund an.

»Soll das heißen, du hast mit Katja Schluss gemacht? Wieder einmal?«, fragte sie überrascht.

Er zuckte mit den Schultern. »Das ist keine spannende Geschichte. Du weißt, wie es zwischen uns lief. Wir haben mehr gestritten als alles andere und in den letzten Wochen habe ich gemerkt, dass ich so etwas nicht brauche.«

Sie sah ihn vollkommen verblüfft an. Am liebsten wäre sie ihm um den Hals gefallen und hätte ihn zu dieser Entscheidung beglückwünscht, war sich allerdings nicht sicher, ob sie ihn als gute Freundin nicht eigentlich trösten müsste. Er schien ihre Gedanken zu erraten, denn er grinste breit.

»Mir geht es gut damit«, sagte er und klopfte auf den Platz neben sich. »Aber genug von mir. Kommen wir jetzt bitte zu den spannenden Ereignissen. Erzähl mir alles.«

Mehr brauchte es nicht, um Leyla zum Reden zu bringen. Sie ließ sich ebenfalls auf die Couch sinken und begann mit ihren Schilderungen. Sie berichtete, wie sie nach Naurénya zurückgekehrt war, wie sie ihr Gedächtnis wiedergefunden hatte, mit Rhymia nach Theodor gesucht hatte und schließlich vor Pagnon stand.

Sie machte nur zwei kleine Pausen, um kurz die Pizza auszusuchen, die Majik bestellen wollte und später, um sie zu essen. Majik war ein guter Zuhörer. Er unterbrach sie nur selten, war aufmerksam und seine Augen leuchteten hell vor lauter Faszination.

»Ich fasse es einfach nicht«, rief er, als sie endlich geendet hatte. Dann beteuerte er noch einmal: »Ich glaube dir natürlich. Ich meine nur, dass es unfassbar ist, was dir passiert ist. Nicht, dass du dir das ausgedacht hast oder so.« Er schwieg kurz, dann fuhr er fort: »Es war so furchtbar, als du plötzlich weg warst. Eben warst du noch da und dann zack … Ich bin aus dem Auto raus, dir hinterhergerannt und hab bestimmt wie ein Irrer deinen Namen gebrüllt.«

Er stockte. Leyla lehnte sich an ihn und starrte an die Decke seines Zimmers. Sie schwiegen beide, doch es war kein unangenehmes Schweigen.

»Und du kannst tatsächlich zaubern?«, fragte Majik irgendwann leise. Leyla lachte.

»Es ist nicht zaubern in dem Sinne. Ich kann eine Maus nicht in einen Stift verwandeln oder dergleichen. Aber man kann mit der Elementmagie einiges anstellen.«

Sie richtete sich auf, um ihm zu demonstrieren, was sie meinte. Sein Wasserglas hob sich auf eine Handbewegung ihrerseits hin sachte vom Tisch und steuerte auf ihn zu.

»Unglaublich«, flüsterte Majik und griff nach dem Glas.

Leyla lachte erneut.

»Luft liegt mir derzeit noch am besten«, meinte sie und legte den Kopf schräg, während sie nachdachte. »Vermutlich, weil ich hierin am meisten Unterricht hatte. Ich war ja eigentlich nur mit Aeristen unterwegs. Aber eigentlich ist das ja auch egal. Ich darf die Magie hier ohnehin nicht verwenden«, seufzte sie.

»Wer sollte dich daran hindern?«

»Ich weiß nicht. Und ich weiß auch nicht, wie sie es herausbekommen sollten. Aber ich bin mir ziemlich sicher, dass es einen Weg gibt und ich das eigentlich nicht tun sollte. Aktuell ist es nur eben so, dass die in Naurénya genug andere Sorgen haben.«

Majik machte eine wegwerfende Handbewegung. »Das spielt keine Rolle. Du musst trainieren. Damit du vorbereitet bist, wenn wir zurückkehren.«

»Zurückkehren?«

»Na, nach Naurénya! Glaubst du, ich lasse mir dieses Abenteuer entgehen?«

Ihr Lächeln verblasste. »Majik, ich gehe nicht zurück. Ich habe dort drüben nichts zu suchen und kann auch niemandem helfen.«

»Schwachsinn. Hast du mir nicht eben erzählt, dass du eine Ardantica bist und Ardanticas immer die Könige waren und sind? Du bist dazu bestimmt!«

»Nein, garantiert nicht.«

Majik richtete sich nun ebenfalls auf, schob sie ein Stück von sich, packte sie an den Armen und sah ihr tief in die Augen. »Ley! Kleines, ich kenne dich jetzt schon wie lange?«

»Sechzehn Jahre«, meinte sie.

Majik war ihr Kindergartenfreund gewesen. Er war ein Jahr vor ihr eingeschult worden und während der Grundschulzeit hatten sie zunächst den Kontakt verloren, bis Majik die vierte Klasse wiederholen musste und als ihr neuer Sitznachbar auftauchte. Spätestens seit der Achten waren sie unzertrennlich gewesen. Leyla musste unwillkürlich lächeln, als sie an die alten Zeiten dachte, doch Majik unterbrach ihre Erinnerungen.

»Eben. Ich kenne dich. Ich kenne die schüchterne Leyla, die sich nicht traut, Klassenkameraden zu fragen, ob sie mit in die Vortragsgruppe kann, weil sie Angst vor Zurückweisung hat. Ich kenne die zurückhaltende Leyla, die mir in Mathe gute Mitarbeitsnoten verschafft hat, weil sie mir die Ergebnisse vorgesagt hat, statt sich selbst zu melden. Ich kenne die vorsichtige

Leyla, die jedes Handeln dreimal abwägt. Aber ich kenne auch die begeisterte, emotionale Leyla, die loyal ist und stets zuverlässig. Ley, wenn all das stimmt, was du eben erzählt hast, dann bist du in den vergangenen Wochen über dich selbst hinausgewachsen. Du redest mit einer solchen Begeisterung von diesem Land, dass es offensichtlich ist, dass du dahin zurückwillst. Und du kannst gar nicht anders, als zu helfen.«

Sie senkte den Blick und starrte auf ihre Hände. Sie erwiderte lange Zeit nichts, während die Gedanken und Gefühle durch sie hindurch jagten.

»Nein«, sagte sie dann schließlich.

Majik seufzte resigniert.

»Schön«, meinte er.

Das ging zu schnell, fand sie und musterte ihn. Führte er etwas im Schilde? Er grinste plötzlich breit und bestätigte damit ihre Vermutung.

»Aber solange die dort drüben beschäftigt sind, können wir doch zumindest ein wenig mit deinen Kräften experimentieren und Spaß haben, oder? Ohne das Risiko einzugehen, dass jemand etwas mitbekommt, natürlich«, fügte er rasch hinzu.

»Das ist gegen das Gesetz«, meinte sie, doch ihre Augen funkelten vor Aufregung.

»Wahnsinn! Das ist einfach nur der Wahnsinn«, rief Majik und klatschte begeistert in die Hände.

Leyla grinste und ließ ihn langsam zu Boden sinken. Sie hatte in den wenigen Tagen, die sie jetzt wieder zurück war, viel geübt. Praktisch hatte sie nichts anderes gemacht. Sie hatte schnell gemerkt, was sie erschöpfte und dass sie diese Erschöpfungsgrenze mit Training nach hinten schieben konnte. Sie lernte zügig. Sie verstand und beherrschte ihre Kräfte immer besser. Am leichtesten gingen ihr Luftzauber von der Hand. Mit Erde und Wasser konnte sie hingegen weniger anfangen.

Natürlich fielen ihr jetzt immer mehr Dinge ein, die sie mithilfe der Elemente schaffen oder bewerkstelligen konnte – theoretisch. Denn diese neuen Versuche klappten in den wenigsten Fällen. Im Gegensatz zu Majik sah sie allerdings nicht ihre Fortschritte, sondern ihre großen Lücken – und die wurden immer zahlreicher und offensichtlicher.

»Was erwartest du?«, fragte Majik, der ihren enttäuschten Gesichtsausdruck richtig deutete. »Die anderen gehen fünf Jahre zur Universität, um ein Element zu verstehen und zu beherrschen. Du musst vier begreifen und hast es schon nach so kurzer Zeit voll drauf.«

Seine Begeisterung war irgendwie ansteckend. Doch als er nach einer Woche auf einmal meinte: »Ich denke, es ist Zeit, nach Naurénya zu gehen«, funkelte sie ihn nur an.

»Wir gehen nicht.«

Er hatte die ganze Zeit kein Wort mehr darüber verloren, doch ihr war klar gewesen, dass er es früher oder später ansprechen würde. Dennoch hatte sie gehofft, es käme anders.

»Aber ich will das auch alles erleben. Davon einmal abgesehen, brauchen sie dich dort drüben.«

»Du hast das alles schon einmal gesehen. Außerdem sagte Theodor ziemlich deutlich, dass ich dort nicht mehr aufzutauchen brauche.«

»Theodor.« Majik schien aufgebracht. »Immer wieder höre ich diesen verdammten Namen. Was denkt er, wer er ist?«

»Na, der rechtmäßige Thronerbe«, meinte Leyla höhnisch.

»Du bist …«

»Ich will das nicht hören, Majik, okay?! Es nervt. Warum denken eigentlich immer alle, dass sie mir sagen können, was ich tun und lassen soll? Leyla, entsteinere das, Leyla, geh nach Hause, Leyla, du musst üben, Leyla, du musst nach Naurénya, die brauchen dich dort. Niemand dort braucht mich!« Nun war auch sie wütend, und zwar richtig. Sie sprang auf, raffte ohne ein weiteres Wort ihre Sachen zusammen und lief hinaus.

»Wo willst du hin?«, rief er.

»Nach Hause!«, brüllte sie zurück. »Mir reicht es für heute.« Sie ließ die Tür ins Schloss knallen.

Lange hielt ihre Wut jedoch nicht an. Drei Stunden später stand sie wieder vor Majiks Tür und klingelte, um sich zu entschuldigen. Zu ihrer großen Überraschung öffnete jedoch nicht Majik die Tür.

»Emma«, meinte Leyla verwirrt und starrte die junge Frau an, die wieder einmal komplett in Weiß gekleidet war, was ihre gebräunte Haut besonders hervorhob.

»Ich wusste nicht, dass du hier bist. Ich wollte nicht stören.« Sie kniff die Augen zusammen und musterte die andere eingehend. Emma lachte, wobei sie ihre ein wenig schief stehenden Zähne entblößte.

»Ich glaube nicht, dass du hier schon einmal gestört hast«, sagte sie, öffnete die Tür weiter, sodass Leyla eintreten konnte und ging ihr nach ins Wohnzimmer, wo Majik lustlos versuchte, einen Minibasketball in einen kleinen Korb zu befördern.

»Ley«, rief er beinahe erleichtert und setzte sich gerade auf, während Emma in ihrer Handtasche kramte.

Leyla fragte sich zum wiederholten Male, was diese Frau hier so häufig suchte und vor allem, wie viel sie wirklich wusste. Majik war zwar ein schlechter Lügner, aber dieses Mal konnte sie ihn nicht gut einschätzen.

»Ich geh' dann mal wieder«, meinte Emma. Dann fügte sie hinzu: »Schöne Kette übrigens.«

Leyla griff nach dem Schlüssel zu Pagnon, der um ihren Hals hing.

»Du musst nicht flüchten, weil ich jetzt da bin«, sagte sie halbherzig und ignorierte das unangenehme Gefühl, das in ihr aufstieg.

»Keine Sorge«, lachte Emma. »Ich muss ohnehin zur Arbeit.« Sie nahm noch einen Schluck Wasser und griff dann nach ihrer Tasche.

»Sag mir, wie sie funktionieren«, meinte sie an Majik gewandt und er nickte.

»Danke«, erwiderte er und sie warf ihm ein strahlendes Lächeln zu.

»Ich konnte ohnehin nichts damit anfangen.« Sie ging auf ihn zu und umarmte ihn, dann wandte sie sich an Leyla und sah sie etwas zögernd an, als wäre sie nicht sicher, ob sie sie auch umarmen durfte. Letztendlich entschloss sie sich dazu, es bei einem Lächeln und Winken zu lassen.

»Ciao«, meinte sie. »Ich hoffe, wir sehen uns demnächst mal wieder. Dann kannst du von deinen Abenteuern berichten.«

Leyla zwang sich zu einem Gesichtsausdruck, von dem sie hoffte, dass er ein Lächeln war.

»Bye«, sagte sie.

Emma winkte noch einmal in Richtung Majik und verschwand dann. Als die Tür hinter ihr ins Schloss fiel, setzte sich Leyla zu ihrem Freund.

»Du verstehst dich anscheinend wirklich gut mit ihr.«

»Sie war auf dem Weg zur Arbeit und wollte mir noch ein paar Zeichenfedern vorbeibringen, die sie mal von ihrem Großvater bekommen hat. Sie selbst kann damit nichts anfangen, deshalb hat sie sie mir geschenkt.«

»Das ist sehr nett von ihr.«

»Ja, ich … Ich wollte dich nicht anschreien«, wechselte er das Thema.

Sie nahm seine Entschuldigung mit einem Nicken an.

»Hab' auch etwas überreagiert«, murmelte sie.

Er grinste.

»Als was arbeitet sie denn?«, fragte Leyla nur halb interessiert und deutete mit dem Kopf in Richtung Flur, den Emma schon längst verlassen hatte.

»Ach, ich glaube, sie sitzt am Empfang. Ein klassischer Studentenjob halt. Ich glaube, im Archiv oder so.«

Sie schwiegen kurz. Leylas Blick fiel auf einen Stapel Skizzen auf dem Tisch. Sie griff danach.

»Was ist das?«, fragte sie und betrachtete die Bilder, die sie sehr an Naurénya erinnerten.

»Na, du machst dich doch immer über mein Tattoo lustig … und ich dachte, ich lass es vielleicht überstechen.«

Leyla musste grinsen. Majik hatte sich mit sechzehn Jahren ein Tribal auf das Schulterblatt tätowieren lassen – um gegen seinen Vater zu rebellieren – und hatte diese Aktion seitdem bereut. Nicht, weil es einen Mordsärger zu Hause gegeben hatte, sondern weil er das Motiv unbedacht gewählt hatte und es zudem schlecht gestochen worden war. Etwas, das seinen – seiner Meinung nach – sonst so makellosen Körper nicht ganz angemessen zierte. Und Leyla streute gerne Salz in diese Wunde.

»Aber nach allem, was du erzählt hast, sollte ich die Motive, die in meinem Kopf herumgeistern, wohl noch einmal überdenken«, meinte er.

»Den Drachen finde ich nicht gut, aber der Panther ist süß«, grinste sie.

Majik knurrte, nahm ihr die Zeichnungen aus der Hand, stand auf und verfrachtete sie in eine Schublade.

»Welchen Entwurf findet Emma denn am besten?«, fragte Leyla lauernd und lehnte sich zurück. Es klang leider nicht wie eine kleine Stichelei, wie sie es beabsichtigt hatte, sondern leicht pikiert. Majik hielt mitten in der Bewegung inne.

»Weiß ich nicht. Na ja, doch, den Wolf. Aber eigentlich haben wir nur übers Zeichnen geredet – und da wollte ich ihr lediglich ein paar meiner Ideen zeigen. Als ob ich jemand anderen als dich zuerst fragen würde, wenn es darum geht. Deine Sticheleien sollen mir ja schließlich erspart bleiben.« Er lächelte zaghaft und sah Leyla vorsichtig an, wie um zu prüfen, ob sie es auch wirklich als freundschaftlichen Scherz aufgefasst hatte. Nun lachte auch sie wieder.

»Wenn Tarmanée wüsste, dass er eine Inspiration für dich ist …« Die Vorstellung amüsierte sie. Majik verzog das Gesicht und setzte sich wieder zu ihr.

»Ich konnte ja nicht wissen, woher die Ideen kamen«, meinte er frustriert. »Welches Motiv würde dir denn am besten gefallen?«

»Hm«, machte sie und spielte gedankenverloren an der Kette herum, die sie um den Hals trug.

»Ist das der Schlüssel zu diesem komischen Buch?«, wollte Majik wissen.

»Ja, aber er ist nutzlos. Genauso wie Pagnon selbst.« Sie reichte Majik den Schlüssel, als dieser auffordernd die Hand ausstreckte. Er begutachtete ihn von allen Seiten, zog ihn auseinander, sodass der kleinere Schlüssel zum Vorschein kam, und steckte ihn dann wieder zusammen.

»Das ergibt doch aber keinen Sinn«, murmelte er leise. »Warum sollte man so viel Wert darauf legen, ein Buch zu schützen, wenn es ohnehin keiner lesen kann?«

Leyla zuckte die Schultern. »Irgendeinen Weg wird es sicherlich geben.«

Majiks Augen leuchteten auf. »Und wir werden ihn finden.«

»Bestimmt nicht«, erwiderte Leyla, nahm ihm den Schlüssel ab und hängte ihn sich wieder um den Hals. »Wie auch? Niemand sonst weiß es.«

»Das ist das, was du und dieser Theodor denkt.«

»Und Sir Moi.«

»Von mir aus auch der. Aber du kannst nicht mit Sicherheit sagen, ob irgendjemand mehr über das Buch weiß.«

»Stimmt. Das ist jetzt allerdings egal und nicht mehr mein Problem.«

Majik kniff die Augen zusammen und musterte sie. »Ich denke, wenn die Welten ineinander stürzen, ist das auch unser Problem.«

»Sie werden schon einen Weg finden, damit es nicht so weit kommt.«

»Wenn nicht?«

»Majik!«, rief sie und sprang auf. »Das ist nicht unser Problem. Noch nicht.«

»Wovor hast du Angst?«

»Ich habe keine Angst.«

»Du hast immer Angst! Und du machst dir immer über alles Gedanken.« Er stand auf, kam auf sie zu und umarmte sie. »Aber du brauchst keine Angst zu haben.

Ich komme mit und passe auf. Ich lass' dich nicht allein«, flüsterte er. »Uns wird schon etwas einfallen.«

Sie verharrte regungslos. Irgendetwas missfiel ihr an dem, was er sagte. Zum ersten Mal fühlte sie sich nicht von seiner Fürsorge beschützt, sondern war genervt.

»Egal«, murmelte sie und schob ihn von sich. Er sah sie ein wenig irritiert an. Sie holte tief Luft. Jetzt wollte sie die Sache ein für alle Mal klären.

»Pass auf, mag sein, dass in Naurénya ein magisches Buch existiert, das alles aufschreibt und somit die Lösung des Problems enthält. Mag sein, dass es irgendwo jemanden gibt, der dieses Buch lesen kann. Vielleicht sind es sogar mehrere. Aber das sind nicht wir! Und vielleicht ist dieses Buch …«, sie hob den Schlüssel in die Luft, »… nicht einmal das richtige. Da waren keine Wächter. Das Buch lag in einem schlichten Raum, in dem abgesehen von dem komischen Licht nichts magisch oder auch nur ansatzweise mächtig wirkte. Das einzig gruselige dort waren die Stimmen.«

»Stimmen?«, unterbrach Majik sie. »Was für Stimmen? Davon hattest du nichts erzählt.«

»Weil es nicht wichtig ist. Vermutlich habe ich mir diese komischen Reime nur eingebildet. Ich habe so viel Fantastisches erlebt, dass ich einfach zu viel in das, was ich sehe und erlebe, hineininterpretiere.«

»Reime?«

»Ja, so etwas wie: der Flammen knisternde Glut – Brut … irgendetwas war auch noch mit Wasser … Eine, keine, Art. Keine Ahnung.«

Majik starrte sie an.

»Was?«

»Haben die anderen das auch gehört?«

»Glaube nicht. Sie haben wohl nicht direkt hingehört. Theodor meinte, es sei der Wind. Wobei Sir Moi sagte, er höre irgendetwas anderes.« Noch während sie sprach, kam ihr ein komischer Gedanke. Sie hielt inne. Ihr wurde abwechselnd heiß und kalt. »Du denkst nicht wirklich, dass …«

»… diese Stimmen der Schlüssel zum Buch sein könnten? Also, der richtige Schlüssel?«, beendete Majik ihren Satz. »Doch. Das halte ich durchaus für möglich.«

Sie sog scharf die Luft ein. Konnte das sein?

»Nein, das ist Schwachsinn«, sagte sie. Doch Zweifel nagten an ihr. »Wieso haben die anderen es dann nicht gehört?«, murmelte sie.

»Vielleicht kannst nur du das Buch lesen!« Jetzt war Majik plötzlich ganz aufgeregt.

»Ich habe es versucht. Aber ich konnte es genauso wenig lesen wie Theodor. Die Seiten waren einfach nur blau. Es war kein einziges Wort zu erkennen.«

»Vielleicht muss man die Stimmen um Erlaubnis bitten. Du hättest mit ihnen reden sollen.«

»Ich rede doch nicht einfach so mit Stimmen. Schlimm genug, dass ich welche höre.« Sie kaute nachdenklich auf ihrer Lippe und versuchte, sich daran zu erinnern, was genau die Stimmen gesagt hatten.

»Wir müssen dorthin und es ausprobieren.« Majik war voller Elan. Seine Augen sprühten förmlich vor Energie.

»Nein, Majik.«

»Aber ich wette, du kannst dieses Buch lesen.«

»Warum ich?«

»Weil du eine Ardantica bist.«

»Ardantica, Ardantica, Ardantica. Ich kann das nicht mehr hören«, sagte sie matt. »Als ob ich eine Auserwählte wäre, ein plötzlicher Superheld. Das bin ich nicht. Ich bin dummerweise damit geboren worden, wie einige andere vor mir auch. Und nur damit du es weißt, eine schlechte Ardantica kann von einem guten Element genauso besiegt werden wie alle anderen. Es ist also nichts Besonderes an meiner Kraft.«

»Hat Theodor dir das so erzählt?«

»Nein, nicht direkt.« Sie holte Luft, beendete den Satz aber nicht und ließ sich stattdessen mit verschränkten Armen trotzig auf die Couch fallen.

»Könntest du mit dem Gedanken leben, dass Welten ineinander stürzen oder zumindest Menschen verletzt werden, bei dem Versuch, es zu verhindern, weil du nichts unternommen hast?«

Sie starrte finster vor sich hin, ohne Majik anzusehen. Das Schlimme war, dass er recht hatte.

»Ach, verdammt«, rief sie und sprang auf.

Majik grinste.

Die Sachen zusammenzusuchen, die Leyla brauchte, nahm kaum Zeit in Anspruch. Proviant und Wasser landeten in ihrem Rucksack. Aus Gewohnheit auch die Taschenlampe, Ersatzbatterien, Pflaster und ein dicker Pulli, denn der September brachte immer kühlere Temperaturen mit sich.

Das, was sie ohnehin jeden Tag mit sich herumschleppte, ließ sie ebenfalls in der Tasche: Nagelfeile, Creme, einen kleinen Spiegel, Pfefferminzkaugummis und dergleichen Kleinigkeiten. Sie wusste nicht recht, ob sie amüsiert oder verärgert sein sollte, als sie feststellte, dass Majik schon längst seinen Rucksack gepackt hatte – bereit für das Abenteuer.

Auf dem Weg zur Uni redete Majik unglaublich viel, was sie heute etwas nervte. Doch sie sagte nichts, denn sie wusste, dass sich hinter seiner Aufregung auch ein Hauch Nervosität verbarg. Sie selbst war auch extrem unruhig. Als sie sich der Uni näherten, gab sie ihm ein paar Instruktionen.

»Wir gehen in der Nähe der Bibliothek in Naurénya rüber. Also hinter dem mathematischen Institut. Dann sehen wir zu, dass wir so rasch wie möglich in die Bibliothek kommen. Dabei müssen wir leise und achtsam sein, wegen der Dunkelalben.«

Nervös drehte sie an ihrem Ohrring. Majik klopfte ihr beruhigend auf die Schulter.

»Ich weiß. Das hast du jetzt schon mehrfach gesagt.«

Während sie über den Campus liefen, wich sie mehreren Übergängen aus. Sie umrundeten das Institut und gelangten auf eine Freifläche. Leyla fasste die Stelle ins Auge, von der aus sie auch zurückgekehrt war. Ihr Herz flatterte. Dann griff sie nach Majiks Hand und gemeinsam betraten sie Naurénya.

Nichts hatte sich verändert. Unter ihren Füßen knirschten die schwarzen Steinsplitter, die einst Grashalme gewesen waren.

»Wow«, flüsterte Majik. »Ein bisschen unheimlich, oder?« Er klang allerdings überhaupt nicht so, als würde er sich fürchten.

»Ja, nur ein bisschen«, gluckste Leyla.

Sie lief rasch auf den geheimen Hintereingang der Bibliothek zu. Zum Glück hatte sie den richtigen Übergang erwischt und war nicht weit davon entfernt.

Hier, direkt unter dem Fenster, knirschten die Steine fast überhaupt nicht mehr, was daran lag, dass die einstigen Grashalme schon zu Staub zertreten worden waren. Sie war heilfroh, dass das noch niemanden aufgefallen war.

»Hilf mir mal«, forderte sie Majik auf und er sprang sogleich hinzu.

Für ihn war es ein Leichtes, das Paneel zur Seite zu schieben. Sie sah sich noch einmal nach allen Seiten um, dann kletterte sie vor ihm in die Bibliothek.

»Das ist echt krass«, hörte sie ihn murmeln.

»Kannst du dich denn immer noch an gar nichts erinnern?«, erkundigte sie sich leise.

Er schüttelte den Kopf. »Nein, aber warum ich das überhaupt vergessen konnte, ist wohl die interessantere Frage. Das ist echt abgefahren.«

»Testamnestia«, erinnerte sie ihn.

Er winkte ab. »Weiß ich doch, aber ich meine, so etwas kann man ja wohl eigentlich nicht vergessen. Auch wenn man verzaubert wird.« Er sah sich um. »Was jetzt?«

»Da lang.« Leyla wies auf die Treppe.

Sie hoffte inständig, dass sie den Weg finden würde – hier hatte sie sich bisher schließlich noch jedes Mal verlaufen. Majik ließ ihr den Vortritt und so huschten sie die Treppe hinauf, ins erste Geschoss und schlichen durch zahlreiche Regalreihen. Erst einmal wollte Leyla die andere Galerie erreichen. Von dort aus konnten sie in den zweiten Stock und dann mussten sie nur noch die Tür finden. Sie zitterte leicht und erwartete, hinter jedem Regal auf einen Dunkelalben zu stoßen.

Doch das geschah nicht. Sie erreichten die zweite Galerie, ohne entdeckt zu werden. Leyla duckte sich hinter eine Säule. Jetzt mussten sie nur noch die zweite Treppe hinauf und die Tür finden. Sie nestelte an dem Schlüssel.

»Also dann«, sagte sie leise und drehte sich zu Majik um, der sich keinerlei Mühe gab, sich zu verstecken. Er trat auf die Galerie und blickte über das Geländer hinweg nach unten in den Lesesaal.

»Majik!«, zischte sie.

»Ley, ich glaube, hier ist gar keiner.«

»Das kannst du nicht wissen. Bitte komm vom Geländer weg.«

»Da unten haben sie aber ganz schön gewütet«, stellte er fest, ohne zu reagieren. »Was ist hinter der aufgebrochenen Tür?«

»Keine Ahnung. Ist auch egal. Wir müssen nicht runter. Wir müssen hoch.« Obwohl er ihr den Rücken zudrehte, zeigte sie mit dem Finger auf die entsprechende Treppe. Doch er starrte weiter nach unten. Inzwischen war auch sie auf die Galerie getreten, hielt sich jedoch geduckt.

»Los, komm!«

»Kleines, bleib ruhig. Hier ist keiner außer uns.«

»Majik, bitte!« Mittlerweile flehte sie beinahe. Doch Majik hatte sich schon in Bewegung gesetzt und lief die Treppe hinunter.

»Bist du wahnsinnig?«, zischte sie. Für einen kurzen Moment war sie hin- und hergerissen. Sie wollte unbedingt so schnell wie möglich hier verschwinden und das bedeutete, sie musste nach oben zu Pagnon. Aber sie wollte auch Majik nicht allein lassen. Dann fasste sie einen Entschluss.

»Ich gehe jetzt hoch. Pass auf, dass du nicht erwischt wirst«, zischte sie.

Irritiert blieb er stehen und sah sie an.

»Hier ist keiner. Du brauchst dich nicht zu fürchten. Lass uns nur schnell schauen, was dort unten ist.«

»Nein, Majik. Das werde ich nicht riskieren. Ich war schon hier, ich habe diese Alben schon getroffen und ich lege absolut keinen Wert auf eine weitere Begegnung. Du wolltest hierher, um dabei zu helfen, Naurénya zu retten. Wenn das immer noch dein Ziel ist, dann geht es nach oben.«

Überrascht starrte er sie an.

»Du hast recht«, gab er dann leise zu. »Also los.«

Erleichterung durchströmte sie. Sie nickte und begann auf leisen Sohlen, die Treppe in Angriff zu nehmen. Rasch erreichten sie die zweite Galerie und irrten durch die Regalreihen. Leyla war sich schon sicher, dass sie immer im Kreis liefen und die Tür nie finden würden, da standen sie plötzlich davor.

Sie seufzte beruhigt, als sie sah, dass der Durchgang zu Pagnon noch unbeschädigt war. Scheinbar hatten die Dunkelalben nicht im oberen Stockwerk gesucht. Sie legte die Hand auf die versteinerte Klinke, aktivierte ihre magischen Adern und legte die Tür nach und nach frei.

Sie spürte, wie Majik ungeduldig wurde, als sie den Schlüssel ins Schloss steckte, und auch sie wurde zunehmend hibbeliger. Sie gelangten in den kleinen Raum. Erneut zog Leyla den Stein von der Falltür. Sie konnte es allerdings nicht lassen, zu versuchen, die Magie gänzlich aufzulösen und zurückzuziehen.

Sie japste erschrocken, als eine merkwürdige Kraft sie traf und ihr die Luft aus der Lunge drückte. Es war ein komisches Gefühl, das sich fremd und unnormal anfühlte, doch es verging rasch wieder. Und sie registrierte, dass sie es tatsächlich geschafft hatte, ein kleines Stück des Steines gänzlich aufzulösen, beziehungsweise den Urzustand desselbigen wiederherzustellen.

Auf dem Boden lagen ein paar kleine grau-braune Felsbrocken. Sie frohlockte innerlich, beschloss aber, es bei diesem Versuch zu lassen, denn der Kraftrückzug strengte sie an. Also blieb sie bei ihrer üblichen Taktik, legte die Falltür frei, kletterte dann die Leiter hinauf und schloss die Luke auf. Sie stemmte sich mit ihrem Gewicht gegen die Tür und nutzte schließlich ein klein wenig Luftmagie, um sie gänzlich aufzustoßen. Dann atmete sie tief ein und kletterte in den Raum.

Obwohl sie glaubte, dass es in diesem Raum eigentlich nichts Besonderes gab, packte sie Ehrfurcht. Von irgendwo her kam wieder dieses sanfte Licht, das die Feuerkugel unnötig machte, und ein leises Summen lag in der Luft.

»Ist wirklich nicht sonderlich spektakulär«, meinte Majik, der nun ebenfalls den Raum betrat.

»Sag ich doch.«

»Ja, aber andererseits – wozu sollte man den Raum auch besonders aufhübschen? Das wäre ja geradezu Verschwendung. Ist das das Buch?« Er steuerte auf Pagnon zu.

»Warte!«, rief Leyla und ging ihm rasch nach. Er hielt inne. »Wir sollten es nicht anfassen.«

»Du meinst, ich sollte es nicht anfassen«, korrigierte er.

Sie lächelte entschuldigend. »Na ja, weil du doch kein Element bist. Wer weiß, was sonst mit dem Buch passiert.«

Er schien keineswegs beleidigt, grinste nur und meinte: »Hast du Angst, es könnte zu Staub zerfallen?«

»Ich weiß nicht.«

»Ich dachte, du glaubst nicht daran, dass es ein magisches Buch ist«, stichelte er weiter und streckte spaßeshalber die Hand nach Pagnon aus.

»Und wenn doch?«, meinte sie unsicher.

Er nickte, zog die Hand zurück und sah sich um.

»Hörst du wieder diese Stimmen?«, fragte er.

»Hörst du sie nicht?«

»Nein, es ist absolut still. Was sagen sie?«

»Keine Ahnung. Es ist eher ein Rauschen, ein Flüstern ohne Worte.«

Sie trat auf das Buch zu, betrachtete es einen Moment lang und schlug dann den Deckel auf. Die Stimmen wurden ein wenig lauter. Leyla lauschte angestrengt und versuchte zu verstehen, was sie sagten.

»Da ist sie wieder«, flüsterte die eine – zumindest glaubte Leyla, das zu verstehen.

»Mir scheint, sie hört's«, erwiderte die dumpfe Stimme.

Leyla strich behutsam mit den Fingern über die Seiten.

»Wer seid ihr?«, fragte sie.

Keine Antwort.

»Könnt ihr mir sagen, wie ich das Buch lesen kann?«

Wieder nichts. Sie sah zu Majik. Der zuckte die Schultern.

»Vielleicht musst du es nur denken – oder ganz fest wünschen«, schlug er vor.

Sie folgte seinem Rat, doch wieder geschah nichts. Die Stimmen redeten weiter miteinander oder vielleicht auch mit ihr, aber sie antworteten nicht, sie wiederholten nur den Reim, den Leyla schon einmal gehört hatte.

»Hörst du des Wassers gurgelndes Lachen?«

»Hörst du das Knacken der heißen Glut?«

»Hörst du, wie Winde wehen und Flammen entfachen?«

»Oder hörst du der Zeiten Geist körnige Brut?«

»Hört sie's?«, wisperten sie. »Sie hört's.«

»Vielleicht so«, mutmaßte Leyla leise. Sie schloss die Augen und konzentrierte sich auf ihre Kraft. Ganz vorsichtig, um ja keine Magie zu wirken, griff sie nach den magischen Adern. Sie wollte sie nicht nutzen, nur aktivieren, aus Sorge, sie könnte sonst das Buch verbrennen. Gleichmäßig zupfte sie an den vier Kräften und dachte dabei nur eines: Ich muss dieses Buch lesen, ich muss!

»Schau an«, flüsterte die säuselnde Stimme, die mal stärker, und mal schwächer wurde.

›Es klappt‹, dachte Leyla, doch die Freude war nur von kurzer Dauer. Als sie die Augen öffnete, musste sie feststellen, dass die Buchseiten immer noch dunkel waren.

»Ein Element.«

»Mit welchem Recht?«

»Ardantica.«

»Wie immer.«

»Was will sie?«, hörte sie die Stimmen sich unterhalten.

»Wer weiß.«

›Das Buch lesen‹, dachte Leyla. Sie hörte ein Lachen, dann flüsterten die Stimmen plötzlich durcheinander.

»Seiten, so viele. Ardantica. Eine. Wahrheiten. So viele. Frage.«

Es fiel ihr schwer, die Stimmen, die sich nun überlagerten, voneinander zu trennen. Sie horchte in sich hinein, lauschte auf ihre Kraft und auf die Stimmen, und endlich begriff sie.

»So viele Seiten.«

»So viele Wahrheiten.«

»Ein Ardantica.

»Eine Frage.«

›Eine Frage‹, dachte sie. Ihre Wangen begannen vor Aufregung zu glühen. Das Buch würde ihr eine beliebige Frage beantworten. Nur eine!

Sie sah kurz zu Majik, der zu spüren schien, dass irgendetwas vor sich ging und sich zurückhielt. Sein Blick ruhte auf ihr und er lächelte aufmunternd. Nur eine Frage.

›Wer sind meine Eltern und was ist damals passiert?‹, war das Erste, was ihr durch den Kopf ging. Sie erschrak, zuckte heftig zusammen und war dann heilfroh, dass der kurze Konzentrationsverlust dazu geführt hatte, dass sie ihre magischen Adern nicht mehr aktiviert hielt. Beinahe hätte sie die Frage verschwendet. Zwar wollte sie diese Antwort unbedingt kennen, doch es gab augenblicklich Wichtigeres.

Sie überlegte weiter, hielt aber die Magie immer noch in Schach. ›Wie kann man den Obsidian besiegen?‹, war die zweite Frage, die ihr einfiel, doch das fand sie auch nicht sinnvoll. Das Buch schrieb schließlich nur auf, was geschehen war und konnte nicht in die Zukunft gucken. Vermutlich konnte es auch keine Ratschläge geben, sondern lieferte nur Fakten. Ausprobieren konnte sie es nicht. Sie hatte ja nur diese eine Frage. Das Murmeln der Stimmen lenkte sie ab.

Schließlich fasste sie den Entschluss, zum ursprünglichen Plan Theodors zurückzukehren. Sie griff erneut nach ihrer Kraft und zupfte ein wenig daran. Es war, als würde sie in sich hineinsehen und erblicken, wie die Adern zu glühen begannen. Sie konzentrierte sich auf das Buch und dachte:

›Wo ist der Spiegel Dar-niat-pana?‹

Ein Windstoß fegte durch den Raum, griff nach den Seiten des Buches und begann, sie umzublättern, wieder zurückzuwehen und erneut zu blättern. Dann beruhigte sich der Wind, die Seiten sanken herunter und das Buch blieb in der Mitte aufgeschlagen.

Fasziniert starrte Leyla auf die Seite. Es wirkte so, als ob sich die Tinte zurückzöge. Von der Mitte ausgehend zu den Rändern wurden die Seiten plötzlich hell und präsentierten eine alte Schrift, die Leyla nicht lesen konnte – aber auch nicht lesen musste. Es war, als formten die Buchstaben Bilder. Sie las die Antwort nicht, sie sah sie! Wie eine winzige Filmsequenz, die nur eine Sekunde dauerte. Dann wurde die Seite wieder tiefblau.

Leyla stand da und war sich einen Augenblick lang nicht sicher, was sie tun sollte. Dann schlug sie das Buch zu. Die Stimmen wurden wieder leiser.

Immer noch verblüfft von dem, was gerade passiert war, starrte sie auf den Einband. Dann drehte sie sich zu Majik um, auf dessen Gesicht sich Verwunderung und Neugier spiegelten.

»Wir müssen sofort los«, sagte sie nur.

Sie verschwendete keine Zeit damit, dem irritierten Majik zu erklären, was sie gesehen hatte – was er nur schwer hinnehmen konnte, wie sie wusste, denn sie kannte seine Neugier. Doch die Erklärungen mussten warten.

Hastig kletterte sie die Leiter wieder hinunter. Voller Ungeduld versuchte sie, die Luke zu verschließen und zu verdecken. Sie musste sich beeilen. Doch ihre Unruhe sorgte dafür, dass es ihr erst beim dritten Anlauf gelang, den Stein über die Falltür zu ziehen.

Nachdem sie auch die zweite Tür wieder verborgen hatte, rannten sie zurück durch die Bibliothek. Leyla hoffte inständig, dass wirklich keine Alben mehr vor Ort waren, denn sie waren nicht gerade sonderlich vorsichtig und leise.

»Ley, was ist los?«, fragte Majik, der es offenbar nicht mehr aushielt.

»Erklär' ich dir später«, rief sie über die Schulter.

Sie erreichten den Vorplatz der Bibliothek, der auch verlassen war. Kurz überlegte Leyla, wie sie weiter vorgehen sollte.

»Halt dich an mir fest«, forderte sie Majik dann entschlossen auf. Majik grinste.

»Dein Wunsch sei mir Befehl!«

Kaum dass er seine Hände auf ihre Schulter gelegt hatte, begann sie, ihre Finger in großen Kreisen zu bewegen. Sie spürte einen sanften Druck unter den Füßen und verstärkte ihn. Ganz leicht stiegen sie in die Luft und glitten erst langsam, dann immer zügiger über den Boden hinweg. Sie passierten den Schlosspark und einige Zeit später auch das Anwesen der van Raikens, das still und scheinbar verlassen dalag.

Der Wind pfiff ihnen um die Ohren und Leyla drosselte das Tempo ein wenig, aus Sorge, sich zu überschätzen. Obwohl sie schon viel geübt hatte, traute sie dieser Fähigkeit noch nicht ganz und wagte es deshalb auch nicht, höher in die Luft zu steigen. Eine weise Entscheidung, denn sie strauchelte einige Male.

»Du wirst immer besser«, meinte Majik anerkennend.

»Hm«, machte sie nur. Sie war hochkonzentriert und konnte nicht antworten. Sie blendete alles aus und fokussierte sich nur auf die Kraft und den Weg.

Die Sonne färbte den Himmel bereits in atemberaubende Rosa- und Goldtöne, als sie Numäia endlich erreichten. Sie schwebten durch die Straßen, die zu Leylas Überraschung recht voll waren. Je näher sie dem Zentrum der Stadt kamen, umso mehr Menschen schienen unterwegs zu sein. Da Leyla zum einen erschöpft war, zum anderen aber auch niemanden anrempeln wollte, ließ sie sich zu Boden sinken. Ihre Beine wackelten heftig und sie keuchte leicht. Sie hatte gar nicht bemerkt, wie furchtbar anstrengend das war.

»Geht's?«, fragte Majik und sie nickte.

»Gib mir nur eine Minute«, murmelte sie.

Er reichte ihr etwas zu trinken. Gierig nahm sie ein paar Züge aus der Flasche.

»Was für eine schöne Stadt.« Majik sah sich um. »Ein wenig altmodisch vielleicht.«

Sie folgte seinem Blick, mit dem er die schönen stuck- und ornamentverzierten Gebäude in Augenschein nahm.

»Was ist das?« Er deutete auf ein langes Gebäude mit einem sonderbar geschwungenen Giebeldach und zahlreichen Erkern. »Und … oh!« Er hatte in einiger Entfernung die Kuppeln des schwarzen Palastes entdeckt.

»Majik«, sagte sie und wich einer Frau aus, die die Straße entlangeilte. Sie zog ihn mit sich an den Straßenrand zurück und blieb unter einem Fenster, das von merkwürdigen Pflanzen geziert wurde, stehen.

»Ich habe keine Ahnung, was hier wo ist«, erklärte sie dann, immer noch leicht außer Atem. Sie gab ihm die Flasche zurück, wühlte in ihrem Rucksack und zog ihren Pulli heraus, denn der Septemberabend war frisch. »Können wir uns die Stadt vielleicht zu einem späteren Zeitpunkt angucken?«

Er nickte.

»Was jetzt?«

Das konnte sie ihm nicht direkt beantworten. Sie kannte zwar ihr Ziel, hatte aber keinen Schimmer, wo sie hinmusste. Sie würde wohl oder übel jemanden fragen müssen. Aber wen? Wenn sie an die falsche Gruppe geriet … Wobei …

Sie musterte die vorbeieilenden Leute eine Weile. Viele grüßten sich knapp mit einem flüchtigen Lächeln, doch keiner blieb stehen, um sich zu unterhalten. Etwas lag in der Luft. Eine Art Anspannung. Leyla konnte es förmlich spüren und auf den Gesichtern las sie immer wieder die gleichen Emotionen ab: Entschlossenheit, Wut, Angst.

Verblüfft beobachtete sie die Elements und auch die anderen Wesen, die an ihr vorbeiliefen. Viele Geschöpfe hatte sie noch nie gesehen. Einige waren so groß wie Menschen, wieder andere klein wie die Glauppel. Die Wesen waren den Elements zahlenmäßig allerdings weit unterlegen.

Ein warnender Ruf erklang und die Leute sprangen zur Seite, neugierig spähte Leyla nach links. Ein Karren, gezogen von einem stierähnlichen Wesen, rollte an ihr vorbei. Eingehend musterte sie erst das Tier und dann den Fahrer auf dem Kutschbock. Der schien zu bemerken, dass er beobachtet wurde, sah sich kurz um, entdeckte Leyla und bedachte ihren hier offensichtlich eigentümlich erscheinenden Kleidungsstil mit einem Lächeln. Er nickte grüßend und eine Frau, die eben an Leyla vorbeiging, dachte wohl, es wäre an sie gerichtet, denn sie winkte zurück.

Dafür, dass das Land in so viele Gruppen gespalten sein sollte, war es auffällig harmonisch, fand Leyla. Sollte Theodor es tatsächlich geschafft haben, die Gruppen zu vereinen? Hatte er ihnen erzählen können, was passiert war und sie bereiteten sich jetzt auf den Kampf vor? War das möglich, in der kurzen Zeit?, überlegte sie. Natürlich, er war schließlich Theodor. Aber wie er das wohl angestellt hatte? Egal, das war jetzt unwichtig.

Sie holte kurz Luft, um einen vorbeihastenden älteren Mann anzusprechen, hielt dann aber inne. Was, wenn sie sich täuschte? Was, wenn das Volk immer noch gespalten war und sie jemanden ansprach, der Theodor hasste? Schlimmstenfalls noch jemanden aus Ethans Familie.

»Kleines?«, fragte Majik leise und ihr wurde bewusst, dass er immer noch auf eine Anweisung wartete.

Entschlossen trat sie wieder auf die Straße und auf einen jungen Mann zu, der nur ein paar Jahre älter als sie sein konnte. Schwarzes Haar fiel ihm ins Gesicht und auf seinem Kinn und seinen Wangen war ein ebenso dunkler Bartschatten zu erkennen. Im Gegensatz zu einigen anderen Elements wirkte sein Schritt beschwingt und seine rehbraunen Augen leuchteten vor Tatendrang.

»Entschuldigung«, sagte sie und merkte, wie sie augenblicklich rot wurde. Er blieb stehen.

»Wofür?«, fragte er und grinste sie an.

»Ähm«, machte sie und war ein wenig aus dem Konzept. »Ich wollte etwas fragen.«

»Nur zu«, forderte er sie mit seiner angenehm dunklen Stimme auf und lachte noch breiter. Seine braunen Augen funkelten schelmisch. Ein unerwartetes Gefühl von Wärme stieg in ihr auf. Sie sah ihn einfach nur an. Kurz wurde sein Blick eigenartig. Er musterte sie verwirrt. Dann lächelte er wieder.

»Ja?«, fragte er.

»Äh«, stotterte Leyla perplex und versuchte, das merkwürdige Gefühl von Vertrautheit zu verdrängen. »Ich suche Theodor van Raiken.«

»Oh«, meinte er und schien fast ein wenig enttäuscht. »Das war aber keine wirkliche Frage.« Er hatte einen leichten Akzent, bei dem er das ›R‹ auffällig rollte. Er zwinkerte verschmitzt und setzte dann zu einer richtigen Antwort an.

»Ich habe ihn heute Morgen das letzte Mal gesehen. Bei der Ansprache im Theatrium.«

Sie war erleichtert über seine Reaktion, die Frage schien ihn keineswegs zu verwundern.

»Ansprache?«, fragte sie und zog die Augenbrauen hoch.

»Hast du die verpasst?« Gedankenverloren fuhr er sich mit der Hand durch das Haar, während er ihr Gesicht betrachtete. Dann zuckte er bedauernd die

Schultern und meinte entschuldigend: »Wo er jetzt ist, weiß ich leider nicht.«

»Wen sucht ihr denn?« Ein Mann war stehen geblieben, auf seinem Arm trug er mehrere Stangen Brot.

»Van Raiken.«

»Ich glaube, der wollte bei den Schiffen helfen.«

Die Frau an der Seite des Mannes, die ebenfalls Brot trug, nickte heftig.

»Ja, am Hafen wird er wohl sein«, mutmaßte sie.

»Danke«, sagte Leyla.

Das Ehepaar nickte ihr freundlich zu und eilte weiter.

»Ahat!«, rief eine Stimme irgendwo hinter Leyla und der junge Mann mit den schwarzen Haaren reckte sich und winkte.

»Komme«, rief er. Dann wandte er sich an Leyla und bedachte sie noch einmal mit einem langen Blick. »Verzeih, ich muss weiter.«

Sie nickte und sah ihm nach. Er drehte sich noch einmal um, dann verschwand er in der Masse. Sie schüttelte den Kopf und versuchte, ihre Gedanken wieder zu ordnen. Langsam begriff sie, was sie soeben gehört hatte. Eine Ansprache?

»Unfassbar«, murmelte sie.

»Was?«, wollte Majik wissen.

»Er hat es tatsächlich geschafft«, sagte sie nur und ergänzte den Satz in Gedanken mit ›sich innerhalb einer Woche zum Anführer zu machen.‹ Er war wirklich dafür geboren. »Wir müssen zum Hafen«, sagte sie laut und Majik nickte.

»Entschuldigen Sie, wo geht es wohl zum Hafen?«, fragte er ohne zu zögern die nächste Frau, die an ihnen vorbeilief.

Offensichtlich war auch diese Frage bei all den Elements hier, von denen viele wohl von außerhalb kamen, nicht ungewöhnlich. Bereitwillig erklärte die Angesprochene den Weg.

Sie erkannte ihn von Weitem. Er stand auf der kleinen Kaimauer. Das hellblonde Haar hatte er wie immer mit der goldenen Spange im Nacken zusammengesteckt, ansonsten war er für seine Verhältnisse mit dem weißen Hemd und der schwarzen Hose ohne goldene Applikationen recht schlicht gekleidet. Sein Blick war starr geradeaus aufs Wasser und das rege Treiben gerichtet, das dort auf dem kleinen Flussarm stattfand.

Leyla stellte sich dicht hinter ihn. Er reagierte nicht. Also trat sie neben ihn auf die Kaimauer.

»Du schon wieder«, sagte er, ohne den Blick zu wenden. »Du hättest nicht kommen sollen, hier kann niemand für deine Sicherheit garantieren.«

Sie war ein wenig verwirrt darüber, dass er sie erkannt hatte, ohne sie anzusehen.

Sie schwieg einen Moment und sagte dann, seine Begrüßung ignorierend: »Du hast es also tatsächlich geschafft, sie zu vereinen.«

»Überrascht?«, fragte er.

»Nein, aber mit Geheimhaltung hat das hier nichts mehr zu tun. Es ist ziemlich ersichtlich, dass hier etwas vor sich geht.«

»Ja, das mit der Geheimhaltung hat nicht ganz geklappt. Aber das ist irrelevant. Kroaas hat eh seine Spione und wir wissen nicht, wer und wo sie sind. Er hätte es also ohnehin erfahren. Und selbst das ändert nichts. Er ist so oder so auf uns vorbereitet.«

Immer noch ruhte sein Blick auf den Barken auf dem Wasser. Leyla stellte fest, dass viele Kinder darauf saßen. Sie begriff, dass Theodor angeordnet hatte, sie aus der Stadt zu bringen, um sie zu schützen. Sie öffnete den Mund, um das Gespräch fortzuführen, doch in dem Moment mischte Majik sich ein.

»Äh, hallo, ich bin auch noch da!«, meldete er sich fast ein wenig beleidigt zu Wort. Er ließ seinen Rucksack schwungvoll zu Boden fallen und stieg ebenfalls neben Theodor auf die Kaimauer. Dann streckte er seine Hand aus.

»Majik Dryska«, stellte er sich vor. »Aber wie ich hörte, kennen wir uns eigentlich schon.«

Theodor sah ihn kurz an, dann starrte er wieder geradeaus. Die ausgestreckte Hand ignorierte er.

»Und du hast mich ernsthaft gefragt, warum ich nicht ihn benachrichtigt habe?«, fragte er spöttisch. »Er kann sich nicht einmal jetzt, wo er hier ist, an irgendetwas erinnern.«

»Das ist wahr«, meinte Majik. »Tut mir leid. Aber ich weiß trotzdem alles.«

»Dein Gesicht ist ja auch keine Erinnerung, die man unbedingt behalten oder wiedererlangen will«, sagte Leyla kühl, um Majik zu unterstützen. Dann zog sie den Kopf ein. Sie war sich sicher, dass sie diese Beleidigung gleich um ein Vielfaches zurückbekommen würde.

Doch Theodor grinste, wobei er nur den rechten Mundwinkel amüsiert nach oben zog. Diese Entgleisung hielt aber nicht lang an, dann wurde sein Gesichtsausdruck wieder kühl und ernst.

»Habt ihr denn zu Hause kein Salzwasser?«, fragte er.

»Doch. Aber nicht in Berlin – also Numäia.«

»Eure Heimat heißt Berlin?«

»Na, eigentlich kommen wir aus Ilmenau. Was soll das? Das ist doch vollkommen egal.«

»Und in Ilmenau gibt es auch kein Salzwasser?«

»Nein, das gibt es nur …«, klinkte sich Majik wieder ins Gespräch ein. Doch weiter kam er nicht.

Just in diesem Moment holte Theodor aus, seine Hand traf Majik im Kreuz und er stieß ihn von der Kaimauer ins Wasser. Mit einem Platschen verschwand Majik unter der Wasseroberfläche.

»Theodor!«, rief Leyla entsetzt und kniete sich auf die Kaimauer. »Bist du wahnsinnig?«

»Wieso?«, fragte Theodor trocken. »Kann er nicht schwimmen?« Noch während er das sagte, tauchte Majik prustend wieder auf.

»Hey!«, rief er wütend. »Bist du eigentlich vollkommen …« Die Wut in seinem Gesicht wich purem

Erstaunen. Er flüsterte: »Das glaube ich nicht. Ich kann mich erinnern.«

»Siehst du«, meinte Theodor zufrieden.

»Majik, komm raus, du wirst dich noch …«

»… erkälten?«, fragte Theodor höhnisch.

Verärgert richtete Leyla sich auf, während Majik bereits in Richtung eines Stegs schwamm.

»Egal wie, du kannst ihn nicht einfach ins Wasser schubsen«, sagte sie. »Was, wenn ich das mit dir machen würde?«

»So weit würdest du nicht kommen. Ich würde einfach über das Wasser schweben.«

»Das kannst du gar nicht. Das hast du mir kürzlich selbst erst erzählt.«

»Der Flussarm ist so schmal, das wäre überhaupt kein Problem.«

»Und wenn ich eine große Welle heraufbeschwören würde, die dich mitreißt?«

»Lern erst einmal ordentlich schweben«, meinte Theodor lachend.

Sie verkniff sich einen Kommentar und starrte finster vor sich hin. Theodor sah sie immer noch nicht an, was sie noch mehr ärgerte. Sie blickte zu Majik, der sich gerade am Steg hochzog. Ihre Wut verschwand wieder. Jetzt war keine Zeit zum Streiten. Sie seufzte.

»Theo?«, sagte sie leise.

»Hm?«

»Ich weiß, wo der Spiegel Dar-niat-pana ist.«

Endlich drehte er den Kopf und sah sie mit einem unergründlichen Blick an. Er wirkte nicht überrascht und nicht neugierig, er fragte nicht nach, woher sie das wusste. Er schien einfach nur ihren Worten zu vertrauen, nickte und sagte nur ein einziges Wort.

»Wo?«

»Er hat ihn fast gefunden«, flüsterte Leyla.

Kapitel 13

Auf in den Kampf

Majik, der tropfnass auf sie zusteuerte, blieb keine Zeit, sich zu beschweren, denn Theodor wandte sich einfach um und lief los.

»Komm«, forderte er Leyla auf.

Sie sah zu Majik und deutete mit dem Kopf in Richtung Theodor. Er schien zu verstehen, was sie meinte und nickte. Er würde ihnen folgen. Also drehte auch sie sich um und setzte sich in Bewegung.

Theodor lief zügig durch die Straßen Numäias. Leyla hatte keine Zeit, sich den Weg zu merken oder erneut auf die vielen Wesen, Menschen oder auch einfach nur auf die schönen, schmuckvollen Gebäude zu achten. Sie zog ihr Tempo noch einmal an, um mit Theodor Schritt halten zu können.

»Was hast du jetzt vor?«, keuchte sie.

»Na, den Spiegel finden.« Es war offensichtlich, dass er ihre Frage als absurd empfand.

»Schon klar, aber wie sieht der Plan aus?«, hakte sie nach.

Abrupt blieb er stehen und musterte sie. Fast schien es ihr, als wollte er die Antwort von ihr hören – doch das konnte ja unmöglich sein. Nur weil sie wusste, wo der Spiegel war, hatte sie noch lange keine Ahnung, wie sie ihn bekommen sollte. Dazu musste sie ins Gebirge, dorthin, wo der Obsidian war. Sie sah Theodor fragend an. Er seufzte leise.

»Bezüglich des Spiegels? Habe ich noch keinen«, meinte er dann.

Erstaunt sah sie ihn an. Doch der Moment der Schwäche, die sie kurz in ihm zu sehen glaubte, erwies sich als Täuschung. Augenblicklich streckte er sein Kinn wieder stolz in die Höhe und erklärte kühl: »Aber mir wird etwas einfallen, wenn wir erst einmal da sind.«

»Da?«, fragte sie vorsichtig.

»Wir ziehen los. Greifen an. Heute werden die meisten Elements in Richtung Gebirge aufbrechen. Einige sind schon auf dem Weg. Viele Elements haben Rhymia und Paisan Gehör geschenkt und sind aus ihren Städten nach Numäia gekommen. Die Anzahl hat mich zugegebenermaßen überrascht. Kroaas dachte, die Elements würden ihn nicht angreifen, weil er der Einzige ist, der die Versteinerung zurückziehen kann. Aber keiner will sich erpressen und unterdrücken lassen. Sie nehmen lieber eine versteinerte Uni und einen verlorenen Palast in Kauf als einen Wahnsinnigen, der die Drachen wiedererwecken will.«

»Ihr Mut und ihre Entschlossenheit beeindrucken mich«, sagte Leyla.

Theodor zuckte mit den Schultern. »Wir sind viele. Das hilft schon, um mutig zu sein.«

»Es kommen sicherlich sogar noch mehr Elements, wenn sich die Kunde verbreitet.«

»Wir können nicht auf weitere Hilfe warten. Die Stadt platzt langsam aus allen Nähten, wir haben kaum

Zimmer, um noch mehr Elements unterzubringen, und die Nahrungsversorgung in einer so kurzen Zeit für so viele zusätzliche Esser zu organisieren, hat sich auch als schwierig herausgestellt.«

Inzwischen liefen sie weiter durch Numäias Straßen. »Also machen wir uns auf den Weg. Die meisten Aeristen brechen jedoch erst später auf, weil wir einfach schneller reisen können.«

»Und dann? Wenn ihr da seid?«

»Sobald ich bei Barsques eintreffe, geht es los. Auf in den Kampf«, erwiderte er schulterzuckend.

»Nichts geht ohne den Anführer, oder?«, fragte Leyla spöttisch.

»Ohne den zukünftigen König«, meinte er und grinste.

Überrascht wollte sie nachhaken, ob noch mehr in den wenigen Tagen, die sie nicht hier verbracht hatte, geschehen war, von dem sie wissen sollte. Doch dann sah sie das Funkeln in seinen Augen und begriff, dass er den Satz nur gesagt hatte, um sie zu provozieren.

Majik, der sie endlich eingeholt hatte, ging sofort darauf ein.

»Das«, meinte er kühl, »wäre dann ja wohl Leyla.«

Die Stimmung kippte augenblicklich. Theodor verharrte und sah Majik mit einem Blick an, der dazu geeignet war, jemanden zu Eis gefrieren zu lassen.

»Also«, meinte Leyla rasch, die überhaupt keine Lust auf eine Konfrontation zwischen den beiden hatte, stellte sich zwischen sie und hakte sich bei

Majik unter, was sie prompt bereute, da er schließlich klitschnass war. Dann setzte sie sich wieder in Bewegung.

»Ihr werdet durch die Tunnel gehen? Den Weg, den Chayenne uns gezeigt hat? Und dann werdet ihr ihn angreifen? Das sollte doch schnell gehen, oder? Bei so vielen Elements dürfte das kein Problem sein?«

»Doch. Garantiert«, lachte Theodor. »Wir haben zwar keine Ahnung, wie viele Anhänger er hat, aber er ist ein Ardantica. Und ein halber Drache. Unter einfach stelle ich mir etwas anderes vor.«

»Leyla ist auch eine Ardantica«, mischte sich Majik wieder ins Gespräch ein.

»Ja, aber keiner von uns kann allein etwas gegen Kroaas ausrichten. Egal wie stark, talentiert oder trainiert.«

»Wir können sehr wohl«, begann Majik, doch Theodor unterbrach ihn.

»Du? Du kannst hier gar nichts. Am besten gehst du nach Hause. Wenn irgendetwas schief geht und Kroaas abhaut, dich entdeckt …« Er ließ den Rest des Satzes in der Luft hängen. Stattdessen murmelte er in Richtung Leyla: »Verstehe nicht, warum du ihn überhaupt mitgebracht hat.«

»Leyla und ich …«, begehrte Majik auf.

»… werden den Spiegel suchen«, vollendete sie den Satz.

»Was?«, fragte Majik erstaunt.

Sie sah Theodor an.

»Während ihr kämpft und den Obsidian ablenkt, können wir vielleicht ungesehen vorbeikommen und den Spiegel suchen. Ich weiß genau, wo ich suchen muss, könnte es aber nur schwer beschreiben.«

Sie stutzte, als sie Theodors Gesichtsausdruck bemerkte. Irgendwie wirkte er zufrieden. Anscheinend hatte er gehofft, dass sie das sagen würde.

»Ich werde dir Rückendeckung geben«, meinte Majik und der zufriedene Gesichtsausdruck verschwand wieder von Theodors Gesicht. Er schnaubte nur und ging weiter.

Eine Zeit lang liefen sie schweigend nebeneinander her und Leylas Füße begannen bereits zu schmerzen, denn die Stadt war größer, als sie bisher angenommen hatte.

»Wo gehen wir überhaupt hin?«, fragte sie Theodor. »Dieses Viertel kenne ich gar nicht. Es ist schon spät und wir müssen irgendwo die Nacht verbringen. Können wir bei Marv und Aikim unterkommen?«

»Stopp«, rief er und hob die Hand, um ihren Redeschwall zu unterbrechen. Kopfschüttelnd erklärte er dann: »Aikim können wir vergessen.«

»Wieso?«, erkundigte sich Leyla verblüfft.

»Marv ist verschwunden. Aikim ist vollkommen außer sich vor Sorge und zu nichts zu gebrauchen. Sie wird auch nicht mitkommen und kämpfen.«

»Verschwunden?«

Theodors Gesicht verfinsterte sich wieder. »Ja, seitdem du bei ihnen warst.«

Erschrocken sah Leyla ihn an.

»Du willst nicht sagen, dass ich daran schuld bin?«, fragte sie.

Majik, der aus irgendeinem Grund endlich beschlossen hatte, was sie sich vor drei Monaten gewünscht hatte, nämlich Theodor zu hassen, kam ihr augenblicklich zu Hilfe.

»Ley hat damit garantiert nichts zu tun«, rief er empört.

»Nein«, fauchte Theodor und Leyla zuckte erschrocken zusammen. Dann fuhr er, beherrscht wie zuvor, fort: »Das habe ich auch nicht gesagt.« Er sah Majik an und fügte hinzu: »Und tu mir doch den Gefallen und lass Leyla für sich selbst reden.«

Verblüfft von seiner Reaktion sah sie ihn an und boxte Majik, der schon wieder den Mund geöffnet hatte, unauffällig in die Seite. Sie war ihm dankbar dafür, dass er ihr Beistand leistete. Einen Streit zwischen ihm und Theodor konnten sie im Moment allerdings überhaupt nicht gebrauchen.

Tatsächlich schwieg Majik und sie dachte über die neuen Informationen nach. Marv war also verschwunden und Theodor ... Ihre Haut kribbelte.

»Du meinst nicht, dass er tot ist, weil er nach dir gesucht hat, oder?«, flüsterte sie.

Theodor reagierte nicht. Sein Gesichtsausdruck verhieß immer noch nichts Gutes, doch er schien nicht bereit, etwas von seinen Gedanken zu verraten.

Inzwischen hatten sie das Stadtzentrum weit hinter sich gelassen und befanden sich nun in einem Viertel, in dem die Häuser weit auseinanderstanden. Große Grünflächen und aufwendig angelegte Gärten trennten die immer prunkvoller erscheinenden Häuser voneinander. Auch die Straße selbst hatte sich verändert. Der gepflasterte Weg war sonderbar edel, die Steine glänzten und überall standen Bäume.

Wäre nicht die Situation gewesen, hätte der Moment, durch diese Straße zu wandern, etwas Paradiesisches gehabt, dachte Leyla. Majik neben ihr pfiff anerkennend durch die Zähne und deutete auf eines der Häuser. Als Erstes entdeckte Leyla die beiden mächtigen Steinfiguren, zwei Adler mit gespreizten Flügeln, die das schmiedeeiserne Tor links und rechts flankierten. Dann richtete sich ihr Blick auf das Anwesen dahinter. Selten hatte Leyla eine so schöne Architektur gesehen. Auf den ersten Blick wirkte das Haus mit den großen Fenstern und den einfachen Säulen sehr schlicht. Doch je länger man es betrachtete, umso mehr Details fielen Leyla ins Auge.

»Wow, das macht dem Haus von deinem Vater Konkurrenz«, meinte sie zu Majik und er grinste.

»Er würde ausflippen, wenn er das sehen könnte.«

Majiks Eltern waren als Immobilienmakler stets auf der Suche nach den größten und schönsten Anwesen, die sie an Prominente verkaufen konnten. Logisch, dass sie ihr eigenes Haus als Visitenkarte betrachteten und nicht ungern damit protzten. Ihr Lächeln verblasste wieder, als sie Majik betrachtete.

»Ist dir sehr kalt?«, fragte sie besorgt.

Er hatte sich schon längst seine dicke Jacke aus dem Rucksack gefischt und übergezogen. Jetzt schüttelte er den Kopf.

»Alles okay. Wir werden ja wohl auch nicht mehr Stunden unterwegs sein.«

»Wenn man es genau nimmt, sind wir da«, meinte Theodor. Er lief über die Straße und steuerte auf das Haus zu, das Leyla und Majik so bewundert hatten. Ohne zu zögern öffnete er das riesige Tor, das nicht das kleinste Quietschen von sich gab, und hielt es weit auf. Überrascht sah Leyla ihn an.

»Zwing mich nicht, mit hineinzukommen«, sagte er leise und steigerte ihre Irritation damit noch weiter. »Los jetzt. Ich habe heute noch etwas anderes zu tun.«

Verblüfft trat sie, gefolgt von Majik, durch das Tor und auf den Weg, der aus feinem weißem Kies bestand. Der Weg schlängelte sich durch ein Wiesenstück, das so saftig grün war, das ihm weder die vergangene Sommerhitze noch der kühler werdende September anzusehen war. Sie drehte sich um, als sie ein leises Klacken hörte. Theodor hatte das Tor hinter Majik geschlossen, war selbst jedoch draußen geblieben.

»Wir sehen uns morgen«, sagte er und wandte sich dann zum Gehen.

»Okay«, murmelte sie perplex und sah dann zurück zum Haus.

Majik packte sie am Arm und zog sie auf die weiße Eingangstür zu. Sie stolperte hinterher, sah sich noch einmal um, aber Theodor war schon verschwunden.

Stirnrunzelnd musterte sie die Tür, an die Majik nun einfach klopfte.

»Hast du eine Ahnung, wo wir sind?«, fragte sie.

»Nein. Du?«

Sie schüttelte den Kopf und wartete teils angespannt, teils neugierig auf das, was kommen würde.

Ein kleiner Mann öffnete. Er stand gebückt und sein schütteres graues Haar ließ ebenso wie die gebrechliche Statur auf ein hohes Alter schließen. Er runzelte die Stirn.

»Das Tor ist nicht umsonst dort«, sagte er mit brüchiger Stimme und sah sie ein klein wenig ärgerlich an.

»Das wissen wir. Verzeiht«, entgegnete Leyla höflich. »Aber …«

»Wer ist das?«, rief eine zittrige Stimme in dem Moment aus dem Inneren des Hauses. »Etwa noch mehr Besuch? Wenn es Theodor ist, jag ihn zum Teufel!«

Leyla wich einen Schritt zurück. Das hörte sich nicht gut an.

»Wir wollten wirklich nicht stören«, meinte sie.

Doch in diesem Moment erblickte sie den alten Mann im Inneren des Hauses, der ebenfalls auf den Eingang zusteuerte. Er schien sich auf einen einfachen Stock zu stützen, schwebte allerdings samt Stock wenige Zentimeter über dem Boden. Er musste seine Kraft außergewöhnlich gut beherrschen, denn seine Fingerbewegung war so gering, dass Leyla sie fast übersehen hätte. Sie hatte jetzt schon ein paar Elements getroffen, aber sie kannte nur einen, der ebenso talentiert war. Sie brauchte sich das weiße Haar des Mannes gar nicht erst einen Hauch blonder vorzustellen und sie musste auch nicht hinsehen, um zu wissen, dass seine Augen eisblau waren, eine Farbe, die mit einer Ausnahme wohl alle in der Familie geerbt hatten.

»Thybon van Raiken«, flüsterte sie angespannt und gleichzeitig ein wenig ehrfürchtig.

Der alte Mann hatte die Tür fast erreicht, hielt nun aber inne und sah sie misstrauisch an.

»Kennen wir uns?«, fragte er mit zusammengekniffenen Augen.

»Nein«, stammelte Leyla. »Also, Sie kennen mich nicht.«

In diesem Moment erschien hinter Thybon van Raiken eine alte Frau, die Leyla nur zu bekannt war. Sie wirkte erst ein wenig verdutzt, dann strahlte sie übers ganze Gesicht.

»Leyla!«

»Rhymia!«

Der Mann an der Tür schien ein wenig verblüfft, protestierte aber nicht, als Leyla einfach eintrat, machte sogar noch ein wenig Platz. Rhymia ging auf Leyla zu und schloss sie fest in die Arme.

»Da bist du ja. Oh, wir haben so gehofft, dass du wiederkommen würdest.«

»Tatsächlich?«, erwiderte Leyla verlegen.

»Thybon.« Rhymia schien Leylas Verblüffung nicht zu bemerken. »Das ist die Leyla, von der wir dir erzählt haben.«

»Ah«, machte der alte Mann nur abfällig und musterte sie von oben bis unten. Er machte keinerlei Anstalten, seinen Stock loszulassen, um ihr die Hand zu reichen. Leyla neigte den Kopf zum Gruß.

»Ah«, machte er erneut und es klang nicht weniger grummelig. »Die Freundin von Theodor.«

»Bestimmt nicht«, schnaubte Leyla, dann räusperte sie sich verlegen. Sie wandte sich an Rhymia. »Das ist mein bester Freund Majik.«

»Ah«, machte Thybon.

»Natürlich!« Rhymia strahlte nun auch Majik an. Sie machte einen Schritt auf ihn zu und breitete die Arme weit aus, um auch ihn zu umarmen, hielt dann aber mitten in der Bewegung inne. »Du bist ja ganz nass«, stellte sie entsetzt fest. »Was ist passiert? Du brauchst dringend trockene Sachen!«

»Keine schlechte Idee«, erwiderte er mit einem schiefen Lächeln.

»Ah«, machte Thybon van Raiken nur, drehte sich um und verschwand in einem angrenzenden Zimmer. »Lieber die Kiste, als diesen Rummel«, hörte Leyla ihn noch leise vor sich hin zetern.

»Wirklich ein komischer Kauz«, merkte sie an, nachdem auch der Dienstbote von der Tür verschwunden war. Rhymia lachte.

»Nichts mehr für den Thron. Habe ich doch gleich gesagt«, flüsterte sie und zwinkerte ihr zu. Laut fuhr sie fort: »Jetzt komm. Paisan wird sich freuen, dich zu sehen.«

Leyla folgte Rhymia und betrachtete mit großen Augen den Flur, dessen Ausmaße schon geradezu palastähnlich waren. Die vielen Spiegel und offenen Türen verstärkten den saalartigen Eindruck noch. Sie gingen über den roten Teppich, den einzigen Farbtupfer zwischen all dem Weiß.

»Du musst dir endlich etwas Trockenes anziehen«, sagte Rhymia zu Majik und deutete auf die Treppe. »Leyla, geh schon rein. Ich zeige deinem Freund das Badezimmer.«

Leyla nickte und trat durch die gläsernen Flügeltüren. Paisan saß in dem Wohnraum und las in einem Buch.

»Hallo, Paisan«, sagte Leyla.

Der alte Mann sah überrascht auf.

»Leyla«, sagte er dann mit warmer Stimme. Doch sein Lächeln konnte die tiefe Sorge in seinem Blick nicht vertreiben.

Plötzlich wurde Leyla flau im Magen und ihre Gedanken bewegten sich unwillkürlich in Richtung Zukunft. Was wohl bald passieren würde?

Ein paar Tage später schien ihr der kurze Besuch im Haus von Thybon van Raiken schon wieder ewig her zu sein.

Sie stand an einem kleinen Fenster und schaute hinaus. Vor ihr erstreckte sich eine freie Graslandschaft, nicht weit entfernt konnte sie die kargen, zerklüfteten Gipfel des Birmgebirges ausmachen. Vögel zwitscherten irgendwo und ließen die Welt für diesen kurzen Moment täuschend friedlich wirken. Unter ihr lag ein verlassener, alter Hof, der den Charme des großen Landhauses, in dem sie eine letzte Rast machten, in keiner Weise widerspiegeln konnte. Einsam war es hier.

Am Tag, nachdem Theodor Leyla und Majik bei Thybon van Raiken und Rhymia abgesetzt hatte, waren sie bereits aufgebrochen. Leyla war von diesem plötzlichen Vorgehen überrascht gewesen, aber im Gegensatz zu Theodor hatte sie sich die letzten Wochen auch nicht wirklich gedanklich auf einen Krieg vorbereitet.

Theodor indes hatte alles genau geplant und koordiniert. Fast hatte Leyla das Gefühl, als hätte er nur noch auf ihr Erscheinen gewartet, um seinen Freunden und seiner Familie das Zeichen für den Aufbruch zu geben. Das war natürlich absurd. Theodor würde ganz sicher niemals in irgendeiner Form auf sie warten.

Die vergangenen drei Tage hatten sie damit verbracht, zum Birmgebirge und dem Schlachtschauplatz zu gelangen. Jetzt trennten sie nur noch ein paar Stunden von dem Zeltlager. Leyla berührte mit den Fingern nachdenklich den alten Fensterrahmen.

Sie waren in dem alten Gebäude eingekehrt, das sich natürlich auch im Besitz der van Raikens befand. Genau genommen gehörte es Thybon, der es von seinem Vater geerbt hatte. Doch Thybon – soweit Leyla das verstanden hatte –verschmähte diesen alten Landsitz aufgrund seiner Isolation und Einfachheit. Er sah ihn als Beleidigung für seinen Stand an. Aus diesem

Grund hatte er nach dem Abdanken die Villa bezogen, die Leyla kennengelernt hatte. Alles, was ihm als wichtig genug erschienen war, hatte er vom Landsitz in die Stadt bringen lassen. Der Rest verwahrloste hier.

Plötzlich bewegte sich etwas unten auf dem Hof. Leyla beugte sich vor und sah Kaysha und Sum. Beide waren Freunde von Theodor und ebenso wie sechs andere Aeristen mit Leyla und Theodor hierhergekommen. Leyla beobachtete, wie Kaysha sich gegenüber von Sum aufbaute und anfing, mit ihren Kräften zu jonglieren. Offensichtlich wollten sie trainieren. Kaysha ließ Sum eine Böe entgegenwehen, die er problemlos parierte. Doch einen Moment später traf ihn eine Kraft von hinten und wirbelte ihn durch die Luft. Kaysha grinste und Leyla tat es ihr gleich. Sie mochte die kleine Frau mit dem herzförmigen Gesicht und dem stählernen Blick. Sie hatte ein echtes Kämpferherz und machte Sportübungen, bei deren Ausführung Leyla vermutlich sofort zusammenbrechen würde.

Sum richtete sich auf. Er zog eine Grimasse und machte eine Handbewegung. Kaysha blockte den Angriff mit Leichtigkeit ab. Sie hob die Hände, doch in diesem Moment trat Paisan auf den Hof. Er, Rhymia und Majik hatten sich zusammen auf den Wolkenwagen gequetscht und waren so angereist.

Die drei wechselten ein paar Worte, dann brachen Kaysha und Sum ihre Übung ab und verschwanden mit Paisan im Haus. Bedeutete dies, dass es bald losging? Bei dem Gedanken begann sie, innerlich zu beben.

Sie wandte sich vom Fenster ab und atmete tief ein und aus. Vielleicht sollte sie auch noch etwas üben. Sie formte ein paar Elementkugeln, indem sie zwischen ihren Händen einen Hohlraum bildete, in den sie ihre Kraft lenkte. Dann zog sie ihre Hände vorsichtig auseinander, um die Kugeln zu vergrößern. Anschließend ließ sie die pulsierenden Magiebälle mit sanften Handbewegungen durch den Raum gleiten und versuchte, sie dann wieder zurückzuziehen. Sie musste sich jetzt konzentrieren. Fokussieren.

Doch die dunklen Gedanken und die Furcht vor dem, was bald geschehen würde, waren zu präsent in ihrem Kopf. Die Luftkugel, die sie soeben vor sich gehabt hatte, zerstob und wurde zu einem zarten Wind, der einfach abebbte. Leyla blickte wieder aus dem Fenster und in Richtung des Gebirges. Was, wenn sie versagen würden? Ihre Gedanken wanderten zurück nach Numäia.

Rhymia hatte ihr erzählt, welche Vorkehrungen in Leylas Abwesenheit in der Stadt getroffen worden waren. Die Bewohner vermuteten, dass sich der Kampf nicht nur im Gebirge abspielen würde. Früher oder später würde der Obsidian versuchen, Numäia anzugreifen, um ein Druckmittel zu haben. Doch die Stadt sollte keine Angriffsfläche bieten. Deswegen waren Kinder, Alte und Kranke abgereist, wie Leyla es am Hafen gesehen hatte. Zumindest die meisten Alten. Sie lächelte belustigt. Thybon van Raiken hatte sich zum Beispiel geweigert, die Stadt zu verlassen. Doch glücklicherweise zog der alte, sonderbare Mann auch nicht mit ihnen in die Schlacht.

Sie seufzte. Dieses Warten war furchtbar. Bei allen wuchs die Anspannung, das hatte Leyla in den letzten Tagen deutlich gespürt. Während sich nach dem Aufbruch von Numäia alle noch Mut gemacht und statt von Kampf nur von dem Zusammenhalt der zahlreichen Geschöpfe gesprochen hatten, waren sie über die letzten drei Tage immer stiller geworden. Jeder schien seinen Gedanken nachzuhängen. Leyla war froh, als sie das Landhaus erreichten und sie die Möglichkeit hatte, sich in dieses Zimmer zurückzuziehen, wo sie nicht die grimmigen Gesichter sehen musste.

Jetzt brach bereits der Abend an. Lange konnte es nicht mehr dauern. Alle waren ungeduldig und warteten auf Theodors Signal.

Leyla setzte sich auf den Stuhl, der zu einem alten Sekretär gehörte, stützte sich mit den Ellbogen auf der Tischplatte ab und vergrub den Kopf in den Händen. Nervös wackelte sie mit den Beinen hin und her. Wenn sie nur für ein paar Minuten aufhören könnte, über alles nachzudenken. Sie schlug die Beine übereinander und stieß mit dem Knie gegen die Unterseite des Tisches.

»Au«, murrte sie und rieb sich das Knie.

Dann beugte sie sich unter den Tisch, um nachzusehen, woran sie sich gestoßen hatte. Überrascht sog sie die Luft ein, als sie im Halbdunkeln einen kleinen Holzstab entdeckte, der aus der Unterseite des Tisches hervorschaute. Das sah aber sonderbar aus!

Sie erschuf eine Feuerkugel und besah sich das Ganze näher. Schließlich packte sie den Stab und zog ihn heraus. Für einen kurzen Moment vergaß sie ihre Nervosität. Sie hatte so etwas schon oft in Filmen gesehen, aber … konnte es wirklich sein, dass der Tisch ein Geheimnis enthielt? Sie öffnete die Schubladen. Dann hielt sie inne. War es richtig, in den alten Sachen der van Raikens so herumwühlen? Andererseits hatte Thybon diesen Tisch nicht als wichtig erachtet und zum vermodern zurückgelassen. Sie zuckte mit den Schultern.

Kurz nachdem sie mit den Fingern die Linien nachgezogen hatte, fand sie die Stelle, in die der Holzstab gehörte. Die Tischplatte knackte und hob sich leicht an. Triumphierend blickte Leyla in den Spalt, der sich aufgetan hatte.

Ein Pergament lag flach darin. Sie zögerte noch einmal, dann griff sie doch zu und war kurz darauf etwas enttäuscht. Es schien eine alte Karte zu sein, die Nauirénya und ganz grob die Nachbarländer darstellte. Einige Kreuze waren auf der Karte verteilt eingezeichnet. Vermutlich waren es nur weitere Häuser oder Territorien der van Raikens.

Seufzend packte sie das Pergament wieder weg. In dem Moment, als sie die Tischplatte mit einem Klicken schloss, klopfte es und Majik steckte den Kopf herein.

»Hey, wie geht es dir?«, fragte er.

»Super. Mir geht es super«, erwiderte Leyla sarkastisch und stand vom Stuhl auf. »Ich ziehe in einen Krieg. Natürlich geht es mir da fabelhaft.«

Er grinste, doch es wirkte ein wenig kläglich.

»Du bist noch blasser als sonst, sofern das überhaupt möglich ist«, meinte er.

Sie seufzte resigniert.

»Wie nett von dir, dass du mich darauf aufmerksam machst.«

»Immer wieder gerne.«

Sie schwiegen kurz.

»Ich habe Angst, Majik«, sagte sie dann leise.

»Ich möglicherweise auch etwas«, entgegnete er ebenso leise. »Aber das würde ich natürlich nie zugeben.« Er zwinkerte ihr zu und sie lächelte. Dann sagte er auf einmal ernst: »Ich bin froh, dass wir das zusammen machen.«

»Ich auch.«

Er nahm sie in den Arm.

»Theodor will aufbrechen. Magst du runterkommen?«, fragte er dann.

Ihr Herz machte einen Satz, sie nickte. Jetzt war es so weit. Sie liefen die morsche Treppe hinunter, durch den schmalen holzvertäfelten Flur, und gelangten in einen spärlich möblierten Wohnraum.

Alle waren da. Rhymia, Paisan, Theodor, Sum, Kaysha und die anderen. Leyla trat zu Rhymia.

»Geht es los?«

Die alte Frau nickte und Leyla wurde augenblicklich noch ein wenig nervöser.

»Schweben wir wieder?«

»Rate mal«, meinte Theodor, der hinzugetreten war. Er wirkte so entspannt wie eh und je. »Rhymia wird den Wolkenwagen jetzt hierlassen, wir sind ohne zügiger unterwegs und wir können ihn dort ohnehin nicht gebrauchen. Paisan schwebt mit ihr. Majik, du kannst mit Sum schweben.«

Er deutete auf den kräftigen Mann mit dem kurzgeschorenen braunen Haar und den gigantischen Armmuskeln. Dann wandte er sich an Leyla: »Und du bleibst bei mir.«

Sie nickte. Sie war schon die vergangenen drei Tage an Theodors Seite gewesen und obwohl sie das nicht wollte, beruhigte sie seine kühle, rationale Art irgendwie.

Majik runzelte die Stirn, nickte dann aber zustimmend.

»Alle bereit?«, fragte Theodor mit erhobener Stimme. Ein zustimmendes Murmeln erfüllte den Raum. »Dann los!«

Auf Theodors Befehl hin verließen sie alle das Haus. Er wartete, bis sich die anderen in die Luft erhoben hatten. Obwohl Leyla den Anblick nun schon kannte, empfand sie das Bild immer noch als geradezu unheimlich. Sie sah den schwarzen Schemen am dunkler werdenden Himmel nach. Dann zog Theodor sie an sich.

»Du zitterst ja«, stellte er fest.

»Warum nur?«, fragte sie und bemühte sich um einen spöttischen Tonfall.

In dem Moment stiegen sie in die Höhe.

Sie reisten zügiger als bisher und Leyla war froh, dass Theodor sie - obwohl sie ihm vor drei Tagen gestanden hatte, dass sie selbst schon ein wenig schweben konnte - nicht allein durch die Luft reisen ließ. Schon das Tempo und die Reisehöhe der vergangenen Tage hätten sie enorm viel Kraft gekostet. Heute aber hätte sie nicht ansatzweise mit den anderen mithalten können. Er wusste das vermutlich.

Theodor schwieg die ganze Zeit und Leyla war sich nicht sicher, ob sie dafür dankbar sein sollte, weil sie ihren eigenen Gedanken nachhängen konnte, oder ob sie nicht doch lieber ein wenig Ablenkung gehabt hätte.

Der Himmel um sie herum wurde immer dunkler. Doch Theodor forderte sie nicht dazu auf, ein Licht zu entzünden, und so verließ sie sich darauf, dass der Mondschein ihnen den Weg weisen würde.

Wie lange sie wohl unterwegs sein würden? Sie wusste, dass der Angriff erst im Morgengrauen stattfinden sollte. Sie wollten bis zum Fuße des Gebirges reisen und dort die restliche Nacht über lagern. Leyla fand das überhaupt nicht gut. Was, wenn der Obsidian die Chance ergriff und sie mitten in der Nacht angriff? Ihm konnte schließlich kaum entgehen, was dort am Rande des Gebirges vor sich ging. Rhymia hatte versucht, ihre Bedenken zu zerstreuen, und erklärt, dass rund um das Lager ausreichend Wachposten positioniert sein würden. Doch für Leylas Geschmack war es trotzdem zu riskant. Sie war froh, erst so spät zu den restlichen Elements zu stoßen und nicht noch länger am Fuße des Gebirges sitzen zu müssen.

Von der Zeit einmal abgesehen, war sie aber auch nicht mit dem Schauplatz des Geschehens einverstanden. Sie empfand das Gebirge als Austragungsort für einen Kampf mehr als unpassend. Die Plattformen konnten unmöglich genug Platz für all die Elements und Wesen bieten, die aufgebrochen waren, um ihr Land zu schützen. Ein falscher Schritt und sie würden in den tiefen Krater stürzen. Die vielen Höhlen konnten der Obsidian und seine Anhänger für Hinterhalte nutzen – und das waren nur die Dinge, die Leyla spontan eingefallen waren.

»Es hat gleichermaßen Vor- wie Nachteile«, hatte Rhymia ihr erklärt. »Wir können uns in die Höhlen zurückziehen. Die vielen Felsvorsprünge bieten gute Verstecke. Außerdem sind wir fernab der Stadt. Und jeder Nachteil, den wir haben, kann genauso gut auch deren Nachteil sein.«

Dass auch ihre Vorteile die der anderen sein konnten, hatte Rhymia verschwiegen. Doch Leyla war sich dessen durchaus bewusst.

»Und wenn er die Stadt zerstört? Oder flieht?«, hatte sie gefragt.

»Wir haben nur diese Möglichkeit. Er war bisher noch nicht bereit für einen offenen Kampf, sonst wäre er schon zu uns gekommen. Da er das nicht getan hat, kommen wir eben zu ihm«, war die Antwort gewesen. Dann hatte die alte Frau gemurmelt: »Wir müssen ihn einfach stellen. So schnell wie möglich.«

Leyla war sich seitdem ziemlich sicher, dass der wahre Grund für die Wahl des Ortes war, dass den

Elements die Zeit davonlief. Sie konnten sich keine Finte ausdenken. Sie mussten handeln. Die Grenzen fielen.

Theodor verringerte mit einer leichten Handbewegung die Stärke der Luft und sie begannen zu sinken. Leyla bedachte das Meer aus Zelten, das sich unter ihr erstreckte, mit einem unruhigen Blick. Dann sah sie wieder zum Gebirge, das jetzt, wo es so nah war, bedrohlich wirkte.

Ob er sie beobachtete? Sie würde in dieser letzten Nacht vor dem Kampf wohl wieder einmal kein Auge zu tun.

»Wach auf!«

Jemand rüttelte sie unsanft wach. Sie hörte leise Stimmen – irgendwo in der Ferne. Rufe!

Sie musste gegen ihren Willen eingenickt sein, doch lange konnte sie nicht geschlafen haben. Mühsam öffnete sie die Augen und streckte sich. Ihr Rücken schmerzte. Obwohl sie ein Zelt bekommen hatte, war der harte Boden durch die dünne Strohmatte zu spüren gewesen, und die Septemberkühle hatte ihre Glieder steif werden lassen.

»Los jetzt«, flüsterte die Stimme neben ihr.

Endlich drangen die Bilder und Ereignisse der vergangenen Tage in ihren Kopf und ließen sie schlagartig hellwach werden. Ihr Herz begann, heftig zu schlagen. Ruckartig setzte sie sich auf.

Theodor kniete neben ihr. Sie atmete erleichtert aus.

»Hast du mich erschreckt«, sagte sie.

»Es geht los«, erwiderte er nur.

Augenblicklich pulsierte Adrenalin durch ihre Adern. Er reichte ihr Wasser, ein wenig von dem Proviant und ein verknotetes Bündel.

»Beeil dich. Iss, zieh dich um, wir brechen gleich auf«, sagte er knapp.

Sie musterte ihn. Offensichtlich versuchte er, seinem Gesicht den gewohnt unbekümmerten Ausdruck zu verleihen. Doch sie registrierte, dass seine Kiefermuskulatur angespannt war. Die Stirn hatte er in Falten gelegt und seine Bewegungen wirkten kantiger als sonst.

Als sie das Dargebotene entgegennahm, kroch er wieder aus dem Zelt. Sie zwang sich dazu, ein paar hastige Bissen des süßen Brotes herunterzuwürgen, schälte sich dann aus der dünnen Decke und knotete mit zittrigen Fingern das Bündel auf. Irritiert und gleichzeitig fasziniert betrachtete sie die schwarzen Kleidungsstücke, die zum Vorschein kamen. Sie zog diese rasch an und strich dann noch einmal mit den Fingern über ihr neues Outfit.

Sie trug nun eine Art lederne Hose und Weste, die sich wie eine zweite Haut an sie schmiegten. Die Ärmel, die sie vor Kälte schützen sollten, hatte sie separat übergezogen. Leyla wusste nicht, woher die Kleidung kam, aber sie saß wie für sie gemacht. Zum Schluss band sie sich noch die Haare zurück, damit sie ihr nicht in einem ungünstigen Moment ins Gesicht fielen, und schulterte ihren Rucksack. Dann krabbelte sie aus ihrem Zelt.

Draußen war es immer noch dunkel, doch bald würde der Tag anbrechen. Überall huschten Elements umher. Es herrschte Hektik und Aufbruchstimmung. Eine kaum erträgliche Spannung lag in der Luft.

»Ah, es passt, wie schön«, sagte eine Stimme zu Leyla. Rhymia war plötzlich neben ihr aufgetaucht. Die alte Frau streckte die Hand aus und zupfte an Leylas Weste. »Das ist mit der Haut des Bells überzogen. Es wird dich ein Stück weit vor Feuer schützen.«

»Tatsächlich?«, fragte Leyla erstaunt und Rhymia nickte. Sie wirkte ein wenig fahrig, fand Leyla.

»Danke. Also dafür, dass ich das tragen darf.«

»Kommt nicht von mir«, erwiderte Rhymia und nestelte nun an ihrem Rockbund herum. »Ich glaube, Majik wartet auf dich«, sagte sie dann und drehte sich nach diesen Worten einfach um und verschwand in der Menge. Verdutzt blickte Leyla ihr nach. Dann entdeckte sie Majik und ging zu ihrem besten Freund hinüber.

»Wie geht es dir?«, fragte er, als sie ihn erreichte, und lächelte gezwungen. Er hatte die Arme vor der Brust verschränkt und beobachtete angespannt, was um ihn herum geschah. Sie schnaubte.

»Ich habe einwandfrei geschlafen. Ich bin nicht gefühlt alle halbe Stunde aufgeschreckt und habe auch überhaupt nicht erwartet, dass wir des Nachts angegriffen werden«, sagte sie ironisch.

»Das hat mich auch etwas überrascht«, gab er zu und wandte den Blick von den Elements zu ihr. Erst jetzt schien ihm ihr Outfit aufzufallen. Er pfiff leise durch die Zähne und sie boxte ihm dafür in die Seite.

»Wo hast du das her?«

»Anonyme Spende.« Sie zuckte mit den Schultern. »Hat mir Theodor gegeben.«

»Also ist es seins?«

Sie blickte an sich hinab und musterte das feminine Outfit noch einmal.

»Oh ja, darin kann ich ihn mir richtig gut vorstellen«, grinste sie. Majik lachte heiser.

»Du siehst aus wie eine Kämpferin«, sagte er, nachdem sie eine Weile geschwiegen hatten. Sie schauderte. Sie war alles Mögliche, aber nicht das – wollte es nicht sein. Sie sah sich um. Sie hatte das Gefühl, die Luft um sie herum vibrierte vor Energie und mit jeder Minute wurde diese Spannung stärker. Sie sah in die Gesichter der fremden Elements und versuchte, deren Emotionen zu erkennen.

Jemand legte ihr die Hand auf den Rücken. Sie schrak zusammen.

»Auf ein Wort«, sagte Theodor und schob sie sachte vorwärts. »Und du bleibst hier«, ergänzte er kalt in Richtung Majik, als dieser sich ebenfalls in Bewegung setzte. Er nahm die Hand wieder von Leylas Rücken und zog sie nun am Arm mit sich.

Etwas verblüfft folgte sie ihm. Sie wandte sich noch einmal zu ihrem besten Freund um, der tatsächlich innegehalten hatte. Majik zog eine Grimasse, machte merkwürdig breite Schritte, streckte die Brust hervor und stolzierte wie ein Gockel. Sie musste gegen ihren Willen lachen. Dann verschwand Majik aus ihrem Sichtfeld und Leyla lief weiter hinter Theodor her.

Sie gingen zwischen den Zelten hindurch, bahnten sich einen Weg vorbei an den Elements, die innehielten, als sie Theodor sahen.

»Sammeln«, wies er sie an und sie nickten.

Die Wiese unter Leylas Füßen wurde rasch unwegsamer aufgrund der vielen Steine und sie stolperte ein paar Mal. Abseits des Zeltlagers blieb Theodor plötzlich stehen.

»Die meisten von uns werden durch die Höhle gehen, die uns Chayenne gezeigt hat«, murmelte er, »und durch die wir das erste Mal den Krater betreten haben. Manche werden versuchen, über die Gipfel zu schweben, und ein paar sind der Meinung, andere Höhlen führen schneller zum Ziel. Wir haben mit einigen Forschern zusammengearbeitet und Kundschafter geschickt, um herauszufinden, welche Höhlen eine Sackgasse bilden. Wir haben alles getan, was in der Kürze der Zeit möglich war, ohne Aufmerksamkeit zu erregen.«

Er betrachtete starr das Gebirge, das sich langsam vor dem heller werdenden Himmel abzuzeichnen begann. Er deutete auf eine höhergelegene Stelle. »Dort hinten, weit rechts von Barsques ist eine Lücke.«

Sie kniff die Augen zusammen und folgte mit dem Blick der Richtung, die sein Finger wies. Es war bei den jetzigen Lichtverhältnissen kaum zu erkennen, aber mit ein wenig Fantasie konnte sie dort tatsächlich einen Spalt ausmachen. Sie nickte.

»Diesen Weg wirst du nehmen«, erläuterte Theodor. »Er ist etwas länger als unserer. Aber wenn unsere Berechnungen richtig sind, führt er in einem großen Bogen um die Schlacht herum. So wirst du im Rücken von Kroaas und seinen Anhängern auf der anderen Seite herauskommen. Halte dich von der Schlacht fern! Kaum einer von uns weiß, was du tust, und sie können dich auf die Entfernung auch leicht als Feind betrachten. Halte dich also so weit wie möglich bedeckt. Suche nach dem Spiegel, mehr nicht!«

Er sah sie eindringlich an und sie nickte erneut, unfähig, etwas zu sagen. Die Nervosität schnürte ihr die Kehle zu.

»Du wirst nach uns aufbrechen. Nur für den Fall, dass wir doch schon auf dem Weg angegriffen werden«, fuhr Theodor fort. »Nutze so wenig Magie wie möglich. Du musst deine Kräfte für den Ernstfall aufsparen. Aber im Notfall vertraue auf deine Fähigkeiten. Du bist eine gute Aeristin, nutze die Luft in der Höhle, damit sie dir den Weg nach draußen weist. Du musst auf Luftzüge und Geräusche achten. Hast du das verstanden? Halte dich von der Schlacht fern!« Er sprach leise, doch mit so viel Nachdruck, dass es ihr Angst machte. Sie nickte nur.

»Gut«, sagte Theodor, wieder ganz ruhig, und richtete sich ein Stück weiter auf. Dann wandte er sich um und betrachtete die Menge, die sich hinter ihnen versammelt hatte. Sie warteten. Auf ihn. Sie waren bereit. Es waren tausende. Sie standen dort alle und sahen ihn an. Es konnte losgehen.

Theodor wandte sich noch einmal an Leyla. Wollte er noch etwas sagen? Er schien mit sich zu kämpfen.

»Pass auf dich auf.« Er sprach so leise, dass sie es kaum verstehen konnte. Sie nickte.

»Du auch«, flüsterte sie zurück. Ihr war übel, sie zitterte. Er öffnete noch einmal den Mund, erwiderte aber nichts, sondern drehte sich um.

»Wir brechen auf.« Er rief es nicht sonderlich laut, doch seine Handbewegung war eindeutig. Die Menge setzte sich in Bewegung. Theodor erhob sich in die Luft und wartete, bis sie heran waren.

Leyla beobachtete schaudernd das Szenario. Wie leise sie sich bewegten – schwebten, liefen – und im Falle einiger Wesen – hopsten.

Mitten unter den ersten Elements war Majik. Er kam auf sie zu und deutete nach rechts. Sie nickte. Gemeinsam wichen sie zur Seite aus, um den anderen nicht im Weg zu stehen. Sie kletterten auf einen der Findlinge und sahen den Elements zu, wie sie auf das Gebirge zumarschierten.

Plötzlich zuckte Leyla zusammen. Sie hatte in der Ferne etwas entdeckt. Am Horizont bewegte sich etwas. Gestalten. Sie steuerten direkt auf sie zu. Angst stieg in ihr auf. Griff Kroaas doch hier draußen an? Auf freiem Feld? Theodor schwebte immer noch an der gleichen Stelle und beobachtete die letzten Elements, die ihn nun fast erreicht hatten. Er schien die Stärke und Größe seiner Truppe abzuschätzen.

Als hätte er ihren Blick gespürt, drehte er sich zu ihr. Er bemerkte ihre weit aufgerissenen Augen und runzelte die Stirn. Sie deutete auf die Gestalten und er richtete seine Aufmerksamkeit darauf. Zu Leylas Überraschung verzogen sich seine Lippen zu einem schiefen Lächeln. Dann setzte er sich an die Spitze der Elements, um sie in die Schlacht zu führen. Doch er peilte immer noch das Gebirge an.

Verwirrt fixierte Leyla erneut die fernen Truppen. Und endlich begriff sie. Sie erkannte die schwebende Gestalt, die die Menge dort anführte. Es war Aston van Raiken.

Kapitel 14

Ein steiniger Weg

Wir müssten bald da sein, oder?«, fragte Majik.

Leyla nickte. Irgendwo weit vorne hörte sie Geräusche, Stimmen und Schreie. Sie richtete sich auf, als der Höhlengang wieder höher wurde, und seufzte erleichtert. Minutenlang waren sie jetzt schon so gebückt gegangen, und ihr Rücken schmerzte von der ungewohnten Haltung. Vor sich ließ sie eine winzige Lichtkugel schweben, die gerade genug von der Umgebung erhellte, damit sie den nächsten Schritt tun konnten, ohne über Gesteinsbrocken zu stolpern.

Sie waren direkt aufgebrochen, nachdem die Hälfte der Elements in den Höhlen über Barsques verschwunden war. Der Weg zu dem Spalt, den Theodor Leyla gezeigt hatte, war ihr furchtbar lang vorgekommen und mit allerhand Kletterei verbunden gewesen. Trotz der Anstrengung hatten sie den Aufstieg relativ problemlos gemeistert. Zum einen, weil sie sich gegenseitig Schutz boten, zum anderen, weil Leyla einen möglichen Fall mit ein wenig Luftmagie hätte abfangen können. Der Gedanke gab ihr eine Menge Zuversicht und Kraft. Und während sie früher jeden Stein dreimal angesehen hätte, war sie nun weitaus sicherer vorangeschritten.

Bald hatten sie den Spalt erreicht und die kühle, feuchte Höhle betreten, die die Geräusche von draußen zu verschlucken schien. Es war unangenehm still, doch weder Leyla noch Majik hatten das Bedürfnis gehabt, sich zu unterhalten. Ihrer beider Nerven lagen wohl einfach zu blank.

Sie bewegten sich vorsichtig, lauschten immer wieder und sahen sich um. Doch sie waren allein. Glücklicherweise gab es kaum Abzweigungen. Einmal liefen sie in die falsche Richtung und standen kurz darauf vor einer Felswand, sodass sie wieder umdrehen mussten. Danach nahm sich Leyla Theodors Rat zu Herzen und beobachtete in regelmäßigen Abständen den Luftstrom in der Höhle. Eine Fähigkeit, die wahrlich Gold wert zu sein schien und ihnen den Weg wies. Sie verloren zwar irgendwann ihr Zeitgefühl, aber immerhin nicht die Orientierung.

Jetzt konnte es nicht mehr weit sein. Alles deutete auf einen Ausgang hin. Und tatsächlich. Ein paar Minuten später waren die Geräusche nicht nur lauter geworden, sondern es fiel auch schwaches Licht in den Gang.

»Da vorne«, meinte Majik.

Der Gang stieg dort recht steil an und endete dann vor etwas Blauem. Himmel. Leyla löschte die Feuerkugel, spannte ihre Muskeln an und nickte Majik zu.

»Dann mal los«, flüsterte sie.

Wieder brauchte sie die Hände, um den steilen Weg zu bewältigen. Auf allen vieren krabbelten sie den Gang hinauf und erklommen die letzten Meter des Tunnelwegs. Endlich waren sie oben. Vorsichtig machte Leyla einen Schritt und trat hinaus auf die kleine Plattform.

Im ersten Moment sah sie gar nichts. Das helle Sonnenlicht stach ihr in die Augen. Tränen rannen ihr über das Gesicht. Sie wischte sie weg und blinzelte heftig. Doch als sich ihre Augen an die Helligkeit gewöhnt hatten, wünschte sie sich, wieder in den dunklen Höhlen zu sein.

Jetzt sah sie, woher die Rufe kamen, das Knallen, das Rauschen und die Schreie. Ein kalter Schauer packte sie.

Schräg unter ihr spielte sich eine Szene ab, die sie mit Grauen erfüllte. Dort tobte eine Schlacht, deren Ausmaß sie kaum mit einem Blick erfassen konnte.

Überall, auf sämtlichen Plattformen, den großen wie kleinen, standen Elements, Gnome, Dunkelalben und andere Wesen und kämpften gegeneinander. Einige waren in den Nahkampf getreten, andere waren etwas höher geklettert und versuchten nun, ihre Gegner hinterrücks zu bezwingen. Ein paar Aeristen schwebten in der Luft. Für Leyla war es fast unmöglich, zu sagen, welche Seite im Vorteil war. Sie konnte nicht einmal ausmachen, welche Elements Freunde und welche Feinde waren. Nur eines war eindeutig: Dort auf den Plattformen herrschte Chaos.

Es erstaunte sie, dass der Obsidian so viele Anhänger für diesen Kampf hatte rekrutieren können. Wo waren die alle hergekommen? Was hatte diese Elements dazu veranlasst, gegen ihre Freunde und Familien zu kämpfen? Und welche Motive hatten die Alben?

Sie versuchte noch einmal, sich einen Überblick zu verschaffen. Jetzt erst entdeckte sie die leblosen Körper, die teils auf den Plattformen lagen, teils unten im Krater. Es waren erschreckend viele. Sie schauderte erneut. So etwas sollte es in der Realität nicht geben.

Majik legte ihr die Hand auf den Rücken. Sie lehnte sich an ihn.

Von der Plattform, die ihrer am nächsten war, ertönte ein Schrei. Sie zuckte zusammen, wandte den Kopf und beobachtete entsetzt, wie ein Mann von einem unbekannten Aeristen in die Luft und weit über den Krater geschleudert wurde. Dann ließ der Aerist seine Kraft wohl los, denn der Mann stürzte schreiend in die Tiefe.

Reflexartig streckte Leyla die Hände aus. Doch Majik packte sie und hielt sie zurück. Diese winzige Sekunde des Zögerns reichte, um keine weitere Handlung ihrerseits mehr notwendig zu machen. Übelkeit stieg in ihr auf, sie wandte sich ab und starrte Majik mit weit aufgerissenen Augen an. Er wirkte angespannt, verbittert, die Zähne hatte er fest zusammengepresst, doch er hielt ihrem Blick stand und schüttelte den Kopf.

»Nicht«, flüsterte er. »Wir müssen unsichtbar bleiben, wenn wir Erfolg haben wollen. Vergiss das nicht. Wir dürfen keine Aufmerksamkeit erregen, nichts tun, was jemanden nach uns Ausschau halten lassen könnte.«

Sie schluckte, nickte aber. Sie wich ein Stück zurück, presste sich mit dem Rücken gegen den Stein und duckte sich ein wenig. Doch sie konnte den Blick noch immer nicht von dem Geschehen abwenden. Etwas zog ihre Aufmerksamkeit ganz besonders an.

Mit dem Rücken zu ihr schwebte ein Mann in der Luft. Er war ungewöhnlich groß, dunkelblaue, handlange Stacheln zogen sich über seinen Rücken und mündeten in einen langen blauen reptilienartigen Schwanz. Zwei gigantische lederne Schwingen hielten ihn in der Luft. Der Obsidian, Kroaas Ta' Vennin. Er kämpfte gegen eine größere Gruppe Elements, die sich auf einer der Plattform zusammengestellt hatte. Ein junger Mann führte diese Gruppe an.

»Siehst du Theodor irgendwo?«, fragte Majik.

»Ja«, flüsterte Leyla.

Majik folgte ihrem Blick und kniff die Augen zusammen. Sie wusste, dass er auf diese Entfernung keine Gesichter mehr erkennen konnte. Aber sie sah Theodor, wie er ruhig und konzentriert den Angriffen auswich, wie er den Mund öffnete, um Befehle zu brüllen, und wie er mit der Gruppe Elements einen gemeinsamen Angriff durchführte.

Der Obsidian wich mit Leichtigkeit aus und schlug einen Looping. Die magischen Kugeln, Feuerwände, Wasserangriffe, Steinhagel und andere Magieformen der Angreifer verfehlten ausnahmslos ihr Ziel und verpufften irgendwo in der Ferne über dem Krater. Leyla konnte es durch die vielen Geräusche nicht hören, aber sie war sich sicher, dass der Obsidian lachte. Und dann sah sie noch etwas anderes.

Ein Feuerball sauste von schräg hinten auf Theodor zu. Leyla war sich sicher, dass er ihn treffen würde, doch Theo machte genau in diesem Moment, vermutlich aus reinem Zufall, einen Schritt nach vorne. Die Kugel erwischte lediglich seinen Pferdeschwanz. Ruckartig zog Theodor den Kopf ein und wirbelte herum. Während die anderen Elements auf der Plattform weiter den Obsidian attackierten, suchte Theodor seinen neuen Angreifer.

Leyla erkannte an seinem zornigen Gesichtsausdruck, dass er ihn gefunden hatte. Sie konnte seine Wut nachfühlen. Auch sie kannte den jungen Mann mit dunklem Haar, der sich seinen Weg zu Theodor bahnte. Er grinste breit. Es war Marv Tellonis. Leyla schnappte nach Luft. Er sagte etwas zu Theodor, lachte über dessen Antwort und erwiderte etwas. Sie wünschte, sie könnte hören, worüber die beiden sprachen. Aber vielleicht konnte sie das ja? Wenn man seine eigene Stimme per Luftzauber hinwegtragen konnte, musste man sich doch auch Stimmen herantragen lassen können. Sie bewegte leicht die Finger.

»Ley, wir sollten uns beeilen«, flüsterte Majik, griff nach ihrem Arm und zog daran.

»Du hast recht«, erwiderte sie und ließ die Hand wieder sinken.

Endlich wandte sie sich von dem Geschehen ab und ließ ihren Blick suchend über den Krater und das Gebirge schweifen. Die Bilder von der Stelle, an dem der Spiegel lag, hatten sich in ihr Gedächtnis eingebrannt.

Doch sah sie die Stelle vor ihrem inneren Auge aus anderen Perspektiven. Sie versuchte, Anhaltspunkte zu finden und sich zu orientieren, doch auch das half ihr nicht weiter. Schließlich begriff sie. Sie konnte die Stelle von ihrem aktuellen Standpunkt aus gar nicht sehen.

»Dort!« Leyla deutete nach vorne und weg von der Schlacht. »Die Felsnase, die in den Krater reicht! Dahinter liegt der Spiegel.«

Skeptisch betrachtete Majik den Weg und das Stück Fels, das tatsächlich wie eine Nase in den Krater ragte.

»Warum hat er den Berg nicht gleichmäßig ausgehöhlt, sondern diese Spitze gelassen?«, fragte er nachdenklich.

Leyla zuckte mit den Schultern. »Es interessiert mich, um ehrlich zu sein, nicht wirklich.«

Majik nickte und seufzte. »Hoffen wir, dass es einen Durchgang durch diesen Felsen gibt, den wir nutzen können. Denn wenn wir außen herum müssen, wird uns jeder sehen. Dann sind wir wie auf dem Präsentierteller.«

Sie bemühten sich, möglichst im Schatten zu bleiben, bewegten sich oft geduckt, um hinter Steinen Deckung zu suchen. Nicht selten mussten sie von einem Vorsprung zum nächsten hüpfen und Leyla zitterte dabei jedes Mal. Ihr Weg war nicht nur gefährlich, sondern auch sehr gut für alle anderen einzusehen. Bald beschlossen sie deshalb, weiter nach unten zu klettern. Der Grund hierfür war einfach. Dort war der Stein des Gebirges deutlich dunkler und sie waren mit ihrer schwarzen Kleidung besser getarnt.

Leyla erwartete dennoch bei jedem Schritt, entdeckt zu werden. Ständig hatte sie das Gefühl, jemand verfolgte sie und immer wieder drehte sie sich um. Doch hinter ihr war nur Majik. Sie seufzte erleichtert und sah zurück zu der Schlacht, doch auch aus der Ferne erschien ihr das Kampfgetümmel völlig unübersichtlich.

Den Obsidian zu besiegen, war weit schwieriger, als sie gedacht hatte. Doch immerhin gewannen auch seine Anhänger nicht die Oberhand. Nur die Gruppe, die dem Obsidian selbst gegenüberstand, war deutlich kleiner geworden. Sie kniff die Augen zusammen, um besser sehen zu können. Wo war Theodor?

»Hier sind ziemlich viele Höhlen«, riss Majiks Stimme sie plötzlich aus ihren Gedanken. Er musterte stirnrunzelnd die Umgebung. »Vielleicht können wir die nutzen, um schneller und ungesehen zum Spiegel zu kommen.«

Leyla betrachtete die Felsspitze, die Höhlen und die Winkel der Höhleneingänge und ihr war sofort klar, dass keine dieser Höhlen eine Abkürzung sein konnte. Aber sie mochten Schutz bieten, einen Unterschlupf, um hin und wieder die Lage zu überblicken und …

Sie fuhr zusammen und starrte Majik entgeistert an.

»Die Höhlen! Majik, du bist genial«, rief sie.

Und lief, ohne sich zu erklären und so schnell es der unwegsame Weg erlaubte, los. Wie hatte sie das nur vergessen können? Sie wanderte einen schmalen

Grat entlang und zog sich zielstrebig einen Vorsprung hinauf. Dann ging es nicht mehr weiter. Erst weiter unten erkannte sie wieder einen begehbaren Pfad. Sie setzte sich auf die Kante des Steins und versuchte, den nächsten Schritt zu ertasten. Erfolglos, der Vorsprung war zu hoch. Also ließ sie sich einfach fallen, hinunter auf den nächsten schmalen Vorsprung. Es klappte. Sie machte einen weiteren Satz vor, um auf einen breiteren Felsen zu gelangen, und stolperte. Sie ruderte wild mit den Armen, griff nach der Felswand zu ihrer Rechten, krallte sich mit der Hand in den Flechten fest, die dort wuchsen, doch sie rissen ab. Instinktiv griff sie nach ihrer Magie. Sie baute eine Wand aus Luft zu ihrer Linken, prallte dagegen und wurde zurück gegen den Felsen katapultiert. Erneut griff sie nach den Flechten und endlich fand sie Halt. Erleichtert seufzte sie und wandte sich zitternd zu Majik um. Er war kreidebleich.

»Himmel«, flüsterte er. »Ich habe dich schon fallen gesehen. Ich wäre zu spät gewesen, um dich aufzufangen. Ein Glück beherrschst du die Luft schon so gut.«

Sie nickte nur. Der Schock über den Beinahe-Absturz saß ihr in den Gliedern und sie brauchte einen kurzen Moment, um sich wieder zu fangen.

»Was wird das überhaupt?«, fragte er. »Was hattest du für eine Idee, die dich hat so loslaufen lassen?«

»Ich versuche, den Spiegel zu finden. Und auf dem Weg dorthin müssen wir an dieser Höhle vorbei.«

Sie deutete nach vorne, wartete seine Reaktion nicht ab, sondern kletterte weiter. Nach wenigen Metern hörte sie, wie er hinter ihr nach Luft schnappte.

»Jetzt verstehe ich. Dein Erinnerungsvermögen möchte ich haben«, sagte er.

Sie grinste und fixierte die Höhle, die sie fast erreicht hatten. Das Sonnenlicht fiel auf den Eingang und aus ihrer jetzigen Position konnte sie dort etwas glänzen sehen.

»Pass auf!«, rief Majik plötzlich.

Erschrocken fuhr Leyla zurück. Der Stein, auf den sie eben den Fuß gesetzt hatte, knackte unheilvoll. Ein gewaltiges Stück brach aus dem Vorsprung, auf dem sie sich befanden. Dumpf fiel es hinab, krachte auf andere Steine, sprang weiter und rollte weit in den Krater hinein. Leyla war schreckensstarr. Ihr Blick huschte sofort zurück zu den Plattformen. Ihr war das eben ohrenbetäubend laut vorgekommen, doch dort, wo die Schlacht tobte, schien niemand auf diesen einen heruntergerollten Stein zu achten. Sie stieß die Luft, die sie unwillkürlich angehalten hatte, wieder aus.

»Los, weiter«, murmelte sie, hielt aber selbst inne und betrachtete besorgt die riesige Lücke, die vor ihr klaffte.

»Du schaffst das schon«, sprach Majik ihr Mut zu, der ihre Gedanken zu kennen schien.

Leyla zögerte.

»Los«, drängte Majik. »Sieh dich doch um. Wie lange kämpfen sie schon? Wie viel Zeit bleibt uns?«

In diesem Moment erklang ein lautes Röhren. Leyla sah, wie der Obsidian Feuer auf die Elements spuckte. Entschlossen drehte sie sich zurück, sprang und landete sicher auf dem anderen Stein.

Wenige Minuten später hatten sie endlich die Höhle erreicht. Sie huschten hinein, blieben jedoch nah am Eingang stehen. Dort war eine riesige schwarze Statue.

»Wow, da hinten sind noch mehr.« Majik deutete in die Tiefen der Höhle. Tatsächlich waren dort etliche Umrisse zu erkennen. Leyla schüttelte fassungslos den Kopf.

»Dafür haben wir jetzt keine Zeit«, meinte sie. Nervös musterte sie die Statue, die direkt vor ihr stand. Sie war beeindruckend. Der schwarze Stein glänzte, doch Furcht einflößender war die Gestalt selbst. Die riesige Raubkatze stand auf den Hinterbeinen, bereit zum Sprung, die Zähne waren gefletscht und gefährlich spitz.

Leylas Herz klopfte wie wild. Es blieb nur Zeit für einen Versuch. Wenn es nicht klappte, mussten sie weiter. Dann würde sie später zurückkommen. Sie hoffte, dass es ein Später gab.

Vorsichtig streckte sie die Hand aus und legte sie behutsam auf die Statue. Sie zögerte.

»Du schaffst das, Kleines«, flüsterte Majik neben ihr.

»Nur einen Versuch«, murmelte sie und spürte, wie ihre Hände vor Aufregung feucht wurden.

Plötzlich lachte Majik leise. Irritiert sah sie ihn an.

»Nur einen Versuch«, flüsterte Majik grinsend und seine Augen blitzten. »Weißt du noch, damals, als wir dieses Architekturprojekt in Kunst hatten? Du hast gedacht, deine Berechnungen wären falsch, das könnte statisch nicht funktionieren und du würdest eine schlechte Note bekommen. Und ich wollte unbedingt dieses Modell bauen. Weißt du, was du zu mir gesagt hast?«

»Aber nur einen Versuch«, sagte sie lächelnd.

»Es war das beste Modell der ganzen Klasse. Ich habe gewusst, dass deine Berechnungen richtig sind.«

»Ich habe ja auch mit dem besten Künstler der Schule zusammengearbeitet«, wandte sie ein.

Er grinste. »Ich weiß.«

Sie atmete noch einmal tief ein und aus.

»Danke, dass du da bist.«

»Immer. Egal wie dieser Tag zu Ende geht.«

Sie wandte sich wieder zu der Statue.

»Stell dich nicht direkt vor ihn«, sagte sie zu Majik. »Er wird seine letzte Bewegung sicherlich beenden und das könnte hässlich für dich werden.«

Sofort machte er einen großen Schritt zur Seite.

Leyla schloss die Augen, konzentrierte sich, atmete ruhig. Dann zog sie mit ihrer Kraft an den magischen Strukturen, die sie im Stein fand. Mit einer entschlossenen Bewegung riss sie die Hand fort und machte eine Bewegung, als wolle sie den Stein gegen die Höhlenwand schleudern.

Und genau das tat sie auch. Der Stein löste sich von der Raubkatze. Ein fürchterliches Brüllen ließ die

Höhlenwände erzittern. Dann landete der Panther auf seinen Pfoten, fauchte und hielt verdutzt inne.

»Pan!«, rief Leyla überglücklich. Ihr Herz schlug wie verrückt.

Ruckartig wandte die Raubkatze ihren Kopf und fixierte Leyla mit diesen stechend gelben Augen. Sie buckelte, und im Bruchteil einer Sekunde verwandelte sie sich. Statt der Raubkatze stand ein großer Mann vor Leyla. Sein Alter konnte man nur schwer schätzen. Seine Haut war fast so dunkel wie sein schwarzes Haar und seine gelben Augen und strahlend weißen Zähne, die viel zu spitz waren, um menschlich zu sein, funkelten unheimlich in der dunklen Höhle. Doch Leyla grinste.

»Pan!«, sagte sie noch einmal und zum ersten Mal sah sie so etwas wie Verblüffung auf seinen Gesichtszügen.

Der Moment währte allerdings nicht lange. Pan erholte sich schnell von seinem Erstaunen, machte wortlos einen Satz auf den Höhleneingang zu und starrte hinaus. Dann wandte er sich wieder um und musterte erst Majik und dann Leyla.

»Du warst versteinert …«, begann Leyla, doch er unterbrach sie mit einem knappen Nicken.

»Wie lange?«, fragte er. Es klang nur mäßig interessiert.

»So etwa anderthalb Monate.«

»Hm.« Er sah sie abwartend an.

»Ich erkläre dir das später ausführlich. Jetzt müssen wir Dar-niat-pana finden. Pagnon hat uns verraten, wo er ist, aber wir müssen uns beeilen. Es ist vielleicht unsere einzige Chance, den Obsidian zu besiegen. Und im besten Fall schnell, bevor noch mehr in der Schlacht sterben.«

Pan bleckte die Zähne. Es sollte wohl ein Grinsen sein, zumindest klang das Geräusch, das er von sich gab, wie ein unterdrücktes Lachen.

»Mir scheint, ich habe einiges verpasst. In anderthalb Monaten kann wohl mehr passieren, als ich dachte.« Er sah Leyla lange an. »Noch etwas?«

Sie zögerte.

»Ich habe wohl zuerst den Sturm in mir gefunden, der das Feuer entfachen musste.«

»Traurig«, meinte er und lachte heiser. »Aber nicht überraschend. Also?« Als sie nicht reagierte, fuhr er fort: »Worauf warten wir dann noch? Ich folge euch.« Er deutete nach draußen. Dann verwandelte er sich wieder in einen Panther.

Leyla schritt voran. Sie verließen die Höhle und machten sich auf den Weg Richtung Kraterboden, um die Felsnase zu umrunden. Leyla fühlte sich mit Pan im Rücken gleich um einiges wohler und sicherer – nun ja, mit Pan vorneweg. Denn lange hielt es die große Raubkatze nicht in der Reihe. Kaum hatte Pan begriffen, in welche Richtung es gehen sollte, lief er leichtfüßig vor und suchte ihnen den besten Weg.

Sie umrundeten den Stein. Ihre Sorge, von jemandem entdeckt zu werden, erwies sich dabei als unbegründet. Zum einen waren sie viel weiter von der

Schlacht entfernt als gedacht, zum anderen waren die Elements und die anderen Wesen einfach zu beschäftigt, um in der Umgebung nach jemandem Ausschau zu halten. Doch vor dem Obsidian fürchtete Leyla sich noch immer und sie atmete erleichtert auf, als sie endlich ganz um den Felsen herumgelaufen waren und der Stein sie vor allen Blicken schützte.

Der Panther blieb stehen und sah sie fragend an. Leyla analysierte die Umgebung. Sie waren zwar nicht mehr hoch oben, aber hier war es dennoch leichter, sich zu orientieren.

»Dort.« Sie zeigte auf eine Stelle im Krater, die von einem tiefen Riss geprägt war. Ein ungutes Gefühl machte sich in ihr breit, als sie auf den Spalt zuliefen. Sie konnte auf dem Weg Blicke in andere Furchen und Risse werfen, über die sie steigen und springen mussten, und versuchte, ihre Tiefe abzuschätzen. Sie waren sehr tief. Ihre Beine zitterten, was sowohl an der Anstrengung als auch an der Aufregung lag. Je näher sie dem einen Riss kamen, desto deutlicher wurde die Tatsache, dass es sich um eine richtige Schlucht handelte, deren Ausmaß das der anderen Risse um ein Vielfaches übertraf.

Endlich waren sie da. Sie hockten sich am Rand der Schlucht hin und starrten nach unten, um Details zu erkennen. Viel erblickten sie allerdings nicht. Nach einigen bedrohlich gezackten Felsvorsprüngen folgte eine undurchdringliche Schwärze. Pan, der inzwischen wieder seine menschliche Gestalt angenommen hatte, erschuf eine kleine Feuerkugel und lenkte sie hinab in das schier unendliche Dunkel. Doch obwohl die Kugel immer weiter hinunter schwebte, erhellte sie keinen Boden.

»Ganz schön tief«, murmelte Leyla.

»Wo müssen wir hin?«, fragte Majik und sie sah, dass er den Blick in die Schlucht vermied. Auch ihm war zweifellos mulmig zumute.

»Ich bin mir nicht sicher. Der Spiegel ist hier, aber …« Sie zuckte mit den Schultern. »Er muss ganz dicht an der Oberfläche liegen, direkt hier am Rand dieses Risses.«

»Der ist lang«, meinte Majik zweifelnd.

Sie nickte und suchte nach Fixpunkten, fand aber keine. Vor ihrem inneren Auge tauchte ein Bild aus dem Buch auf.

»Ich glaube«, sagte sie zögernd, »ich habe es aus einer anderen Perspektive gesehen. Aus dem Riss heraus.«

»Dann werden wir wohl dort hinuntermüssen«, erwiderte Pan trocken. Sie sah ihn entsetzt an, doch er fuhr ungerührt fort: »Kannst du schon schweben?«

Sie nickte zögernd und er pfiff anerkennend durch die Zähne.

»Dann kannst du uns ja sicher hinunterbringen.«

»Na, also, so sicher nicht … Ich übe ja noch«, wandte sie ein.

»Gut, dann klettern wir und du erzeugst unter uns eine Art Schutzboden. Nur für den Fall, dass wir abrutschen.«

»Schutzboden?«, fragte sie.

Doch Pan hatte sich schon auf den Bauch gelegt und rutschte langsam mit den Beinen voran in die Schlucht. Und eigentlich brauchte sie auch keine Antwort. Sie wusste auch so, was er meinte: einen Luftwirbel direkt unter ihnen. Bei dem Gedanken, eine so große Verantwortung zu tragen, wurde ihr übel.

»Oh, nein. Wenn das schiefgeht«, flüsterte sie.

»Wird es schon nicht«, entgegnete Majik.

»Wenn ihr mit eurem Kaffeekränzchen fertig seid …«, klang es unwirsch aus der Schlucht.

Majik ließ sich nun ebenfalls nieder. Leyla streckte die Hand aus, begann mit einer kreisenden Bewegung, um die kleinen, aber starken Luftströme zu erzeugen, die sie tragen würden, und ließ sich langsam in den Riss schweben. Dort stellte sie sich auf einen der Vorsprünge, hielt sich mit der freien Hand fest und erweiterte mit gespreizten Fingern die unsichtbare Luftplattform so, dass sie die Lücken unter ihr, Majik und Pan ausfüllte.

Pans Feuerkugel wurde größer und warf flackerndes Licht an die unebenen Wände.

»Irgendwelche Eingebungen?«, fragte Majik.

Leyla schüttelte den Kopf. Sie zitterte am ganzen Körper und bewegte ihre linke Hand unaufhörlich, um die Luftebene aufrechtzuerhalten. Pan schien grenzenloses Vertrauen zu ihr zu haben, denn er ließ sich einfach fallen und landete darauf. Optisch sah es so aus, als ob er im Nichts stünde.

»Sehr gut«, knurrte er und lief dann los, um die Schluchtkanten zu inspizieren.

»Könnt ihr bitte dicht beisammenbleiben«, bat Leyla nervös.

Sie machte selbst einen kleinen Schritt über ihre Luftebene, hüpfte dann aber schnell wieder auf einen Steinvorsprung. In ihren Gedanken sah sie sich bereits versagen, sah, wie sie alle fielen und ihre zerschmetterten Körper am Boden lagen.

»Also, wo ist der Spiegel?«, unterbrach Pan ihre Gedanken.

»Weiß nicht«, sagte sie abgehackt. Es war schwer, sich einfach umzusehen, wenn sie derart auf den Luftzauber fixiert war.

»Entspann dich«, lachte Pan hinter ihr. »Du beherrscht das – außergewöhnlich gut. Wenn man bedenkt, dass du erst seit wenigen Wochen lernst. Du brauchst nicht so viel Konzentration für den Erhalt von etwas wie beim Erschaffen. Du kannst sogar aufhören, die Hand zu bewegen. Also beruhige dich.«

Für Pans Verhältnisse waren das unglaublich viele Worte und diese Gesprächigkeit ließ sie lächeln. Sie nickte, ließ die Hand aber nicht sinken. Ganz langsam bewegte sie sich vorwärts. Mit der freien Hand fuhr sie über die Felskante. Sie wusste, dass sie auf dem richtigen Weg war. An diesem diagonalen Riss musste sie vorbei.

»Wir suchen eine rostrote Gesteinsverfärbung«, murmelte sie.

»Davon gibt es einige. Haben wir noch mehr Anhaltspunkte?«

»Der Stein muss an dieser Stelle leicht glitzern. Und es muss ungefähr … hier sein«, flüsterte sie.

Sie hatte die Stelle gefunden. Sie spürte Majiks warmen Atem in ihrem Nacken, als er sich vorbeugte, um den Bereich, auf den sie deutete, zu inspizieren.

»Sieht nicht sonderlich ungewöhnlich aus«, stellte er fest.

Doch sie war sich sicher. Das, was sie sah, stimmte exakt mit einem der Bilder, die Pagnon ihr vermittelt hatte, überein. Mit den Fingern fuhr sie über die rostrote Steinader.

»Der Spiegel ist ja auch noch innerhalb des Steins. Ich schätze so drei Zentimeter unter der Krateroberfläche«, erklärte sie.

»Das sehen wir uns doch besser von oben an«, meinte Pan und sprang mit einem Satz an die Kante und stemmte sich aus der Schlucht heraus.

Leyla wartete, bis er die Stelle mit seiner Hand berührte, um sicherzugehen, dass sie den Ort nicht gleich wieder aus den Augen verloren, dann schwebte sie hinauf, wartete, bis auch Majik wieder festen Boden unter den Füßen hatte und löste dann die Luftebene im Krater. Erleichtert ließ sie sich neben Pan nieder und strich mit der Hand behutsam über den Boden. Hier war es.

»Wie kommen wir da ran?«, fragte Majik. »Kannst du den Stein abtransportieren?«

Sie schüttelte langsam den Kopf.

»Nein, wie auch?«, erwiderte sie.

»Na, so wie Kroaas. Verflüssigen und dann ...« Er machte eine bedeutungsvolle Geste.

»Nein, das kann ich nicht. Bisher habe ich nur durch Magie erschaffene Materie mit meinen Energien vermengt und konnte sie dadurch umwandeln. Aber das hier ...«

Sie hielt inne, als sie Majiks Gesichtsausdruck sah. Er verstand das Problem nicht.

»Wenn du erlaubst«, schaltete Pan sich ein. Ohne ihre Antwort abzuwarten, verwandelte er sich erneut. Er wetzte die Krallen und hackte wie wild auf dem Stein herum.

Leyla und Majik tauschten einen Blick. Ob das etwas bringen würde? Die scharfen Pantherkrallen hackten kleine Steinbrocken aus dem Boden, die durch die Luft flogen. Fasziniert beobachtete Leyla das Geschehen. Nach einer Weile waren tiefe Krallenspuren auf der Steinoberfläche zu sehen. Zu Leylas großer Überraschung schien die Taktik aufzugehen. Vielleicht lag es daran, dass der Stein so dicht am Riss ohnehin porös war, vielleicht waren Pans Krallen einfach noch schärfer, als sie gedacht hatte. Jedenfalls erschien wenige Zeit später unter der Gesteinsschicht der Deckel einer kleinen, alten, runenverzierten Kiste. Leyla hielt die Luft an.

Pan nahm wieder seine menschliche Gestalt an.

»Sollte reichen, ansonsten beschädige ich noch die Truhe«, knurrte er und setzte sich einfach hin, um Leyla und Majik den Rest zu überlassen.

Leyla beugte sich vor. Pan hatte ein gewaltiges Stück Stein herausgeschlagen, der Deckel lag tatsächlich frei.

Sie fokussierte nun den Stein an der Seite der Kiste, die zur Schlucht zeigte. Sie griff nach ihrer Kraft und sandte einen kleinen, aber harten Luftstrom gegen diese Steinwand. Es knackte. Sie verdoppelte die Kraft und versuchte, den Stein in Richtung Schlucht zu drücken. Es waren doch nicht einmal zwei Zentimeter, die sie durchbrechen musste. Das musste sie schaffen.

Sie spürte den Gegendruck, strengte sich noch mehr an. Sie keuchte. Ihre Arme und Schultern waren angespannt, ihre Hände zitterten. Noch einmal verstärkte sie den Luftstrom. Plötzlich wurde sie nach vorn gerissen, als der Widerstand verschwand. Eine Hand packte sie, hielt sie. Stein rieselte in die Schlucht. Sie japste nach Luft, fing sich wieder und richtete sich auf. Augenblicklich begutachtete sie ihr Werk. Sie hatte es geschafft. Nun war die kleine Kiste auch zu einer Seite hin frei. Jetzt mussten sie sie nur noch aus dem Felsen herausschieben.

Leyla legte ihre Hände auf den Deckel der kleinen Truhe und versuchte, sie zu bewegen. Majik, der zu begreifen schien, was sie vorhatte, kam ihr zu Hilfe. Sie drückten und zerrten, doch erfolglos. Das Holz schien geradezu mit dem Felsen verwachsen zu sein.

Leyla runzelte die Stirn. Konnte vielleicht doch ein wenig Terrestenmagie helfen? Sie suchte sofort nach den gelblich schimmernden Magieadern und zupfte vorsichtig daran. Nichts geschah. Sie wusste nicht, wie sie dieses Element beherrschen konnte. Also musste sie einen anderen Weg finden.

»Das Ding sitzt bombenfest. Es ist doch aber nur noch an den Rändern mit dem Stein verbunden«, murmelte Majik frustriert.

Leyla setzte sich auf und strich sich eine Haarsträhne, die sich gelöst hatte, hinter das Ohr. Plötzlich kam ihr eine Idee. Sie griff nach ihrem Rucksack.

»Vielleicht funktioniert es hiermit«, meinte sie und hielt ihre Nagelfeile in die Höhe.

»Was?«, fragte Majik irritiert. »Aber – woher?«

»Habe ich halt immer dabei, mein Notfallgepäck«, meinte sie schulterzuckend.

»Frauen!« Majik war offensichtlich erheitert. Er rutschte zur Seite, damit sie mehr Platz hatte. Sie beugte sich erneut über die Kiste und begann, behutsam mit der Feile zwischen Stein und Kiste herumzustochern.

»Wenn das funktioniert, sage ich nie wieder etwas gegen dein Survivalpack.«

»Ich hoffe, das merkst du dir auch«, erwiderte sie grinsend.

Dann konzentrierte sie sich wieder. Würde dieses kleine Notfallwerkzeug tatsächlich helfen? Schade, dass Pans Krallen nicht in die kleinen Zwischenräume gelangen konnten, ohne die Kiste zu zerstören.

»Vorsichtig«, flüsterte Majik. »Nicht, dass du sie abbrichst.«

»Ich passe schon auf«, antwortete sie ebenso leise und fuhr mit der Nagelfeile an der kleinen Truhe entlang. Eine Windböe fuhr ihr um den Nacken und ließ sie frösteln. Der Abend brach bereits herein. Immer noch drangen die Geräusche des Kampfes an ihr Ohr. Wenn das hier nur endlich klappen würde.

»Ich glaube, sie hat sich bewegt«, rief Majik nach einer Weile. »Hilf mal mit ein wenig Luft nach«, forderte er sie auf und sie nickte.

Ihre Wangen begannen, vor Aufregung zu glühen, und sie sandte sanfte Magiestöße in den schmalen Raum, den sie zwischen Stein und Kiste freigelegt hatte. Es klappte. Mit einem Mal machte die Kiste einen Ruck nach vorne und rutschte Richtung Schlucht. Um ein Haar wäre sie hinabgestürzt. Gerade noch rechtzeitig griff Majik danach. Er hielt die flache Kiste in der Hand, dann reichte er sie an Leyla weiter.

Kapitel 15

Dar-niat-pana

Ehrfürchtig nahm Leyla die Kiste entgegen. Obwohl sie schmutzig war, konnte man die vielen Runen, Zeichnungen und die eingravierten Symbole gut erkennen. Leyla klopfte sachte mit dem Finger auf den Deckel. Staub rieselte herunter und nun wurde ersichtlich, dass die Gravuren wie Perlmutt glänzten.

»Was steht da?«, fragte Leyla.

Pan zuckte mit den Schultern. »Zwergensprache.«

»Du kannst es nicht lesen?«

»Die wenigsten können das heute noch. Warum auch?«

Leyla drehte die Kiste in ihren Händen. »Und wenn es eine Warnung ist?«, überlegte sie.

»Wird es sicherlich sein.« Pan zuckte die Schultern. »Aber darauf können wir ja schlecht Rücksicht nehmen, oder?« Er grinste.

Leyla und Majik tauschten einen Blick.

»Wir sollten los«, meinte Majik dann.

Leyla nickte und wollte sich gerade erheben, doch Pan hinderte sie daran. Seine Augen funkelten.

»Bist du nicht neugierig?«, fragte er und hielt sie zurück.

Leyla sah ihn irritiert an.

»Du solltest sie öffnen«, fuhr Pan fort.

»Um dann in den Spiegel zu blicken und tot umzufallen? Ich finde, das klingt nicht nach einer verlockenden Idee.«

Er antwortete nicht, sondern zog nur bedeutungsvoll die Braunen hoch.

»Na schön«, sagte Leyla zögernd. Vorsichtig fuhr sie über die Ränder der Kiste. Es gab kein Schloss. Sie sah Pan noch einmal an, dann kniff sie die Augen fest zusammen und versuchte, den Deckel der Kiste anzuheben.

Es ging nicht. Pan gab ein knurriges Lachen von sich. Leyla öffnete die Augen wieder und richtete ihren fragenden Blick auf den Gestaltwandler.

»Habe ich es mir doch gedacht! Ein Zwergenschatz in so einer Truhe - ohne Schloss? Stell dir vor, du wärst mit dem Spiegel zu dem geflügelten Verrückten gelaufen und hättest dann im entscheidenden Moment die Kiste nicht aufbekommen.« Er lachte.

»Du hättest den Verdacht auch gleich äußern können«, brummte Majik.

Pan bleckte die Zähne, sah von Majik zu Leyla und fragte: »Also? Wie bekommen wir sie auf?«

Augenblicklich und ohne zu zögern griff Leyla nach der Feile und versuchte, diese in den Spalt zwischen Deckel und Truhe zu schieben. Ergebnislos.

»Magische Kiste, magisches Schloss«, stellte Pan knapp fest.

Sie sah ihn an. Seine Augen leuchteten. Er nahm ihr die Kiste aus den Händen und begutachtete sie eingehend. Offensichtlich gefiel ihm, was er sah, oder zumindest die Art des Problems. Leyla musterte ihn. Testete er sie?

»Also Magie?«, dachte sie laut nach.

»Können wir sie nicht zerschmettern? Aus großer Höhe fallen lassen?«, überlegte Majik laut.

Leyla verzog das Gesicht. »Wir wollen ja nicht gleich den Spiegel zerstören. Den brauchen wir schließlich noch, um den Obsidian zu besiegen.«

»Hm.« Pan zögerte. «Ich glaube auch nicht, dass es so einfach ist. Die Kiste muss ziemlichen Kräften ausgesetzt gewesen sein, als sie im Stein eingeschlossen wurde. Wir können es so probieren, aber ich schätze, sie ist ziemlich unzerbrechlich. Fallen lassen wird da kaum etwas bringen.

»Können wir sie mit Feuer zerstören? Die Kiste sieht aus, als wäre sie aus Holz. Wir könnten sie verbrennen. Dem Spiegel wird es sicherlich nichts anhaben, solange wir keine zu große Hitze nutzen.«

»Ich glaube nicht, dass es echtes Holz ist. Wäre auch nicht die Art der Zwerge.«

»Probiere es aus«, forderte Majik ihn auf und Leyla nickte und sah Pan bittend an.

»Willst du nicht?«, fragte er grinsend und nun schüttelte sie heftig den Kopf. Sie hatte bereits so viel Magie gebraucht, um die Kiste aus dem Stein zu bekommen, dass sie nun ziemlich erschöpft war.

Also stand Pan auf, stellte die Kiste ein paar Meter entfernt auf einen Stein und kam zurück zu ihnen. Dann hielt er die Hände vor den Körper, die Handflächen zueinander gedreht. Zwischen seinen Händen bildete sich eine rote Feuerkugel. Doch Pan schleuderte sie nicht auf die Kiste, sondern hielt die Kugel. Er schien sie zusammenzupressen. Die Farbe der Kugel änderte sich, von Orangerot zu einem so gleißend hellen Gelb, dass Leyla wegsehen musste.

Endlich ließ Pan die Kugel los. Sie schnellte auf die Kiste zu und explodierte dort. Leyla blinzelte heftig. Lichtpunkte tanzten vor ihren Augen, obwohl sie nicht einmal direkt hingesehen hatte. Sie wandte ihre Aufmerksamkeit wieder auf die Kiste. Sie stand auf dem verrußten Stein und schien vollkommen unversehrt. Zumindest hatte sie sich nicht geöffnet. Nur die Gravuren leuchteten jetzt hell.

»Interessant«, murmelte Pan. Er ging zu der Kiste und hob sie auf. Wortlos reichte er sie Leyla, die sie zögernd entgegennahm. Zu ihrer Überraschung war die Kiste kalt.

»Na toll. Und jetzt?«, fragte Majik. »Haben wir eine andere Idee?«

»Eine Kraft scheint nicht auszureichen«, sagte Pan. »Außerdem ist die Kiste von außen zu stabil. Wir müssen sie von innen sprengen.«

»Von innen?«, echote Leyla.

»Sicher«, erwiderte Pan geheimnisvoll.

»Und wie?«

»Hast du dich schon einmal an Eis versucht?«

»Eis?«, wiederholte Leyla verständnislos.

»Du bist eine Ardantica, du kannst Elemente zu etwas Neuem kombinieren. So wie dieser Drachenmensch alle vier Elemente genutzt hat, um Obsidian zu erschaffen.«

Sie schwieg.

»Du hast keine Vorstellung davon, was du alles erreichen kannst, oder?« Er bleckte amüsiert die Zähne und sah ihr tief in die Augen. »Kombiniere kalte Luft und Wasser … Ich denke, wenn du die Magie durch den Spalt in die Kiste lenkst und dort erst formst, könnte sie platzen.«

In diesem Moment senkte sich ein riesiger Schatten über sie. Ruckartig riss Leyla den Kopf nach oben.

Gegen die untergehende Sonne konnte sie zunächst nur Umrisse erkennen. Doch das reichte schon, um ihren Magen flattern zu lassen. Zu ihrem Entsetzen sank der Schatten rasch, bis er nur wenige Meter von ihnen entfernt in der Luft verharrte.

»Schau an«, sagte er mit einer Stimme, die wie ein Reibeisen klang.

Leyla war vollkommen erstarrt. Voller Furcht sah sie den Obsidian, Kroaas Ta' Vennin, an.

Von Nahem waren seine gigantischen Schwingen und die Stacheln noch beängstigender, als sie sie in Erinnerung gehabt hatte. Er grinste boshaft. Offensichtlich hatte er die grelle Explosion der Feuerkugel bemerkt. Das war jedenfalls das Einzige, was Leyla zu seinem plötzlichen Auftauchen einfiel. Immer noch starrte sie ihn an. Bewegungslos. Wortlos. Selbst ihre Gedanken waren wie gelähmt.

»Mich überrascht …«, begann der Obsidian, hielt dann jedoch inne. Sein Blick fiel auf das Kästchen in Leylas Händen und seine Augen begannen zu glühen.

»Gib mir das!«, forderte er. Als Leyla nicht sofort reagierte, setzte er zum Sturzflug an.

»Lauf«, zischte Pan, und endlich begannen ihre Synapsen wieder zu feuern. Sie drehte sich um, sah aus den Augenwinkeln noch, wie Pan sich verwandelte, dann rannte sie um ihr Leben. Ein kalter Luftzug hinter ihr sagte ihr, dass sie den ausgestreckten Händen des Obsidians nur knapp entgangen war. Sie rannte schneller, bis ihre Lungen brannten, doch sie machte sich keine Illusionen. Bei seinem nächsten Angriff würde er sie in die Luft heben, ihr die Kiste entreißen und sie dann töten. Hinter sich hörte sie Pan fauchen. Dann ertönte ein wütender Schrei.

Sie drehte sich um und sah, dass der Panther halb auf den Rücken, halb auf den Flügel des Obsidians gesprungen war und ihn zu Boden gerissen hatte. Pan hatte ihnen einen Aufschub verschafft. Sie rannte weiter.

»Du musst diese Kiste irgendwie aufbekommen!«, rief Majik.

Er hatte sie am Arm gepackt und zog sie vorwärts, während sie über Risse sprangen und über den unebenen Boden stolperten. »Wenn wir diese Felsnadel umrundet haben, können die anderen ihn wieder angreifen. Ich suche den Weg, du kümmerst dich um die Kiste.«

»Ich kann nicht«, antwortete sie keuchend. »Ich kann nicht rennen und mich gleichzeitig auf meine Kraft konzentrieren – und dann noch etwas Neues erschaffen!«

»RUNTER!«, brüllte Majik.

Sie warf sich zu Boden. Ein Feuerball sauste über ihren Kopf hinweg und zerbarst auf dem Boden vor ihr. Funken stoben auf, trafen sie an der Schulter. Doch sie spürte nur ein leichtes Prickeln. Der feuerfeste Anzug hielt, was Rhymia versprochen hatte.

»Weiter«, rief Majik und riss an ihrem Arm.

Sie kam nicht schnell genug auf die Füße. Ein weiterer Feuerball traf sie an der Wade, ohne Wirkung zu hinterlassen.

Endlich war sie wieder auf den Beinen. Sie lief weiter, ihre Hände umklammerten die Kiste. Sie hörte das Schlagen von gigantischen Flügeln hinter sich und blickte über die Schulter. Der Obsidian hatte Pan erfolgreich abgewehrt. Der Panther lag blutend auf den Steinen. Und nun bewegte sich Kroaas auf Leyla zu.

Doch Pan war offensichtlich noch nicht bereit aufzugeben. Trotz seiner Verletzungen rappelte sich das Tier auf und machte einen weiteren Satz auf den Obsidian zu. Kroaas schleuderte Pan zurück, als wäre er nur eine lästige Fliege.

»Tu doch etwas«, rief Majik, der ebenfalls immer wieder nach hinten schielte. Sie hatten die Felsnadel, die sie vor den Blicken der anderen Elements trennte, fast erreicht.

»Was denn?«

»Na, zaubern oder wie man das hier nennt.«

»Dafür brauche ich meine Hände.«

Ohne ein weiteres Wort entriss Majik ihr die Kiste. Sie duckten sich hinter einen Felsen, der ihnen ein wenig Deckung gab. Der Obsidian holte gerade zum Schlag gegen Pan aus – so wie es aussah, würde es wohl der letzte sein. Die Angst um ihren Freund übermannte Leyla. Sie riss die Hände nach vorne.

Die Druckwelle, die den Obsidian erfasste und wegschleuderte, war gigantisch. Leyla keuchte. Noch nie hatte sie so viel Kraft auf einmal freigesetzt.

Doch der Obsidian fing sich schnell wieder. Er schüttelte sich kurz und breitete seine Schwingen erneut aus. Sie sah zu Pan, machte einen Schritt auf ihn zu, doch seine gelben Augen erfassten sie und starrten sie an. Sie wusste, was er ihr sagen wollte. *Lauft!*

Und das taten sie. Bevor der Obsidian sie einholen konnte, hatten sie die Spitze der Felsnadel erreicht und freien Blick auf die Schlacht. Leyla stieß den Atem aus. Jetzt konnten die Elements den Obsidian wieder attackieren. Aber würden sie das, solange er so weit weg war? Es könnte für sie und Majik zu spät sein, wenn die anderen warteten und …

Majik stieß sie zur Seite. Gerade noch rechtzeitig rollte sie von der schwarzen flüssigen Masse weg, die vom Himmel zu fallen schien.

Sie stöhnte. Die Kiste war ihren Händen entglitten, auf allen vieren krabbelte sie darauf zu, packte sie und begrub sie unter ihrem Körper. Über ihr war der Schatten. Oben auf den Plattformen ging der Kampf unverändert weiter.

»Gib mir die Kiste«, rief der Obsidian zornig. Er landete wenige Schritte von Leyla entfernt. Sie hob den Kopf.

»Niemals!«, schrie sie ihm entgegen.

Sein Schwanz knallte auf den Boden und die Stacheln rissen Steinsplitter heraus, die in alle Himmelsrichtungen flogen. Leyla zog den Kopf ein, ihr Herz hämmerte, ihre Gedanken rasten. Feuer? Luft? Gab es etwas, um ihn aufzuhalten?

Als sie erneut hochsah, entdeckte sie etwas. Hinter dem Obsidian, am roten Abendhimmel, schwebten etwa ein Dutzend Elements heran. Einzeln oder zu zweit, was bedeutete, dass es nicht nur Aeristen waren.

Doch sie waren noch ein gutes Stück entfernt. Da geschah plötzlich etwas auf den Plattformen. Die Elements formierten sich. Leyla richtete sich auf, sah zu Majik, der unmerklich nickte, er hatte es auch registriert. Jetzt hatten sie vielleicht eine Chance. Aber sie mussten Zeit gewinnen.

Majik erhob sich und stellte sich vor Leyla.

»Geh aus dem Weg oder ich reiß' dich in Fetzen«, zischte der Obsidian.

»Gib auf«, forderte Majik unerschrocken.

»Aufgeben?« Der Obsidian lachte.

»Deine Anhänger können gegen so viele Elements nicht gewinnen, und auch du hast keine Chance gegen eine so große Übermacht.« Majik gab sich selbstbewusst.

Der Obsidian lachte erneut.

»Glaubst du das wirklich?«, fragte er.

Leyla warf erneut einen raschen Blick zu den Plattformen. Sie war sich da, wenn sie ehrlich sein wollte, nicht so sicher. Doch Majik fuhr ungerührt fort.

»Was willst du mit dem Spiegel? Glaubst du wirklich, du könntest die Drachen damit wiederbeleben?«

»Zumal es ziemlich aufwendig wird, die Schmuckstücke, zu denen ihre Schuppen verarbeitet worden sind, wieder einzusammeln. Willst du nur die Skelette zum Fliegen bringen?«, hakte Leyla ein.

Der Obsidian stieß einen wütenden Schrei aus. Das Echo hallte im Krater wider und Leyla fröstelte. Rauch stieg aus Kroaas' Nase auf. Doch dann grinste er, was Leyla noch weniger gefiel.

»Du hast keine Ahnung. Hier mögen sie meinesgleichen vernichtet haben. Aber in den nördlichen Ländern …«, er brach ab. Stattdessen öffnete er die Hand. Etwas blitzte darin auf.

›Magie!‹, dachte Leyla und machte sich bereit, dem Angriff auszuweichen.

Doch der Angriff kam nicht. Jedenfalls nicht so, wie erwartet.

Endlich hatten die Elements den Obsidian erreicht. Sie hatten hinter seinem Rücken Aufstellung genommen, während Leyla und Majik mit ihm sprachen. Nun feuerten sie eine Salve an Magiestößen auf die Chimäre ab. Kroaas fauchte und drehte sich, um den Angriff abzuwehren. In genau diesem Augenblick begannen auch die Elements auf den Plattformen, ihn zu attackieren. Auch wenn diese Angriffe aufgrund der Entfernung nur schwach waren, reichten sie als Ablenkungsmanöver vollkommen aus. Kroaas wich Feuer, Wasser, Luft und Erde aus oder zog die Magie in sich hinein.

Leyla bemerkte, dass sich auf den Plattformen verschiedene Gruppen von Kämpfenden gebildet hatten: Angreifer des Obsidians, die von seinen Untergebenen attackiert wurden und eine weitere Gruppe von Elements, die sich gegen Kroaas' Unterstützer wandte.

Jemand legte ihr die Hand auf die Schulter. Sie fuhr herum. Der junge Mann hinter ihr lachte leise. Sein schwarzes Haar klebte ihm im verschwitzten Gesicht. Sie erkannte ihn sofort wieder. Es war derselbe Mann, den sie auf der Suche nach Theodor in Numäia angesprochen hatte. Ahat war sein Name. Ein langer, blutiger Striemen zog sich quer über sein Gesicht, doch in seinen Augen brannte ein warmes Feuer, das ihr augenblicklich Hoffnung gab.

»Theodor van Raiken lässt dir ausrichten, dass du unsichtbar bleiben solltest«, meinte er lächelnd.

Leyla spürte, wie ihr ein Stein vom Herzen fiel. Er lebte also.

»Ich habe zwar keine Ahnung, welche Rolle du hier spielst, aber da geht es lang.«

Ahat deutete nach rechts. Dann erschuf er eine Feuerwand - wie es die Schwarzhaarige im Wald getan hatte, um sie und Theodor anzugreifen - und schirmte Leyla ab. Bevor sie in die Richtung, die er ihr gezeigt hatte, loslaufen konnte, hatte der Obsidian die Wand jedoch mit Wasser gelöscht. Aber Ahat legte nach. Erneut schoss eine Feuerwand aus seinen Händen hervor. Er sah kurz zu Leyla und ruckte mit dem Kopf. Sie lief los und entdeckte ein bekanntes Gesicht: Kaysha. Die junge Frau hatte Majik bereits gepackt und erhob sich mit ihm in die Lüfte.

»Schaffst du es allein?«, rief sie Leyla zu und deutete nach oben auf die Plattformen.

Leyla schluckte. Sie war erschöpft, doch sie hatte keine Wahl. Sie nickte Kaysha knapp zu, mobilisierte noch einmal ihre Kräfte und hob vom Boden ab.

Während die restlichen Elements sie deckten, entfernten sie sich vom Obsidian. Leyla blieb dicht hinter Kaysha, die auf ihrer unsichtbaren Luftebene durch den Krater sauste. Sie wirkte verbissen. Ihr rechter Arm war voller Brandblasen. Doch sie schien diesen Umstand nicht zu beachten.

Sie stiegen höher.

Zu hoch. Plötzlich ließ Leylas Kraft nach. Sie strauchelte. Die Luftebene unter ihren Füßen fühlte sich merkwürdig an. Unvollständig. Leyla griff erneut nach ihren magischen Adern, um den Druck zu verstärken. Doch es gelang ihr nicht. Irgendetwas fehlte. Dann begriff sie.

Der Boden war für sie zu weit weg. Sie hatte ihn als Orientierungspunkt für ihre Kraft verloren. Die Luftebene brach zusammen und wurde zu einem unkontrollierten Wind. Leyla fiel. Sie wollte schreien. Doch in diesem Moment stieg sie wieder in die Höhe. Sie blinzelte.

Unter ihren Füßen spürte sie den mittlerweile gewohnten Druck. Aber es war nicht ihre Magie, die sie trug. Vorsichtig untersuchte sie die Strukturen der Kraft. Diese Signatur kannte sie ganz genau.

Erleichtert betrat sie den Stein, als sie die Plattformen endlich erreichte. Ihre Beine fühlten sich wackelig an. Sie atmete tief ein und wandte sich um. Dort unten standen jetzt nur noch zwei Elements. Einer von ihnen war Ahat.

Ihr wurde schwindelig. Diese Menschen waren gestorben, um ihr zu helfen. Zitternd machte sie ein paar Schritte.

Als sie sich drehte, sah sie, wie jemand auf sie zueilte. Direkt vor ihr blieb er stehen. Trotz seines grimmigen Gesichtsausdrucks musste sie lächeln.

»Und?«, fragte Theodor.

Sie hielt ihm die Kiste hin.

»Sie ist verschlossen. Wir haben sie bisher nicht öffnen können. Pan meinte, vielleicht könnte man sie mit Eis aufbrechen.«

»Pan?«, fragte Theodor nur. Dann zuckte er mit den Schultern. »Dann such dir eine Ecke und beeil dich.« Er schien noch etwas hinzuzufügen wollen, doch mit einem Mal lösten sich die Formationen um sie herum auf. Die Elements stoben auseinander. Leyla spürte einen Windzug hinter sich, der nichts Gutes erahnen ließ. Instinktiv duckte sie sich, als der Obsidian über sie hinweg sauste. Theodor wandte sich ruckartig ab und hob die Hände, bereit, sich wieder in den Kampf zu stürzen.

Leyla sah sich hektisch um. Sie brauchte eine Felsspalte oder etwas Ähnliches, um sich ungestört der Kiste zu widmen.

Da winkte Majik sie heran und deutete immer wieder auf die Felswand. Er schien ein Versteck gefunden zu haben. Sie bahnte sich einen Weg zu ihm hindurch.

»Hier solltest du für ein paar Minuten Ruhe haben«, sagte er, kaum dass sie ihn erreicht hatte.

Sie nickte und kniete sich in den Schutz der Felsen. Majik ließ seinen Blick besorgt über das Getümmel gleiten und stellte sich vor sie, um sie zu verdecken. Erst wollte Leyla ihn auffordern, sich ebenfalls zu verstecken, doch sie wusste, dass er das nicht tun würde. Sie war ihm dankbar für seine Unterstützung und bewunderte insgeheim seinen Mut. Wenn ihn jemand angreifen sollte, hätte er dem nichts entgegenzusetzen. Seine Kampfsportkünste würden ihm hier herzlich wenig helfen – und trotzdem war er bereit, sich einem Gegner zu stellen.

Leyla nahm ihren Rucksack ab und widmete sich der Kiste. Sie war tatsächlich nicht aus Holz, obwohl es so aussah. Das Material war kühl und glatt und sie schätzte nun, dass es sich um eine Art Metall handelte.

»Also schön«, murmelte sie und begann, ihre Kräfte zu leiten. Doch ihre Konzentration driftete immer wieder ab. Das Brüllen, Grunzen und Knallen und vor allem die Schreie um sie herum waren laut und zeugten von Qual und Tod. Vorsichtig lugte sie um Majiks Beine und den Stein herum und ein kalter Schauer lief ihr über den Rücken.

Der Obsidian war auf der Plattform gelandet. Sein Gesicht war wutverzerrt und er kämpfte verbissen. Fast erweckte es den Anschein, als hätte er im bisherigen Gefecht nur mit den Elements gespielt. Jetzt aber war das anders. Mit den Flügeln und dem Schwanz schlug er um sich und fegte die Elements von den Plattformen. Die Aeristen hatten alle Hände voll damit zu tun, die Stürzenden aufzufangen. Doch bei allen gelang das nicht. Zudem lagen schon etliche Körper am Boden.

Aus der Nase des Obsidians stieg Rauch auf. Suchend sah er sich um. Immer wieder spuckte er Feuer, während er zeitgleich mit den Händen einen Elementangriff formte. Drei Elements und zwei andere Wesen fielen einem einzigen Schlag des Obsidians zum Opfer.

»Es wäre nicht schlecht, wenn du dich, statt zuzusehen, ein wenig beeilen würdest«, flüsterte Majik leise und schob sie sachte wieder zurück.

»Okay. Okay«, wisperte sie hektisch. Ihre Hände waren feucht. Zittrig fuhr sie sich durch die Haare. »Okay«, wiederholte sie dann noch einmal. »Also Wasser und Luft … erst in der Kiste erzeugen und formen … verbinden.«

Warum musste es ausgerechnet Wasser sein? Ein Element, mit dem sie sich bisher viel zu wenig beschäftigt hatte. Vielleicht konnte sie einen Aquisten fragen, ob er mit ihr zusammenarbeiten konnte? Er würde das Wasser erzeugen und sie die Luft. Aber wie sollte sie das Ganze dann zu Eis formen? Außerdem, fiel ihr dann ein, war das Zusammenbringen der Kräfte verschiedener Elements zwar möglich, aber aufgrund der unterschiedlichen Strukturen schwierig. Es blieb also nur eine Möglichkeit: Sie musste das allein hinbekommen.

Sie sandte ihre Kraft in die Kiste.

Dutzende Versuche später stand ihr der Schweiß auf der Stirn. Sie war erschöpft und hatte keine Ahnung, wie sie das Problem noch angehen konnte. Sie nieste und kramte beinahe ohne es mitzubekommen in ihrem Rucksack nach einem Taschentuch. Ihre Finger ertasteten etwas. Sie stutzte, zog die Hand wieder heraus, betrachtete sie und atmete schwer. Was, wenn …? Das könnte funktionieren!

Sie fokussierte sich auf die Kiste. Sie musste dieses dämliche Ding endlich aufbekommen. Ein Plan begann in ihrem Kopf Gestalt anzunehmen. Sie sah zu Majik, reckte dann das Kinn entschlossen vor, spannte die Schultern an und betrachtete mit kühlem Blick erneut die kleine Kiste.

»Nur einen Versuch«, murmelte sie und schloss die Augen. Die Rufe um sie herum schienen zu verblassen, als sie in ihrem buntschillernden Adernnetz versank. Sie sandte ihre Kraft aus und öffnete die Augen wieder.

Am Spalt der Kiste bildeten sich winzige, zarte Eiskristalle. Leyla fixierte sie, verstärkte ihre Kraft. Ihre ausgestreckte Hand bebte vor Anstrengung. Sie versuchte, die Kristalle gleichmäßig am Kistenrand wachsen zu lassen. Dann nutzte sie noch ein wenig mehr Luft, um die Temperatur weiter zu senken. Die

Eiskristalle wurden immer deutlicher. Dampf stieg von der Kiste auf.

Ein gellender Schrei ertönte und hallte von den Bergen wider.

»Oh, Kleines, beeil dich«, murmelte Majik, doch sie hörte ihn kaum.

Es war zu wenig Eis. Sie musste mehr Wasser erschaffen. Sie stellte sich vor, sie würde die Kiste mit eisigem Wasser und starkem, kaltem Wind füllen. Sie brauchte mehr Energie. Die Müdigkeit, die sie schon die ganze Zeit gespürt hatte, wurde immer stärker, doch sie war nicht bereit, aufzugeben. Plötzlich knackte es. Einmal, zweimal. Und dann sprang der Deckel der Kiste plötzlich auf.

Ruckartig riss Leyla die Hände zurück und kniff die Augen zusammen, um nicht in den Spiegel zu sehen. Ihr Herz raste. Sie tastete in die Kiste hinein. Da war etwas, glatt und von einer leichten Eisschicht überzogen, die sie rasch entfernte. Die Form war ganz typisch und auffällig schmucklos. Da war er also, der Spiegel Dar-niat-pana.

»Ley?«, fragte Majik leise.

»Ich weiß nicht, welche Seite die Richtige ist«, flüsterte sie zurück. »Sie fühlen sich beide vollkommen gleich an.«

Sie schluckte. Das bedeutete, dass, wenn sie den Spiegel falsch hielt, nicht der Obsidian sterben würde, sondern jemand, der von der anderen Seite hineinsah.

»Es wird funktionieren«, versuchte sie, sich selbst Mut zuzusprechen.

Sie wischte sich die feuchten Hände an der Hose ab und fuhr mit der Hand noch einmal in die Kiste, strich über das kalte Glas, atmete noch einmal tief ein und zog die Hand wieder zurück. Sie schloss den Deckel der kleinen Truhe, griff nach ihrem Rucksack und erhob sich.

Mit der linken Hand hielt sie die Kiste fest umklammert. So kroch sie aus ihrem Versteck. Ihre Gedanken rasten. Wie rum mochte so ein magischer Spiegel wohl in der Kiste liegen? Mit der gefährlichen Seite, in die man nicht hineinsehen sollte, nach unten? Das wäre zumindest die logische Variante. Doch was sie bisher über die Zwerge wusste und gehört hatte, ließ sie eher vermuten, dass die tödliche Seite nach oben gedreht war, um jeden zu bestrafen, der es wagte, die Kiste zu öffnen. Und wenn sie sich irrte? So grausam konnten die Zwerge nicht gedacht haben. Was, wenn ein Familienmitglied die Kiste geöffnet hätte? Also lag die Spiegelseite doch nach unten. Oh, wenn sie sich nur an dieses Detail der Geschichte erinnern könnte.

Aus den Augenwinkeln sah sie einen Schatten auf sich zustürmen. Sie sprang vor, riss dabei eine ältere Frau fast um und duckte sich.

»Majik!«, rief sie entsetzt, als sie sich umdrehte.

»Los«, erwiderte dieser nur. »Ich komme schon klar.«

Er hatte sich zwischen sie und den Dunkelalben gestellt, der sie ins Visier genommen hatte, wich dessen

Schwerthieb elegant aus und setzte zu einem Schlag an. Leyla glaubte nicht, dass der Schaden anrichten würde. Sie zögerte. Dann drehte sie sich um und lief los. Ihr Ziel war unübersehbar: Kroaas Ta' Vennin.

Etwas sauste an ihrem Ohr vorbei. Sie wusste nicht, ob es ein Angriff war, der gegen sie gerichtet gewesen war oder nur eine fehlgeschlagene Elementkugel. Sie rannte weiter.

Sie umkurvte die Elements, duckte sich, sprang über am Boden liegende Gestalten und Steine, machte einen Bogen, um nicht frontal auf ihn zuzulaufen und dann stand sie direkt hinter ihm. Sein Schwanz peitschte unaufhörlich durch die Luft und sie wich ihm aus. Immer noch überlegte sie. Er würde wohl kaum dumm genug sein und direkt in den Spiegel sehen – es sei denn, er dachte, sie hätte die Kiste nicht aufbekommen.

Wie sollte sie vorgehen? Wenn …

Mitten aus dem Nichts traf sie eine Wasserfront. Mit enormer Wucht prallte das Wasser gegen ihre Hüfte, hart wie eine gigantische Faust. Die Luft wurde aus ihren Lungen gepresst, sie wollte schreien, aber nur ein gepresster Laut kam über ihre Lippen. Sie stürzte zur Seite. Die Kiste entglitt ihren Fingern, überschlug sich in der Luft und landete, ohne sich geöffnet zu haben, ein paar Meter von ihr entfernt auf dem Boden. Sie streckte die Hände danach aus, wollte sie mit ihren Aeristen-Fähigkeiten zu sich heranziehen. Eine weitere Wasserfaust stieß sie zurück. Sie japste nach Luft. Etwas Hartes knallte gegen sie. Sie spürte nur noch

Schmerz. Für einen kurzen Moment blieb sie benommen liegen.

»Ach, schau einer an«, hörte sie eine bekannte Stimme boshaft sagen.

»NEIN!«, schrie jemand anderes.

Leyla stützte sich auf die Hände und versuchte, sich aufzurichten. Langsam kehrten die Bilder zurück. Jemand packte sie, zog sie hoch. Sie sah in Majiks Gesicht, das wie versteinert schien. Rasch sah sie sich nach der Kiste um.

Ihr wurde abwechselnd heiß und kalt, als sie sie entdeckte. Mit einem Mal schien die Welt stillzustehen. Es war niemand anderes als Kroaas selbst, der die kleine Truhe entdeckt und zu sich herangezogen hatte. Triumphierend hielt er sie in den Händen.

Einige Elements versuchten, mit ihrer Magie nach der Kiste zu greifen, doch der Drachenmensch wehrte alle Angriffe ab. Er erhob sich in die Luft und lachte.

»Vielen Dank«, höhnte er. »Und oh, sie ist sogar schon geöffnet.« Rauch stieg aus seinen Nüstern auf. »Liebe Elements, kniet nieder vor eurem König, eurem Ardantica, dem mächtigsten Wesen und heißt euer Schicksal und die Drachen willkommen. Lasst uns alle dieser jungen Dame für ihr Engagement und ihre Unterstützung danken.« Er lachte, verstummte aber, als von allen Seiten Elemente auf ihn zuschossen. Er stieg höher in die Luft, wich geschickt aus, machte einen Salto und kam zurück.

»Aber, aber«, sagte er mit dieser widerlichen Stimme. »Noch könnt ihr euch mir anschließen. Vielleicht haben ich und meinesgleichen ja ein bisschen Mitleid für euch übrig.« Er streckte die Hände in die Luft und hielt die Kiste in die Höhe.

Eisige Stille breitete sich auf den Plattformen aus. Sie sahen ihn an. Manche panisch, andere abwartend, wieder andere zufrieden.

»Nein.« Theodors Stimme war fest und kühl. Er schälte sich aus der Menge und trat vor. »Der Spiegel ändert für dich rein gar nichts, du bemitleidenswerte Kreatur. Wir werden dich weder als Herrscher anerkennen, noch zulassen, dass die Drachen zurückkehren.«

»Du!«, zischte der Obsidian. Er löste eine Hand von der Kiste und bewegte sie. Mächtige Felsbrocken stiegen in die Höhe. Sie mischten sich mit den anderen Elementen und formten eine schwarze Masse. In Sekundenschnelle krachte diese auf die Plattform.

Die Elements stoben auseinander. Auch Theodor sprang zur Seite. Einen Moment später bedeckte schwarzglänzender Stein den Boden, dort, wo er eben noch gestanden hatte.

»Du nervst mich am meisten«, brüllte der Obsidian, öffnete die Kiste und riss den Spiegel heraus.

Theodor blickte direkt hinein.

Doch nichts passierte. Einen Moment lang schien der Obsidian irritiert, dann drehte er den Spiegel einfach um.

Wieder geschah nichts.

»Er funktioniert nicht«, flüsterte Majik neben Leyla.

»Es geht nicht, weil er zu schwach ist«, rief Leyla. »Weil er die Macht nicht beherrschen kann!« Sie schrie, so laut sie konnte. Kroaas brüllte erzürnt und wandte den Blick in ihre Richtung.

In diesem Moment riss Leyla die Hand aus ihrer Hosentasche und den Arm hoch. In ihrer Hand blitzte ein Spiegel. Der Spiegel, den sie mit ihrem Taschenspiegel aus dem Rucksack vertauscht hatte.

Einen winzigen Augenblick lang war so etwas wie Verblüffung auf dem Gesicht des Obsidians zu sehen. Leyla hoffte inständig, dass es die richtige Seite war, die sie ihm entgegenstreckte.

Dann wichen alle Emotionen aus der Mimik des Obsidians. Leyla hielt inzwischen den Spiegel mit beiden Händen umklammert. Er hatte direkt hineingesehen. Trotzdem stand er immer noch da und wirkte lebendig. War es doch die falsche Seite gewesen? Starben hinter ihr gerade Elements, die das Schauspiel beobachteten? Es war so sonderbar still. Alle Augen richteten sich auf eine einzige Stelle.

Dann sackte der Obsidian ganz langsam in sich zusammen. Er fiel auf die Plattform, schlug mit der Schulter hart auf. Der Stein unter ihm brach und fiel – und mit ihm stürzte der Obsidian in die Tiefe. Dem Geräusch nach zu urteilen, schlug er mehrere Male auf. Leyla stand bewegungslos da. Um sie herum war es immer noch unheimlich still. Hatte es geklappt?

Oder war der Sturz am Ende nur eine Finte? Dann zerriss ein Schrei die Stille.

»LEYLA!«, brüllte Theodor. Sie fuhr zusammen. »Zerstöre ihn! Zerstöre den Spiegel!«

Entsetzt riss sie die Augen auf. Damit hatte sie nicht gerechnet. Im Gegenteil. In ihren Gedanken hatte sie all die Gestorbenen schon wieder mit dem Spiegel zurück ins Reich der Lebenden geholt. Jetzt aber sah sie, was die Aussicht auf die Macht des Spiegels bewirkte.

Mehrere Elements stürmten auf sie zu, rempelten sich gegenseitig an, schubsten sich, um die Macht über Leben und Tod in die eigenen Hände zu bekommen. Bevor der Erste sie erreichen konnte, holte sie aus und warf den Spiegel blindlings in Richtung der nächstgelegenen Felswand. Sie verstärkte den Wurf mit ihrer Magie, drückte den Spiegel mit aller Kraft von sich.

Doch es funktionierte nicht wie gedacht. Etwas blockierte sie. Jemand hielt gegen ihre Kraft. Nein! Sie untersuchte die Strukturen um ihre Magie herum genauer. Die Luft vibrierte vor Magie, so viele Aeristen hatten nach dem Spiegel gegriffen, um ihn zu sich heranzuziehen. Leyla versuchte, ihre Kraft zu verstärken, doch sie hatte nicht mehr. Der Spiegel entglitt ihrer Kontrolle und kam wieder ein Stück näher.

Dann ruckte er wieder weiter weg. Jemand unterstützte sie. Sie erkannte die magische Struktur sofort. Theodor. Sein Gesicht wirkte angespannt. Er sah sie an und sie wusste, was er ihr sagen wollte.

»Streng dich mehr an.«

Aber sie konnte nicht mehr. Als sie schon dachte, sie müsste zusammenbrechen, begann eine weitere Struktur, sie zu unterstützen, und dann noch eine! Aber andere neue Strukturen zogen den Spiegel wieder heran.

»Ley!«, rief Majik plötzlich panisch.

Sie sah sich nach ihm um. Nur verschwommen erkannte sie die Person hinter der riesigen Feuerwand, die auf sie zu sauste. Marv. Sie konnte nicht ausweichen. Und niemand kam ihr zu Hilfe – vielleicht konnte es auch niemand.

Mit ihrer rechten Hand hielt sie weiter gegen den Spiegel. Die Linke presste sie sich schützend vor ihr Gesicht. Einen Moment lang überlegte sie, ob sie es schaffen würde, das Feuer mit Wasser zu löschen. Dann war die Wand heran und … etwas Merkwürdiges geschah.

Instinktiv mischte Leyla die fremden Feuerstrukturen mit ihrer Kraft und zog sie in sich hinein. Das Feuer verschwand in ihr. Es war ein komisches Gefühl, als ob etwas Fremdes in sie hineinflösse und sich dann in etwas Körpereigenes verwandelte. Die neue Kraft glich die aus, die sie aufwenden musste, um sie aufzunehmen, sodass sie nicht noch mehr geschwächt wurde.

Plötzlich ließ der Druck am Spiegel nach. Ihre geballte Kraft stieß gegen Dar-niat-pana. Der Spiegel knallte gegen den Felsen und es klirrte. Endlich wagte sie es, hinzusehen. Scherben glitzerten im letzten Tageslicht und fielen zu Boden.

Verblüfft beobachtete sie das Schauspiel. Dann bemerkte sie, dass alle sie anstarrten. Minuten schienen zu vergehen.

Ein schwaches Lachen erklang hinter ihr. Sie fuhr herum. Ein Mann kämpfte sich den Weg zu ihr durch. Er wirkte unendlich müde. Sein Körper war übersät von Wunden und es war ihm anzusehen, dass er Mühe hatte, aufrecht stehen zu bleiben.

»Pan«, hauchte sie erleichtert. »Du lebst.«

Er grinste und musterte sie. Dann betrachtete er die Menge und sagte mit einem Funkeln in den gelben Augen: »Jetzt wissen es alle!«

Epilog

Leyla hing ihren Gedanken nach und ließ die Ereignisse der letzten drei Wochen Revue passieren.

Als die Elements am Ende der Schlacht bemerkt hatten, dass sie eine Ardantica war, hatten sie aufgehört, nach dem Spiegel zu greifen. Vielleicht nicht alle, doch die meisten. Sie hatten sie angestarrt. Einige ehrfürchtig, andere erschrocken und einige eindeutig entsetzt. Aber egal aus welchem Grund die Elements aufgehört hatten, Magie zu verwenden, egal was sie gedacht hatten, als sie Leyla so ansahen, das einzig Wichtige war, dass sich das Blatt endlich gewendet hatte. Der Spiegel war zerstört, es war vorbei.

Ein paar erleichterte Rufe waren aus der Menge zu hören gewesen. Sie waren ein Zeichen für das glückliche Ende: Der Obsidian, der Ardantica, war tot – unwiederbringlich. Er war besiegt von einem mystischen Spiegel, der nie wieder Schaden anrichten würde, und einer Ardantica. Einer weiteren Ardantica.

Kroaas‘ Anhänger hatten plötzlich auffällig zurückhaltend gewirkt und versucht, sich heimlich zu verdrücken. Doch Aston van Raiken hatte ein paar Anweisungen gezischt und Bewegung war in die Truppen gekommen. Viele der Elements waren auf die losgestürmt, die sich während der Schlacht als Verräter gezeigt hatten. Entschuldigungen waren erklungen, hatten sich mit Anschuldigungen und Kapitulationswünschen gemischt.

Leyla hatte Marv in der Menge verschwinden sehen, konnte aber nichts tun, um ihn aufzuhalten, weil viele Elements auf sie zugestürmt waren, sie umringt und mit Fragen gelöchert hatten.

Verwirrt und hilflos hatte sie zu Pan geschaut, der zwar erschöpft, aber eindeutig zufrieden wirkte.

Sie hatte nicht gewusst, was sie sagen sollte. Vergeblich hatte sie versucht, sich von der Menge zu lösen, bis eine bekannte Stimme ihr plötzlich zur Hilfe gekommen war.

»Hey! Weg hier. Lasst sie in Ruhe. Wir sind hier noch nicht fertig. Kümmert euch um die Verletzten und lasst die anderen nicht entkommen!«

Und dann war Theodor da gewesen, hatte ihr ein warmes Lächeln geschenkt und sie hatte es erwidert - voller Glück und Erleichterung. Ohne darüber nachzudenken, war sie ihm um den Hals gefallen. Einen winzigen Augenblick hatte er irritiert gewirkt, doch dann hatte er vorsichtig die Arme um sie gelegt.

Sie schüttelte sich, um das leichte Kribbeln, das diese Erinnerung mit sich brachte, loszuwerden und lenkte ihre Gedanken rasch in eine andere Richtung.

Selbst jetzt konnte sie immer noch nicht fassen, dass sie tatsächlich überlebt hatten. Zumindest fast alle, die sie kannte. Majik, Theodor und selbst Pan waren am Leben. Sie lächelte. Auch Paisan ging es gut. Er hatte sich direkt nach dem Kampf um Pans Wunden gekümmert.

Leylas Gedanken drifteten weiter, als sie an Paisan dachte. Sie erinnerte sich an ihren Schrecken, als sie den unsteten Blick wahrgenommen hatte, mit dem der alte Mann die Menge absuchte. Sie hatte selbst den Blick schweifen lassen und versucht, Rhymia zu entdecken. Doch die alte Frau war nirgends zu sehen gewesen.

Nur widerwillig hatte Leyla sich ins Zeltlager zurückbringen lassen. Sie hatte das Gefühl gehabt, wie die anderen noch helfen zu müssen. Nach einer sehr kurzen und wenig erholsamen Nacht war sie dann jedoch heilfroh gewesen, als jemand sie und Majik auf Theodors Befehl hin den langen Weg nach Numäia und zum Haus von Thybon van Raiken zurück eskortiert hatte.

Sie hatten einen Stopp beim Landsitz eingelegt und fortan – auch das hatte Theodor offenbar angeordnet – Rhymias Wolkenwagen für die Heimkehr genutzt. Leyla war es dabei ganz und gar unwohl zumute gewesen. Sie hatte sich gefragt, ob die alte Frau ihn nicht selbst benötigen würde. Gleichzeitig war sie unendlich dankbar gewesen, denn sie hatte kaum noch die Kraft, zu stehen. Sie war vollkommen erschöpft.

Auch auf dem Weg nach Numäia hatte sie kaum geschlafen und keine Erholung gefunden. Die Ereignisse hatten sie zu sehr aufgewühlt. Als sie endlich vor Thybon van Raiken und seinem Haus stand, war sie so fertig gewesen, dass sie dem grummeligen Hausherrn nicht einmal sein desinteressiertes und genervtes »Ah« übelnehmen konnte, mit dem er sie begrüßt hatte.

Nach einer langen Nacht in einem himmlisch weichen Bett hatte sie sich dann schon viel besser gefühlt.

Die Ereignisse erschienen ihr immer weiter weg, wie ein schlechter Traum.

Als drei Tage später Theodor, Paisan und auch Rhymia – müde, aber größtenteils unverletzt – eingetroffen waren und Paisan ihr zugeflüstert hatte, dass es Pan langsam besser ging, hatte sie endgültig aufatmen können. Nur Kaysha und Sum würde sie wohl nicht wiedersehen.

Ein bitteres Gefühl durchzuckte sie. Sie hatte darüber mit Rhymia gesprochen. »Wenn wir doch nur noch diesen dämlichen Spiegel hätten, könnten wir sie wiederbeleben.«

»Wer weiß, was für eine Art verfluchtes Leben du ihnen damit geschenkt hättest«, war Rhymias Antwort gewesen und Leyla wusste, dass die alte Frau recht hatte.

Sie räusperte sich leise und unauffällig und versuchte, die Beklemmung abzuschütteln. Dann ließ sie auch die restlichen Ereignisse Revue passieren.

In den Tagen darauf hatte sie kaum Zeit zum Ausruhen gehabt. Theodor hatte sie gebeten, sich noch einmal am Rückzug des Steins oder dessen Verlagerung – die ihr immer noch deutlich einfacher als der richtige Rückzug fiel - zu versuchen. So hatte sie nach und nach, Tag für Tag den König, die Mitglieder der Sigda, die versteinerten Wesen und Elements aus der Höhle und sogar Chayenne – die unter vielen Flüchen sogleich festgenommen wurde – aus dem Stein befreit.

Doch Leylas Kraft reichte bei Weitem noch nicht aus, um auch die Universität und den Wald zu entsteinern.

Also wurden ihr die Orte gezeigt, an denen die meisten Schimmerelfen der Gegend lebten, und sie hatte nur dort den Stein zurückgezogen. Zu ihrer großen Enttäuschung hatte sie aber kaum einen Blick auf die zierlichen Wesen werfen können, denn kaum dass diese bemerkten, was mit den Grenzen geschah, waren sie aufgeregt davon geflattert.

»Sie machen sich an die Arbeit, um die Grenzen wieder aufzubauen«, hatte Rhymia ihr erklärt. »Danke für alles, Leyla. Du hast in kurzer Zeit unglaublich viel gelernt und unsere Welten damit vor großem Unglück bewahrt. Für die Universität und den Wald werden wir schon noch eine Lösung finden. Jetzt, wo wir wieder ausreichend Zeit zum Nachdenken haben.« Sie hatte mit den Augen gezwinkert. Leyla hatte daraufhin nur müde genickt.

Das war vor zwei Tagen gewesen. Jetzt saß sie hier, im großen Saal, im Kreis mit all diesen wichtigen Leuten, die über die Zukunft Naurényas debattierten. Sie drehte gedankenverloren an ihrem Ohrring. Es war kein Stecker, wie sie ihn sonst trug, sondern ein langer Ohrring, bestehend aus vier Kugeln, in unterschiedlichen Größen und Abständen zueinander. Um die vier Kugeln wand sich ein goldener Faden, der sie verband.

Als sie den Ohrring bekommen hatte, waren die Kugeln leer gewesen. Sie hatte sie mit Elementen füllen sollen und hatte sich dafür entschieden, die obere, zweitkleinste mit Wasser zu füllen. Die darunter war die größte und schimmerte jetzt weiß wie eine kleine

Wolke. Sie lag dicht an der nächsten, der zweitgrößten, in der Feuer pulsierte. Die letzte, deren Abstand zu den anderen am größten und die selbst am kleinsten war, hatte Leyla mit Sandkörnen aufgefüllt. Pan hatte zufrieden gewirkt. Er hatte ihr diesen Ohrring geschenkt und erklärt, dass die vier verbundenen Kugeln das Zeichen der Ardantica waren.

Sie sah hinunter zu der Raubkatze, die dicht neben ihr ruhte. Pans Wunden verheilten gut, doch er würde noch ein wenig Zeit brauchen, um vollends zu genesen. Sie würde ihn vermissen. Wie vieles hier. Gleichzeitig war sie froh darüber, dass das Abenteuer endlich vorbei war – glaubte sie zumindest. Andererseits …

Sie schüttelte den Kopf, sah erneut zu Pan und kraulte die schwarze Raubkatze hinter dem Ohr. Sie gab ein sonderbares Geräusch von sich, sah Leyla aber nicht an.

Im Gegensatz zu ihr schien Pan den Gesprächen im Raum aufmerksam zu folgen. Sie seufzte und konzentrierte sich mit Mühe auf die Debatte, die nun schon seit über drei Stunden im Gange war.

»Und wer sagt das?«, rief ein rothaariger Mann mit Rauschebart gerade. Pan hatte ihr vorher von diesem Mann erzählt. Er hatte in dieser Runde irgendeine Art Sonderstellung. Sein Name war Ilmer Dumas und er war ein leidenschaftlicher Gegner der van Raikens. Zwar war er auch kein Freund des Königs, er würde ihn aber den van Raikens zu jeder Zeit vorziehen, weshalb er zusammen mit seinem Bruder Orion der Anführer der FRK 1.2 war.

Leyla ließ den Blick schweifen. Der König war nicht anwesend – weil er nicht mehr König war. Nach allem, was geschehen war und nach allem, was die Dunkelalben getan hatten, hatte er sich dafür entschieden, sein Amt niederzulegen. Pan hatte die Stirn gerunzelt, als sie das erfahren hatten.

»Ich glaube nicht, dass die Dunkelalben nur für diesen Verrückten trainiert haben. Das kann es nicht gewesen sein«, hatte er gemurmelt.

Leyla war nervös geworden. Was, wenn er recht hatte? Wenn die wahre Schlacht noch gar nicht stattgefunden hatte?

Dumas gestikulierte wild und Aston van Raiken sah aus, als wollte er den Mann am liebsten ohne Rückfahrkarte zum Mond schießen.

Warum die Familien so im Clinch lagen, hatte Pan Leyla nicht erklären können. Angeblich ging das seit Generationen so und war vollkommen eskaliert, als Dumas' kleine Schwester spurlos verschwunden war. Das Einzige, was Pan noch über die Familie wusste, war, dass Ilmer Dumas drei Kinder hatte: Nerida, Jordina und Ethan. Leyla war sich ziemlich sicher, dass sie Letzteren bereits kannte.

Erneut drifteten ihre Gedanken ab. Bald würde sie wieder in ihren Alltag zurückkehren. In wenigen Tagen, am 16. Oktober, würde sie rechtzeitig das dritte Semester an der Uni antreten. Sie schrak zusammen, als Aston van Raiken mit der flachen Hand auf seine Stuhllehne schlug.

»Ich sehe da überhaupt keinen Grund zur Diskussion«, rief er wütend.

»Du willst nur deinen eigenen Hintern auf dem Thron sehen«, fauchte Dumas zurück.

»Sie kann doch noch nichts«, brüllte Aston. »Sie muss erst zur Universität. Oder besser noch, sie lässt ihre Kräfte hier und geht nach Hause. Sie hat schließlich keine Ahnung von diesem Land, wie soll sie es regieren? Nur weil sie eine Ardantica ist …«

»Was?!«, stammelte Leyla und war plötzlich ganz Ohr. Sie spürte, wie sie bleich wurde. »Geht es um mich?«

Alle Blicke richteten sich auf sie.

»Sie ist sogar zu blöd zum Zuhören und Denken!«, fauchte Aston.

»Nun, Aston van Raiken mag sicher in einigen Punkten recht haben«, schaltete sich jetzt eine Frau mit spitzen Ohren und blauen Haaren ein. »Und ohne die universitäre Ausbildung geht ohnehin nichts. Aber das Gesetz …«

»Wir haben doch alle gesehen, was passiert, wenn ein Unfähiger auf dem Thron sitzt«, echauffierte sich Aston, ohne sie ausreden zu lassen.

»Hast du einen alternativen Vorschlag?«, fragte ein Mann. »Du willst doch nicht wirklich, oder?«

»Natürlich nicht«, sagte Aston, und plötzlich schien er ganz ruhig und entspannt. »Aber ich denke, mein Sohn hat seine Führungsqualitäten in den letzten Wochen eindeutig unter Beweis gestellt.«

Zustimmendes Gemurmel erklang.

»Aber …«, sagte die Blauhaarige.

Leyla sah zu Theodor hinüber, der bisher geschwiegen hatte. Jetzt war es also so weit, er würde König werden. Sie musterte ihn. Seine Haare waren nun kürzer, weil der Pferdeschwanz in der von Marv erschaffenen Feuerkugel verbrannt war. Er konnte sie nicht mehr zum Zopf tragen. Dennoch sah er wie immer fast unverschämt gut aus.

»Theodor van Raiken«, sagte eine andere Frau. »Würdest du die Wahl der Sigda zum König annehmen, sofern sie zu deinen Gunsten ausfiele?«

Aston lehnte sich entspannt zurück.

»Natürlich«, sagte Theodor und beugte sich vor. »Ich bin bereit, mit meinem Wissen und Können dem Land zu helfen. Als König. Als Unterstützer.« Er machte eine kurze Pause. »An der Seite der Ardantica.«

Er sah sie an. Beherrscht und ohne Regung – wie immer.

»WAS?«, brüllte Aston und sprang auf.

Plötzlich riefen alle durcheinander. Einige waren aufgesprungen und diskutierten lautstark. Es war ein einziger Tumult. Pan hatte interessiert den Kopf gehoben. Leyla starrte Theodor fassungslos an. Der jedoch diskutierte bereits mit seinem Vater und würdigte sie keines weiteren Blickes.

Sie hob den Zeigefinger und bewegte ihn kreisend dicht vor ihren Lippen. Sie hatte so lange und heimlich geübt. Niemand wusste bisher, dass sie es konnte. Sie war sich auch überhaupt nicht sicher, ob es wirklich klappte.

Die Freude war umso größer, als sie nun sah, dass es funktionierte. Sie erkannte es an seinem Gesicht, an seinem fassungslosen und eindeutig überraschten Ausdruck. Ganz langsam drehte er den Kopf und sah sie an, seinen Vater ignorierend – als ihre geflüsterten Worte durch die Magie an sein Ohr getragen wurden. Doch die Antwort auf die Frage blieb er ihr erst einmal schuldig.

»Was hast du vor, Theodor van Raiken?«

Ende Teil 2

Danksagung

»In 10 Jahren …« so stand es damals in meinem Abibuch, und wir alle sollten das Feld nach unseren Vorstellungen ausfüllen. Ich habe dahinter geschrieben: »… werde ich mein erstes Buch veröffentlicht haben«. Das Schreiben war schon immer ein großer Traum von mir und ich bin unglaublich glücklich, dass ich dieses Ziel, das ich mir damals setzte, sogar schon erreicht habe.

Auf dem Weg zur Erfüllung meines Traumes, der Buchveröffentlichung, habe ich dabei in den letzten Jahren sehr viel gelernt. Ardantica begleitet mich nun schon sehr lange beinahe täglich. Egal ob es ums Schreiben, Publizieren oder Vermarkten geht, eigentlich habe ich immer etwas zu tun und stürze mich mit Begeisterung auf die Aufgaben. Aber nicht immer ist alles allein zu schaffen und ich kann sagen, dass ich heute nicht da sein würde, wo ich jetzt bin, wenn mich nicht ein paar sehr wichtige Menschen auf meinem Weg unterstützt hätten. Und aus diesem Grund möchte ich hier einmal Danke sagen.

Zuallererst möchte ich mich bei meinen Eltern bedanken, die meine Manuskripte mehr als nur einmal lesen mussten und das auch sehr bereitwillig taten. Die sich oft stundenlang meine neuen Ideen und Konzepte anhören müssen und mir immer gerne ihr Feedback geben. Die zu jeder Tages- oder Nachtzeit erreichbar sind und mir bei Entscheidungen zu Klappentext und Cover helfen und sogar ihr Wochenende opfern, um mich bei Messeauftritten zu unterstützen. Danke für alles.

Doch auch der Rest meiner Familie unterstützt mich stets in jeder Hinsicht und wird nicht müde, jedem von Ardantica zu erzählen. Oft hört man von Autoren, die von ihrem Umfeld für ihre Ziele und Träume belächelt wurden oder werden. Bei mir war das zu keinem Zeitpunkt der Fall und das macht mich sehr glücklich. Wer hört nicht gerne von seinen Großeltern, dass sie stolz auf einen sind? Danke!

Ein sehr großes Dankeschön geht auch an Josy, die nicht nur meine Begeisterung für Bücher teilt, sondern sich auch auf intensive Art mit Ardantica beschäftigt hat. Es ist schön zu wissen, dass jemand da ist, mit dem man über Handlung und Figuren, aber auch über Marketingideen diskutieren kann und der beim Testlesen ein so waches Auge hat.

Stundenlang zuhören musste mir in den letzten Monaten auch Mario, der mir oft wertvolles Feedback zu meinen Ideen gab. Auch hierfür vielen Dank.

Egal wie viel man bei einem Buch selber macht, auch im Self-Publishing läuft nichts ohne professionelle

Unterstützung. Deshalb geht natürlich auch ein wichtiges Dankeschön an meine Lektorin Anke Höhl-Kayser und an meine Korrektorin Ellen Rennen, an meine Coverdesignerin Casandra Krammer sowie an Anika Ackermann für den Buchsatz.

Und zu guter Letzt: Was wäre ein Buch ohne Leser? Ohne jemanden, der mit vor Aufregung oder Begeisterung geröteten Wangen Seite um Seite umblättert? Nicht viel. Also geht ein ganz großes Danke auch an dich für das Lesen und Eintauchen in diese fremde Welt.

ISBN 978-3-7531-0520-8
9 783753 105208 00001
www.epubli.de

Printed in Poland
by Amazon Fulfillment
Poland Sp. z o.o., Wrocław

62800259R10263